Het dossier

Anya Niewierra

Het dossier

LUITINGH-SIJTHOFF

Eerste druk, oktober 2023
Vijfde druk, mei 2024

© 2017, 2023 Anya Niewierra
Uitgave door uitgeverij Luitingh-Sijthoff bv, Amsterdam
Alle rechten voorbehouden
Omslagontwerp Studio Jan de Boer
Omslagbeeld Shutterstock
Opmaak binnenwerk Crius Group, Hulshout

ISBN 978 90 210 4250 3
ISBN 978 90 210 4251 0 (e-book)
ISBN 978 90 210 4255 8 (luisterboek)
NUR 332

www.niewierra.com
www.lsuitgeverij.nl
www.boekenwereld.com

Uitgeverij Luitingh-Sijthoff vindt het belangrijk om op milieuvriendelijke en verantwoorde wijze met natuurlijke bronnen om te gaan. Bij de productie van dit boek is daarom gebruikgemaakt van papier waarvan het zeker is dat de productie niet tot bosvernietiging heeft geleid.

Voor Frans, mijn alles

I

'Weet je, Emma, toen Josta werd binnengebracht, wist ik al dat ze bijzonder was. We stonden op haar te wachten. Met extra beveiligingsmaatregelen, de belangen waren immers groot. Er mocht niets misgaan. Dat was op vrijdag 10 februari 1989. Ik herinner me nog ieder detail. Alsof mijn onderbewuste toen al zag dat die avond een streep onder mijn oude leven zou worden gezet, waardoor je geest vertraagde opnamen maakt van je laatste momenten in je huidige staat. Ken je dat? Ik weet nog dat ik een collega opzijduwde en een stap naar voren deed om haar beter te kunnen observeren. Hoe ze als een misdadiger uit die geblindeerde bus werd getrokken en met luide bevelen de overdekte binnenplaats van de Stasigevangenis Berlin-Hohenschönhausen werd binnengeleid. Ze had vele uren vastgeketend gezeten, op dat bankje in die tochtige vrachtwagen, van Königstein naar Berlijn. Rillend van de kou. Zonder drinken. Ze had zich helemaal ondergekotst. Van de angst die op haar maag sloeg, denk ik. Dat gebeurde soms bij gevangenen die tijdens het eten werden gearresteerd. En toch dat waakzame gezicht toen ze uitstapte. Opmerkelijk voor een jonge vrouw van 21. Die andere vier hielden hun ogen wel op de vloer gericht. Conform de opdracht. Josta niet. Zij tilde haar hoofd op, checkte haar omgeving, zag me en keek me strak aan. Zelfs nadat ze voor dit vergrijp met een rubberen knuppel in haar buik was geramd, keek ze nog op. Het leverde haar meteen haar eerste nacht in de isoleercel op.'

1

Ik open mijn ogen en staar naar het plafond. Het daglicht dringt door de stof van mijn gordijnen. Mijn dekbed plakt aan mijn huid. *Mein Gott*, wat voel ik me beroerd. Ik draai mijn hoofd naar de wekkerradio. Hè? De display geeft 12.49 uur aan. Is het al middag? Hoe kan dat nou? Waarom is mijn alarm niet afgegaan? Dat is toch vast geprogrammeerd op 8.00 uur? En ik heb er niet aangezeten. Wat raar. Ik duw het beddengoed van me af en ga rechtop zitten. De kamer begint te draaien. *So eine Scheisse!* Waar komt dát nou vandaan? Mijn hart klopt als een wilde, alsof ik net heb getraind. Ik val terug tegen het kussen. Opstaan wordt lastig. Mijn tong gaat langs mijn lippen, mijn mond voelt kurkdroog. Ik heb een onvoorstelbare dorst en verken mijn nachtkastje. Niets, en ik móét wat drinken. Dus toch opstaan. Dan maar kruipend naar de keuken.

Voorzichtig sla ik mijn benen over de bedrand en duw me omhoog. Alles duizelt en mijn handen grijpen de vensterbank voor steun. Zweetdruppels rollen langs mijn nek. Mijn pyjama is kletsnat. Ik adem een paar keer diep in en uit. Mijn evenwicht komt terug. Goed zo. *Je moet er vooral niet aan toegeven.* Ik schuif de gordijnen open. De felle middagzon verblindt me. Mijn ogen wennen langzaam aan het licht en mijn geliefde heuvels verschijnen. Ach kijk! De koeien lopen weer langs de meanderende Geul. Ze grazen vredig bij de knotwilgen. En in het bovenste bos verschijnen lichtgroene plekken tussen de dennen. De beuken krijgen dus al blaadjes. In mijn tuin bloeit de kersenboom en de sering is knalpaars. Mijn rechterwijsvinger strijkt met nerveuze bewegingen langs de radiator onder het raam. *Nee, nee.* Buiten klopt er iets niet. Maar wat dan? Ik wil me omdraaien maar aarzel. Mijn ogen laveren over de bonte lappendeken. Ik weet het niet. Mijn hoofd is te duf om te denken. Alsof ik gisteren na een dubbele dosis oxazepam ook nog een fles wodka heb leeg gezopen. Het valt me straks wel in. Ik moet nu eerst wat drinken. Water.

Ik zet het glas neer. Ja. Dat deed goed. Zie je wel. Ik kwam vocht tekort. Mijn lichaam begint al wat te herstellen. Gelukkig. De keuken ruikt muf, alsof er iets ligt te rotten. Mijn neus speurt naar de bron. Het zijn de narcissen die slap in bruin water hangen. De bananen op de schotel ernaast zijn zwart. Ik schud mijn hoofd. Dit kan toch niet? Terwijl ik de schaal optil om ze weg te gooien, valt mijn blik op het lampje van mijn mobiele telefoon. Het blauwe lichtje flikkert. Iemand heeft me gebeld. Ik gooi het fruit in de compostbak, zet de schaal terug, pak mijn telefoon van de oplader en tik de pincode in. Bij de map met berichten verschijnt het getal 2. Typisch. Heb ik twee sms'jes gekregen!? Sinds gisteravond? Bij oproepen staat een 4. Zo vaak? Onmogelijk. Normaal heb ik nog niet één telefoontje per maand. Ik open de berichten en het overzicht verschijnt. Het zijn afgeschermde nummers, vast de verzekering of zo'n callcenter. Ik scan het verloop van de data met als bovenste *vrijdag 18 april 2014 11.55* uur. Maar... dat bestaat niet! Die Samsung is in de war! Toen ik gisteren naar bed ging was het dinsdag 8 april. Dat weet ik zeker, vanwege de verjaardag van David. Ik ben nog naar zijn graf geweest met een prachtige bos narcissen die ik zelf heb geplukt. Ze pasten zelfs niet in de kruik op zijn grafsteen, zoveel waren het er. Ik nam de helft weer mee naar huis, en die staan nu hier in de vaas. Mijn ogen schieten naar de verwelkte bloemen. Ze zijn dood. Na één nacht? Mijn ademhaling versnelt. Dit kan niet. Er is iets mis met mijn geheugen. Beginnende Alzheimer? Maar dan stoppen ze me in een gesticht. Weer in een cel. *Nee. Nee.* Dat nooit meer. *Weg. Weg. Weg.* Ik moet weg. Frisse lucht! Hijgend strompel ik naar de tuindeur, open hem en waggel de zon in. Na een paar passen val ik tegen mijn terrastafel. Kermend staar ik over mijn heuvels. Ja. Ik weet nu wat er mis is buiten. Het is lente geworden.

2

De blonde vrouw in de spiegel kijkt me aan. Zijn er verschillen met 8 april? Misschien die groenige gloed over mijn
witte huid? Wat magerder? Schaduwen onder mijn hoge
jukbeenderen? Maar dat kan ook inbeelding zijn. Ik strijk
met mijn vingers mijn haren naar achteren. Inderdaad, eind
maart was ik nog bij Jeanette, voor een verfbeurt. Om extra
mooi te zijn voor de verjaardag van David op 8 april. Voor
het geval hij me vanuit zijn hemel zag staan bij zijn graf.
De uitgroei is weer zichtbaar geworden in die drie weken.
Mijn lange manen zijn ook erg vettig. Ze hangen als losse
slierten over mijn schouders.

Ik buig me naar de foto van David en geef hem een kus.
Zijn lachende gezicht heb ik na zijn dood in zijn spiegel
verwerkt, zodat ik kan doen alsof hij nog steeds iedere morgen naast me staat en we zoals gewoonlijk wat kletsen. We
hadden afzonderlijke spiegels nodig, omdat we twintig centimeter in lengte verschilden. Fysiek waren we sowieso ui-
tersten. Hij klein, dik en donker en ik lang, slank en blond.
Waar we ook kwamen, we hadden altijd veel bekijks. Binnen de Amsterdamse vriendenkring van David vergeleken
ze ons met Danny DeVito en Nicole Kidman. Ook vanwege
ons leeftijdsverschil van 27 jaar. Er werd sowieso best veel
over ons geroddeld, omdat wij in geen enkel vakje pasten.
Mij deerde dat niet, maar David had er moeite mee.

'Nou, *Schatzi*, je vrouw lijdt aan geheugenverlies,' zeg
ik terwijl ik op de spiegel over zijn haren strijk. 'Ik weet
niet wat ik gedaan heb, maar ik mis tien dagen, *Liebling*.
Wat vind jij? Moet ik hiermee naar de arts, of het gewoon

negeren? Er moet een logische verklaring zijn, toch? Misschien zat er iets in de wodka of heb ik weer per ongeluk een tweede oxazepam geslikt, terwijl ik al dronken was. Ik weet het, Schatzi, ik moet niet zoveel drinken, maar ik kan anders niet slapen. Ik heb weer die nachtmerrie gehad. Hij had me op de Stoel gezet. Ik kreeg geen lucht.'

Ik hef mijn hoofd op en kijk via het dakraam naar de blauwe hemel. 'Daarom slik ik ze weer, Schatzi, en ik ga zo even naar de dokter. Maar eerst wassen. Goed?'

Ik duw mijn neus onder mijn oksels en dan richting boezem. Mijn zweet heeft een rare geur. Chemisch. Dat gold ook voor mijn speeksel toen ik wakker werd. Ik heb iets gegeten of gedronken dat mijn systeem heeft aangetast. Dáár moet de verklaring liggen. Die rotzooi komt er nu uit. Ik rook het ook aan mijn urine. Die stonk naar een pas geasfalteerde weg. Mijn lichaam fopt me niet, ik ken het te goed. De winst die ik mocht incasseren van mijn verblijf in Hohenschönhausen.

Ik kleed me uit, trap de vochtige pyjama weg, draai de kraan open en test de temperatuur. Die is prima. Voorzichtig stap ik in de badkuip, draai mijn gezicht naar de straal en laat het water over mijn haren stromen. Ik pak mijn fles Elseve en spuit een flinke hoeveelheid over mijn haren. Ik sluit mijn ogen en masseer heel bewust mijn hoofdhuid. Er is wat gebeurd in mijn kop. Voel je dat met masseren? Pijnlijke plekken? Nee. Eigenlijk niet. Ik hef mijn hoofd op en laat de harde straal de shampoo wegspoelen. Na een paar minuten pak ik de Dove-fles en spuit een grote klodder douchegel in de palm van mijn rechterhand. Mijn vingers verdelen de witte mousse over mijn nek en borsten. Mijn hand cirkelt verder, over mijn buik, richting schaamstreek en registreert een oneffenheid. Ik buig me voorover en kijk. Er loopt een rode streep, net onder mijn bikinilijn... En mijn schaamhaar is weggeschoren? Maar dat heb ík niet gedaan! Ik scheer me daar nooit. Mijn benen beginnen te trillen en ik glijd tegen de glazen scheidingswand. Ik adem een paar keer diep in en uit en kijk weer. Op mijn buik zitten drie gaten! Mijn bevende vingers gaan in een reflex naar de plek en glijden over het bobbelige litteken. Ik knijp erin. Het voelt pijnlijk. Het lijkt op de snee die David had, nadat ze die tumor hadden verwijderd. Maar ík kan zoiets toch niet hebben? Deze lijn zit links boven mijn vagina en is bijna zo lang als mijn hand. Zeker twaalf centimeter. Met mijn pink wrijf ik over de gaatjes. *O, nein!* Het is echt zo. Ik ben geopereerd! Ik stop met ademen en word duizelig. Alles begint te draaien en de douchekop valt uit mijn handen. De straal spuit alle kanten op. Mijn benen verliezen hun kracht en ik val op de rand van de badkuip. Mijn borstkas gaat heftig op en neer.

'*Keine Panik,* Josta!' gilt mijn oude verdedigingsmechanisme.

'*Keine Panik. Bitte!*' zeg ik hardop.

Ineens begint me iets te dagen. Ik zie David weer liggen, met zijn open mond en zijn gebroken nek. Maar natuurlijk! Dát is het. Ik ben gevallen! Net als hij, maar ik ben niet gestorven. Ik heb alleen een hersenschudding gehad. Juist! Zoiets zal het zijn, want als je een klap tegen je kop hebt gehad, vergeet je dingen. Opluchting stroomt door me heen. Zie je wel. Dat is de verklaring! Ik heb vast een ongeluk gehad, waarna ze me moesten opereren. Precies! En door die klap ben ik het gewoon vergeten. Ja! Ik krabbel weer op en adem een paar keer diep in en uit. Het gaat hortend. Met mijn rechterwijsvinger wrijf ik nogmaals over de wond. De draadjes van de hechting zijn al weg. Dichtgegroeid. Geen korst meer. Ik betast mijn lichaam, centimeter voor centimeter, en registreer een gelige vlek met een gaatje halverwege mijn arm. Iets soortgelijks boven op mijn linkerhand. Bijna niet meer te zien. Was een blauwe vlek. Waarschijnlijk voor bloed en infuus. Had David ook. De zichtbare sporen ervan trekken al weg.

Mein Sachstand ist: ik ben geopereerd. Zeker een week geleden. Wat ik dus ben vergeten! Waarschijnlijk vanwege een hersenschudding. Maar wat heb ik dan daar beneden beschadigd tijdens die val? Ik buig me voorover en kijk nog eens goed. Welke organen zitten daar eigenlijk? Baarmoeder? Blaas? Darmen? Van alles.

Ik grijp de wild dansende douchekop, draai de kraan uit, klim uit bad en pak mijn handdoek. Ik ga meteen naar de huisarts. Die weet vast wat er met me is gebeurd en waarom ik me niks herinner.

II

'Toen ik in Hohenschönhausen met de ondervraging van Josta begon, wist ik dingen van haar die zij zelf niet wist en die ik haar later ook nooit heb verteld. Zoals het feit dat haar ouders helemaal niet haar ouders waren, maar mensen die haar hebben geadopteerd. Josta was namelijk als meisje van vier bij haar moeder, Julia Kristensen, weggehaald. Dwangadoptie. Kwam veel voor in de DDR. Zogenaamd ter bescherming van het kind, maar feitelijk ter bescherming van de Staat. Jonge ouders die niet met het regime in de pas liepen, wisten dat dwangadoptie hun boven het hoofd hing. Ze wisten ook dat ze bij dwangadoptie nooit meer de bestemming van hun kind zouden kunnen achterhalen. Ook Julia Kristensen wist dat, maar toch weigerde ze om met de Staat mee te werken. Wat was namelijk het geval? Toen Josta vier was en voor het eerst naar de kleuterschool in het dorpje Struppen bij Dresden ging, ontdekte een lerares haar talent. Zij meldde dit conform het protocol bij haar leiding, die de melding doorleidde naar het Ministerium für Volksbildung. Josta werd vervolgens apart getest. De conclusie was dat dit kind over een zeldzaam tekentalent beschikte, en dat de Staat de verplichting had om dit talent te bevorderen. Dit betekende vervolgens dat Josta een apart traject moest doorlopen dat haar niet alleen artistiek zou ontwikkelen, maar ook tot een socialistische modelburger zou maken die met trots aan de wereld getoond kon worden en daarmee de pr van de DDR kon dienen. Probleem was echter dat Julia Kristensen hier niet aan mee wilde werken. Ze had namelijk weinig op met de Partij. Julia woonde al sinds de geboorte van Josta alleen in een klein huis op een eenzame heuvel met zicht op de Elbe en leefde van datgene wat ze zelf verbouwde en van wat huishoudelijk werk bij boeren in de omgeving. Daarnaast verdiende ze in de zomer wat bij met de portretten die ze op de markt in Dresden van voorbijgangers schilderde. Moeder en dochter hadden een hechte relatie en deden alles samen. Daarom wilde Julia ook niet naar Dresden verhuizen en wilde ze Josta niet afstaan, wat naïef was, want op een warme lentedag reed de Stasi de heuvel op en scheidde een krijsende Josta van haar hysterische moeder. Josta werd vanuit dat eenzame huisje op de heuvel meegenomen naar een kindertehuis waar ze bijna overleed, omdat ze weigerde te eten en te drinken. Uiteindelijk werd ze in het ziekenhuis opgenomen en via kunstmatige voeding in leven gehouden. Nadat ze was aangesterkt, werd ze formeel geadopteerd door het oudere kinderloze SED-getrouwe echtpaar Wolf. Andreas Wolf was laborant en Dora Wolf medisch secretaresse. Beiden maakten vervolgens promotie en kregen een fors hoger salaris. Bovendien werden ze overgeplaatst naar Berlijn en kregen een voor DDR-begrippen ruim en zonnig appartement in een recent gerenoveerd pand in Prenzlauer Berg toegewezen. Ze wisten dat Josta bij haar moeder was weggehaald en dat ze dus akkoord moesten gaan met de Einzelbildung. Wat ze deden. Volgens haar dossier aardde Josta goed bij haar nieuwe ouders. In de stukken wordt in ieder geval geen melding gemaakt van huiselijke incidenten. Ook op school deed ze het goed. Artistiek ontwikkelde ze zich boven verwachting. Leraren vonden haar alleen erg stil en teruggetrokken.

Jammer genoeg moest de Staat zich ook ontdoen van haar nieuwe ouders. Ze stierven zogenaamd tijdens een auto-ongeluk, omdat ze zich tegen de Partij begonnen te keren toen die Josta wilde rekruteren voor de Königstein Gruppe.

O ja, voor ik het vergeet: de echte vader van Josta heette Lutz Schneider en was een musicus uit de Ostsee-badplaats

*Kühlungsborn. Hij en Julia hadden al vanaf hun veertiende
vaste verkering. Lutz wilde naar het conservatorium, maar
moest eerst in militaire dienst. Helaas raakte Lutz volledig gedesillusioneerd tijdens zijn* Wehrpflicht *en wilde weg
uit de* DDR. *Hij verdronk zeven maanden voor de geboorte
van Josta in de Ostsee toen hij midden in de nacht op een
zelfgemaakt bootje naar Denemarken wilde vluchten. Zijn
beste vriend, die zelf verliefd was op Julia, had hem aan de
Stasi verraden, waarna een patrouille Lutz opwachtte en
zijn bootje tot zinken bracht. Na de dood van Lutz vertrok
Julia naar het dorp Struppen dicht bij Dresden. De zus van
haar vader woonde daar in een huisje op een heuvel, aan
de rand van een bos. Kort voor de geboorte van Josta overleed haar tante, waarna Julia alleen met Josta achterbleef
op die eenzame plek, omringd door weilanden en bossen.
Josta zag tot haar derde levensjaar amper andere mensen
en leefde bijna letterlijk onder de hippieachtige rokken van
haar moeder.*

*Enkele dagen nadat de Stasi Josta had meegenomen werd
Julia gearresteerd, na een schijnproces tot een jaar gevange-
nisstraf veroordeeld en afgevoerd naar de vrouwengevan-
genis Hoheneck. Na haar vrijlating ging ze terug naar de
Ostsee waar ze als schoonmaakster aan de slag ging in het
Universiteitsziekenhuis van Rostock. In de eerste maanden
na haar vrijlating deed ze nog pogingen om Josta te vinden.
Zonder succes uiteraard.*

*Vooral de dood van Julia is opmerkelijk. Ze stierf tij-
dens een mislukte zelfmoordaanslag op 7 oktober 1974,
tijdens de Ehrenparade ter gelegenheid van vijfentwintig
jaar* DDR. *Haar actie was destijds met veel vragen omgeven.
Hoe had ze bijvoorbeeld de stad kunnen bereiken, terwijl ze
een* Berlinverbot *had? En hoe was ze aan die moderne bom
gekomen met de kracht om het halve plein op te blazen?
Maar goed, ondanks de perfecte voorbereiding mislukte de
aanslag, omdat Julia op het cruciale moment werd afgeleid*

door een kind dat het plein op rende. Ze werd vervolgens voor de ogen van duizenden mensen neergeschoten. De SED *meldde de volgende dag niets van het incident en alle foto- en filmopnamen werden in beslag genomen. Ik las er zelf pas over toen ik de map over Josta doorbladerde en tot de conclusie kwam dat er via haar moeder revolutionair* DNA *in haar huisde.*

In mijn kluis liggen trouwens nog wat foto's van Julia Kristensen. Er zitten ook de opnamen bij die werden gemaakt toen ze in de gevangenis Hoheneck werd binnengebracht. Josta lijkt als twee druppels water op haar moeder. Echt waar, Emma, toen ik de pasfoto's naast elkaar legde die van beide vrouwen waren gemaakt op de dag van hun internering, had ik moeite om verschillen te zien.'

3

'Gaat het weer een beetje?' vraagt dr. Wiemer.

Ik knik. De paniekaanval van zojuist begint al wat weg te ebben, maar ik begrijp het nog steeds niet. In mij leeft een kille angst.

'Ik snap hier niks van.'

'Ik heb dit ook nog niet eerder meegemaakt, mevrouw Bresse. Wilt u dat ik doorga met mijn uitleg, of zullen we nog even wachten?'

Ik schud mijn hoofd.

'Nee, vertelt u me maar het hele verhaal,' antwoord ik hijgend en veeg de tranen van mijn wangen. 'Sorry nog van net,' zeg ik in een automatisme.

'Helemaal geen probleem, mevrouw Bresse. Ik had waarschijnlijk hetzelfde gereageerd als mij dit was overkomen.'

Dr. Wiemer draait zijn computer zo, dat ik naar zijn scherm kan kijken. De corpulente vijftiger buigt zich iets voorover. De zure geur van zijn zweet dringt mijn neus binnen. Zijn kale hoofd blinkt. Mijn situatie maakt hem dus ook nerveus. Mijn handen omklemmen de rand van de tafel. Wat komt er nog?

'Hier, ziet u,' en hij glijdt met zijn pen over de röntgenfoto. 'Uw linkernier is verwijderd. De operatie is modern uitgevoerd, via een laparoscopische donornefrectomie. En alles is perfect gehecht. Met vakkennis. Dit is door een team van specialisten gedaan en niet door een eenling. Dat maakt uw situatie ook zo bijzonder. Uw operatie is in een hightech ziekenhuis verricht door topspecialisten. Dat dit zonder doorverwijzing kon gebeuren, is nog het opmerkelijkste.'

Ik laat de tafel los en til met trillende vingers mijn trui op, duw mijn joggingbroek wat naar beneden en bekijk voor de zoveelste keer de snee.

'Een team, zegt u. In een modern ziekenhuis, door meerdere personen. Dat is een enorm risico, want mensen praten. Maar waarom?' hakkel ik. 'Wat moet iemand nou met mijn nier?'

Huilend schud ik mijn hoofd en voel weer.

'Dat begrijp ik ook niet. In ontwikkelingslanden komt orgaanroof weleens voor. Maar dat zijn mensen zonder vaste verblijfplaats, personen dus waarbij het niet opvalt als ze verdwijnen. Bij u is dat heel anders. U woont in Nederland. Zoiets is gevaarlijk voor de daders, want hier gaat de politie beslist werk van maken. De operatie is een dag of tien geleden uitgevoerd. Ik vermoed dat ze u hebben meegenomen naar het buitenland. In Nederland kan dit alleen in de academische ziekenhuizen. In een hightech privékliniek zou het misschien ook kunnen, als er goede artsen werken.'

'In het buitenland? Ik snap dat niet. Me meeslepen. Waarheen dan?' Ik herinner me weer die vier Stasiagenten die uit dat zwarte busje stapten en op ons appartement af renden, in 1976. Ze werden meegenomen. Net als ik werd meegenomen. Naar het buitenland.

'Welk buitenland?' vraag ik.

Dr. Wiemer haalt zijn schouders op.

'Het kan dat het in Duitsland is gedaan. Daar heb je enkele hightech privéklinieken.'

Duitsland, zei hij. West of Oost? Vast Oost.

Dr. Wiemer klikt de foto weg. Er verschijnt een pagina met diverse getallen. Ik kijk, maar kan er weinig uit opmaken.

'U hebt geen familie, zei u? Geen broer of zus? Of kinderen?' vraagt hij nu, terwijl zijn cursor op één vakje blijft hangen.

Ik schud mijn hoofd.

'Weet u, wat ik namelijk wel zie, is dat u een zeldzaam bloedtype heeft. B. Een familielid met dezelfde bloedgroep, en vaak ten minste deels dezelfde weefselkenmerken, zou heel blij zijn met uw nier. Het afstotingsgevaar bij een niertransplantatie neemt dan exponentieel af.'

'Dat kan wel zijn, maar ik was enig kind en heb zelf geen kinderen. Bovendien weet niemand wat mijn bloedgroep is. Bij mij is nog nooit bloed afgenomen. Dus dat zeldzame bloedtype kan geen reden zijn om mij te kiezen.'

Terwijl ik dit zeg, verschijnen de lange donkere gangen van het Charité in beeld. Ik heb wél ooit in een ziekenhuis gelegen. Eén keer, één dag. In 1989. En ze hebben toen inderdaad bloed bij me afgetapt! Maar dan nog: ik heb geen familie. *Niemand.*

'Tja, mevrouw Bresse, ik maak nu alles klaar voor de aangifte. Ik zal dit ook intern nog administreren.'

Mijn handen grijpen weer de rand van de tafel vast.

'Hoe bedoelt u? Aangifte?'

'Gewoon. Ik meld dit bij de forensisch arts van de GGD. Vervolgens gaat uw dossier naar de recherche en de dienstdoende officier van justitie. Die nemen dan contact met u op.'

Mijn hersenen draaien op volle toeren. Moet ik dit willen? Een politiezaak. Wat als ze in mijn verleden gaan graven? Maar hoe komt het over als ik geen aangifte wil doen? Precies. Verdacht. Deze meneer gaat toch wel met zijn GGD-contacten bellen. Mijn casus is te bijzonder.

'Is goed,' zeg ik en denk aan mijn atelier. Ik moet meteen bewijsmateriaal verwijderen. *Zu Blöd.* Waar ligt ook alweer wat?

'Mevrouw Bresse?' De stem van dr. Wiemer trekt me weer terug naar het gesprek.

'Ja?'

'Ofschoon alles uitstekend geheeld lijkt, stel ik toch voor

dat u een afspraak maakt bij de poli nefrologie. Voor de controle. Sport u trouwens?'

'Ja, ik doe aan karate.'

'Karate? Dat hoor je niet vaak.'

'Klopt, ik heb het als kind geleerd. Van mijn buurman. Die kwam uit Mongolië.'

'Aha. Apart. Maar wel een punt van aandacht. U hebt nu nog maar één nier, mevrouw Bresse. Daar kun je prima mee leven, maar als er wat mee gebeurt, kunt u niet terugvallen op uw andere nier. Dus u moet voorzichtig zijn met uw sport. Sowieso gevaarlijke acties vermijden.'

Ik staar hem aan. Pas nu dringt daadwerkelijk tot me door wat mij is overkomen. Ik moet mijn leven aanpassen, omdat iemand in mijn lichaam heeft zitten snijden. Waarom ik? En wie? Hoe zei dr. Wiemer dat net ook alweer? *Het gebeurt weleens in ontwikkelingslanden, bij mensen zonder vaste woonplaats. Bij wie het niet opvalt dat ze verdwijnen.* Maar ik ben niet verdwenen...

'Dit hele verhaal is absurd, dokter Wiemer. Er is zoveel wat ik niet begrijp. Maar er is één ding dat ik al helemaal niet snap. Waarom hebben ze mij weer in mijn bed teruggelegd? Met pyjama en al. Waarom hebben ze me niet laten verdwijnen?'

Zijn ogen worden groot en hij kijkt me vragend aan.

'Inderdaad, dat is een interessante vraag, mevrouw Bresse.'

4

'Ik zeg het je, Josta. Als je zo moet afzien, leer je elkaar pas écht goed kennen. En ik kan je één ding verzekeren; er is niks zwaarder dan zoveel kilometers fietsen zonder voorbereiding. Astrid en Irene hebben me vervloekt. Ik lag constant achter en hield de boel op. Maar wat wil je? Wanneer had ik dan zoveel uur moeten trainen? Ik heb hier een zaak. Die twee werken parttime voor een baas. Als zij vrij zijn, zijn ze vrij. Ik niet. Ik kan niet zomaar twee uur de Ardennen in fietsen en dit hier onbeheerd achter laten. Snap je?'

Ik knik, waarna Eva opstaat en een glas chardonnay voor me inschenkt. Ze is net terug van haar vaste voorjaarsvakantie met twee vriendinnen die ze al kent vanaf de kleuterklas. Dit jaar waren de dames fietsen in de Provence.

'Dus jullie hebben ruzie gehad?' vraag ik.

Eva lacht.

'Nee joh, alleen gezeik tijdens het fietsen, vooral toen we die Mont Ventoux op gingen en ik het halverwege welletjes vond en naar beneden ben gerold. 's Avonds waren we weer dikke mik en hebben we over onze mannen geroddeld. En weet je wat? Volgens mij zijn ze jaloers op me, dat ik wel het lef heb gehad om die van mij de deur uit te trappen.'

Ik sla mijn ogen neer, pak het glas wijn en nip eraan. Ik weet niet zo goed hoe ik nu moet reageren. Ik ben geen ervaringsdeskundige in vrouwenkwesties. Integendeel. Eva is zelfs de eerste vrouw met wie ik enigszins normale gesprekken voer. Zij is zelfs de enige persoon die ooit in mijn huis is geweest. Afgezien van David dan. Ik heb best geluk met haar. We wonen hier helemaal alleen op onze heuvel en zijn goede buren. Voor het eerst, want de elkaar opvolgende figuren in Amsterdam heb ik nooit gesproken. Daar wilde ik geen contact mee. Het lukte mij toen nog niet om met mensen over ditjes en datjes te praten. Tegenwoordig gaat het al beter. Vanwege Eva. Zij is na vijfentwintig jaar de eerste persoon na David met wie ik iets van een band voel. Misschien omdat we veel gemeenschappelijk hebben? We zijn allebei enig kind en we zijn allebei geboren in 1968. Bovendien lijken we uiterlijk veel op elkaar, want we zijn even lang en even blond. Ons tweede gesprek ging erover hoe het is om telkens boven mannen uit te torenen, waarna ze me meteen vroeg hoe het voelt om met zo'n lilliputter getrouwd te zijn. Ik moest zo lachen. Ja, Eva is echt een puur persoon en benoemt de dingen zoals ze zijn.

Toen ik haar voor het eerst met een snelle tred door haar weiland zag stappen, deed ze me sterk denken aan die lange blonde verschijning die ik al mijn hele leven in mijn slaap zie. Net als Eva heeft mijn blonde droomdame ook een staart tot op haar billen en draagt ze lange gebloemde jurken. Papa noemde de vrouw uit mijn dromen 'de blonde fee'. Op negentienjarige leeftijd heb ik hem nog eens gevraagd hoe het nou kon dat ik als volwassene nog steeds die blonde vrouw in mijn dromen zag. Hij vertelde me toen dat ik als kind zo dol was op dat sprookje over de blonde fee, dat hij het telkens weer moest voorlezen. Het verhaal had zich dus in mijn ziel genesteld, zei hij.

'Je lijkt op de fee uit mijn dromen,' riep ik spontaan toen ik Eva voor het eerst sprak, want ook het timbre van haar stem lijkt op dat van mijn fee.

Eva keek verbaasd op.

'Wat voor fee is dat dan?' vroeg ze lachend.

'O,' zei ik, 'ik droomde als kind geregeld over een blonde vrouw. Mijn vader zei dat ik haar in mijn hoofd gecreëerd heb naar aanleiding van een sprookje over een fee dat hij me altijd voorlas.'

25

'Vertel,' drong Eva nieuwsgierig aan.

'Nou, het verhaal is steeds hetzelfde,' zei ik. 'De blonde vrouw pakt me bij de hand en neemt me mee naar een donker woud, waar we dan op een zacht matras van mos gaan liggen en het spel van de zon met de kruinen van de bomen volgen. De geur van de varens die ons omringen, kan ik in mijn slaap echt ruiken, en de zang van de vogels klinkt net als boven in de Vijlener bossen,' zei ik, terwijl ik naar de overkant wees.

'Was dat het?' vroeg Eva met iets van teleurstelling in haar stem. Ze had haar evenbeeld waarschijnlijk meer he- roïek toegedicht.

'Nee,' zei ik. 'In mijn droom pakt de vrouw altijd mijn hand vast, streelt die en vertelt me de spannendste avontu- ren. Het verhaal dat altijd weer terugkomt, is dat van het gezonken bootje. Daarin huilt de vrouw. Het gaat over haar geliefde, die tijdens een heldere nacht met een zelfgemaakt bootje de grote zee op voer. Hij wilde naar het land aan de overkant. De blonde vrouw had hem in tranen uitge- zwaaid en zag hoe het bootje met het rood-wit geblokte zeil, gemaakt van haar eigen gordijnen, steeds kleiner werd. Maar helaas, een boze draak doemde op uit het water en blies vuur. Het bootje vatte vlam en zonk. De vrouw was heel verdrietig, zegt ze in mijn droom, totdat ze merkte dat er nieuw leven in haar groeide en haar geliefde opnieuw geboren zou worden.'

'Nou, men vertelde jullie wel zielige verhalen vroeger,' zei Eva. 'Waar woonde jij eigenlijk als kind?'

'In de DDR, voormalig Oost-Duitsland.'

Eva knikte.

'Aha, ja, nu snap ik dat sprookje. Jullie zaten daar goed opgesloten achter de Muur.'

'Ja, maar het is niet zielig. Mijn vader zei me dat het juist een verhaal van hoop is. Dat er na verlies altijd weer kans is op nieuw geluk.'

Eva keek me onderzoekend aan.

'Daar zit een kern van waarheid in,' zei ze. 'Onze sprookjes eindigden altijd met een prins en prinses die nog lang en gelukkig leefden. Nou, de realiteit is anders. Misschien was het voor ons ook goed geweest als men ons als kind zielige sprookjes had verteld. Dan waren we voorbereid geweest op de ellende die ging komen.'

Het huwelijk tussen Eva en haar man vertoonde bij onze kennismaking al de eerste scheuren. Kort daarna woonden Eva en ik helemaal alleen boven op onze heuvel. Haar hoeve ligt op zo'n honderd meter van mijn huis. Zij is er geboren en heeft het complex als twintiger geërfd nadat haar beide ouders kort achter elkaar waren overleden. Ze bouwde het pand om tot een groepsaccommodatie die ze jarenlang samen met haar man runde. Het huwelijk eindigde toen ze hem betrapte met een ronde pedicure uit het Waalse buurdorp Sippenaeken. Aangezien haar man al zijn hele leven eeltige hobbitvoeten had, vond Eva het maar raar dat hij ineens begon te klagen over eksterogen en daarom regelmatig de grens over fietste om daar zijn voeten te laten verzorgen. Toen hij vervolgens ook niet meer om zijn wekelijkse wip zeurde, vermoedde Eva dat hij elders een gat vulde, waarna ze hem begon te volgen. Al vrij snel had ze haar concurrente in beeld en confronteerde ze haar man met de feiten. Hij bekende, waarna ze hem letterlijk het huis uit schopte.

'Weet je, Josta,' zei ze toen ik haar een paar dagen na het vertrek van manlief sprak, 'ik ben liever alleen dan dat ik ook nog zo'n volwassen kind om me heen heb.'

Ik wist niet goed wat ik daarop moest zeggen. Ik leefde immers in een omgekeerde situatie. Ik had een man die al vijfentwintig jaar voor mij zorgde. David werkte, David kookte, David poetste en David deed de administratie. Het enige wat ik deed, was sieraden ontwerpen. Toen David stierf, stortte mijn wereld in en begroef ik mijzelf onder de dekens met pillen en wodka. Eva kwam een week na zijn overlijden langs om me te condoleren, zag mijn ontredderde staat en pakte de regie. Ze trok me het huis uit en nam me mee voor een lange wandeling door de bevroren heuvels. Beweging en frisse lucht zouden me genoeg helderheid geven om tot de volgende dag te kunnen denken, zei ze. Tijdens de lange tocht door de Vijlener bossen vroeg ze of ik hulp nodig had. Ik vertelde dat ik niet kon koken en weinig van boekhouding wist, waarna ze me onder haar vleugels nam. Ik leerde snel en was binnen een maand al redelijk in staat om voor mezelf te zorgen. Van koken maakte ik direct een project. Ik ging in training bij een onlinekok en specialiseerde me in wokken. Wat mij tijdens de kooklessen vooral fascineerde, waren de veranderingen in kleur van ingrediënten tijdens het verwarmingsproces. Biefstuk die bruin werd, uien die doorzichtig werden, boontjes die flets werden. Het leidde tot een nieuwe serie schilderijen met als titel 'De kleur van koken'. Ik vond ze lelijk en wilde ze weggooien, maar Eva vond ze geweldig en nam ze mee naar huis. Ze hangen nu prominent in haar woonkamer. De kooklessen bij Eva eindigden in een eettraditie. Eens in de twee weken koken we samen, hier bij haar, in haar oude boerderijkeuken.

Wat ik het leukst vind aan Eva is dat ze niet over mij oordeelt. Ze zegt openlijk dat ze mij raar vindt, maar het hindert haar niet om met me om te gaan. Ze mijdt me niet, zoals andere mensen. Ze heeft niet de behoefte om me te doorgronden en ze vraagt niet naar mijn verleden. We praten over onderwerpen die veilig voor me voelen, zoals de natuur of kunst, waar zij sinds haar scheiding ook interesse in heeft.

'En bij jou, Josta, is hier nog wat spannends gebeurd de afgelopen twee weken?' vraagt ze, terwijl ze achteroverleunt en een stevige slok van haar wijn neemt. Ze verwacht waarschijnlijk dat ik zoals altijd mijn hoofd schud. Bij mij gebeurt immers nooit iets. Eva is de verteller en ik ben de luisteraar. Maar deze keer heb ik wel wat meegemaakt. Ik ben ontvoerd en er is een nier uit me weggesneden. Vertel ik haar dat? Ja, ik denk het wel. Volgens mij is het gebruikelijk dat mensen die regelmatig samen eten dit soort gebeurtenissen met elkaar delen. Bovendien, morgen komt de politie, wat ze beslist zal zien. Daarna is ze misschien boos dat ik heb gezwegen.

'Ja, er is wat gebeurd,' zeg ik. 'Iets ernstigs. Er is een nier uit me weggesneden.'

Eva kijkt me verrast aan. Op haar voorhoofd verschijnt een bezorgde frons.

'Hoezo dat dan? Wat heb je dan? Kanker?' vraagt ze voorzichtig.

Ik staar haar aan. Warempel, ze denkt dat ik ziek ben.

'Nee, Eva, het was een orgaanroof. Het is bizar.' Ik sta op, loop naar haar kant van de tafel en trek mijn blouse omhoog.

'Kijk, hier zie je de littekens. Ze hebben in me zitten snijden. Volgens de arts ergens rond 10 april. Eerst werd ik ontvoerd. Ze namen me mee naar een ziekenhuis in het buitenland. Morgen komt de politie bij me langs. Er is aangifte gedaan van een orgaanroof.'

Haar mond valt open en ze buigt zich naar mijn buik. Met haar wijsvinger raakt ze het bovenste gat aan.

'Krijg nou wat!' zegt ze. 'Je hebt gelijk!' En ze staat op, stapt naar me toe, slaat haar armen om me heen en begint me te wiegen.

'Ach, jij arm schaap,' fluistert ze. 'Wat jij allemaal meemaakt, Josta. Echt niet normaal.'

Voorzichtig maak ik me los, zet wat stappen terug en ga weer zitten. 'Maar vertel eens,' zegt ze, terwijl ze haar glas wijn van de tafel pakt en tegen haar aanrecht leunt. 'Hoe ging dat dan? En hoe voel jij je nu?' De keuken voelt ineens koud en ik pak mijn vestje van de stoelleuning. Mijn blik blijft hangen bij haar oude groene emaillen fornuis. De deurtjes zijn versierd met bloemetjes. Wij hadden vroeger in de Berlijnse Esmarchstraße ook zo'n ding, alleen stond hij bij ons thuis niet ter decoratie in de kamer, maar werd ook echt gebruikt. Het stalen apparaat was een kookplaat en verwarming in één en werkte op kolen. Hoe vaak ben ik niet die vele trappen naar beneden gelopen, naar de donkere kelder van ons appartementencomplex, om voor mama nieuwe kolen uit ons kolenhok te halen. Onze berging lag helemaal achterin, aan het einde van de lange gang, met als enige voordeel dat wij een kelderraam hadden, zodat onze kolen via een buis door het raam naar binnen konden worden geschept. Papa hoefde niet, zoals de rest, bijna honderd meter met talloze kruiwagens te sjouwen. Het raam kwam namelijk uit op een tochtige raamloze doorgang die het ene appartementencomplex met het andere verbond. De kolenboer kon er nog net komen met zijn vrachtauto, wat ideaal was. Het raam kon echter niet voorkomen dat ik me bedrukt voelde als ik door de kelder liep. Achter de vele buizen en nissen meende ik nog de doodsangst van de bewoners te voelen die hier in 1945 dag in, dag uit schuilden voor de overvliegende geallieerde bommenwerpers die hun dodelijke lading op Berlijn lieten vallen.

Het fornuis van Eva leidt mijn gedachten terug naar dat incident in onze kelder, toen ik acht was, en ik leerde dat je voorzichtig moet zijn met dingen vertellen aan anderen, zelfs aan mensen die dicht bij je staan. Immers, als ik mama toen niet verteld had over dat stel in ons kolenhok, waren die man en vrouw niet weggevoerd. Maar mama heeft ze verraden, waarna ik ophield haar te vertrouwen. Ja, het was een koude zondagmiddag in november toen ik ze zag. De kolen waren weer eens op rantsoen waardoor alles overal koud voelde. Het was koud op school en het was koud thuis. Alleen de keuken werd verwarmd en mama kookte het eten minder gaar om maar kolen te sparen. Hoe dan ook. Die ochtend was ik alleen thuis. Papa en mama waren naar een bijeenkomst van de Partij. Ik zat aan de keukentafel en werkte aan mijn tekenopdrachten. Op een bepaald moment ging het vuur uit, waarna het kouder en kouder werd. Tekenen lukte niet meer, want mijn vingers verstijfden. Ik liep naar het fornuis, opende het deurtje en zag dat de kolen op waren. Ofschoon ik wist dat we zuinig moesten zijn, besloot ik toch nieuwe te halen. Waarna ik de kolenkit pakte en naar de kelder liep. Toen ik de deur opende, meende ik in de verte een geluid te horen, alsof iemand over de briketten kroop. Geschrokken hield ik halt en wilde me weer omdraaien en terug naar boven rennen, maar de herinnering aan mijn koude vingers dwong me door te lopen. Ik vertelde mezelf dat een van de andere bewoners beneden kon zijn en dat ik me niet moest aanstellen. Met gespitste oren en stap voor stap liep ik naar ons hok, opende de deur, klikte het licht aan en rook ze al. De bedompte ruimte ademde hun angstzweet. Mijn ogen schoten naar het raam en zagen dat dit helemaal openstond, terwijl het normaal half in de klem hing.

'*Wer ist da?*' vroeg ik met een bibberende stem.

Een man en een vrouw kwamen achter onze hoop kolen vandaan. Ze waren nog jong. Ik schatte ze niet veel ouder dan de tieners in de hoogste klas van onze school.

'Luister, kleintje,' zei de jongen, terwijl hij een smeekbeweging met zijn handen maakte. 'Zeg niemand dat we hier zijn. We zijn op de vlucht, voor de Stasi. Je mag ons niet verraden. Beloof je dat? Straks zijn we weer weg. Niemand zal weten dat we hier waren. Goed?'

Mijn bevroren vingers omklemden de kolenkit. Warm worden was nu mijn hoogste prioriteit. Ik moest immers mijn tekeningen afmaken. Anders kreeg ik straf. Over deze mensen wilde ik niet nadenken.

Ik knikte.

'Ik moet wel kolen hebben,' zei ik.

'Oké, ik help je,' fluisterde de jongen.

'Graag maar half vullen,' zei ik. 'Meer kan ik nog niet dragen.'

Hij knikte en schepte de kolenkit halfvol, waarna hij hem aan mij gaf. Ik nam hem aan en deed een paar passen terug, waarna ik de deur weer sloot en mij de kelder uit haastte. Zonder verder nog iets te zeggen. Toen ik boven kwam, was mama net thuisgekomen.

'Ha *meine Schätzele*,' zei ze liefkozend. 'Onze kleine meid heeft kolen gehaald.'

'Ja, mijn vingers waren te koud. Ik kon niet meer tekenen.'

'Dat jij door kunt gaan met tekenen is de enige reden om het warm te maken,' zei ze lachend. Waarna ze kolen in het fornuis schudde en het vuur opstookte. De kolenkit was alweer leeg.

'Nou,' zei ze. 'Ik ga nog even naar de kelder voor nieuwe kolen. Dan hoef ik straks niet meer te gaan. Papa is immers pas laat thuis.'

Ze pakte de kolenkit op en liep naar de deur. Ik raakte in paniek, want ze zou die twee jonge mensen zien en die zouden denken dat ik ze verraden had.

'Niet gaan!' schreeuwde ik, waarna ik naar de deur rende en die blokkeerde.

Mijn moeder draaide zich verbaasd naar me om en vroeg waarom niet. Ze bukte zich, keek me in de ogen en streelde mijn arm.

'Waarom mag ik niet naar de kelder, Josta?' vroeg ze met een dwingende stem.

Ik kende mijn moeder. Als ik haar niet vertelde wat er in de kelder was, zou ze toch zelf gaan kijken.

'Er hebben zich daar twee mensen verstopt. In ons kolenhok. Maar straks zijn ze weg. Dat vertelden ze me.'

Het gezicht van mama werd krijtwit.

'Blijf hier, Josta,' schreeuwde ze, waarna ze haar jas weer aantrok, haar muts opzette en naar buiten rende. Nog voor ik iets kon zeggen, was ze al weg. Een halfuur later stopte een zwarte bestelbus voor ons gebouw en mannen met geweren stapten uit en renden naar onze kelder. Ze kwamen even later weer naar buiten met de man en de vrouw uit het kolenhok, die ruw in de bus werden geduwd. Voor de deur dicht ging, sloeg de jonge man zijn betraande ogen op en keek omhoog. Hij zag me en schudde zijn hoofd. In mij werd het stil. Hij was daar door mij, omdat ik het mama had verteld.

Ik draaide me om en rende naar mama.

'Je hebt ze verraden,' schreeuwde ik huilend.

Ze bukte zich en greep me vast bij mijn schouders.

'Ja, om ons te beschermen, Schätzele; als iemand anders ze in ons kolenhok had gevonden, waren wíj afgevoerd. In dit land kun je immers niemand vertrouwen. Vertel dus niemand iets. Nooit! Onthou dat goed, Josta.'

Ja, ik heb het onthouden. Ze had gelijk. Zelfs mijn eigen moeder kon ik niet vertrouwen. Ik ging ernaar handelen, steeds consequenter, vooral na dat incident in 1987. Immers, na die ene keer dat ik toen wel spontaan mijn gedachten uitte, waren de gevolgen dodelijk. Daarna vertrouwde ik niemand meer en vertelde ook niks meer, behalve nietszeggende zaken. Ik deel geen emoties. Zolang ik zwijg, ben ik veilig. Mensen interesseert het toch niet wat er met mij gebeurt. Allemaal zijn ze met zichzelf bezig. Ze zien een oorlogsscène op tv, zeggen: 'O wat erg' en zappen verder. Wat voor zin heeft het dan om mijn gevoelens te delen? Alleen David vertelde ik heel soms wat er in me omging, maar hij heeft dan ook mijn leven gered. Dat maakte hem speciaal.

En nu vraagt Eva of ik haar wil vertrouwen, of ik haar wil vertellen wat mij is overkomen, en wat ik voel.

Iets in mij wil zo graag mijn angsten met haar delen, alsof ze dan minder worden. En iets in mij wil zo graag met haar lachen, zodat haar ongecompliceerde vreugde ook mijn binnenste bereikt. Maar ergens diep in mij blokkeert er wat. Al sinds mijn kinderjaren. Want na de arrestatie van dat jonge stel in het kolenhok kreeg ik weer nieuwe nachtmerries en waren er in mijn dromen ineens die handen die me van achteren bij de heupen grepen en me naar een zwarte auto droegen. Was er weer dat bed in die donkere kamer, waarop ik vastgebonden lag. Was er dat eeuwige gevoel van opgesloten zijn, dat er nog steeds is. Alsof er om mij heen een onzichtbare muur staat die mijn emoties in mijn eigen wereld opgesloten houdt. Waardoor ik mensen alleen veilige feiten geef, maar nooit mijn ware gevoelens.

'Tja, Eva, wat is gebeurd?' Ik sta op. 'Het laatste wat ik mij herinner is dat ik op 8 april narcissen naar het graf van David heb gebracht, voor zijn verjaardag, en dat ik op 18 april wakker werd en zag dat het buiten lente was geworden en dat mijn sering in zo'n mooie kleur paars bloeide.'

'En nu?' vraagt ze. 'Hoe gaat het nu met je?' Ze heeft een stap in mijn richting gezet. Haar handen hangen slap langs haar lichaam. Bezorgdheid klinkt door in haar stem.

'Prima. Mijn wonden helen goed.' Ik loop voor haar langs naar de oven, buk me en kijk door het raampje. 'Volgens mij is de lasagne gaar.' Ik en wijs naar de schaal. 'Is je trouwens al opgevallen dat Emmentaler kaas tijdens het bakken anders kleurt dan Goudse kaas? Bij het schilderen van lasagne met een Emmentaler deklaag, moet je iets meer rood door het geel mengen.'

Eva kijkt me aan. Ze lijkt bezorgd.

'Josta,' roept ze, 'je móét hiermee naar een psycholoog. Wat jou is overkomen, is verschrikkelijk. Zelfs traumatisch. Je móét hierover met een professional praten.'

'Waarom? Ik doe toch geen gekke dingen?'

'Dat doe je wél, Josta!' roept ze. 'Je praat over de kleur van kaas.'

III

'Weet je, Emma, toen ik de opdracht kreeg om het onderzoek naar de Königstein Gruppe te leiden, was ik nog nooit in Hohenschönhausen geweest. Ik was op dat moment directeur van de in 1973 opgerichte Kunst und Antiquitäten GmbH. Dit bedrijf viel onder de afdeling Kommerzielle Koordinierung van het ministerie van Buitenlandse Handel. De afdeling Kommerzielle Koordinierung of KoKo had tot doel om deviezen binnen te brengen. In mijn geval moest de Kunst und Antiquitäten GmbH particuliere kunst onteigenen en die vervolgens in het Westen verkopen. Wij werkten nauw samen met het Ministerium für Staatssicherheit, ofwel de Stasi. Eigenaren van kunst werden bespioneerd, van gefingeerde vergrijpen beschuldigd en vervolgens geïnterneerd, waarna wij beslag legden op hun eigendommen en die in het Westen verkochten. De DDR had in die jaren namelijk dringend deviezen nodig en onze firma leverde die. Wij hadden echter een aparte status, want kunst aan het buitenland verkopen was strafbaar in de DDR. We werden daarom ook niet gecontroleerd door de officiële afdeling financiën. Dus feitelijk gaf ik leiding aan een criminele organisatie. Ik deed dat uitstekend, maar mijn succes was niet de reden dat men mij voor die klus in Hohenschönhausen vroeg. Ze hadden iemand nodig die verstand had van kunst, SED-trouw was, aan geheime opdrachten kon werken én ervaring had met ondervragen. Ik voldeed aan alle vier de criteria, want enkele jaren eerder was ik mijn carrière bij de Stasi begonnen als ondervrager van buitenlandse militairen en spionnen.

In Hohenschönhausen zaten politieke tegenstanders en mensen die een vluchtpoging hadden ondernomen. Mijn collega's daar moesten schuldverklaringen regelen. Dat deden ze goed. Veel hadden ze geleerd van de Russen. Die waren daar in 1945 begonnen met het ondervragen van 'vijandige elementen' en de Stasi nam het vervolgens over en profiteerde van de aanwezige ervaring met martelen. De personen die in Hohenschönhausen binnenkwamen, hadden in principe maar drie uitgangen: de gevangenis, de dood of Ausbürgerung, wat betekende dat je aan het Westen werd verkocht en familie en vrienden nooit meer terugzag. Voor de Königstein Gruppe werd een hele vleugel op de tweede verdieping vrijgemaakt, die eigen bewakers kreeg. Het reguliere personeel mocht er niet komen. Die wisten ook niet wie we waren of wat we deden. Onze namen en werkzaamheden stonden nergens geregistreerd, zodat ook niets traceerbaar was. De Königstein Gruppe was namelijk een uiterst geheime operatie. Dus, Emma. In opdracht van de partijtop vervalsten vijf personen sinds het najaar van 1987 in Schloß Schönwald bij Königstein expressionistische schilderijen die vervolgens met een echtheidsverklaring van de Kunst und Antiquitäten GmbH aan het Westen werden verkocht. De vervalsingen werden chronologisch in een dossier geregistreerd inclusief de namen van partijleden die bij dit project betrokken waren en inclusief de geldstromen. En dit dossier was dus verdwenen. Mijn taak was het om te achterhalen waar de map was gebleven. Stel je voor dat het wereldnieuws zou worden dat de Deutsche Demokratische Republik jarenlang vervalsingen van grote expressionistische kunstenaars aan het Westen had verkocht met bijvoorbeeld als verhaal dat deze objecten recent in een voormalig nazidepot waren ontdekt. Zogenaamde topwerken die zogenaamd door de nazi's tijdens de oorlog waren gestolen van particulieren. De politieke schade zou drama-

tisch zijn. Zeker in 1989, toen het toch al begon te kraken in het Oostblok.

En maar vijf mensen konden weten waar dat dossier was gebleven. Josta was een van die vijf. De Stasitop gaf me carte blanche. Wat ik met hen deed, boeide niet. Als dat dossier maar terechtkwam. Ik wist ook wat er zou gebeuren als we dat logboek hadden gevonden. Ze zouden alle vijf 'verdwijnen'. Wat betekende dat ze werden geliquideerd en verbrand.

Ja, Emma, zo ging dat.'

5

De ordelijke klanken van de derde suite van Händels *Wassermusik* ebben weg. Zoals altijd brengt muziek mij ook nu weer in een andere stemming. Mijn geest is al wat rustiger. Mijn vinger drukt op de uitknop. Stilte... Ik veeg het zweet van mijn voorhoofd, terwijl mijn ogen opnieuw mijn atelier verkennen. Volgens mij is alles wat ook maar enigszins op mijn vervalsingswerk kan wijzen, verbrand in de kachel. Dit oogt nu als een normale werkplaats. Ruikt ook normaal. Naar verf. Het was best wel goed om even opruiming te houden, want het bleek een behoorlijke puinhoop hier. Nu niet meer. Misschien brengt die netheid me wat inspiratie. Sinds het overlijden van David komt er immers geen fatsoenlijk werk meer uit mijn handen. Ik bestudeer mijn schilderijen. Ze staan netjes tegen de wand.

'Wat denk jij? Is er buiten vervalsingen van beroemde expressionisten überhaupt iets bijzonders uit jouw penseel gekomen?' fluister ik tegen mezelf.

Ik schud mijn hoofd. Nee. De DDR heeft mij artistiek gecastreerd. Ze hebben een vervalsingsmachine van me gemaakt. Ik bracht de staat miljoenen *Westmarken* op, zonder dat ik me daarvan bewust was. Tot dat gesprek. Toen begon de werkelijkheid tot mij door te dringen. Het misbruik. Ik leun tegen de muur. Ja, maar met mijn laatste vervalsing van Paul Klee kon ik wél mijn huis behouden. Anders had ik ergens in een flat tussen de mensen moeten leven. *Onmogelijk*.

Een zuchtje wind tilt de vitrages op. De enorme ruimte baadt in het licht van deze zonnige middag. Zo mooi. Ja, deze plek was het risico waard. Mijn heldere atelier met dat weidse uitzicht over de heuvels. Buiten sjirpen de vogels en de zoete geur van de bloeiende sering stroomt door de openstaande ramen naar binnen. Een diepe zucht ontsnapt me en ik staar weer naar mijn schilderijen. Een mengsel van Paul Klee en George Grosz kleurt de doeken tot een chaotisch geheel. Ik lik een traan van mijn lippen. Vanwege David? Of mijn gestolen nier? Mijn vingers gaan over de bobbelige verfkwakken van mijn laatste werk. Ja, maar ook vanwege alles wat die SED-klootzakken bij mij vanbinnen kapot hebben gemaakt. Ik had zoveel talent als meisje, zoveel ideeën, zoveel gevoel. Als ik in West-Berlijn was geboren, was ik beslist een groot kunstenaar geworden.

Ja, maar je werd in Oost-Berlijn geboren...

In het hoofdhuis gaat de bel. De webcam toont twee mannen. Een oudere in pak en een jongere in jeans. De recherche. Ik verwachtte ze al en kijk nog even naar de sering. De aarde bij de wortels ziet er normaal uit, alsof een tuinman er net heeft geschoffeld. Mijn pistool zullen ze daar zeker niet zoeken, áls ze al een vermoeden hebben dat ik een wapen bezit. Ik doe mijn handschoenen uit en loop in mijn overall naar buiten, de hoek om.

'Goedemiddag!'

De heren draaien zich naar rechts en kijken verrast mijn kant op. 'Mevrouw Bresse?' vraagt de oudere, terwijl zijn ogen over mijn besmeurde overall glijden.

'Ja.'

'Wij zijn van de recherche. Ik ben inspecteur John Netelen en dit is mijn assistent Patrick Broers. Wij leiden het onderzoek naar uw orgaandiefstal.'

Ik knik en schud handen.

'Komt u binnen.' Ik zet de beveiliging uit, doe de deur open en ga hun voor naar de woonkamer. Ze volgen. Bij de tafel houd ik halt. Assistent Broers blijkt best lang. Zeker een meter vijfennegentig, maar hij heeft geen enkele uitstraling. Dit in tegenstelling tot zijn collega Netelen. Die is een kop kleiner, even groot als ik, maar vult de ruimte volledig met zijn energie. Hij observeert me met zijn topaasblauwe ogen. Deze meneer is duidelijk aan het werk. Ik herken zijn soort. Het type ondervrager.

'Gaat u zitten. Kan ik u iets te drinken aanbieden?'

'Koffie,' zeggen ze in koor.

Terwijl ik naar de open keuken ga, zie ik nog hoe inspecteur Netelen zich naar mijn tuindeur wendt, deze openmaakt en het terras op wandelt. Hij blikt even over de heuvels, draait zich vervolgens om en bestudeert de deuren aan de dalzijde van mijn huis. Hoe oud zou hij zijn? Rond de vijftig? De jaren hebben zijn bruine haren grijs getint en zijn hoekige gezicht gerimpeld. Zijn gelaatstrekken zijn zo sterk dat je van hem gemakkelijk een borstbeeld kunt maken. Hij doet me denken aan een buste van keizer Trajanus in Rome. Ze hebben een identieke bloempotcoupe.

Hij gaat de eetkamer weer naar binnen en loopt naar de vitrinekast met daarin een selectie van mijn keramiek. Om de zoveel tijd stap ik van schilderen over op andere kunstvormen. Om te kijken of ik na een time-out wél mijn eigen stijl kan vinden en niet opnieuw terugval op een combinatie van de expressionisten die ik moest vervalsen. Dan legde ik me toe op keramiek. Dan weer fotografie. Dan grafische vormgeving. Dan beeldhouwen. Dan edelsmeden. David bewaarde veel van wat ik maakte. Maar alle zijsporen waren vergeefs. Ik heb nooit mijn eigen schilderstijl gevonden.

'Hebt ú dit gemaakt?' vraagt John Netelen, terwijl ik met het dienblad zijn kant op kom en de kopjes op tafel zet.

'Ja.'

'Maar dit is prachtig!' roept hij. Uit zijn stem klinkt bewondering. Nee maar. Hij vindt mijn beeldjes leuk. Ze zijn gemaakt van kapotgeslagen kiezels die ik vervolgens met klei tot verschillende houdingen van mensen heb verwerkt.

De gebroken kanten die zichtbaar bleven, heb ik allemaal in dezelfde kleur rood geschilderd, waardoor het imperfecte van de steentjes wordt geaccentueerd. Elk individu is immers een opeenstapeling van gebroken illusies. 'Is daar iets van te koop, mevrouw Bresse?'

'Nee, helaas.'

'Jammer, wanneer hebt u weer een expositie? Dan kom ik beslist langs.'

'Ik exposeer niet,' zeg ik kortaf.

John Netelen observeert me. Op zijn voorhoofd verschijnt een frons.

'Zonde,' zegt hij.

Hij draait zich nu naar de fotocollage van mijn sieraden. Het is een ingelijste poster van één bij één meter die boven het antieke dressoir hangt. Het zwart-wit harmonieert perfect met het ebbenhout. David liet van de mooiste objecten die ik ooit voor de zaak heb ontworpen een foto maken. Een grafisch vormgever heeft die vervolgens verwerkt in dit affiche. De achtergrond is zwart. De juwelen zijn in wit-grijstinten, waardoor mijn design optimaal contrasteert met de donkere achtergrond. Het was een cadeau voor mijn veertigste verjaardag.

'Wie heeft dat gemaakt?' vraag John Netelen, terwijl hij naar de poster wijst.

'Ik ken de naam van de fotograaf niet,' zeg ik naar waarheid.

'Nee, ik bedoel, die sieraden.'

'O, dat was ik.'

John Netelen draait zich naar me toe.

'U bent dus ook edelsmid?' vraagt hij met iets van verbazing in zijn stem.

'Ja, dat was bijna twintig jaar mijn baan. Ik verwerkte de diamanten van het bedrijf van mijn man tot diverse vormen. Onze clientèle wilde meer dan een diamant aan de vinger. Ze wilden zich decoreren met kunstwerken. Het bedrijf

Bresse Diamantairs was beroemd om zijn ontwerpen.'
'Daar kan ik me alles bij voorstellen als ik dit zo zie,'
mompelt hij.
In de hal klinkt de bel.
Inspecteur Netelen stapt naar het raam en kijkt naar buiten. 'Perfect. Daar is ons forensisch team en de cameraman.
Dan kunnen we zo beginnen.'

Ik observeer de mensen die zich in witte overalls door mijn
huis bewegen. Onvoorstelbaar, dit alles. Wanneer ik geweten had dat dit ging gebeuren, had ik never nooit niet aangifte gedaan van de diefstal van mijn nier. Hoe kon ik zo
stom zijn? Ik weet toch als geen ander dat je altijd onder
de radar van overheidsinstanties moet blijven? En kijk nu.
Forensische speurders dringen mijn privédomein binnen.
Ze vertroebelen mijn aura. Komt dat nog wel goed? Rechts
van me klinken piepjes. Mijn hoofd schiet de kant van het
geluid op. De cameraman seint dat hij gereed is. Het opnameapparaat is bij mijn eettafel geïnstalleerd. Netelen en
Broers zitten zo te zien paraat om mij te ondervragen. Het
gesprek moest in eerste instantie in een aparte kamer in het
politiebureau plaatsvinden, maar toen ik daar gisterenmiddag naar binnen liep, blokkeerde ik totaal. De ruimte had
dezelfde afmetingen als dat hok in Hohenschönhausen. Het
bureau stond ook hetzelfde. Zelfs het geblindeerde raam
was identiek gepositioneerd. Ik draaide me direct om en
rende weg. Een agent kwam achter me aan, hield me tegen
en vroeg me wat aan de hand was. Ik hijgde als een postpaard, zei dat ik last had van claustrofobie en onmogelijk in
die kamer kon zijn. Vervolgens duwde ik hem van me af en
sprintte naar mijn auto. Weg, weg, weg... De idioten. Een
halfuur later hing dus die John Netelen aan de lijn. Het was
bij wet geregeld dat ze mijn aangifte moesten opnemen, zei
hij. Met camera. Gezien de ernst van het delict. Ze wilden
niets van de inhoud van mijn verklaring missen. Maar wat

voor 'inhoud' krijgen ze dan nog van mensen? Je voelt je direct een crimineel als je in die ruimte wordt gemanoeuvreerd. Twee tegen één. Uiteindelijk bood hij aan om het 'interview' bij mij thuis te doen. Op een plek waar ik me op mijn gemak voelde. Zijn stem had hetzelfde toonverloop als dat van mijn ondervrager destijds. Met dezelfde trucjes om me te kalmeren. Aangename woorden gebruiken voor onaangename dingen. Iets een 'interview' noemen in plaats van een 'ondervraging'. Heeft hij soms ook in Potsdam het vak geleerd?

De camera loopt.

'Uw dossier is een uitdaging, mevrouw Bresse.' De stem van John Netelen klinkt vriendelijk. Hij werpt lijntjes uit. Standaard ondervragingstechniek. 'Het is namelijk nog niet eerder voorgekomen dat iemand op deze manier van een orgaan werd beroofd. Dit is het werk van professionals. Tóp voorbereid en tóp uitgevoerd. Met als voorlopige conclusie dat u ofwel het eerste slachtoffer bent en dat er dus nieuwe gaan volgen. Ofwel dat u een uniek slachtoffer bent en dat er dus een relatie bestaat tussen u en de persoon die uw nier heeft gekregen. Beide opties moeten wij verkennen.'

'En voor optie twee moet u dus meer over mijn verleden weten?' vraag ik.

Hij kijkt me aan. 'Ja, inderdaad.'

'Aha, en wat heeft uw onderzoek naar mij al opgeleverd?'

'We hebben de administratieve gegevens van u opgezocht, mevrouw Bresse.' Hij pakt een notitieboekje en leesbril uit zijn colbert en somt op. 'We beschikken alleen over enkele feiten. Bijvoorbeeld dat u op 2 februari 1968 in Berlijn bent geboren, dat u op 11 juli 1990 in Amsterdam bent getrouwd met David Bresse, houder van de Nederlandse nationaliteit. Op 21 september 1995 hebt u de Nederlandse nationaliteit aangevraagd die op 6 april 1996 is verleend. U bent in 2012 vanuit Amsterdam naar Zuid-Limburg verhuisd. Uw echtgenoot is 27 december 2013 overleden. U staat bij de Kamer van Koophandel als beeldend kunstenaar geregistreerd. U bent eigenaar van dit pand waar géén hypotheek op rust. U hebt geen kinderen en u bent nooit in aanraking geweest met justitie.'

Typisch. Ze weten dus nog niet dat ik in Hohenschönhausen heb gezeten. Ze hebben ongetwijfeld alle gegevens over mijn verleden opgevraagd in Duitsland. Die lui delen toch alles in ons verenigde Europa? Zeker weten. En dan volgt beslist een nieuwe vragenronde.

'Uw administratieve gegevens kloppen, meneer Netelen,' zeg ik vlak. Een bekende pijn klimt vanuit mijn nek naar mijn rechteroor. Zo meteen begint het suizen weer.

'Mooi. Dan kunnen wij nu verdergaan met het verhaal áchter die kale opsomming.'

Zie je wel. Ik wist het. Hij denkt dat het bij deze roof heel specifiek om míjn nier ging. En dus niet om willekeurig welke nier. Hij gaat in mijn verleden graven. Ik duw mijn handen onder mijn dijen en verkramp. *Bitte nicht.*

6

Het forensisch team overlegt op het terras over de volgorde van het onderzoek. De rechercheurs hervatten het gesprek na een korte pauze. Er waren vragen over mijn atelier, of dat ook tot het plaats delict behoort. Ik haastte me om te zeggen dat het mij niet nodig leek dat te onderzoeken, omdat het een apart gebouw is met een aparte ingang, zonder verbinding met het hoofdhuis. John Netelen antwoordde dat hij dit met de officier van justitie moest bespreken. Hij wilde er pas over beslissen als het onderzoek in de woning was afgerond.

Hij gaat weer zitten en geeft de cameraman het teken dat het gesprek vervolgd kan worden. De vragen waren tot dusver nog relatief veilig en gingen over mijn dagelijkse patronen en of ik recent dingen in de omgeving heb gezien die mijn aandacht trokken. Mijn spieren zijn nog steeds verkrampt en de pijn in mijn nek vertakt zich naar de rechterzijde van mijn hoofd. John Netelen roept een enorme spanning bij me op. Ik kan zijn blik niet verdragen. Dat taxerende.

'Hebt u vrienden, mevrouw Bresse? Personen die hier vaker op bezoek komen? Binnen kunnen kijken? Mensen die weten van uw gewoonten?'

Ik schud mijn hoofd.

'Niemand.'

John Netelen trekt zijn wenkbrauwen op.

'Hoe bedoelt u? Maar u woont hier toch al een paar jaar? Is er al die tijd niemand binnen geweest?'

'Jawel, mijn buurvrouw Eva Hermans is hier een keer

binnen geweest. Na het overlijden van mijn man. Om me te condoleren. Maar verder niemand,' meld ik stellig en ik buig me voorover om aan mijn kuit te krabben. Die nare jeuk is er weer.

'En wie hebben, behalve uzelf, een sleutel van uw huis met de code van de beveiliging?'

'Niemand.'

Alweer die blik. Mijn hand gaat naar mijn nek en duwt tegen de rechterspier. Om de pijn wat te verlichten.

'Ik wil nu nader ingaan op uw familiaire omstandigheden, mevrouw Bresse. Ik begreep namelijk van de nefroloog dat u een zeldzame bloedgroep hebt en dat dit van nut kan zijn bij een niertransplantatie. Vooral als de ontvanger eerstelijns familie van u is. Ik heb uw Duitse dossier nog niet ontvangen, maar wat ik hier zie is dat u geen kinderen hebt. In ieder geval niet geboren in Nederland. Klopt dat?'

'Ja, dat klopt.' De pijn schiet van mijn nek naar mijn buik. De talloze ziekenhuizen verschijnen weer in beeld. Al die nare behandelingen. Het wachten. Het hopen. Bijna tien jaar heb ik aan me laten dokteren om maar zwanger te raken, en telkens ging het mis. Mijn kinderwens werd een obsessie. Pas in 1998 gaven we de hoop op, toen David impotent werd na die operatie vanwege prostaatkanker. Ja, ook dát heeft Hohenschönhausen mij gebracht: een kapotte baarmoeder.

'En een broer of zus. Zijn die er?'

'Nee. Ik was enig kind en mijn ouders waren ook enig kind. Ik heb dus ook geen neven en nichten. Of ooms en tantes.'

'Dus u had alleen uw man,' fluistert John Netelen, terwijl hij zich vooroverbuigt en de trouwfoto van David en mij optilt. 'Ik zag in de stukken dat er sprake was van een groot leeftijdsverschil. Jullie leken erg verschillend.'

Eikel! Hij mag onze foto niet aanraken!

'Ja. Voor buitenstaanders,' antwoord ik bits, terwijl ik de

lijst uit zijn handen trek en weer op zijn vaste plekje op mijn tafel zet. Altijd zichtbaar als ik eet. Met mijn rechterhand houd ik de foto vast, zodat hij er niet meer aan kan komen. 'Ik wilde u niet kwetsen met mijn opmerking, mevrouw Bresse,' zegt Netelen zachtjes. 'En mijn excuses dat ik uw foto pakte. Ik zoek simpelweg naar handvatten in een moeilijk dossier. En een leeftijdsverschil van 27 jaar is niet alledaags.'

Ik knik en ga verzitten. Andere positie. Andere emoties. Ik moet me beheersen. Nooit een ondervrager kwaad maken.

'Ik snap uw redenering wel, meneer Netelen. Is herkenbaar. Maar voor mijn man en mij speelde leeftijd geen rol. Wij waren zielsverwanten.'

John Netelen bestudeert het A4-vel dat voor hem op tafel ligt, waarna hij zijn ogen weer op mijn gezicht richt.

'Waarom bent u eigenlijk naar Zuid-Limburg verhuisd? Of beter, naar deze eenzame plek? Zo ver weg van alles. Misschien is er een relatie met deze locatie.'

Mijn wijsvinger streelt over het lachende gezicht van David. Wat vertel ik deze man? Dat ik in 2011 na die gewelddadige beroving in Amsterdam voor het eerst in jaren weer paniekaanvallen had als ik over straat liep? Dat ik weer overal Stasiagenten in burger zag? Dat mensen me bang maakten. Nee! Dat gaat hem niks aan.

'Ik zie dat verband niet. Mijn man en ik wilden gewoon op een rustige plek van zijn pensioen genieten. Wij liepen tijdens een vakantie per toeval tegen deze woning aan. Het was liefde op het eerste gezicht.' Ik wijs naar buiten, naar de meanderende Geul. John Netelen draait zijn hoofd richting het uitzicht en mijn gedachten dwalen af. Naar de rivier de Elbe, die zo indrukwekkend was op mijn eerste dag in Dresden, op die zinderend hete augustusdag in 1987. Ik was zo alleen zonder papa en mama. Ik had mijn fiets meegenomen naar Dresden en ging die middag meteen op ontdekkingstocht. Ik fietste en ik fietste. Zo snel ik kon. Harder en harder. Om even mijn verdriet over de plotselinge dood van papa en mama te vergeten. Twee dagen eerder waren ze begraven. Ze hadden zich doodgereden met hun nieuwe Trabant, want er was iets fout geweest met de remmen. Mijn laatste herinnering aan hen was een ruzie. Ze wilden niet dat ik naar Dresden ging. Ze wilden niet dat ik kunst ging vervalsen. Ze vonden mij nog te jong. Voor het eerst in hun leven waren ze kritisch over de Partij. Papa noemde het zelfs 'een criminele bende'. Ik schreeuwde dat ik toch zou gaan en rende de deur uit. Toen ik diep in de nacht thuiskwam, sliepen ze al. De volgende ochtend waren ze vóór mij op en reden zich dood op weg naar hun werk. Ik heb nooit mijn excuses kunnen aanbieden of afscheid van ze kunnen nemen. Van het een op andere moment had ik niemand meer en was ik helemaal alleen in Dresden, een onbekende stad. En ik fietste en ik fietste. Langs de Elbe, langs glooiende velden. Groen. Goud. Geel. Op een bepaald moment zag ik een pad dat een heuvel op leidde. Ik fietste omhoog en stond op mijn pedalen. Mijn hart bonkte. Mijn benen deden pijn. Boven aangekomen was daar een klein vervallen huis aan de rand van het bos, met een prachtig uitzicht. Glooiingen zo ver het oog reikte met iets lager een beekje dat richting de Elbe stroomde. Ik ervoer een raar gevoel van herkenning, ofschoon ik nog nooit op die plek was geweest. Ik zette mijn fiets tegen een boom, passeerde het huisje en liep door het pas gemaaide gras naar het riviertje. De geur van het hooi was bedwelmend. Ik ging op een boomstronk zitten, deed mijn schoenen uit en liet mijn gezwollen voeten in de stroom zakken. Het kolkende water streek langs mijn enkels. Ik zuchtte en staarde over het bonte kleurenpalet dat zich voor me ontvouwde. Mijn wezen opende zich en de leegte in mijn hart vulde zich voor even met de schoonheid van dat glooiende landschap.

Bijna een kwart eeuw later gebeurde dit opnieuw toen

David en ik een weekend naar Zuid-Limburg gingen om die beroving te verwerken. Ik hunkerde naar stilte, naar een totale afwezigheid van mensen. We maakten een wandeling door de heuvels en kwamen terecht in Mechelen. In de verte zagen we de Geul en we liepen ernaartoe. Het was een hete, zomerse dag, met een staalblauwe hemel. We gingen zitten op een boomstronk, trokken onze wandelschoenen uit en hielden onze voeten in de snelstromende rivier. En alweer was daar dat gevoel van vrede, alsof ik eindelijk thuis was. 'Hier wil ik met je wonen, David, niet meer in Amsterdam. Met al die mensen,' zei ik, terwijl de tranen over mijn wangen rolden en ik schokkend tegen hem aan leunde. 'Hier voelt het fijn voor mij, Schatzi.' De week erop kochten wij dit huis, niet ver van de boomstronk. Eenzaam op een heuvel. Zonder buren. Afgezien dan van Eva, die iets verderop woont.

Iemand raakt mijn arm aan. Het is John Netelen. Hij drukt een papieren zakdoek in mijn handen. Ik pak 'm, sta op en loop naar het terras. Terwijl ik mijn tranen afdroog, bekijk ik mijn tuin. Gele brem. Roze bloesem. Paarse sering. Een lentetenue. Nieuw leven dat zich aankondigt met felle kleuren. De natuur herstelt van het afsterven tijdens de winter. Zal ik ook herstellen van de dood van David? Het lijkt er nog niet op. Ik mis hem zo... Ik draai me om, loop naar de tafel en ga weer zitten. De piepjes van de camera weerklinken weer.

'Mijn excuses, meneer Netelen, maar ik worstel nog enorm met het verlies van mijn man.'

'Dat begrijp ik helemaal, mevrouw Bresse, en het spijt me dat ik u met mijn vragen moet belasten. Wij doen dit echter voor uw eigen veiligheid.'

Ik knik, terwijl mijn vingers de natte zakdoek verfrommelen.

'Mag ik trouwens vragen waar u en uw man elkaar hebben ontmoet?' Hij kijkt op en zoekt mijn ogen. Hij wil mijn

49

reactie zien. Dit is geen belangstellende vraag. Hij vermoedt dat hij in mijn antwoord een oplossing vindt. Wat raar. Waarom?

'In Berlijn, meneer Netelen,' antwoord ik beheerst, 'op 9 november 1989. In de nacht dat de DDR de grenzen opende. Tijdens dat massale feest van de Wende. Niet ver van die dansende meute op de Muur.'

Ja, daar vond David me. Onder het bloed. Met 41 graden koorts. In de modder. Achter een struik in een plantsoen, meer dood dan levend.

IV

'De organisatie rond de Königstein Gruppe was zo geregeld dat elke betrokkene maar een fractie van de puzzel kende.

Zelf zag ik als directeur van de Kunst und Antiquitäten GmbH wel dat er vanaf het najaar van 1987 expressionistische werken bij ons binnenkwamen, maar mij werd door de collega's van de Stasi-Abteilung VII/13 verteld dat ze in een afgelegen mijnschacht waren ontdekt, wat goed had gekund. Immers, we wisten dat de nazi's tijdens hun terugtocht geroofde kunst op Duits grondgebied hadden verstopt. We wisten alleen niet waar. De gedachte dat de werken vervalsingen zouden kunnen zijn, was niet bij me opgekomen. Diederich Schulz, de leider van de Kommerzielle Koordinierung waar mijn Kunst und Antiquitäten GmbH onder viel, wist dat wel.

En ja, ik zag natuurlijk ook dat de verkoop verliep via Galerie Am Lietzensee in West-Berlijn, maar dat leek me logisch daar Ralf Engel, de eigenaar van dat veilinghuis, in Europa dé autoriteit was op het gebied van expressionistische kunst. Dus ik vermoedde absoluut niet dat er in een prachtig kasteel in het bos bij Königstein een team werkte dat zich volledig concentreerde op het vervalsen van kunst. Immers, hoe geniaal moet je niet zijn om een nieuw kunstwerk van bijvoorbeeld een al in 1940 overleden Paul Klee te maken? En toch... het gebeurde.

In de DDR werden mensen continu tot de grens van hun kunnen gedreven. Sporters waren daarvan het meest sprekende voorbeeld. Kinderen werden al vanaf de kleuterklas op hun talenten geselecteerd, jarenlang getraind en natuurlijk volgespoten met tal van middelen. Dopingcontrole ken-

den we in de jaren tachtig amper. En vervolgens waren wij bij de Olympische Spelen altijd de grote winnaars, waarna onze partijtop stelde dat hiermee het bewijs was geleverd dat de burgers van de DDR *in het socialistische paradijs leefden. Immers, alleen gelukkige mensen waren tot zulke prestaties in staat.*

Dus eigenlijk was het wel logisch dat zoiets ook met kunst gebeurde. De DDR *snakte immers naar deviezen. Het land produceerde niets meer dat het buitenland wilde, en kon daarom ook geen goederen meer in het buitenland kopen. Zelfs de bananen uit het socialistische broederland Cuba waren te duur geworden. Kortom: de* DDR *stond met de rug tegen de muur. En je weet hoe dat gaat, Emma: onder druk wordt alles vloeibaar. Zo ook het starre denken van onze partijtop. Dus werd er op 2 september 1986 aan de Ostsee een geheime vergadering op het allerhoogste niveau georganiseerd met als doel suggesties te verzamelen die tot extra deviezen zouden leiden. De Königstein Gruppe was het beste idee dat die dag werd verzonnen. Het voorstel kwam van Günter Schonhöfer, de latere leider van de Königstein Gruppe en op dat moment een gerespecteerd kunsthistoricus. Hij deed zijn suggestie, nadat hij een week eerder Josta voor de grap gevraagd had om de pentekening van Georg Grosz die in zijn werkkamer hing na te maken, waarna ze een Georg Grosz-kenner uit Potsdam zouden vragen welke van de twee de echte was. Ze lachte, pakte de tekening en creëerde in nog geen kwartier een exacte kopie. De conservator werd de volgende dag naar de kamer van Schonhöfer geroepen en moest beslissen welke tekening van Georg Grosz de echte was. Hij koos die van Josta. Günter Schonhöfer jubelde en zei dat Josta olympisch goud binnen de categorie kunst zou winnen. Een jaar later zou ze dat inderdaad gaan doen. In het geheim. Drie jaar later vertelde Günter Schonhöfer mij dit verhaal in Hohenschönhausen. Zonder te juichen, overigens.'*

7

De agenten en het forensisch team zijn vertrokken, maar hun aanwezigheid hangt nog als een zwarte wolk in elke kamer. Zoals het zaad van mijn ondervrager dat telkens langzaam uit mijn schede druppelde en mijn broek bevuilde, waardoor ik hem de hele dag kokhalzend moest ruiken. Tot de volgende verkrachting. Ik loop naar het raam. Grijze wolken drijven mijn blikveld binnen vanuit de heuvels aan de overkant. Ze hebben lagen. Alsof een trillende hand met houtskool strepen trekt door de hemel. Ja. Grauwe luchten blijven me fascineren. Sinds het gesprek met inspecteur Netelen leiden ze mijn gedachten almaar terug naar de man met de bruine krullen. En hoe zijn hoofd daar lag, in een plas bloed. Raar hoe een gruwelijke gebeurtenis uit je kinderjaren je eeuwig bijblijft. Ook al lijkt de herinnering soms verdwenen, er is altijd weer een trigger die de beelden terughaalt. Zoals de grijze wolken die nu mijn kant op drijven. Ik draai me om en loop naar mijn bureau in een poging om de man met de bruine krullen niet te zien. Maar terwijl ik mijn laptop opstart, valt mijn oog op de grijze lijnen in het witte marmer van mijn vloer. Ze lijken exact op de onvaste strepen die ik als negenjarige tekende. Op wit papier. Op de dag dat hij over de speelplaats rende. Ik zucht. Juist daarom wilde ik dit marmer niet. Bianco Carrara heet het. Maar de tegels lagen er al toen we het huis kochten en David vond ze mooi, dus ik liet het zo. Ofschoon ik wíst dat ik er regelmatig de man met de bruine krullen op zou zien. Maar David had gelijk. Het was onzinnig om het marmer eruit te slopen. Herinneringen haal je niet weg met een shovel. Die blijven en worden steeds getriggerd.

Ik leg mijn hoofd in mijn nek en staar naar het plafond. Zie je wel. De beelden komen weer. Ze laten zich niet tegenhouden. Ons lege klaslokaal verschijnt. Met de twintig tafeltjes. Mijn tekenleraar tilt mijn bankje op en zet het voor het hoge raam. Hij geeft me vervolgens een potlood met een stapel papier en zegt dat ik vandaag wolken mag tekenen. Op mijn manier. Zoals ik ze zie. Ik buig me naar voren en kijk omhoog, naar het grauwe stuk hemel dat wordt omringd door hoge muren. De binnenplaats van onze school is leeg. De kinderen zijn al naar huis en de poort is dicht. Alleen wij zijn er nog. De meester zegt dat hij over een halfuur terugkomt en dan het resultaat met me zal bespreken. Ik knik. Mijn ogen volgen hem.

'*Bis gleich*, Josta!' zegt hij nog bij de deur. Rond zijn mond vormt zich een glimlach.

Ik lach terug en weet nu al dat ik extra mijn best ga doen om de mooiste wolken voor hem te tekenen. Omdat hij altijd zo lief voor me is. Ik begin, maar de wolken zijn veel moeilijker te maken dan ik had verwacht. Het ergert me dat ze zo snel wegdrijven, dat ik ze niet kan pakken, maar ik blijf het proberen. Ook de variatie in grijstinten fascineert me. Ik signaleer dat de muur van de binnenplaats even grauw is als de lucht en dat er door de muur strepen lopen van gebarsten beton. Net als in de hemel. Die heeft ook scheuren. Mijn hand tekent weer wolken, maar ineens klinken er voetstappen op het speelplein. Ik kijk op van mijn tekening en zie een magere man met bruine krullen en een spierwit gezicht. Hij rent mijn kant op. De wind speelt met zijn kleren. Ze zijn raar, zoals ik ze nog niet eerder gezien heb. Ze doen me denken aan de gestreepte pyjama van papa. De man is nu bij me en staat voor me bij het raam. We kijken elkaar in de ogen en maken een diep contact. Rillingen trekken langs mijn rug. Zijn angst wordt mijn angst.

'Open het raam!' schreeuwt hij. 'Laat me binnen. Voor ze me pakken! *Bitte. Schnell!*'

Ik spring op en reik naar de hendel. Maar die zit te hoog. Snel klim ik op mijn tafeltje, maar ik kom er nét niet bij. Dus klauter ik weer naar beneden en wil naar de hoek van onze klas rennen, om de trapladder van de juf te pakken. Net op dat moment stormen twee agenten met geweren de speelplaats op en klinkt er een knal. En nóg een. De man met de krullen valt tegen het raam. Het glas breekt en zijn gezicht landt op mijn tekenpapier. Er is iets vreemds. Een deel van zijn hoofd is weg. Op de plek waar net nog zijn oor zat, is nu een gat. Zo groot als mijn vuist. Zijn bloed stroomt over mijn zojuist getekende wolken. Mijn grijze strepen op wit papier worden rood. Ik duw tegen de man. Zijn hoofd met bruine krullen ligt in een plas bloed. Ik zet een stap terug en begin te trillen. Dit is mijn schuld! Dat hij viel. Door het glas. Ik was niet snel genoeg bij de hendel. Ik had hoger moeten springen, dan was hij niet door het raam gevallen. Dan had hij naar binnen kunnen klimmen, en was er geen plas bloed geweest. Ja, dit is mijn schuld. Wat zal de meester zeggen? En papa en mama? Dat ik hoger had moeten springen. Ja! Dat zullen ze roepen. Ik heb niet genoeg mijn best gedaan. In paniek ren ik de gang op om de meester te halen. Die moet me helpen om mijn wolken te redden, en de man met de krullen wakker te maken. Maar ik weet niet meer in welke kamer hij zit. De laatste keer was hij helemaal boven, waar de schildersezels staan. Op de tweede verdieping. Ik hol zo snel ik kan de trappen op en stap de hoge ruimte binnen. Maar hij is er niet. Ik loop de zaal weer uit, de gang op, en stop even om na te denken. Waar kan de meester zijn? Er zijn zoveel kamers. Ik moet hem vinden. Want dat bloed... Beneden klinken nu voetstappen. Ze hebben een ander geluid dan normaal. Alsof de mensen die daar lopen schaatsijzers onder hun schoenen hebben gebonden. Ja. Dat is het geluid van staal op steen.

Het klinkt dreigend. Iets in mij houdt mij op mijn plaats. 'Bent u alleen hier?' vraagt een onbekende man. Zijn harde stem galmt door de hal.

'Jazeker. Ik was nog even aan het opruimen. De kinderen zijn al een tijdje naar huis,' zegt mijn meester heel stellig.

'Prima. U komt nu met ons mee.'

'Maar waarom dan?' vraagt mijn meester. Er klinkt angst door in zijn woorden. De schelheid van zijn toon vertelt het me.

'Wíj stellen hier de vragen. Niet u.'

'Maar ik begrijp niet waarom.'

'Dit is een bevel. Meekomen.'

De voetstappen verwijderen zich en het wordt stil in de school. Mijn handen omklemmen de trapleuning, terwijl ik me vooroverbuig en hijgend naar beneden kijk. Er zijn geen mensen meer. Ik schud mijn hoofd. Wat raar? Mijn meester heeft niet de waarheid verteld. Hij weet toch dat ik nog in het gebouw ben? Maar hij is altijd aardig voor me en minder streng dan onze juf. Dus hij heeft vast gelogen om me te beschermen. Zoals hij soms ook bij de juf doet. Hij wil dus niet dat die mannen met de schoenen van staal weten dat ik hier ben. Ik besluit naar huis te gaan, maar niet via de hoofdingang. Ik stuif de vele trappen af naar beneden, richting de kelder en ren via het kolenhok naar buiten. Die uitgang nemen de meester en ik vaker, omdat het voor ons allebei korter is.

Thuis aangekomen, blijken papa en mama er niet te zijn. Angst groeit in me. Hebben de mannen met de stalen schoenen hen ook meegenomen? In paniek ren ik de gang op en zie daar een vreemde man. Zijn huid is gelig en zijn haren zijn sluik en zwart. Hij heeft een plat gezicht met ogen die heel anders zijn dan die van mij. De zijne kijken door spleetjes. Mensen met vergelijkbare gezichten heb ik weleens op een foto gezien.

'Wie bent u?' vraag ik.

'Ik ben Ganbaatar Chimediin. Je nieuwe buurman,' antwoordt hij en hij wijst op de deur naast de onze. 'En wie ben jij?' Zijn stem klinkt warm en vertrouwd, ook al is zijn Duits anders dan mijn Duits.

'Ik ben Josta en ik heb net een man met bruine krullen in een plas bloed gezien. Hij viel door het glas. Omdat ik niet hoog genoeg heb gesprongen.'

Op die grauwe dag in april verloor ik mijn favoriete tekenleraar, want hij is nooit meer naar onze school gekomen. Maar op diezelfde dag stapte Ganbaatar mijn leven binnen. Hij nam me bij de hand en tijdens een lange wandeling door het park vroeg hij me om hem het verhaal te vertellen van de man met de bruine krullen. Wat ik deed. Tot in detail. Terwijl we omhoogkeken naar de grijze wolken die onze hoofden passeerden. Ganbaatar verzekerde me dat ik beslist hoog genoeg had gesprongen en dat ik er met niemand over moest praten. Dat de wolken de man mee zouden nemen. Naar een andere wereld. Zo werd de gebeurtenis ons geheim. In ruil vertelde Ganbaatar mij ook een verhaal. Uit zijn land, Mongolië. Over een grote krijger die te paard over weidse steppen galoppeerde en dorpen veroverde.

'Onze nieuwe buurman is geboren op de grens met China,' zei papa die avond. 'Maar hij heeft een Russisch paspoort, Josta. Daarom mag hij hier wonen. Hij werkt in een speciaal ziekenhuis. Hij zorgt ervoor dat mensen minder pijn hebben, door op de juiste plekken naalden in hun huid te steken.'

Ganbaatar en ik werden onafscheidelijk. Hij integreerde maar moeizaam in de DDR. Dus kreeg ik alle aandacht. Toen ik ouder werd, leerde Ganbaatar me karate en mediteren. Dat laatste bleek mijn redding in Hohenschönhausen. Daar waar andere gevangenen depressief werden van verveling omdat ze de hele dag op dat stomme krukje moesten zitten, dobberde ik regelmatig rond in mijn eigen spirituele wereld. Maar ook Ganbaatar verdween van het ene op het andere moment. Jaren later, kort voor dat ongeluk van papa en mama. Ook hij werd meegenomen door agenten. Het was een tafereel dat me bijbleef, want ook nu nog achtervolgt zijn arrestatie me in tal van varianten. Met dit voorval werd bovendien het zaadje geplant voor mijn wantrouwen jegens overheden en agenten. In de jaren die volgden groeide deze argwaan zelfs uit tot een aversie. Dat merken ze, waardoor gesprekken van meet af aan moeizaam verlopen. Zoals vandaag met die figuren van de recherche.

8

Ik stap flink door, de heuvel op. De angst maakt me gek, want het gezicht van mijn ondervrager is er weer en ik ruik hem. Gejaagd sabbel ik op een pepermuntje om zijn smaak uit mijn mond te krijgen. Ik stamp een steen weg. Hij rolt zigzaggend over het pad naar beneden en knalt tegen de stam van een knotwilg. Mijn oxazepamtabletten werken verdomme niet en de dosis verder opvoeren gaat niet meer, want ik zit al aan mijn limiet. De verleiding was net groot om weer een paar glazen wodka te drinken, maar de duizelingen die daarop volgen zijn zo naar. Dus wodka is mijn laatste strohalm. Hopelijk helpt een lange wandeling. Met de palm van mijn hand veeg ik mijn tranen weg. Ik draai mijn gezicht naar de hemel. De bewolking begint zich te openen.

'O, David, ik kan niet meer. Help me, Schatzi, ik ben zo bang,' snik ik, terwijl ik zijn gezicht in de lucht zoek. Ik sluit mijn ogen, strek mijn handen uit en probeer zijn aanraking te voelen. Ik visualiseer hoe hij mijn vingers streelde of hoe hij me over mijn hoofd aaide. Of hoe ik 's avonds tegen hem aan lag, op de bank. Ik zorgde er altijd voor dat ik een stuk huid van hem aanraakte. Om zeker te zijn dat hij er nog was. Levende mensen voelen immers warm. Zo anders dan dode. Het is vooral de warmte van zijn huid die ik zo ontzettend mis. En de stevige greep van zijn hand, waarmee hij me los kon trekken uit een opkomende paniekaanval. Er is nu al vier maanden geen warmte meer op mijn huid. Alles in mij is zo koud en zo leeg. Alleen als ik schilder, lijk ik nog te leven.

De zon breekt door en kleurt de heuvels om me heen in duizend tinten. Dit is prachtig. Zal ik mijn ezel halen? Buiten schilderen is zoveel leuker dan binnen, omdat er met iedere verandering van licht andere schaduwen en andere kleuren ontstaan. Je moet sneller werken, waardoor je penseelstreken je energie tot uitdrukking brengen. Ook daarom ging ik vaker naar buiten toen we op het Schloß woonden. Je kunt immers niet alleen binnen vervalsingen maken. Mijn expressionisten werkten toch ook met regelmaat in de natuur? Dat gold zeker voor de landschappen van Kandinsky, die werden sterk beïnvloed door de stand van de zon. Ik loop door. In de verte verschijnt Kasteel van Beusdael. Een mooi gebouw. Zo was onze werkplek ook. Vooral de harmonie raakte me toen ik Schloß Schönwald op die eerste dag aan het einde van die lange oprijlaan zag opdoemen. Het leek wel een kleine versie van Schloß Sanssouci in Potsdam. Het pand was gebouwd in dezelfde rococostijl met een identieke beige steen. We werden begroet door spuitende fonteinen en perkjes met bloeiende rozen. Ook vanbinnen leek het wel alsof we een sprookje betraden. Waar je maar keek, zag je goud en marmer. Ik schud mijn hoofd. Zo zonde dat zoveel schoonheid gecorrumpeerd werd door het slechte wat daar gebeurde.

De wind speelt met mijn haren. Ik buig me voorover, krab met mijn vingers door de natte aarde en ruik eraan. Zálig! Vóór Hohenschönhausen wist ik zelfs niet hoe heerlijk modder kan ruiken. Dat realiseerde ik mij pas tijdens die nacht van 9 op 10 november 1989, toen ik uitgeput in de struiken viel, niet ver van de Muur, in West-Berlijn.

Een groepje mountainbikers nadert. Ze zijn nog ver. Hopelijk gaan ze daarboven naar links en komen ze niet mijn kant op. Ik heb geen behoefte aan mensen. Nooit gehad ook. Ganbaatar dacht dat dit komt doordat ik enig kind was en al vanaf mijn vijfde in Einzelbildung zat. Als je nooit met kinderen speelt en geen broers of zusjes hebt, leer je ook geen sociaal gedrag. Dus al voor Hohenschönhausen was ik het prototype van een einzelgänger. Erna werd ik bang van mensen. Vooral ook omdat ze continu naar me staren, omdat ik mooi ben. David zei vaak dat ik veel op Nicole Kidman lijk. Velen zeiden dat. Vanwege mijn uiterlijk kreeg ik Werner, overleefde ik Hohenschönhausen en wilde David met me te trouwen. Dus mijn schoonheid heeft me zeker wat gebracht. Vrouwen die zeggen dat uiterlijk er niet toe doet, liegen. Ik leef nog vanwege mijn opvallende verschijning. Maar hoe blij moet ik daarmee zijn? Wat voor leven was het dat ik leidde de afgelopen vijfentwintig jaar? Een dagelijkse confrontatie met een geknakt artistiek talent, een dood libido, een kapotte baarmoeder en angstaanvallen. Ik loop nog rond omdat ik nooit de moed heb gehad om van ons appartementengebouw aan het IJ te springen. Al die keren dat ik er stond, hield de hoogte me tegen. Hetzelfde gold voor die strip met slaappillen die ik na de dood van David in één keer wilde slikken. Ik werd maar niet dronken genoeg om ze in mijn mond te stoppen. Ergens in mij sluimert nog steeds die absurde drang om te leven, maar dan wel zonder mensen. Na die negen maanden in Hohenschönhausen kon ik niemand meer om me heen verdragen. De eenzame opsluiting leidde tot een beklemd gevoel, vooral in steden. Er is daar gewoon te veel steen en te veel schaduw. Als je zo lang geen daglicht hebt gezien en 'buiten zijn' niet meer behelsde dan eens per week een paar minuten 'luchten' in een stalen kooi van tien meter hoog en drie meter doorsnee, dan drukt een stad op je. Dat was ook de reden dat David zijn statige herenhuis in de Amsterdamse Jordaan verruilde voor een penthouse aan het IJ. Met veel glas en een dakterras. Zodat ik altijd naar de hemel kon staren. Om mij 'vrij' te voelen. David begreep dat. Datzelfde geldt voor geluid. Ik heb tot mijn arrestatie nooit geweten hoe heerlijk de stilte kan zijn. Of de zang van vogels en het zoemen van bijen, of een mooie uitvoering van

Chopin op piano. In Hohenschönhausen zat achter elke toon een gruwelijke betekenis. Mijn leven bestond uit het analyseren van de miniemste trillingen. Dat gold ook voor mijn eten als het door het gat werd geschoven. Ik begon met ruiken. Daar deed ik toch gauw vijf minuten over. Daarna stak ik mijn wijsvinger in de smurrie en proefde een beetje. Als het ook maar enigszins verdacht was, at ik niks, totdat de honger mij uiteindelijk tot eten dwong. Hoe vaak heb ik me wel niet afgevraagd wat voor stofje ze nu weer door mijn maaltijd hadden gemengd? Om me te laten raaskallen. Of om paniekaanvallen te ensceneren. Om nog maar te zwijgen over de smaak van dat monotone voer. Je proefde na een paar weken zelfs niet meer wat je at.

Ik ben bijna boven. Dat merk je ook aan de wind. Hoe hoger, hoe feller hij wordt. Ik ril en trek de capuchon van mijn jas over mijn hoofd. Ja, ook dát was verschrikkelijk in Hohenschönhausen. Dat het de ene keer ijskoud was en vervolgens tropisch heet. Ze waren voortdurend aan het spelen met de temperatuur van je cel. Dan weer zat je te bibberen op je kruk, dan weer werd je duizelig van de hitte.

Ik stop bij mijn vaste plekje en ga zitten op het verweerde bankje om even van het uitzicht te genieten. Op de boom naast me hangt een wegkruisje dat versierd is met een wit-gele paaskrans. Het hoofd van Jezus blikt mijn kant op. Onze ogen ontmoeten elkaar. Het lijkt alsof hij zijn armen voor me opent, maar dat is niet zo. Het is maar een beeldje. *Schade.* Ergens vind ik het jammer dat ik niet geloof. Religie had me wellicht wat houvast kunnen geven. Maar ja, het geloof was niet populair in de DDR. Papa en mama waren zelfs blij dat de SED hun de legitimatie gaf om zich aan het juk van de pastoor te onttrekken en bombardeerden mij vaak met verhalen over misstanden binnen de Kerk. Zouden ze geweten hebben dat hun geliefde partij vele malen erger was? Ik denk het uiteindelijk wel. Toen ik op mijn negentiende naar Dresden ging, waren ze in ieder geval geen fan meer.

Ik strek mijn benen en draai rondjes met mijn voeten. Mijn handen strijken langs de paardenbloemen naast me die de holle weg geel kleuren. Helmgras streelt mijn huid met iedere volgende windvlaag. Dat voelt fijn. Ja, ik besloot pas tot meewerken met mijn ondervrager toen mijn vingers na 24 uur op de Stoel tijdelijk gevoelloos waren en het besef tot me doordrong dat mijn zintuigen bij een volgende keer voor altijd beschadigd konden raken, en dat ik dan nooit meer zou kunnen schilderen. Wat voor mij gelijkstaat aan de dood. Dus ik deed wat hij van me verlangde.

Ik ga wat verzitten, rits mijn jeans open, trek mijn onderbroek wat omlaag en bekijk de snee en de gaten op mijn buik. Mijn schaamhaar begint alweer te groeien en zal over een paar weken het litteken bedekken. Maar nu valt de snee in het felle buitenlicht nog goed op. Met mijn rechtervinger betast ik de omgeving rond de wond. Het doet nog steeds pijn als ik eraan kom, maar minder dan eerst. Het gaat elke dag wat beter, maar mijn nier is voor altijd weg. Waarom deden ze dat? En waarom lieten ze me leven? Mij ontvoeren, opereren en weer terug in bed leggen moet een gigantische operatie zijn geweest. Met veel risico's voor alle betrokkenen. Mij na de operatie laten overlijden en vervolgens verbranden, was veiliger geweest. Ja, inspecteur Netelen had gelijk. Ze moesten míjn nier hebben en niet die van iemand anders. En ik moest blijven leven. Maar waarom?

In de verte vormen zich donkere wolken. Ze komen mijn kant op. Aan de tint grijs is te zien dat ze regen dragen. Ik moet naar huis. Ik ben nog wat verzwakt zo kort na de operatie. Dus ik kan maar beter niet nat worden met een risico op een verkoudheid. Ik sta op en rits mijn broek dicht.

Vijftig meter verderop, boven op de heuvel, komt een groep mountainbikers het bos uit. Ze fietsen in een razend tempo de helling af. Als agenten die zich op demonstranten storten, nergens rekening mee houdend. Ik stap half in de berm als ze me passeren. Hun gezichten staan strak. Een plas water spat op mijn jeans. Ze zien het, maar negeren me. Ik ben slechts een object voor deze mannen. Net zoals ik maar een object was voor de bewakers in Hohenschönhausen. Een stuk mens, waar ze mee konden doen wat ze wilden.

Maar waarom denk ik nu ineens weer aan Hohenschönhausen? Na een periode van relatieve rust. Waarschijnlijk vanwege inspecteur Netelen en zijn dwingende manier van ondervragen. Of omdat ik vannacht zo raar gedroomd heb? Het begon zoals altijd met mijn cel in Hohenschönhausen, op het moment dat de bewakers mij meenamen voor de zoveelste ondervraging. Toen de deur naar de kamer van de ondervrager werd geopend, verscheen een ruimte in een ziekenhuis. Ik lag vastgebonden in een bed. Naast mij stond apparatuur met een hartslagmeter. Om mij heen liepen mensen in turquoise pakken met maskers voor hun gezicht. Een medisch team. En ineens klonk daar de stem van mijn ondervrager door de ruimte. Hij vroeg wat en een andere man gaf antwoord. In het Duits. Ik herinner me niet meer wat hij vroeg, en ik herinner me ook niet meer waar hij stond, maar HIJ was het. Mijn Ondervrager. Honderd procent zeker. De droom leek echt. Alsof dat monster nog leeft...

V

'Weet je, Emma. Er zat een filosofie achter de werkwijze in Hohenschönhausen. In wezen probeerde men gevangenen via het ontwikkelen van een soort stockholmsyndroom aan de praat te krijgen. Dit betekende dat er een vertrouwensband moest groeien tussen een gevangene en zijn of haar ondervrager. Om dit te bereiken werd er een situatie gecreeerd waarbij de ondervrager lange tijd het enige menselijke contact was en hij de gevangene voor goed gedrag kon belonen. Met goed gedrag werd overigens het geven van de gewenste antwoorden bedoeld.

Het systeem werkte eigenlijk heel simpel. Gedetineerden werden vanaf het moment dat ze binnenkwamen, geïsoleerd opgesloten. Ze hadden geen enkel menselijk contact meer. Noch met andere gevangenen, noch met bewakers, noch met de buitenwereld. Ze wisten niets, ze zagen niets en ze hoorden niets. Men liet hen ook in het ongewisse over hun familie. Mensen maakten zich vaak verschrikkelijke zorgen of thuis nog alles goed was.

De cipiers liepen op sloffen, waardoor ze de cellen onmerkbaar naderden. De gevangenen konden dus nergens op anticiperen. Er heerste altijd een gevaarlijke stilte. En doordat 's nachts om de zoveel minuten het licht aan en weer uit werd gedaan, raakten ze uitgeput en verloren hun besef van tijd. Ze werden verplicht om te slapen met hun gezicht naar de muur en werden meteen met gebonk wakker gemaakt als ze zich in hun slaap op hun rug of richting de tafel draaiden. Dus men hield ze in een bewuste slaap. En dat dagenlang. Een effectieve strategie om mensen psychisch gek te maken.

Je vernielt in wezen de normale werking van hun centrale zenuwstelsel.

Overdag moesten ze dan op de kruk in hun cel zitten. Met de handen op de tafel. Lopen of staan was niet toegestaan. Deden ze dat wel, dan volgde de isoleercel.

Hierdoor was het gesprek met de ondervrager vaak het hoogtepunt van de dag. Ze hadden een stoel met rugleuning, konden even lopen, zagen echt daglicht, én ze hadden 'normaal' contact met een mens. Oogcontact. Gesprekken. En als ze dan ook nog meewerkten, kregen ze zelfs een sigaret. Of een kop koffie. Of stukjes informatie over thuis.

Toen ik dus de opdracht kreeg om de Königstein Gruppe te ondervragen, nam ik in grote lijnen de werkwijze van mijn collega's in Hohenschönhausen over. Ze boekten per slot van rekening succes met hun methoden. Alleen de Stoel was nieuw binnen het ondervragingspalet. Dit apparaat werd in het geheim ingezet voor de echt strategische gevallen, zoals westerse agenten die men informatie moest ontfutselen zonder littekens achter te laten. Na twee of drie keer op de Stoel gingen zelfs de best getrainde spionnen praten. En gezien de enorme druk die er van boven was om snel resultaat te boeken, gaf ik opdracht om de Stoel meteen in te zetten.

De werkwijze van de Stoel was overigens de volgende: een gevangene werd op een heel specifieke manier op een speciaal ontworpen stoel in de isoleercel vastgebonden, waarna de deur werd gesloten en het licht uitging. Door de donkerte en de absolute stilte werd alles wat kwam optimaal gevoeld. Er was immers geen afleiding. De gedwongen houding leidde vervolgens tot een onvoorstelbare pijn in hoofd en spieren die zich langzaam opbouwde en lang aanhield, ook als ze weer uit de Stoel waren. De onnatuurlijke houding leidde bovendien tot uitval van functies. Eerst kregen ze tintelingen op diverse plaatsen in het lichaam. Dan verloren ze de controle over benen, over handen... Meestal kwam het gevoel terug als ze een tijdje uit de Stoel waren. Maar niet altijd.

Dit type marteling liet geen littekens na. In ieder geval niet zichtbaar, en dat was belangrijk, want een deel van de gevangenen werd verkocht aan de Bondsrepubliek Duitsland.

Enfin, drie dagen na haar arrestatie werd Josta pas voor het eerst naar mijn kamer gebracht. We waren begonnen met de vier mannelijke leden van de Königstein Gruppe. Dus toen ik met haar aan de slag ging, had ik de vier heren al ondervraagd. Werner bevestigde dat hij het dossier altijd netjes had bijgehouden, maar geen idee had waar het gebleven was. De andere drie zeiden een voor een niets van een dossier af te weten. Ze kwamen geloofwaardig over. Dus Josta stond 1-0 achter toen zij aan de beurt was.

Haar vale huid vertelde dat ze uitgeput was, maar haar blik was alert. Ze analyseerde de ruimte en ze analyseerde mij. Ze ging op de stoel zitten met haar handen gevouwen onder haar billen. Precies volgens de instructies. Ze rechtte haar rug, kantelde haar heup en zette haar voeten recht naast elkaar neer. Het leek wel alsof ze in een bekende houding verzonk en zich losmaakte van de werkelijkheid. Later ontdekte ik dat dit haar meditatiepositie was. Even afgezien van haar handen, die niet op haar dijen lagen, maar onder haar kont.

Ik herinner me nog precies de eerste woorden die we spraken. Mijn introductie was standaard. Mijn eerste vraag ook:

"Waarom denkt u dat u hier bent, Frau Wolf?"

"Omdat u mij hebt gearresteerd," zei ze en ze hief haar kin iets op en keek me strak in de ogen.

"En waarom denkt u dat wij u gearresteerd hebben, Frau Wolf?" vroeg ik.

"Omdat u daar aanleiding toe meende te hebben."

"En waarom denkt u dat wij daar aanleiding toe hadden?"

"Omdat iemand u zei dat u daar aanleiding toe moest hebben."

"Ik wil dat u mij een serieus antwoord geeft, Frau Wolf."

"Wie zegt dat ik u geen serieus antwoord geef?"

"Ik zeg dat."

"Waarom zegt u dat?"

Alweer die strakke blik. Er volgden nog wat vergelijkbare vragen en nog wat vergelijkbare antwoorden.

Daar zat ik dan. Met een vrouw van 21 tegenover me die niets leek te weten van een dossier. Ik besloot dat ik de vier heren op de Stoel ging zetten. Hopende dat een van die vier daarna zou gaan praten en ik vervolgens van deze nare opdracht verlost zou zijn.'

9

'En, hoe vind je het?' vraagt Jeanette Crombach trots. Zij is mijn vaste kapster sinds mijn verhuizing naar Mechelen. Ik ga elke vier weken even bij haar langs om mijn uitgroei bij te kleuren. Ze heeft haar werkruimte in de garage van haar woning in Epen. Een degradatie. Want vóór ze haar zoon kreeg, was ze sterkapster in de hipste salon van Maastricht. Vanwege het moederschap verruilde ze de jetsetdames voor boerendames.

Mijn vingers strijken door mijn korte haar en ik bestudeer het hip gestileerde type tegenover me.

'Eh, anders.' Tegenover me in de spiegel zit een onbekende vrouw.

'Anders? Je ziet er tien jaar jonger uit, Josta! Lekker pittig! Dit is niet te vergelijken met die eeuwige knot. Je leek wel een oma.'

Ik lach. Ja, dat klopt. Vandaag kreeg ze eindelijk haar zin. Ze klaagt al drie jaar over mijn haardracht en vraagt al drie jaar of ze mijn haren eens een fatsoenlijk model mag geven, maar ik weigerde consequent. Tot vanochtend. Nu er een stuk uit mijn lichaam is gesneden, kan er ook nog wel een stuk van mijn haar af. *Wenn schon, denn schon*, dacht ik. En Jeanette heeft gelijk. Dit oogt erg vlot. Ze heeft mijn blonde lokken in laagjes geknipt en me een pony gegeven. Voor het eerst in mijn leven hangen er haren over mijn voorhoofd. Het voelt raar, maar inderdaad: de blondine in de spiegel heeft iets wilds over zich. Het tegenovergestelde van de saaie vrouw die een uur geleden op deze stoel plaatsnam.

'Hoe meer ik naar mezelf kijk, hoe leuker ik het vind,' zeg ik naar waarheid.

'Het wordt sowieso tijd dat jij eens wat meer naar de buitenwereld gaat kijken, Josta.'

Ik sla mijn ogen neer. Er zijn sinds de dood van David maar twee mensen met wie ik zo af en toe babbel. Eva en Jeanette. Beide vrouwen zijn vrolijk en ongecompliceerd en slagen er altijd weer in om iets van hun blijmoedige natuur op mij over te brengen. En net als Eva weet ook zij precies waar mijn privacygrens ligt. Ze geeft onze gesprekken inhoud door op een vrolijke manier over het leven van alledag te keuvelen. Zo heel af en toe probeert ze mij wel het sociale leven van Epen in te trekken. Subtiel doet ze dat, zonder te pushen. Zo ook vandaag. Door me te vragen of ik zin heb om de poster voor de jubilerende schutterij te ontwerpen. Ik schudde mijn hoofd, waarna ze onze conversatie moeiteloos leidde naar het concert van de harmonie van afgelopen zaterdag, en hoe geweldig de blonde soliste wel niet gezongen had.

Terwijl Jeanette de fles met haarlak schudt, begint mijn mobiele telefoon te tetteren. Ik buig me naar rechts, grijp mijn handtas, pak het toestel uit het zijvak en klik op het hoorntje.

'Met Josta Bresse.'

'Goedemiddag mevrouw Bresse, met John Netelen van de recherche. Mag ik storen?'

'Ja.' Mijn buik knijpt zich samen. Is hij eindelijk wat op het spoor? Ik heb hem eergisteren nog gebeld met de vraag hoe het stond met zijn onderzoek. Hij reageerde in zijn kuif gepikt en zei dat hij verschillende 'aanknopingspunten' aan het uitdiepen was, waaronder een onderzoek naar alle ziekenhuizen in een straal van driehonderd kilometer waar een niertransplantatie plaats had kunnen vinden.

'Kan ik zo even langskomen? Over een uur? Er is iets wat wij met u willen bespreken.'

'Ja, dat kan. Mag ik vragen waar het over gaat?' vraag ik nieuwsgierig, wetende dat hij toch niks gaat zeggen.

'Het gaat om nieuwe informatie die ik aan u wil voorleggen.'

'Aha, wat dan?' houd ik aan.

'Meer details kan ik nu helaas niet geven. Ik spreek u straks.'

En nog voor ik oké heb kunnen zeggen, heeft hij het gesprek al weggedrukt. Zoals verwacht. Als hij voor me zit, krijg ik nog iets van contact met hem, aan de telefoon niet. Dan blijft hij de formele meneer.

'Zijn we klaar?' vraag ik en ik kom omhoog.

'Hallo! Wacht even,' roept Jeanette. 'Ik moet nog de kapmantel van je af halen, Josta.'

'O ja,' lach ik en ik ga met een beschaamd gebaar weer zitten. Verdorie. Telkens opnieuw is daar die drang om naar huis te rennen en te controleren of alles wat op mijn vervalsing kan wijzen, is vernietigd. Mijn angst voor ontdekking wordt ziekelijk. Het idee weer opgesloten te kunnen worden, benauwt me.

Netelen, Broers en de cameraman blikken verrast op als ik de deur opendoe. Ze hebben nog nooit de vrouw gezien die ook in me leeft. De keren dat wij elkaar spraken, droeg ik mijn werkoverall. Zonder make-up, met mijn haar in een knot. *Ein Mannweib.*

'Heren, komt u binnen,' zeg ik en ik ga voor naar de woonkamer.

Ze lopen naar de tafel, John Netelen legt er een A4-envelop op en blijft even staan aan de zijde met het uitzicht en tuurt in de verte. De zon en de wolken spelen een mooi lichtspel met de felgroene heuvels die lijken te bewegen. Broers gaat zitten en de cameraman klapt zijn statief uit. Aha, er volgt dus weer iets formeels. Een nieuw vragenrondje.

Ik ga naar de keuken, leun tegen het aanrechtblad en adem een paar keer diep in en uit. 'Kom op, Josta!' fluister ik onhoorbaar, pak een glas water, drink dat snel op en loop naar hen toe. John Netelen kijkt me op een rare manier aan. Dat wat hij me gaat vertellen, is niet goed. Dat voel ik. Zit hij op een dood spoor?

We gaan zitten.

'Ik ben een en al oor, heren.' Ik recht mijn rug en leg mijn handen op de tafel, alsof ik in de klas naar een leraar ga luisteren.

'Mag ik u eerst nog wat vragen stellen, mevrouw Bresse?'

'Ja. Daarvoor bent u toch hier?'

Hij knikt en maakt een geïrriteerde beweging met zijn hand.

'Klopt. Eh... wat waren de namen van uw ouders en waar en wanneer zijn ze geboren?'

Hè! Waar koerst hij nu op aan? Wat heeft mijn verleden te maken met mijn weggesneden nier?

'Ik begrijp niet zo goed wat mijn ouders te maken hebben met datgene wat mij is overkomen.' Ik leun achterover en vouw mijn armen over elkaar.

'Leg ik u zo uit.'

'Dat legt u mij zo uit. Aha,' zeg ik op een botte toon. 'Nou, mijn moeder heette Dora Schneider en is op 6 januari 1928 geboren in Potsdam. Mijn vader heette Andreas Wolf en is op 23 september 1926 geboren in Berlijn. Mijn ouders waren dus al in de veertig toen ze mij kregen. Ze zijn allebei tegelijkertijd gestorven tijdens een auto-ongeluk op 18 augustus 1987.'

'En wat was de naam van uw lagere school?'

'Grundschule Berlin-Prenzlauer Berg 1.'

'Klopt,' zegt Netelen.

'Natuurlijk klopt dat! Waarom vraagt u dit? Ik begrijp niet waar u heen wilt.'

'Ik wil controleren of u bent wie u zegt dat u bent.'

'Waar slaat dit op,' roep ik met stemverheffing. 'U weet toch wie ik ben!?'

'Dat is nog maar de vraag, mevrouw Bresse.' Hij trekt de envelop naar zich toe. 'Ik kreeg vanochtend uw dossier doorgestuurd van mijn collega's in Duitsland en volgens hun opgave bent u op 10 november 1989 in het Charité Ziekenhuis in Oost-Berlijn aan longoedeem overleden.'

'*Wie bitte?*' Ik staar hem niet-begrijpend aan. 'Maar... ik ben helemaal niet dood!' stamel ik.

'Nee, u niet,' zegt Netelen.

'Josta Wolf is óók niet dood, meneer Netelen. Die zit hier voor u,' schreeuw ik. 'Hebt u wel de goede documenten opgevraagd?'

'Honderd procent. Bovendien zijn de ouders van Josta Wolf de mensen die u net beschreef.'

Ik bal mijn vuisten. Wat is hier aan de hand?

'Hebt u een foto van úw Josta Wolf?' vraag ik.

Hij bekijkt me op een vreemde manier, opent de envelop, haalt er een paar A4'tjes uit en schuift die mijn kant op.

'Dit is wat ik kreeg,' zegt hij.

Ik pak de papieren aan. Mijn vingers trillen. So eine Scheisse. Die klote-DDR weet zelfs bijna vierentwintig jaar na haar opheffing nog mijn leven binnen te dringen. Ik blader door de documenten. Het eerste blad is alleen een opsomming van wat feitelijke data uit de basisadministratie van de gemeente. Geen foto. De tweede bladzijde bevat de cover van mijn dossier in Hohenschönhausen. Ik bestudeer het voorblad. Mijn vingerafdrukken zijn zwart gekleurd. De vakjes van de foto's zijn leeg. Die zijn eruit gehaald. Maar ze zijn wel degelijk gemaakt. Voorzijde en profiel. Op dag twee. Na de isoleercel. Mijn blik gaat naar de laatste zin. Inderdaad, daar staat het. Helemaal onderaan. *Gestorben im Charité Krankenhaus Berlin.* Overleden in het Charité Ziekenhuis. Ik blader verder. Op de volgende pagina staat een verklaring van het ziekenhuis over het tijdstip van mijn overlijden. Getekend door dr. U. Schröder. 10 november 1989 om 6.15 uur. Longoedeem. Maar toen was ik al een paar uur ondergedoken in West-Berlijn. Toen was ik al ontsnapt! 'Ik begrijp hier niks van,' zeg ik aangeslagen. 'Dit moet een administratieve fout zijn.'

'Ik moet zeggen dat uw dossier mij ook verrast, mevrouw Bresse. Waarom hebt u mij trouwens niet verteld dat u in de gevangenis hebt gezeten?'

De woede in mij groeit. Ondervragers kunnen altijd zo fijn terugredeneren. Zij leggen achteraf andere verbanden die je als ondervraagde op het moment zelf niet zag. Zelfs niet kón zien. Nu ook weer.

'Eén, meneer Netelen, omdat ik tijdens ons eerste gesprek geen enkele relatie zag tussen mijn jeugd en de roof van mijn nier. En twéé, meneer Netelen, omdat Hohenschönhausen helemaal geen gevangenis was, maar een martelcentrale voor politieke tegenstanders.' Ik duw mijn stoel naar achteren en kijk hem strak in de ogen.

'Hebt u zich na ontvangst van deze documenten überhaupt verdiept in die plek?' vraag ik, terwijl ik het vel papier van Hohenschönhausen oppak en voor zijn gezicht houd.

'Ja, verschrikkelijk wat ze daar deden.' Hij slaat zijn ogen neer.

'Inderdaad meneer Netelen. Wilt u dat ik in detail treed? Om te bewijzen dat deze Josta Wolf daar verbleef?' Ik sla met mijn hand op mijn borst.

'Nee, mevrouw Bresse. Wij zullen uw identiteit op een andere manier moeten verifiëren. Er is echter nog iets anders. De geboorteakte waarmee u in 1990 uw verblijfsvergunning in Nederland aanvroeg en die later als basis voor uw naturalisatie diende, was vervalst. De stempel van de gemeente klopt wel. Zo ook het briefpapier, maar de inhoud is een andere dan in hun systeem. U staat daar als dood geregistreerd. Die vermelding is op 13 november 1989 ingevoerd.'

'Ik kan u niet meer volgen.'

'Dat begrijp ik. Maar misschien kunt u mij vertellen hoe dat ging daar aan de balie van het gemeentehuis, toen u uw papieren bent gaan halen?'

Ik schud mijn hoofd.

'Ik ben na mijn vlucht uit de DDR nooit meer in Berlijn geweest, meneer Netelen. Ik was getraumatiseerd. Ik was bang dat ze mij weer zouden oppakken. Mijn man heeft dus alle papieren geregeld.'

'Ja, dat dacht ik al,' zegt hij met een nadenkende frons op zijn voorhoofd, 'want u hebt ook nooit uw SED-dossier opgevraagd toen dat vanaf 1992 mogelijk werd. Tenminste dat werd mij vanochtend verteld. Als u dat wél had gedaan, was u er zelf achter gekomen dat u als dood geregistreerd staat.'

Mijn hersenen draaien op volle toeren. Er is een moment geweest dat ik terug wilde naar Berlijn, in 1999. Tijdens de viering van het tienjarig jubileum van de 'Val van de Muur', toen alles echt stabiel begon te lijken. Maar David hield me tegen. Hij zei dat het niet goed was om mijn verleden op te rakelen. We hadden het immers goed. Ik vond uiteindelijk dat hij gelijk had en heb het zo gelaten. Blijft de vraag waarom ik als 'dood' werd geregistreerd. En door wie? Mijn ondervrager en die twee bewakers zijn de laatsten van de Stasi die mij hebben gezien. Die wísten dat ik nog leefde toen ik uit het Charité vluchtte. Mijn ondervrager wist ook dat ik helemaal geen longoedeem heb gehad. Er was immers ook geen lijk. En er is nog iets raars.

'Weet u wat ik heel vreemd vind aan deze documenten, meneer Netelen?' Ik pak de papieren op en wapper ermee.

Zijn blik wordt vragend.

'Iemand heeft alle foto's en vingerafdrukken uit mijn dossier verwijderd. Ik kan dus ook niet meer bewijzen dat ik ben wie ik ben.'

'U kunt het ook van een andere kant bekijken, mevrouw

Bresse.' Hij buigt zich naar mij toe. 'Doordat er geen foto's en vingerafdrukken meer van u zijn, doordat u als dood staat geregistreerd én doordat uw naam in 1990 door uw huwelijk is gewijzigd in Bresse, bent u ook onvindbaar geworden.'

Mijn mond valt open. Ik lik langs mijn lippen. *Dass stimmt ja.* Maar wie zou mij onvindbaar willen maken? En waarom? Heeft mijn ondervrager dit gedaan, omdat hij anders over mijn vlucht ter verantwoording zou worden geroepen door zijn bazen? Ik knik. Ja, dat is het meest waarschijnlijk. Nou, dit is wel héél bizar.

'Er is overigens nog iets, mevrouw Bresse.'

Mijn ogen vinden die van John Netelen. Wat hij nu gaat zeggen is belangrijk. Dat zie ik aan zijn blik. Die priemt. Mijn ogen gaan naar een punt onder zijn wallen.

Ik zwijg en wacht.

'Ik heb dit besproken met mijn collega's in Berlijn, en zij zijn ervan overtuigd dat een ambtenaar in Berlijn is omgekocht, door uw man, toen hij in 1989 om een kopie van uw geboorteakte vroeg. Om u mee te kunnen nemen naar Nederland en om met u te kunnen trouwen, want zonder geldig paspoort en originele geboorteakte zou u geen verblijfsstatus krijgen.'

Mijn buik trekt zich samen. Dat is waar ook. David heeft een paspoort voor me geregeld, kort nadat hij me gered had. Ik had immers geen papieren en was nog te ziek om zelf te gaan. Het bleek nog een hele toer om goede pasfoto's te maken. De apart ingehuurde fotograaf had zeker een halfuur nodig om een witte achtergrond te regelen en iets fatsoenlijks van mij te maken. Toen wij vóór kerst 1989 naar Nederland gingen, gaf David mij dat nieuwe paspoort. Al mijn gegevens klopten. Ik vond het prima en stelde geen vragen. Na mijn vlucht was ik een wrak en vaak in de war. Over mijn papieren dacht ik helemaal niet na, dus ook niet over hoe David dat voor elkaar had gekregen. Die vraag komt nu pas op. Hij had dus connecties, want dit móét via iemand bij het de overheid zijn gegaan...

'Mevrouw Bresse?'

Ik sla mijn ogen naar hem op en knabbel verwoed aan de nagel van mijn duim. Het smaakt naar nagellak. Soms smaakte het eten in Hohenschönhausen ook zo. Het was vaak een voorbode van hallucinaties. Ik spoelde dat chemische voer dan altijd door de wc. Liever duizelig van de honger dan duizelig van de pillen. Ik kan nu ook beter zwijgen en eerst zaken nader uitzoeken. Zelf vragen stellen, is de beste tactiek. Rollen wisselen.

'Weet u, meneer Netelen, volgens mij is het veel aannemelijker dat mijn zogenaamde overlijden pas maanden later met terugwerkende kracht in de administratie van de gemeente is ingevoerd. Kort voor de overdracht van Hohenschönhausen aan West-Duitsland. Toen de leiding daar vrijwel zeker wist dat ze mij niet meer zouden vinden. Ze hadden zich anders voor een West-Duitse rechtbank moeten verantwoorden. Toch? Wat dus zou betekenen dat mijn man wel degelijk de juiste papieren heeft gekregen. Omkopen was niet zijn ding. Hij gruwelde van corruptie.'

John Netelen leunt achterover en vouwt zijn armen over elkaar. Machtsvertoon.

'Kan wel zijn. Echter, feit is dat volgens míjn dossier Josta Wolf officieel dood is en dat u moet bewijzen dat u Josta Bresse-Wolf bent. Feit is ook dat mijn collega zo meteen uw vingerafdrukken moet afnemen en foto's van u moet maken. Wij moeten die vervolgens doorsturen naar Interpol. Om er zeker van te zijn dat u geen crimineel bent die via de geboorteakte en het paspoort van een overleden persoon een nieuwe identiteit heeft aangenomen.'

Mijn handen vouwen zich onder de tafel tot vuisten. Mijn voeten proberen contact met de grond te maken. Ik moet aarden. Me niet laten meevoeren. Overkomt dit me echt? Opnieuw? Gaan ze mij weer opsluiten?

'U denkt dat ik een misdadiger ben,' mompel ik.

'Ik denk niks, mevrouw Bresse. Wij volgen simpelweg de regels.' Hij wijst naar Broers en zichzelf. 'En die stellen dat wij in een geval van twijfel over identiteit Interpol moeten inschakelen.'

Mijn brein calculeert. Het is op zich positief dat hij me 'mevrouw Bresse' blijft noemen. Dat kan erop duiden dat hij me gelooft. Of is dat een strategie om mijn vertrouwen te winnen?

'En weet u, mevrouw Bresse, u zult toch zeker wel personen uit uw verleden in Berlijn kunnen traceren die willen verklaren dat u Josta Wolf bent? Uit uw studietijd bijvoorbeeld. Ik wil u best helpen bij het zoeken. Via onze systemen.'

Ik knik. Ja. Dat ga ik doen. Of ik iemand van de Kunsthochschule Berlin vind die me goed genoeg heeft gekend om zo'n verklaring te tekenen, waag ik te betwijfelen. Ook dáár zat ik in de Einzelbildung. En de docenten die mij destijds lesgaven waren al op leeftijd, de meeste voor hun pensioen. Die leven vast niet meer. Ik moet de mannen van het kunstproject opsporen en verklaringen van hen regelen, we delen immers verhalen. Ze zullen me vast herkennen.

'Kunt u morgen naar het bureau komen voor foto's en vingerafdrukken?' vraagt John Netelen zakelijk.

'Is goed.' Ik voel weer die nare kramp in mijn rug. Sinds mijn illegale operatie heb ik constant steken op de plek waar mijn nier zat. De pijn is alleen maar erger geworden door alle stress. Ik sta op en geef aan dat het gesprek wat mij betreft is afgelopen. Ik moet bewegen en die pijn wegmasseren.

'Mag ik u trouwens nog iets vragen, mevrouw Bresse?'

Ik draai me om en probeer mijn minachting te verbergen, terwijl ik op John Netelen neerkijk. Als iets hypocriet is, dan is het wel een ondervrager die pretendeert dat je de keuze hebt tussen wel of niet antwoorden.

'Jazeker,' zeg ik met al mijn zelfbeheersing.

'Waarom zat u eigenlijk in Hohenschönhausen?'

10

Ik strek mijn armen even naar het plafond en beweeg mijn nek. Mijn onderrug doet pijn en ik krijg honger. Mijn blik gaat naar mijn horloge. Zeven uur al. Ik zit al twee uur onafgebroken achter de pc. En met welk resultaat? *Gar nichts.* Alle vier zijn onvindbaar. In ieder geval op het internet. Maar ja, een kwart eeuw is ook een lange tijd. Bovendien zijn ze nu allemaal de vijftig gepasseerd. Dan kunnen ziekte en dood inderdaad al hebben toegeslagen. Ik leun achterover, draai mijn stoel naar links en staar uit het raam. Bloesem en zaadjes zoeven op de golven van de wind door de lucht. Gaat dat met ons mensen niet net zo? Een nieuwe wind waait door je leven en je volgt de richting waarin je wordt geblazen. Kijk maar naar mij. David tilde me op en nam me mee naar Nederland. En ik liet me meevoeren en vergat de vier mannen die ooit mijn collega's waren. Ze vervaagden tot grijze schimmen. Zouden ze nu nog mijn kameraden zijn? Ik schud langzaam mijn hoofd. Waarschijnlijk niet. Wij waren een gelegenheidsalliantie, gesmeed door de SED. Toch heb ik veel aan de leden van de groep gedacht. Ze zaten immers in Hohenschönhausen vanwege mij, omdat ik het logboek had gestolen. Maar dat wisten ze niet. Niemand wist dat. Aan Werner dacht ik nog het meest. Hij was immers mijn eerste en toen nog grote liefde. Ik werd ziek bij de gedachte dat hij dezelfde martelingen moest ondergaan als ik. Vooral ons laatste gesprek bleef ik maar in mijn hoofd herhalen. Alsof er daarvoor nooit iets was geweest. Zo gaat dat vaak met herinneringen. Het laatste woord of beeld is het eerste dat opkomt. Mijn vingers strelen over de kraaienpootjes op het gezicht van David dat het beeldscherm van mijn laptop vult. Prachtige foto van hem, uit 1990. Heb ik er kort na zijn dood op gezet, omdat ik in gedachten almaar zijn dode lichaam bleef zien, zoals ik dat vond in de badkuip. Met een verbrande open mond waar de kraan al vele uren heet water in goot. 'Gebroken nek na een val' bleek uiteindelijk de doodsoorzaak. Nog steeds voel ik me schuldig. Ik wilde namelijk hendels laten installeren toen ik merkte dat hij moeite kreeg om over de hoge badrand te stappen, maar hij weigerde. Hij wilde het design van de badkamer niet aantasten, wat een leugen was. Hij wilde feitelijk niet erkennen dat hij oud werd. Zo zie je maar, als ik gewoon naar mijn instinct had geluisterd en die grepen had gekocht, was David nog bij me geweest en had hij me zelf kunnen vertellen hoe het zat met mijn papieren. 'Hè, David? Toch? Wist je trouwens dat ik dood was verklaard? Heb jij daadwerkelijk een ambtenaar omgekocht voor mijn paspoort?' vraag ik aan het beeldscherm. Ik buig me voorover, kus zijn mond en lach zachtjes.

'Ja, wie weet, jij had waarschijnlijk alles gedaan om mij bij je te houden, hè, Schatzi?'

Ik trek de la van mijn bureau open, pak de wodka en vul het glas op mijn bureau bij. Terwijl ik een slok neem, gaat mijn aandacht weer naar het blaadje met de gegevens van de leden van mijn groep. In 1992 heeft David op mijn aandringen nog geprobeerd om te achterhalen waar ze gebleven waren. Toen hij voor zijn werk in Berlijn was en de Stasiarchieven net voor het publiek toegankelijk geworden waren. Maar hij kon niets over hen vinden. Ze stonden nergens geregistreerd. Ik vond dat vreemd, want we waren in het Schloß dag en nacht omringd door Stasimensen. Dat zou toch betekenen dat er een dossier van ieder van ons moest zijn? Maar nee, hoor. Google bestond nog niet, dus ik kon ze ook niet even zoeken. Zodoende gingen Werner, Günter, Klaus en Manfred verloren in de tijd. Ik liet ze los. Tot gisteren. Toen de vraag werd gesteld waarom ik was gearresteerd. Ik zei dat ik deel uitmaakte van een kunstscene die als staatsvijandig werd betiteld. Wat waar was, maar niet in de zin zoals inspecteur Netelen dat zou interpreteren. Toen de recherche weg was, begon ik een digitale zoektocht. Hoewel ik op de achternamen wel hits had, matchten de gezichten niet. De leden van mijn groep zijn digitaal onvindbaar. Wat wil dat zeggen? Dat ze dood zijn? En ik? Hoe sta ik op internet?

Ik draai me weer naar mijn laptop, tik 'Josta Wolf' in en klik op 'Afbeeldingen'. Er verschijnen talloze vrouwen met mijn naam. De Wolfjes zitten over de hele wereld. Ik scrol een tijdje door alle plaatjes. Géén foto van mij. Niets wat naar mij verwijst. Vervolgens tik ik 'Josta Bresse' in. Nu verschijnt een hele waslijst van een vrouw in Canada. Niks van mij. Hetzelfde als ik 'Web' intik. Ook geen scores op de combinatie 'Wolf-Bresse'. Bresse is een aparte naam. Ik ben die meteen na mijn huwelijk gaan gebruiken. Zonder meisjesnaam. Het was alsof ik met het loslaten van de naam Wolf ook mijn verleden kon loslaten.

Ik leun naar achteren. Hebben we nu alles gecheckt? Ja, want ik doe niets op sociale media. Noch als privépersoon, noch als ontwerper voor Bresse Diamantairs. Ik wilde altijd op de achtergrond blijven. In mijn hoofd heeft zich de DDR-gedachte geworteld dat mensen die opvallen onvermijdelijk ook de aandacht van foute figuren trekken. Is het niet van de Stasi dan is het wel van andersoortige stalkers. Dus Josta Bresse-Wolf is digitaal onvindbaar, maar desalniettemin springlevend. Kan voor de leden van mijn groep niet hetzelfde gelden? Natuurlijk. Ik buig me voorover, trek mijn pyjamabroek naar beneden en bestudeer voor de zoveelste keer de snee en de gaatjes op mijn buik. Het felle rood kleurt langzaam naar een bruinig roze. Om deze nieuwe kleur te mengen, moet je titaniumwit en oxidegeel aan cadmiumrood toevoegen. Je krijgt dan een fletse tint, die ik vaak gebruik om zaken wat naar de achtergrond te projecteren, zodat ze minder opvallen. Werkt een lichaam hetzelfde? Ben ik vanbinnen al bezig om mij naar de nieuwe status quo te voegen? Hebben andere organen al het gat opgevuld dat mijn gestolen nier heeft achtergelaten? Ja, waarschijnlijk. Alleen mijn hersenen willen de roof nog niet accepteren. In mijn hoofd is alles nog steeds cadmiumrood. Ik weet ook waarom. Mijn ondervrager sprak vannacht in mijn slaap ineens woorden die ik kon verstaan. Ik schrok wakker van zijn stem. Mijn droom was eerst niet meer dan vage penseelstreken op een nieuw doek, maar vannacht werden de contouren getekend en de kleuren opgevuld. Ik was in een operatiekamer. Ze waren met z'n vieren in de ruimte. Hij en drie anderen. Ik lag op een bed en de lampen beschenen mij als een zomerse zon. Het felle licht voelde warm. Ze droegen turquoise pakken met kapjes voor hun gezicht en mutsjes over hun hoofd. Hun handen waren gehuld in latex handschoenen, waardoor de aanraking koud voelde.

'Haar bloeddruk is nu weer goed, maar ik denk dat anesthesie moet checken of alles oké is. Volgens mij is ze nog wakker,' zei een man met een Berlijns accent.

'Zijn er problemen?' De stem van mijn ondervrager klonk schel door de ruimte.

'Nee, nu niet meer,' zei de Berlijner.

Met mijn vingers strijk ik over de ruwe gaten in mijn zachte huid. Ja, wat nou als het géén droom was? Als mijn ondervrager echt aan dat bed stond? Wat dan? Ik pak een potlood, trek een vel papier uit de printer en maak wat schetsen. Zijn markante gezicht verschijnt al vrij snel in zwarte lijnen voor me. O jee! Dat is hem. Ineens misselijk geworden verscheur ik de tekening, grijp het glas wodka en drink het in één keer leeg. Ja, als deze droom werkelijkheid is, zal ik hem vinden. Immers, met het portret dat ik van hem ga schilderen en met het gegeven dat hij van 10 februari tot 9 november 1989 in Hohenschönhausen werkte,

vist de recherche hem vast uit die geheime Stasi-PZ-bak.
Waarna mijn ondervrager na vijfentwintig jaar eindelijk
een naam krijgt.

'Inderdaad, Jossie, dat zou zomaar kunnen,' zeg ik hardop tegen mezelf.

'En dan?'

VI

'Toen ik in Hohenschönhausen met de Königstein Gruppe aan de slag ging, begon ik natuurlijk eerst met een uitvoerige analyse van de geïnterneerde personen. De SED bespioneerde hen al jaren en er was dus veel leesvoer. Josta was de intrigerendste van de vijf. Bij de stukken zaten namelijk ook foto's van werken die zij in haar jonge jaren had gemaakt, voordat ze als vervalser aan de slag ging. Haar schilderijen raakten me. Deze jonge vrouw was de Mozart van de beeldende kunst. Een talent zoals het maar eens per eeuw wordt geboren. Het deed me wat om dit wonderkind te moeten martelen, want ik wist dat ik haar zou breken en dat ik dus een genie zou vertrappen. Maar er was geen keus.

Wat de ondervraging extra complex maakte, was mijn twijfel of zij überhaupt wel een motief had om dat dossier te stelen. Op basis van de rapportages van onze Stasiagenten in het Schloß deed Josta Wolf maar drie dingen: schilderen, wandelen en met Werner Lobitz naar bed gaan. Ook tijdens de weekenden, wanneer ze in haar appartement in Dresden woonde, leidde ze een sober bestaan. Ze ging niet uit, trapte iedere dag een uurtje tegen haar karatezak, las veel en kwam uitsluitend buiten om boodschappen te doen of om urenlange fietstochten door de heuvels te maken. In de zomer zat ze regelmatig op een bankje aan de Elbe en staarde maar wat over het water. Wat moest zo'n contactarm persoon nou met dat dossier? Aan wie zou ze het moeten geven? Die vrouw kende helemaal niemand in Dresden. Bovendien toonde ze nul interesse in politieke kwesties. Ze zei nooit iets als binnen de groep de misstanden in de DDR werden besproken, maar mengde zich direct en met grote felheid in de discussie als het over kunst ging. Ze was bovendien vol tegenstellingen. Met haar lange, slanke en goudblonde gestalte trok ze overal bekijks, maar het leek wel alsof ze al die blikken niet registreerde. Ze deed weinig met haar uiterlijk. Ze gebruikte geen make-up en droeg altijd dezelfde kleren. En ofschoon ze een introverte indruk maakte, was ze beslist niet contactgestoord. In het Schloß kon ze echt wel grappen maken en gezellig doorzakken met de mannen. Ze nam alleen nooit zelf het initiatief tot dit soort groepsactiviteiten. Josta Wolf was een van de eerste mensen die ik ontmoette die rustte in zichzelf.

Zoals ik al zei: waarom zou iemand die uitsluitend leefde voor de kunst en die niets gaf om materiële zaken dat dossier stelen? Er was simpelweg geen motief en zonder motief had je in ons vak geen basis voor een ondervraging. Daarom besloot ik om haar te bevragen over het kunstproject. Er ontspon zich een urenlang durend geanimeerd gesprek tussen ons over kunststromingen waarbij ik bijna vergat wat eigenlijk het doel van deze ondervraging was, namelijk achterhalen wie van de vijf het dossier had gestolen en wat eventueel háár redenen konden zijn om die map te ontvreemden. Toen dat besef weer tot mij kwam, vroeg ik haar hoe ze eigenlijk dacht over haar beroep. Dus dat ze zogenaamde nieuwe schilderijen creëerde van overleden expressionistische kunstenaars, die de Partij vervolgens als nieuw ontdekt werk aan het Westen verkocht. Ze viel stil en staarde een tijdje naar de vloer. Alsof ze alle stippen op de tegels telde. Vervolgens tilde ze haar hoofd op en keek me aan.

Een donkere schaduw trok over haar gezicht. "Dat zit me niet lekker," fluisterde ze.

"Waarom niet?"

"Omdat ik het werk onteerde van de mannen die ik bewonder."

86

"Waarom deed u het dan?"

"In het begin zag ik het als een compliment. Dat de Partij mij had gekozen. Maar daarna had ik geen keus meer."

"Hoezo geen keus? U kon toch eigen werk gaan maken?"

Ze schudde haar hoofd en uit haar mimiek maakte ik op dat ik onzin uitkraamde.

"Ik kon de groep niet verlaten."

"Waarom niet?"

"U weet heel goed waarom niet," beet ze me toe. De ontspannen sfeer was meteen verdwenen.'

11

Voetje voor voetje schuifel ik weer naar bed en volg daarmee de instructies van de slaapcursus die ik jaren geleden heb gevolgd: geen licht aandoen als je midden in de nacht naar de wc moet, want dan denken je hersenen dat het ochtend is en val je minder snel in slaap. Of het werkt, weet ik niet, want na mijn nachtelijk plasje lig ik altijd wakker. Soms kort, soms lang. Gelukkig heb ik een vrij beroep en kan ik uitslapen als het weer eens lang duurt.

Ik ga liggen, trek het dekbed op tot aan mijn kin en sluit mijn ogen. Het is windstil buiten, waardoor het ruisen van de bomen me helaas niet in slaap kan wiegen. Volgens de cursus moet ik nu aan iets leuks denken. Tja, makkelijk gezegd. Wat voor leuks heb ik dan om over te filosoferen? Ik zou het niet weten. Een alternatief is je lichaam vanaf je tenen tot je hoofd navoelen. Volgens onze slaapleraar waren de meesten al onder zeil als ze bij de heupen aankwamen. Maar ja, die truc is nu ook geen optie, want ik weet al waar ik blijf hangen met mijn aandacht: bij dat gat in mijn buik waar mijn nier zat en dan begin ik meteen te malen over die droom met mijn ondervrager. Die variant doen we dus niet. Optie drie is aan je jeugd terugdenken. Om dat te oefenen moesten we foto's van gelukkige momenten uit onze kinderjaren naar de slaaples meenemen en daar iets over vertellen. Toen de leraar ons die opdracht gaf, was het alsof er een grijs scherm voor mijn ogen werd geschoven, waarna ik alleen nog maar grauwe tinten voor me zag. Grauwe straten, grauwe klaslokalen, grauwe kelders, grauwe pleinen, grauwe flats en natuurlijk die grauwe Muur die het einde van onze Berlijnse wereld markeerde. Ik deed zo ontzettend mijn best om mooie momenten op te halen, wat maar moeizaam ging. Ik had immers geen kinderfoto's die een deurtje naar mijn herinneringen konden openen. Mijn vijf medestudenten waren geschokt toen ik zei dat ik geen enkel plaatje uit mijn kinderjaren heb. Ik vertelde schoorvoetend dat ik in 1989 uit de DDR was gevlucht en dat al mijn bezittingen waren vernietigd, waaronder de familiekiekjes. Ik moest vervolgens diep graven in mijn geheugen of er überhaupt wel jeugdfoto's van mij waren gemaakt. Voor zover ik mij kon herinneren, waren er maximaal vijf gelegenheden geweest waarbij er een foto was genomen en toen was ik toch al ouder. Baby- en kleuterfoto's ben ik thuis sowieso nooit tegengekomen.

Gezamenlijk kwamen we die avond tot de conclusie dat iemand zonder jeugdfoto's andere herinneringen heeft dan iemand mét. De herinneringen van mijn klasgenoten waren vrijwel allemaal gekoppeld aan de grote momenten in hun jonge leven die op de foto's waren vastgelegd: communies, verjaardagen, vakanties. Mijn herinneringen gingen vooral over heftige incidenten.

Die bewuste slaaples was hoe dan ook confronterend voor me. Ik dacht vooral aan de Einzelbildung en de karatelessen met Ganbaatar. Ik was vanaf mijn eerste dag op de lagere school immers voortdurend omringd door volwassenen en heb nooit vriendjes gehad. Daar waar mijn klasgenoten na school gingen spelen, moest ik mee met een tekenleraar voor een-op-een-onderwijs. Deze Einzelbildung maakte mij tot een buitenbeentje en leidde tot jaloezie bij de andere kinderen, wat weer resulteerde in subtiele pesterijen. Met enige regelmaat werd ik na mijn privéles opgewacht en geslagen. Thuis vertelde ik daar niets over, omdat mama dan weer zou huilen. Ze was erg verdrietig over het feit dat de Partij mij in de Einzelbildung had geplaatst, maar kon er niets tegen doen. Papa en mama zouden hun baan verliezen als ze weerstand boden. Bovendien liepen ze het risico dat ik bij ouderlijk protest in een internaat werd geplaatst. Mijn reactie op de pesterijen was dat ik nóg stiller werd. Anno nu hadden ze me beslist het etiket 'autist' opgeplakt, maar dat soort definities hanteerde men niet in de DDR. Dat ik weinig zei, interesseerde niemand. Het enige waar men op lette, waren mijn vorderingen met tekenen en schilderen, en op dat punt was alles oké.

'Wat je niet kent, kun je niet missen,' zei ik tegen mijn slaapgroep, toen ze vroegen of ik het niet erg vond dat ik nooit had kunnen spelen zoals andere kinderen. De DDR fascineerde hen. Onze slaapcursus was namelijk in juli 2008 toen Barack Obama als presidentskandidaat Berlijn bezocht en een topspeech hield in Tiergarten-park. De toespraak van Obama leidde ertoe dat de media de DDR-geschiedenis weer eens uit de archieven haalden. Telkens als ik de tv aanzette, werd ik geconfronteerd met een verleden dat ik wilde vergeten. De mediahype rond Obama in Berlijn leidde tot talloze vragen van de andere slapelozen over mijn jeugd achter de Muur. Ik vertelde dat kinderen zich meestal wel schikken naar de situatie waarin ze leven en dat ik blij was met mijn privélessen, omdat schilderen ook toen al mijn passie was. Ik voegde eraan toe dat het feit dat ik geen kinderen als vriend had, niet betekende dat ik eenzaam was. Ik had immers Ganbaatar.

Toen ik die nacht conform de opdracht van de slaapleraar beelden uit mijn kinderjaren opriep, moest ik denken aan die hete namiddag in juli 1980, toen Ganbaatar mij meenam naar onze heuvel in het park en daar, na een karatetraining, het zaadje van de eeuwige twijfel in mij plantte. Ja, zelfs nu nog staat dat moment mij helder voor ogen. Ik was twaalf en de vakantie was die dag begonnen na afsluitende festiviteiten, waarbij de directeur van de school ons met de nodige Partijpropaganda had toegesproken. Tijdens onze oefeningen vertelde ik Ganbaatar vol enthousiasme over het socialisme. Over de verhalen die ons die ochtend op het schoolplein waren verteld, en over hoe blij ik wel niet was dat ik in de Deutsche Demokratische Republik mocht opgroeien en niet aan de andere kant van Berlijn, daar waar het kwaad van het kapitalisme regeerde.

'Weet je, Josta,' zei hij toen we onze spullen bij elkaar raapten en aanstalten maakten om naar huis te gaan. 'We lopen nu op de puinhopen van een beschaving die de wereld in Oost en West heeft opgedeeld.'

'Hoe bedoel je, Gan?' vroeg ik.

'Nou, Josta, wij staan letterlijk op het gruis van de huizen die in 1945 plat zijn gebombardeerd. Men heeft die vele brokken steen toen naar deze plek vervoerd, waardoor onze heuvel ontstond. Onder ons liggen de vervlogen dromen van duizenden mensen. Van Berlijners die twaalf jaar eerder, in 1933, nog dachten dat ze in de hoofdstad van een nieuw Duizendjarig Rijk woonden.'

Ik bestudeerde mijn blote voeten. Het ruwe helmgras kriebelde een beetje bij mijn enkels. Mijn tenen bewogen over de bobbels van de uitgedroogde grond en meenden stukken beton te voelen. Ik hief mijn hoofd op.

'Maar de nazi's waren oorlogszuchtige fascisten!' riep ik.

'Hoe konden die mensen daar toen zo positief over zijn?'

'Omdat ze de verhalen geloofden die hen werden verteld.' Ganbaatar sloeg zijn arm om me heen. 'Kijk, *Minii khair*,' zei hij, 'als je nou daar beneden staat. Wat zie je dan?' Hij wees naar het plateau waar wij vaak halt maakten tijdens onze trainingen.

'De nieuwe flats bij de Storkowerstraße?'

Hij knikte, nam me bij mijn hand en trok me mee naar de andere kant van onze heuvel en wees omlaag. Naar de zitbank halverwege het pad dat naar boven leidt.

'En wat zien de mensen die daar op dát bankje zitten, Josta?'

'Alleen bomen.'

'Precies. En wat leer je hiervan, Josta?' Zijn zwarte ogen keken me liefdevol aan.

'Dat je uitzicht anders is, afhankelijk van de plek waar je staat.'

'Inderdaad, en wat vertelt jou dat over de inwoners van Berlijn in 1933?'

Ik wiebelde wat op en neer.

'Dat zij toen positief waren over de nazi's,' antwoordde ik aarzelend, 'omdat ze van de plek waar ze toen stonden nog niet de slechte dingen konden zien die de nazi's zouden gaan doen.'

'Klopt. En wat zegt jou dat over het socialisme?'

Ik sloeg mijn ogen neer. Mijn vingers friemelden aan het elastiek van mijn korte broek. Iets van schaamte overviel me.

'Dat ik niet kan oordelen,' fluisterde ik, 'omdat ik nog nooit aan die kant ben geweest', en ik wees in de richting van West-Berlijn.

'Zo is dat. Wees dus voorzichtig met oordelen, Minii khair,' zei hij lachend. 'En doe je best om in je leven altijd naar de top van de berg te lopen om zo een goed zicht op je leven te hebben.'

De rode cijfers van mijn wekker vertellen me dat het 02.49 is. Ik lig nu al een uur wakker. Welke trucs heb ik nog niet geprobeerd? Schaapjes tellen? Buiten begint Bobby, de dobermann van Eva, ineens fanatiek te blaffen. Doet-ie zelden 's nachts. Hij klinkt opgewonden. Doorgaans gaat hij zo tekeer als wandelaars het verboden-toegangbord negeren en haar erf op lopen om een foto van haar hoeve te maken. Die moeten dan letterlijk rennen voor hun leven. Sinds het overlijden van David denk ik er ook over om een hond te nemen, en niet alleen om mijn eenzaamheid wat te dempen. Zo'n beest geeft je toch een veiliger gevoel wanneer je als vrouw alleen door de bossen wandelt. Nu moet ik het doen met mijn pistool. Een Walther PPK, gekocht door David toen we hier net woonden. Zo kon ik mezelf tenminste beschermen wanneer hij eens in de twee weken voor zijn werk naar Amsterdam moest. David had ook de lessen voor me geregeld, in Eupen, net over de grens in Duitstalig België, waar ze gelukkig niet vroegen of ik een vergunning had. Nee dus. Ik vind het een geweldige hobby en was altijd blij als het weer dinsdag was en ik naar de schietschool kon. Ik ben er nog goed in ook. Heeft natuurlijk alles te maken met focus en concentratie. Twee talenten waar ik als kunstenaar in getraind ben en die ik zó kan toepassen. Jammer genoeg moest de school in december 2013 sluiten.

Het woeste geblaf van Bobby is van het ene op het andere moment opgehouden. Normaliter raast hij nog wat na als het gevaar is geweken, maar nu stopte hij abrupt. Misschien blaft hij 's nachts anders dan overdag? Ach ja, maakt ook niet uit. Hij is weer stil en daar gaat het om. Zo kan ik tenminste weer proberen te slapen. Ik zucht en draai me naar de wekkerradio. Op de display verschijnt het getal 03.03. Dat zijn cijfers met alleen maar rondingen. Nullen, afgekapte nullen en op elkaar gestapelde nullen. Heeft wel iets harmonisch. Misschien een leuk idee om te schilderen, met overlopende kleuren? Ik kan zelfs een hele serie ontwerpen van alle tijdstippen dat ik in een nacht wakker word. Met als titel 'Insomnie'. Ja! Dat idee moet ik onthouden. Terwijl mijn hand naar de lichtknop reikt om mijn notitieblok te pakken, klinkt buiten op mijn terras een krakend geluid. Iemand stapt daar op die losse tegel! Nog geen twee meter onder me. Met een ruk zit ik rechtop in mijn bed en spits mijn oren. Inderdaad, voetstappen. Ik schiet naar het raam en kijk via een kier in de gordijnen naar beneden. Zie je wel. Daar lopen twee mannen. Het zijn atletische types in zwarte kleren en met mutsen op. Eentje draagt een leren jack, dat glinstert in het licht van de maan. Zonder verder na te denken, grijp ik de afstandsbediening van het alarm van mijn nachtkastje en druk de rode knop in. Binnen een paar seconden beginnen de sirenes te loeien. De twee mannen gebaren iets naar elkaar, zetten het op een lopen en zijn in een zucht uit mijn gezichtsveld verdwenen. Ik stap weer naar mijn nachtkastje, buk me, open de la en pak mijn pistool. Hijgend val ik tegen mijn kleerkast. Wie waren ze? Inbrekers? En waarom deed de verlichting het niet toen ze mijn terras op liepen? Die lamp heeft toch een bewegingsmelder? Zal de politie nu komen of mensen van het beveiligingsbedrijf? Mijn telefoon gaat over. Ik klik op het groene hoorntje.

'Met Josta Bresse.'

'Dag mevrouw Bresse, hier met de politie Zuid-Limburg. We kregen een melding door van uw beveiligingsbedrijf. Uw alarm is afgegaan.'

'Ja, klopt. Er waren twee verdachte mannen op mijn terras.'

'Goed, ik zie een aandachtnotitie bij uw adres staan. Ik stuur meteen een patrouille langs. Ze zijn over een halfuur bij u.'

'Over een halfuur?' vraag ik. 'En wat als ze in de tussentijd mijn huis binnendringen?'

Er komt geen antwoord, want de dame van de centrale heeft de verbinding al verbroken. Zie je wel. Alweer niemand die me helpt. Ik schiet de kamer uit, ren mijn hal door en installeer me op de bovenste trede van de trap. Hijgend verzet ik de veiligheidspal en span de haan, waarna ik mijn pistool richt op de voordeur.

12

De heren Netelen en Broers installeren zich tegenover me. Het forensisch team is vanochtend al langs geweest en heeft mijn hele tuin op z'n kop gezet. Ik vraag me af of ze iets gevonden hebben, want rond vijf uur vannacht begon het ineens te waaien en kort daarna te regenen. Mijn tuin is nu een zompige boel. Toen de politie in de vroege ochtend arriveerde heb ik mijn pistool in mijn kleerkast tussen de slipjes en bh's gelegd. Iets beters wist ik in mijn slaapdronken staat niet te verzinnen. Gelukkig was er deze keer geen interesse in mijn huis. Men concentreerde zich op de tuin. Ik neem een slok van mijn espresso. Mijn brein heeft extra oppeppers nodig na het slaaptekort. Tjongejonge, wat een gedoe was dat vannacht. Toen de patrouille om kwart voor vier bij mij aanbelde, zat ik nog steeds met mijn wapen in de aanslag op de trap. Ik deed niet meteen open, maar liep eerst naar boven en gluurde van achter het badkamerraam naar beneden. Voor mijn deur stonden twee geüniformeerde mannen. Om zeker te zijn dat ik niet met fraudeurs van doen had, belde ik weer 112 en vroeg of het klopte dat de patrouille nu in Mechelen was. Pas na een bevestiging stopte ik mijn pistool onder mijn lingerie, rende naar beneden en opende de voordeur. De agenten begrepen niets van mijn argwaan. Logisch. Zij zijn niet opgegroeid in de DDR. Toen ik ze binnenliet, kwam Eva krijsend over het tuinpad op ons af gerend. Ze schreeuwde dat haar Bobby was doodgeschoten. Je had er geen hogere wiskunde voor nodig om te bedenken dat de heren die bij mij wilden inbreken daarvoor verantwoordelijk waren. Immers, om mijn huis te bereiken, moeten ze langs dat van haar.

John Netelen schrijft iets op en wendt zich vervolgens tot mij.

'Hebt u enig idee wat deze mannen van u wilden, mevrouw Bresse?' vraagt hij.

Ik schud mijn hoofd.

'Nee, ik heb hier niets van waarde.'

Ik vertel maar niet dat er bijna tienduizend euro in mijn kluis ligt. Dat geld heb ik afgelopen maandag van de bank opgehaald om de Waalse aannemer te betalen die binnenkort een twee meter hoog hekwerk rond mijn tuin gaat plaatsen. Niet dat ik met dat bouwwerk aanvallers buitenhoud, maar elke barrière die je opwerpt zorgt wel voor vertraging.

John Netelen maakt een notitie in zijn boekje. Zijn mobiel gaat over. Hij komt omhoog, loopt de kamer uit en neemt op wanneer hij de deur achter zich dichttrekt. Een paar minuten later is hij weer terug en loopt naar zijn stoel. In zijn gezicht is iets veranderd. Zijn frons lijkt dieper.

'Mevrouw Bresse,' zegt hij en hij gaat weer zitten. 'Ik hoor net dat de kogel waarmee de hond van Eva Hermans werd gedood van eenzelfde soort is als die waarmee uw buitenlamp onschadelijk is gemaakt. De kogels komen uit een wapen van Russische makelij. Een type dat in Nederland moeilijk verkrijgbaar is. Mijn collega denkt dat wij hier niet met gewone inbrekers van doen hebben, maar met mensen uit Oost-Europa, waarschijnlijk uit de georganiseerde criminaliteit.'

'Aha. En wat betekent dat?'

'Dat het tijd wordt dat u mij eens wat meer over uzelf gaat vertellen, mevrouw Bresse. Welk motief kan iemand hebben om hier 's nachts rond te lopen?'

'Geen idee,' fluister ik. Mijn ademhaling versnelt. 'Het waren toch inbrekers?'

'Dat valt te betwijfelen, mevrouw Bresse.' Hij wijst op

zijn mobiel. 'Mijn collega vertelde me zojuist dat de kogel die wij in de hond van mevrouw Hermans vonden, afkomstig is uit een wapen dat geregistreerd staat bij Interpol. Met datzelfde pistool werd vorige week in het Universiteitsziekenhuis Dresden-Friedrichstadt een terminale patient geliquideerd. Betrokkene was een ex-Stasimedewerker en had informatie naar de *Frankfurter Allgemeine Zeitung* doorgespeeld over kunstvervalsing in de DDR.'

Mijn hoofd schiet omhoog en mijn duffe kop is ineens klaarwakker. Een ex-Stasiman die op de hoogte was van kunstvervalsing? Hoeveel Stasimensen wisten eigenlijk van de Königstein Gruppe? Ik lik met mijn tong langs mijn bovenlip. De gezichten van de agenten die bij ons in het Schloß leefden, verschijnen. Ze waren zogenaamd onze klusjesman, tuinman, chauffeur, kok en poetsvrouw, maar wij wisten alle vijf maar al te goed dat ze Stasimedewerkers waren en ons in de gaten hielden. Volgens Werner waren ze niet inhoudelijk op de hoogte van ons werk. De *Kulturminister* Heinz Kramm had er persoonlijk voor gezorgd dat wij bewaakt werden door agenten zonder kennis van kunst. Werner schatte het aantal personen dat van ons project wist, op minder dan tien. Als ik Heinz Kramm en onze bewakers bij elkaar optel, zit ik al op zes. Dan vast nog iemand van de Stasi en van de afdeling die onze schilderijen verkocht. En na onze arrestatie natuurlijk ook mijn ondervrager. Een van deze mensen heeft informatie aan de *Frankfurter Allgemeine* doorgespeeld en kreeg vervolgens een kogel door zijn hoofd. Waarna de moordenaars naar Mechelen kwamen...

Ik spring omhoog, ren naar de terrasdeur, open die en hap naar frisse lucht. Het regent weer. Ik til mijn hoofd op en de druppels raken mijn gezicht. De wolken kleuren bijna zwart. Onweer is op komst, en toch geven de bloeiende fruitbomen kleur aan mijn heuvels. Ja, hoe het weer hier ook is, het landschap oogt altijd fleurig. Hoe anders was dat rond Schloß Schönwald. Alleen maar monotone donkere dennenbossen als we eenmaal Königstein waren gepasseerd. Ja. Wat uiteindelijk met ons gebeurde, was waarschijnlijk onze straf. Want alle vijf verkochten wij onze ziel aan het kwaad. Het Schloß was inderdaad de perfecte plek voor ons project, want het prachtige kasteel had een slechte energie. Ondanks alle luxe. Dat voelde ik al op die regenachtige maandag in augustus 1987 toen we voor de eerste keer in dat busje over de lange oprijlaan reden en dat schitterende rococosprookje in de verte zagen opdoemen. Toen we uitstapten, de trappen van het statige bordes op liepen en de kolossale marmeren ontvangstruimte binnen gingen, was het alsof de geur van de duivel vanuit de muren in mijn kleren trok. Kippenvel kreeg ik ervan. Diezelfde avond vertelde Werner dat het pand in de oorlog dienst had gedaan als commandocentrum van de Gestapo. Het verbaasde me niets. Satan had zich in een demonisch oord genesteld. En ineens wist ik dat Ganbaatar en mijn ouders gelijk hadden. Met het vervalsingswerk dat ik in dat Schloß ging doen, zou ik mijn artistieke ziel vernietigen. Maar toen dat alles die eerste avond in zijn volle omvang tot me doordrong, kon ik al niet meer terug. De SED had mij in de fuik laten lopen. Ik wist dat ontsnappen niet mogelijk was, want de groep verlaten zou leiden tot liquidatie. De SED zou me nooit laten gaan. Ik was een risico en ben dat vijfentwintig jaar later klaarblijkelijk nog steeds.

Ik draai me om, loop weer naar binnen, veeg mijn gezicht droog en ga weer aan tafel zitten. Wat vertel ik de recherche? Ik kan toch moeilijk opbiechten dat ik kunst heb vervalst. Netelen zou me direct laten arresteren. Maar wat zeg ik wel? Iets wat erop lijkt? Maar wat dan?

John Netelen buigt zich naar me toe en geeft me een paar klopjes op mijn arm.

'Ik begrijp dat dit allemaal erg bedreigend voor u is, mevrouw Bresse,' zegt hij met een warme stem. 'Ik wil mijn uiterste best doen om deze zaak op te lossen en u te beschermen, maar ik kan dat niet doen zonder informatie. Alles wat hier de afgelopen weken is gebeurd, duidt erop dat iets uit uw verleden ineens erg actueel is geworden en dat u een bedreiging bent voor iemand uit de periode dat u nog in de DDR woonde. U vertelde dat u deel uitmaakte van een kunstscene die als staatsvijandig werd betiteld. Misschien ligt daar een link. Kunt u mij daar iets meer over vertellen?'

Ik richt mijn blik op en kijk John Netelen in de ogen. Nee maar, deze man is echt goed in ondervragen. Dat hij op basis van de magere info die ik heb verstrekt, toch tot de kern is doorgedrongen en mijn bange wezen met een aai en een lief toontje aan het praten wil krijgen. Hij wil deze zaak oplossen en ik wil rust. Hij kan aan informatie komen die voor mij onbereikbaar is. Hij krijgt immers wel toegang tot geheime Stasi-PZ-dossiers en kan de naam achterhalen van mijn ondervrager. Hij kan uitzoeken waar de leden van mijn groep zijn gebleven. Dan kan ik ook meteen een van hen een verklaring laten tekenen dat ik Josta Wolf ben. Dus mijn antwoord moet de waarheid benaderen; zonder een stukje waarheid kan hij inderdaad zijn werk niet doen. Ik zucht.

'Wij restaureerden kunst in opdracht van de Kulturminister. De werken werden vervolgens aan het Westen verkocht. In de DDR was het echter verboden om kunst aan het buitenland te verkopen, dus ons werk was formeel illegaal.'

John Netelen knikt.

'En waar deed u dat?'

'In Dresden.' Ik noem het Schloß nog niet. Wie weet wat daar nog ligt dat later als bewijs voor mijn vervalsingswerk kan worden aangevoerd.

'Waar in Dresden?'

Aha. Hij wil het net wat strakker om me heen trekken.

'In een vleugel van het Albertinum. Daar waar het museum Galerie Neue Meister was gevestigd.' Het is gedeeltelijk nog waar ook, want voordat we in het Schloß gingen werken, moesten we in een tochtige zaal van het Albertinum proefdraaien.

'Hebt u de namen, geboortedata, uiterlijke kenmerken en achtergronden van personen met wie u samenwerkte?'

'Ja. We waren met z'n vijven. Ik en vier mannen. Zij kunnen overigens ook meteen bevestigen dat ik Josta Wolf ben. Het zou mij goed uitkomen als u ze vindt, want op internet had ik geen treffer. Kan ik een blaadje van u krijgen, dan schrijf ik de namen voor u op.'

John Netelen scheurt een A4-vel van zijn notitieblok en geeft dat samen met een pen aan mij.

'Hier. Is het goed als wij een kop koffie zetten, terwijl u schrijft?'

Ik knik, pak het vel papier en denk terug. Met wie begin ik? Met Werner natuurlijk. Hij was immers de leider van onze groep. Ik schrijf zijn naam op het vel papier. Hij is geboren in 1956 in Magdeburg en was conservator van het museum Galerie Neue Meister in Dresden. Ik sla mijn ogen op en zie hem weer voor me. *Bei Gott*, wat was ik gek op hem. Hij heeft er helemaal niks voor hoeven doen om mij te krijgen. Ach, Werner. Ik knik. Ja, ik weet het allemaal nog precies. Ik zag hem voor het eerst tijdens die expositie ter afsluiting van het tweede jaar op de Kunsthochschule Berlin. In die grote hal waar iedere tweedejaars een eigen expositiestand had. Van vier bij vier meter en met een ongemakkelijk plastic klapstoeltje om op te zitten tijdens de langere perioden dat er helemaal niemand door die enorme zaal slenterde. Mijn plek was helemaal achterin, omdat mijn achternaam met een W begon. De werken die er hingen waren door mijn mentor gekozen. Hij was er zo enthousiast over. Mijn cijfers waren dan ook top. Ik had toen al geen contact meer met medestudenten, vanwege alles wat ze me hadden aangedaan. Het enige wat mij nog interesseerde was schilderen.

Daar zat ik dus, alleen en aan het einde van die lange looproute in die tochtige hal. In afwachting van passanten en benieuwd naar hun reactie. Op een bepaald moment spotte ik drie heren in pak die, begeleid door de directeur van de Hochschule, op mij af leken te komen, de stands van mijn medestudenten negerend. Mijn oog viel meteen op de aantrekkelijke, donkerblonde man in het midden. Ik schatte hem rond de dertig. Hij was het type dat je normaal alleen tijdens sportuitzendingen op tv zag, tijdens eindeloze herhalingen van olympische huldigingen. Een zoet gefladder zwol aan in mijn buik. De heren hielden halt voor mijn schilderijen en de hiërarchiegevoelige Josta van toen ging meteen staan, om het belangrijke gezelschap netjes te begroeten. Te beginnen met de directeur. De donkerblonde meneer gaf mij als tweede een hand. Ik keek op, hij was een stuk groter dan ik, een zeldzaamheid. Met mijn lengte van een meter tachtig was mijn blik meestal op gelijke hoogte met die van mannen.

'Ik ben Werner Lobitz, conservator van het museum Galerie Neue Meister in Dresden. Het is een eer om kennis met u te maken.'

'Hallo, ik ben Josta Wolf.' Meer kwam er niet uit, omdat ik niet wist hoe ik mij moest voorstellen. Als student of als kunstenaar? De twee andere heren heb ik beslist ook een hand gegeven, maar iedere herinnering aan hen ontbreekt. Het enige wat mij is bijgebleven zijn de grijze ogen van Werner Lobitz. Hij bleek dé autoriteit op het vlak van Bauhaus en Duits expressionisme, en het toeval wilde dat mijn geëxposeerde schilderijen daar raakvlakken mee vertoonden, onder meer vanwege het onderwerp dat wij moesten uitwerken: 'insecten'. In mijn stand was het een gekrioel van beestjes. In felle kleuren, met oog voor detail en in onverwachte combinaties. Bijvoorbeeld een leger mieren dat een sappige pruim binnenmarcheerde, vliegen die zich verdrongen op een dampende drol, maden die zich door het oog van een geslachte koe vraten... Ik had alles zo geschilderd dat het leek alsof de insecten mensen waren. Tegenwoordig zou er beslist een maatschappijkritische duiding aan gegeven worden, maar zo dacht ik toen niet. Er ontspon zich vervolgens een levendige discussie tussen de heren over mijn schilderijen. Werner Lobitz nam daarin de leiding. Ik sprak weinig. Bang om fouten te maken. Gelukkig gaf mijn inderhaast toegesnelde mentor op alles een passend antwoord. Een jaar later vertelde Werner mij dat hij al vóór de eerste vraag wist dat ik de uitverkorene voor het kunstproject was. Hij had het al gezien vanaf de ingang van de hal. Omdat ik dezelfde contrasterende tinten gebruikte als Wassily Kandinsky. Werner was fan van Kandinsky. Maar dat wist ik toen nog niet.

Op de laatste dag van de expositie werd ik bij de directeur geroepen. Hij hield kantoor in een voor studenten verboden vleugel van de academie. Ik moest me eerst melden bij zijn secretaresse en werd door haar naar zijn werkkamer begeleid. Ik was verbijsterd door de omvang en de luxe van de ruimte, die leek op de bibliotheek van een Engelse lord. Inclusief eikenhouten bureau, hoge ruitjesramen en damasten gordijnen. Ik had daar weleens plaatjes van gezien in een boek over het Britse landleven. De ruimte rook naar cederhout en vanille. De directeur wees naar zijn pompeuze bruinleren zithoek. En daar zat hij, Werner Lobitz, met zijn benen over elkaar geslagen. Hij leunde nonchalant achterover, blies de rook van zijn sigaar uit en lachte plagerig naar me.

'Dag meneer,' was alles wat ik kon zeggen, waarna hij mij meldde dat ik geselecteerd was voor een expositie van DDR-talent in Dresden.

Günter Schonhöfer is nummer twee op mijn lijstje. Ik noteer zijn naam en gegevens. Geboren in 1937 in Leipzig. Vrijgezel. De kleine, kale, corpulente Schonhöfer was de oudste van onze groep. Hij was een gerenommeerd kunsthistoricus en had contacten met veilinghuizen en musea in heel Europa. Hij zorgde voor de research. De eerste kunstenaar in wie ik mij van hem moest verdiepen was overigens Georg Grosz, en dan met name zijn pornografische tekeningen. Zijn plaatjes waren een openbaring voor mijn maagdelijke wezen. Werner vertelde me later dat híj degene was die Günter gevraagd had om met Georg Grosz te beginnen. Werner wilde namelijk dat ik snel rijp zou zijn voor de seksuele oogst. Hij veronderstelde terecht dat het vervalsen van het pornografische oeuvre van Grosz mijn overgave zou bespoedigen.

Nummer drie van onze groep was de kettingroker Klaus Hajek. Hij had een typische Russische kop. Hoge jukbeenderen, dicht bij elkaar staande diepliggende ogen, dikke nek, platte neus, donkerbruin sluik haar, compacte bouw. En dat ofschoon zijn ouders uit Oost-Pruisen kwamen en tijdens de Hitler-jaren zo mee hadden kunnen doen aan een promocampagne voor het blonde arische ras.

'Daar heeft beslist een Russische haan op een Duitse kip gezeten,' grapte Werner een keer toen wij het over Klaus hadden. Het was zeer aannemelijk. Klaus was namelijk in januari 1946 in Berlijn geboren. Negen maanden eerder, in april 1945, waren de Russen in hun tanks Berlijn binnen gerold en hadden zich vervolgens massaal aan Duitse dames vergrepen. Die waren immers een gemakkelijke prooi in de manloze, platgebombardeerde en uitgehongerde hoofdstad. *Wie dem auch sei*, Klaus was onze technische man. Hij regelde oude doeken en bezocht voor dat doel tal van rommelmarkten en struinde antiekzaken af. Eenmaal terug in het Schloß verwijderde hij de verf volgens een speciaal procedé. Hij zocht ook uit welke verfcombinaties bepaalde kunstenaars hadden gebruikt, deed onderzoek naar hun werkwijze, et cetera. Wanneer ik bijvoorbeeld aan een 'nieuw' werk van Paul Klee uit zijn Bauhaus-periode begon, kreeg ik een kant-en-klaar doek uit de jaren twintig uit de omgeving van Dessau met de daarbij passende verf. Ik hoefde enkel die nieuwe Paul Klee te scheppen.

Nummer vier van onze groep was Manfred Wimmer. Hij was van mijn leeftijd. Geboren in 1965 in Binz aan de Ostsee. Hij had de Hochschule für Bildende Künste in Dresden doorlopen en was uitmuntend in het vervalsen van de minder bekende expressionisten. Zijn productie lag echter stukken lager dan die van mij. Hij was een slungelig type. Broodmager. En dat terwijl hij altijd aan het eten was. Hij deed mij constant denken aan onze knokige herdershond Max, die stierf toen ik tien was. Max had een vreetziekte en at zelfs keutels. Tijdens het wandelen moesten we hem strak aan de lijn houden, anders stortte hij zich op alles wat maar voor zijn bek kwam. Max en ik waren dikke vrienden. 's Avonds lag hij altijd bij mij op de bank met zijn kop op mijn borstkas. Half slapend, half wakend. Als hij aanvoelde dat mijn bedtijd naderde, ging hij verliggen, zodat ik niet weg kon. Papa trok hem dan van mij af. Zijn vraatzucht werd hem helaas fataal, want op een onbewaakt moment at hij het gif dat mijn moeder had gekocht voor de muizen op zolder. Hij beet de zak open en likte de inhoud tot op de laatste korrel weg. Ik vond hem in de woonkamer toen ik van school kwam. Hij lag op het vale bloemetjestapijt naast de eikenhouten salontafel, met een open bek, schuim rond zijn snuit, gestrekte poten, opgezwollen buik en uitpuilende ogen. In zijn strijd tegen de pijn had hij het huis overhoopgehaald en aan deuren en ramen gekrabd. Zijn gruwelijke doodsstrijd beleefde ik in de weken die volgden in talloze varianten tijdens mijn dromen. Ik zag hem kronkelen over de vloer en hoorde zijn gejammer resoneren door ons hoge trappenhuis. Ik wilde na Max geen hond meer. Ik was liever alleen dan te moeten leven met de angst om nog een keer een dierbaar wezen te verliezen.

Inderdaad, Manfred Wimmer leek precies op mijn vraatzuchtige Max. De lichtbruine tint van zijn haren was identiek aan die van mijn geliefde hond. Dat gold ook voor zijn adorerende blik. Het kwam daarom regelmatig voor dat ik Manfred per ongeluk Max noemde, vooral op momenten dat ik geconcentreerd aan het werk was en hij maar wat tegen me aan ouwehoerde. Toch voelde ik nooit de liefde voor Manfred die ik voor Max heb gevoeld. Vanwege Werner. Onze baas. Ja, je zou beslist kunnen stellen dat ik de loopse teef van Werner was.

John Netelen gaat weer tegenover me zitten en roert door zijn kop koffie. Broers tikt iets op zijn tablet.

'Hebt u nog een blaadje voor me, dan maak ik een schema voor u met alle gegevens,' vraag ik.

'Jazeker,' zegt hij, waarna hij weer een vel afscheurt en mij dat aanreikt.

Ik maak een overzicht en vul de belangrijkste gegevens in.

Naam	Geboortedatum en -plaats	Achtergrond
Werner Lobitz	Magdeburg, 1956 Donderblond, grijze ogen, ca. 1,90 m. Slank.	Conservator museum Galerie Neue Meister in Dresden. Projectleiding.
Günter Schonhöfer	Leipzig, 1937 Kaal, bruine ogen, ca. 1,65 m. Gezette bouw.	Kunsthistoricus, opgeleid in Berlijn. Contacten met westerse veilinghuizen.
Klaus Hajek	Berlijn, 1946 Donkerbruin krullend haar, bruine diepliggende ogen, ca. 1,80 m. Pezige bouw.	Technisch specialist doeken en verf.
Manfred Wimmer	Binz, Ostsee, 1965 Donkerbruin sluik haar, lichtbruine ogen, ca. 1,80 m. Mager.	Hochschule für Bildende Künste Dresden. Kunstenaar.

'Hier, meneer Netelen, de gegevens van de vier mannen met wie ik samenwerkte en die tegelijk met mij op 10 februari 1989 werden gearresteerd. Ik heb ze daarna nooit meer gezien en kon ze ook niet vinden op internet. Ik zou van alle vier een tekening voor u kunnen maken, zoals ze er destijds uitzagen, natuurlijk.'

John Netelen neemt het blaadje van mij over en leest het door. 'Als u dat wilt doen en de tekeningen wilt scannen en naar mij mailen, heel graag,' zegt hij. 'Met deze namen ga ik onmiddellijk aan de slag. Weet u, mevrouw Bresse, het liefst had ik zo meteen het "Stelsel bewaken en beveiligen" in werking laten treden en u dus onder toezicht geplaatst, maar aangezien de twee mannen niet in uw huis zijn geweest en er geen geweld tegen u is gebruikt, gaat dat nog niet. Wat ik wel zal doen, is onze patrouille opdracht geven om met regelmaat langs uw huis te rijden, zodat wij bij een verdachte situatie snel kunnen ingrijpen.'

Ik kijk hem niet-begrijpend aan.

'Onder toezicht plaatsen? Wat bedoelt u daarmee?' vraag ik met een trillende stem.

'Dat er twee agenten bij u inwonen, die u ook vergezellen bij alles wat u buitenshuis onderneemt. Een zware beveiliging dus tijdens de duur van het onderzoek.'

Mijn ogen worden groot en mijn mond valt open. O, nee. Zie je wel! De geschiedenis herhaalt zich. Agenten voor mijn deur. Agenten in mijn huis. Agenten die alles wat ik doe volgen en afluisteren. En als ik dan vraag waarom dat is, dan zeggen ze 'voor uw eigen veiligheid'. En ondertussen doen ze niets anders dan informatie verzamelen voor het moment waarop ze me arresteren. Zo ging dat toen en zo gaat dat nu nog steeds. Ik moet dus weg hier, voordat ze weer mijn huis binnenvallen, me in een bus duwen, me opsluiten en weer maandenlang verkrachten. Maar waar ga ik heen? Of beter: naar wie?

VII

'Ze liep moeizaam toen ze werd binnengebracht na de Stoel. Voetje voor voetje. De twee bewakers moesten haar vasthouden, anders kieperde ze om. Haar evenwichtsorgaan functioneerde tijdelijk niet meer. Haar armen hingen slap langs haar lichaam. Ze probeerde verwoed om haar vingers te bewegen, wat niet lukte. Er lag ontzetting in haar ogen. Ze was net die ochtend van de Stoel gehaald. Haar lichaam moest nog acclimatiseren. Al haar functies waren ontregeld. Het zou bijvoorbeeld nog dagen gaan duren voor ze weer een normale ontlasting had, voor de pompende hoofdpijn wegebde, voor het oorsuizen zou afnemen, voor het tintelen in haar handen en voeten zou ophouden. Als het al zou ophouden, want er was altijd een risico dat functies niet meer terugkwamen. Bij een op de twintig gevangenen gebeurde dat. Dat was haar ook verteld voordat ze op de Stoel werd gezet. Dat het kón zijn dat haar handen en voeten voor altijd verlamd raakten. We gaven haar nog een laatste kans om te praten. Maar ze zweeg.

"Zo Frau Wolf," zei ik. "Gaat u vandaag meewerken?"

Heel langzaam tilde ze haar hoofd op, met schokjes, als een haperende robot. Haar betraande ogen vonden de mijne en stonden raar, Emma. Er vormde zich iets rond haar lippen dat je een glimlach zou kunnen noemen. Ze wilde niet zwak zijn.

"Als u mij vragen stelt die ik kan beantwoorden, werk ik zeker mee," zei ze woord voor woord met een lispelende tong. De zenuwen in haar gezicht moesten nog op gang komen. Haar levendige gelaatstrekken waren verworden tot porselein. *Niks bewoog. Ze was zo mooi in haar strijd om haar waardigheid te behouden. Een zeldzame schoonheid. Haar houding raakte me, Emma. Waar was ik mee bezig?*

En voor ik het wist, deed ik iets wat streng verboden was: ik schoot omhoog, liep naar haar toe en pakte haar hand.

"Zal ik even uw schouders en nek masseren?" vroeg ik. "Dan wordt het snel beter." Ik wist van mijn opleiding dat hier de belangrijkste functies liepen om haar systeem weer op gang te krijgen.

"Mijn vingers," hakkelde ze. "Mijn vingers doen het niet meer!"

En ineens begreep ik het. De paniek. Dáár lag haar grootste angst. Dat ze haar vingers niet meer zou kunnen gebruiken. Dat ze nooit meer zou kunnen schilderen.'

13

Het terras aan de Geul zit bomvol op deze zonnige lentedag, maar binnen in het café is het stil. De nostalgische inrichting valt hierdoor extra op. Op de schouw staat een enorme Jezus met een rood gat in zijn borst. Hij lijkt op de man met de bruine krullen in een plas bloed. Het liefst wil ik rechtsomkeert maken, maar dat is niet verstandig. Ik moet even veilig op internet kunnen surfen en thuis durf ik dat niet meer. Ik acht de kans groot dat ze me aftappen. Van dit café weet ik tenminste dat ze een beveiligde internetverbinding hebben en dat ik via de achterdeur weg kan rennen. Ik check mijn omgeving. Alles oogt normaal. Op het terras zitten alleen maar stellen of gezinnen en hier binnen ben ik alleen. Ik heb de hele dag getwijfeld of ik mijn huis wel zou verlaten, want er is een kans dat die twee bodybuilders nog steeds in de buurt zijn. Maar ik moet soms naar buiten, al is het maar om boodschappen te doen. Op mijn weg hiernaartoe heb ik goed opgelet of ik werd gevolgd en dat was niet zo. De Audi parkeerde ik achterom, onzichtbaar vanaf de straat. Mijn hand gaat naar mijn tas en strijkt langs de rondingen van mijn pistool. Ja, dat heb ik ook nog. Dus in principe zou ik nu enigszins veilig moeten zijn.

Ik installeer me op een plek met zicht op de entree en klap mijn laptop open. Op de achtergrond speelt soulmuziek. Ik herken het nummer 'September' van Earth, Wind & Fire. Ik zucht. De swingende klanken brengen pijnlijke herinneringen naar boven aan de discoavonden in de kleurloze aula van onze middelbare school. Het waren mijn grote momenten van verdriet, omdat niemand met mij wilde dansen. De meisjes uit mijn klas sloten me buiten, omdat ik geen benul had van hun gespreksthema's. Ik kwam bijvoorbeeld niet mee tijdens discussies over onbereikbare westerse jeansmerken zoals Levi's of Lee. Hoe graag ik dat ook wilde. Vanwege de Einzelbildung was er immers geen tijd voor omgang met andere kinderen. Mijn hoofd werd dag in, dag uit volgepompt met informatie over kleuren en kunst. Wanneer ik dan 's avonds klaar was met mijn huiswerk, was het al te laat om nog bij iemand op bezoek te gaan. Bovendien zat ik niet bij de FDJ. School oordeelde dat ik de tijd die mijn klasgenoten bij de *Freie Deutsche Jugend* doorbrachten beter kon besteden aan tekenlessen. Mijn privéleraren zouden mij de marxistische leer wel tijdens het schilderen overbrengen. En omdat ik dus geen lid was van de FDJ kon ik ook nooit mee met de FDJ-schoolreisjes, waardoor ik in de loop der jaren steeds verder in een isolement raakte. In de puberteit werd mijn hunkering om 'erbij te horen' zelfs een obsessie. Ik bedacht continu strategieën wie ik wanneer met welke opmerking moest benaderen om goedkeuring te krijgen en een glimlach te oogsten. Maar hoe meer ik mijn best deed, hoe groter de verwijdering was die ik schiep tussen mij en de anderen. Immers, door mijn stress om het goede te zeggen, vond ik nét niet de juiste zin of de juiste toon. Ik was in alles te geaffecteerd. In een gesprek met papa en mama betitelde mijn klassenleraar me daarom als 'sociaal gehandicapt'. Ik zie nog steeds dat moment voor me en hoe zich zweetdruppels vormden op de neus van mijn vader toen hem de les werd gelezen over het teruggetrokken gedrag van zijn dochter. Hij moest zich meer inzetten om van mij een participerende burger te maken. Aan eenlingen had onze socialistische staat immers niets. Papa knikte en draaide zich naar mij toe. De angst die ik in zijn ogen las, gaf mij een enorme druk op de buik. Gelukkig had ik uitstekende cijfers. Op dat onderdeel van mijn functioneren had school weinig aan te merken.

Het nummer 'Hotel California' van de Eagles klinkt nu door het restaurant. Volgens Ganbaatar is de songtekst een verhaal over verloren illusies. Ik knikte alleen maar, toen hij me dat vertelde, want ik kon destijds geen Engels verstaan. Wij leerden alleen Russisch. Het liedje werd wel veel gedraaid op de discoavonden en leidde meteen tot een *slow dance*-toenadering tussen de jongens en meisjes op de dansvloer. Er waren echter nooit jongens die mij avances maakten, wat natuurlijk met mijn lengte te maken had. Op mijn vijftiende naderde ik immers al de een meter tachtig en was dus een kop groter dan mijn mannelijke klasgenoten die hun groeispurt pas rond hun zeventiende zouden maken. De oudere jongens, die langer waren, vonden me ook stom, omdat ik overduidelijk niet in de aanbieding had wat ze zochten: een snelle wip op een plekje waar niemand kwam. Dus danste ik in gedachten, terwijl ik ergens in een donkere hoek stond, alleen en uit het zicht van de groep. Ik sloot gewoon mijn ogen, bewoog mijn lichaam onmerkbaar mee op de klanken van de swingende muziek en beeldde me in dat ik bij de anderen was, op de dansvloer. Jammer genoeg ontwaakte ik telkens weer uit mijn trance tijdens de saaie *Ost*-nummers die de dj verplicht door het westerse repertoire moest mengen.

'Je kunt je aandacht telkens maar op één ding richten, Minii khair, en jij beslist of het iets is wat je licht geeft of duisternis,' zei Ganbaatar, toen ik hem huilend vertelde over mijn eenzaamheid en mijn verdriet over het feit dat mijn klasgenoten mij telkens weer buitensloten. Me druk maken over het feit dat de andere kinderen mij niet in hun kring opnamen, bracht me duisternis, dus na vele vruchteloze pogingen om erbij te horen, accepteerde ik uiteindelijk dat ik alleen mezelf had, wat bevrijdend werkte. Bovendien leerde Ganbaatar mij al jong dat meningen fataal konden zijn in de DDR. Ieder gezin kende wel iemand die door een anonieme verklikker een goede baan had verloren en vervolgens slavenwerk in een smerige fabriek moest doen om te overleven.

Ja, meningen. Media zijn er goed in om die te ventileren. Daarom zit ik nu in dit restaurant, zodat ik veilig digitaal dat verhaal kan opzoeken over die vermoorde Stasimedewerker die de *Frankfurter Allgemeine* over de Königstein Gruppe had verteld. Stel dat ik thuis word afgetapt, dan weet de recherche meteen wat mijn verleden was en staan ze binnen een uur op mijn stoep om me in een busje te duwen en af te voeren. Immers, *zeg me wat uw zoekwoorden op internet zijn en ik vertel u wie u bent...*

Ik ga naar 'Instellingen', selecteer Indesmidse en tik het wachtwoord in. 'Verbonden' verschijnt. Mooi. We gaan beginnen. Eens kijken wat we krijgen op '*Kunstfälschung* in DDR'. Wauw! Google toont bijna 25.000 resultaten. Heel wat. Ik begin bovenaan. De meeste artikelen gaan over de kunstbranche zelf en hoe gevoelig die is voor fraude, omdat er zoveel geld in omgaat. Weinig wat ik niet al weet en amper links met de DDR. Ik verfijn de periode naar het afgelopen halfjaar. Eens kijken wat dat oplevert. De spoeling wordt meteen dunner. En inderdaad. Daar heb je het. De vijfde vermelding is een artikel in de *Frankfurter Allgemeine*. Titel: 'Oud-Stasiagent vermoord na onthulling over kunstvervalsing in DDR'.

Ik klik de link snel aan. Het verhaal gaat over een terminale ex-Stasimedewerker die in het ziekenhuis van Dresden contact opnam met de krant. Hij meldde dat het DDR-regime tussen 1987 en 1989 op een ingenieuze wijze kunst liet vervalsen, om deze vervolgens aan het Westen te verkopen. Plaats van handeling was een kasteel op een halfuur van Dresden. Hijzelf werkte daar officieus als tuinman, maar in werkelijkheid was hij een geheim agent en moest hij het vervalsingsteam afluisteren. Hij was dus de man van de bedrading, de zendertjes en de opnamen. Hij werkte in het Schloß tot januari 1989, waarna hij besloot om onder te duiken bij iemand die hij kende uit zijn dienstplicht bij de Nationale Volksarmee. Hij had deze oud-kameraad tijdens een humanitaire inzet van het leger in een ingesneeuwd Noord-Duitsland het leven gered en had dus nog een wederdienst tegoed. De ex-Stasiman had besloten te vluchten, nadat hij per toeval had opgevangen dat het project moest verdwijnen. De opdracht luidde dat alles en iedereen die er ook maar enigszins bij betrokken was, geliquideerd moest worden. Hij vermoedde dat de bewakers uiteindelijk ook op dat lijstje zouden komen. Wat ook zo bleek te zijn, want zijn collega's bleken na de val van de Muur spoorloos. Zelf verhuisde hij in 1990 naar Chili, maar kwam een paar maanden geleden terminaal ziek terug naar Duitsland. Hij wilde in Duitse grond begraven worden. Daar hij nul verstand had van kunst, kon hij tijdens zijn afluisterwerk in het Schloß niet inschatten om welke bedragen het ging die daar bij elkaar werden geschilderd. Dat werd hem pas duidelijk toen hij vorige maand in Berlijn meerdere werken zag die in dat Schloß waren gemaakt, met daarbij vermeld de miljoenen euro's die ze bij verkoop waard waren. Veel meer had de man de krant nog niet kunnen vertellen, want een dag na de publicatie werd hij in zijn bed geliquideerd. Een verpleegster vond hem met een gat in zijn voorhoofd, en die bewuste kogel in zijn kop was dus afgevuurd door hetzelfde wapen dat niet veel later een kogel door het lijf van de hond van Eva joeg. Bei Gott, wie had dat gedacht? Door mijn slaapprobleem redde ik misschien wel mijn eigen leven. De leden van mijn slaapklas liggen dubbel als ze dit horen.

Naast het hoofdverhaal staan reacties uit de kunstwereld. Deskundigen verwijzen de onthulling van de ex-Stasimedewerker naar het rijk der fabelen. Helemaal onderaan staat een foto van de Stasiagent. Ik sla mijn hand voor mijn mond. *Verdammt!* Dat was onze tuinman. Hij was dus degene die zich volgens Werner tijdens onze vrijpartijen afrukte. Een smerige gedachte. Ik pak een pen en maak een paar notities. Bizar dit alles. Een verleden dat ineens weer heden wordt. Kunst van mijn hand die ergens hangt. Welke expositie heeft hij dan gezien in Berlijn? En waar? Berlijn telt ontelbare galeries en musea, en niet alle geëxposeerde werken staan met een foto op internet. Dus waar begin ik met zoeken? Bovendien heb ik in die anderhalf jaar bijna honderd schilderijen gemaakt van zeker twintig expressionisten. Vooral zogenaamd nieuw werk van leden van Die Brücke, Der Blaue Reiter en later Bauhaus pasten goed binnen de vervalsingstrategie, omdat die kunstenaars voor en na de Eerste Wereldoorlog in Duitsland hadden gewerkt en het daarom aannemelijk was dat er nog schilderijen van de Modernen bij particulieren lagen, die dan anno 1988 onverwachts in de DDR werden 'gevonden'. Wat de geloofwaardigheid versterkte, was het gegeven dat de expressionisten vanaf 1933 door het naziregime een beroepsverbod kregen en hun werk als *Entartete Kunst* werd bestempeld. Als jij dus in 1934 in nazi-Duitsland een mooi werk kreeg van een ineens werkloos geworden expressionistisch kunstenaar, dan hing je dat op in een achterkamer, want ermee pronken was gevaarlijk. Dat gold ook voor de kunstcollecties van Joodse families die op diverse zolders werden verborgen. Wie zou nou niet geloven dat deze nog niet bekende expressionistische werken anno 1988 ineens in achterkamers en op zolders werden 'ontdekt'? Juist. De strategie was geniaal. Dat gold ook voor de keuze voor de kunstenaars die we moesten vervalsen. Naast de bekende zoals Kandinsky, Klee, Marc en Macke schilderden we ook minder bekende, zoals Campendonk, Pechstein, Rohlfs, Schmidt-Rottluff, Mueller, Nauen, Erbslöh, Kirchner, Von Jawlensky, Münter, Van Dongen en Von Werefkin. Onze collectie moest gevarieerd zijn, want als er ineens drie Kandinsky's zouden opduiken, werd de westerse kunstwereld mogelijk argwanend.

Met mijn duimen druk ik op de stijve spieren in mijn nek en lees dan weer verder. De verslaggever heeft bij zijn stuk een commentaar geschreven over de vraag of deze onthulling waar kan zijn of niet. Je krijgt als lezer de indruk dat hij de dode gelooft, vooral ook omdat de ex-Stasimedewerker werd geliquideerd alvorens hij meer kon vertellen. En gelijk heeft hij! Knap. Hoe heet die journalist? Ik scrol naar rechts. Tom Adler. Eens zien wat er over hem wordt gezegd. Ik googel zijn naam. Nou zeg, er zijn veel Tom Adlers op deze planeet. Ik tik 'Tom Adler Frankfurter Allgemeine' in. Bingo. Daar is er maar één van. Die moet ik hebben! Bovenaan verschijnt LinkedIn. Hij is geboren in 1974 in Düsseldorf, wat betekent dat hij nu veertig is. Een jonkie dus. Zijn digitale cv toont na de middelbare school drie jaar kunstacademie, waarna hij de switch maakte naar de journalistiek. Hij werkte na zijn afstuderen als verslaggever bij de *Rheinische Post* in Düsseldorf, maakte vervolgens de overstap naar tv, maar koos in 2013 toch weer voor het krantenvak. Hij werd hoofdredacteur cultuur bij de *Frankfurter Allgemeine*. Hij publiceert vooral achtergrondverhalen over culturele onderwerpen. Vaak met een zweem van cynisme. Hij is voor de *Frankfurter Allgemeine* gestationeerd in Berlijn. Logisch. Daar gebeurt het nu. Hoe ziet hij er eigenlijk uit? Ik klik op 'Afbeeldingen'. Nee maar. Wat een lekker ding! Dat valt zelfs een gedroogde pruim zoals ik op. Kort donkerblond haar met iets van krul erin. Groene ogen. Volle lippen. Stoppelbaard. Kunstenaarstype. Ik vervolg mijn digitale reis en lees nog diverse andere artikelen van zijn hand. Hij zoekt vaak de confrontatie op door gevoelige thema's op te voeren, zoals een artikel over het afstompen van ons creatieve vermogen door het groeiend gebruik van sociale media.

Ik leun achterover, pak mijn glas water en drink het leeg. Mijn creatieve vermogen ging ook verloren en ik bid nog dagelijks tot een onbekende God dat het weer terugkomt.

Mijn blik glijdt weer langs de Jezus op de schouw. Hoeveel gebeden heeft hij wel niet aangehoord? Tja, wie zal het zeggen. Ik zucht. Mijn blik gaat naar het zonovergoten terras. Het is bomvol. Vooraan zit een ouder stel. Ik schat ze begin zestig. De man streelt liefdevol langs de onderarm van de vrouw. Zij buigt zich naar hem toe en geef hem een kus op zijn wang. De tedere aanraking doet wat met me en tranen schieten in mijn ogen. David deed dat ook. Hij pakte vaker mijn hand vast als we ergens zaten en streelde mijn vingers. Na Hohenschönhausen waren er nog maar een paar stukken huid op mijn lichaam over waar ik zonder te verkrampen een spontane aanraking kon verdragen. Dat waren onder andere mijn handen en mijn armen. Mijn nek en haren waren taboe, omdat deze de favoriete punten waren waar mijn ondervrager me altijd vastgreep. Het monster vond het geweldig om me in mijn kont te neuken, terwijl hij mijn haren als tuig gebruikte. Het was alsof hij een paard bereed. Hij trok aan mijn vlechten en mepte met zijn vlakke hand tegen mijn hangende tepels. Vaak tot bloedens toe als hij lang nodig had om klaar te komen. David voelde gelukkig perfect aan waar mijn kwetsbare plekken waren en raakte ze niet aan. Alleen als ik genoeg gedronken had en behoorlijk verdoofd was, liet ik meer toe. Ik deed dat vooral uit schuldgevoel. Ik wilde David zo graag iets teruggeven voor alle liefde en goedheid waarmee hij me omringde. Vreemd genoeg mis ik onze beperkte fysieke intimiteit nog het meest sinds zijn overlijden. Een gemis dat zal blijven want de kans dat er een tweede David mijn leven binnenstapt, acht ik nihil.

Ik zucht en friemel aan mijn trouwring. Op mijn laptop valt een traan, tussen de letters B en N op het toetsenbord. En nog een. Nu op de K. Ik pak een servetje en veeg het vocht weg, waarna ik mijn ogen dep. Ik recht mijn rug en adem een paar keer diep in en uit. 'Zoek het licht, Minii khair,' benadrukte Ganbaatar iedere keer weer. Ja, ik weet het wel. Mijn arm en mijn vingers worden nooit meer gestreeld en dat doet pijn. Maar ik heb nog steeds mijn zintuigen en kan nog steeds genieten van de schoonheid van mijn heuvels. Ik kon vanochtend immers de bloeiende pioenrozen in mijn tuin ruiken, ik zag die eindeloze glooiingen vanuit mijn woonkamer, ik kan het wuivende graan in het veld naast het huis van Eva nog aanraken. Ja, beslist. Ganbaatar had gelijk. Zolang je nog kunt waarnemen, is er genoeg over om voor te leven. 'Zoek het licht, Josta,' moedig ik mezelf aan.

De deur van het café gaat open en twee mannen in zwarte motorpakken komen binnen. Ik schrik acuut wakker uit mijn overpeinzingen. Mijn rechterhand schiet in mijn handtasje en grijpt mijn pistool. Ik verzet de veiligheidspal, span de haan en richt. De heren vragen naar de dichtstbijzijnde supermarkt. De mevrouw achter de bar geeft uitleg en de motormuizen vertrekken weer. Vanuit het raam zie ik hoe ze weer opstappen en wegrijden. Terwijl ik ze nakijk, en mijn pistool weer vergrendel en terugstop in mijn tas, realiseer ik me ineens heel sterk dat ik opnieuw mijn vrijheid heb verloren. Net als in 1987 ben ik ook nu weer een 'object' dat gevolgd wordt en waar 'iemand' zomaar dingen mee kan doen, zoals een nier wegsnijden. Maar in die vijfentwintig jaar zijn wel twee essentiële zaken veranderd. De Muur is gevallen en internet is gekomen. Ik kan tegenwoordig dus vrij reizen en vrij informatie vergaren. Ik hoef niet meer af te wachten wat er gebeurt. Ik draai me weer naar mijn laptop en tik 'Ausstellung Expressionismus Berlin' in. Eens kijken welke exposities over expressionistische kunst je nu kunt bezoeken in Berlijn.

14

Ik leun tegen de muur bij mijn voordeur en begin te huilen. Mijn lichaam schokt. De stappen van John Netelen en zijn collega Broers verwijderen zich over de kiezels van mijn oprit. Mijn hele *Haltung* stort in. Wat moet ik nu doen? Toen ze me zojuist die mededeling deden, hield ik me gelukkig goed, precies zoals mijn ouders me dat van kinds af aan hebben geleerd. '*Immer Haltung bewahren*, Josta,' zei papa als ik weer eens gepest werd of een rotleraar had in de Einzelbildung. Altijd je waardigheid behouden. Tot het einde toe argumenten geven was oké, maar huilen was streng verboden. Dat deed je alleen binnenshuis. Nooit bij vreemden, wát je ook overkwam. Raar hoe iets wat je als kind leert, je ook als volwassene vergezelt. Ik heb inderdaad nog nooit gehuild in het openbaar of iets van zwakte getoond in moeilijke situaties. De enige mensen die mij ooit in tranen hebben gezien, waren mijn ouders, Ganbaatar, David en mijn ondervrager. Zelfs bij Werner heb ik nooit gehuild, ofschoon ik daar kort voor onze arrestatie zeker aanleiding toe had. Maar zelfs toen wist ik mijn Haltung te bewaren. Ik geloof dat papa wel gelijk had. Niemand heeft respect voor zwakkelingen. Medelijden muteert op de langere termijn altijd in irritatie.

Dus gebruikte ik argumenten toen inspecteur Netelen me een kwartier geleden vertelde dat alle vier de leden van mijn groep volgens de Duitse administratie op 10 februari 1989 waren verdwenen. De autoriteiten hadden hen uit het oog verloren in de bossen bij Königstein, op de grens met het toenmalige Tsjechoslowakije. Ik keek John Netelen ongelovig aan.

'Maar dat is onzin!' zei ik met stemverheffing. 'Ze werden tegelijkertijd met mij gearresteerd en we zijn in dezelfde bus naar Hohenschönhausen gereden. Ik was zelfs de laatste die uitstapte. Ik zag hoe ze vóór mij uit dat busje werden gehaald op die overdekte binnenplaats van Hohenschönhausen.'

Inspecteur Netelen observeerde mij scherp. De rillingen liepen over mijn rug.

'Mevrouw Bresse, mijn Duitse collega's staan erom bekend dat ze zeer accuraat zijn.'

'Uw Duitse collega's die in 1989 deze gegevens hebben ingevoerd, waren criminelen!' sis ik. 'Ze waren onderdeel van een totalitair regime.'

Het gezicht van John Netelen bleef stoïcijns.

'Hoe dan ook, mevrouw Bresse, wij moeten als Nederlandse recherche gewoon werken met de gegevens die de Duitsers ons verstrekken en volgens de Duitse administratie zijn de heren Lobitz, Schonhöfer, Hajek en Wimmer dus op 10 februari 1989 verdwenen en sindsdien is er geen enkel teken van leven meer van hen geweest. We weten dus niet wat er met ze is gebeurd.'

'O, nee? Nou, ik weet wél wat er met ze is gebeurd,' riep ik. 'Ze hebben net als ik negen maanden in Hohenschönhausen gezeten en zijn na de val van de Muur geliquideerd en in de een of andere oven verbrand. Met mij was beslist hetzelfde gebeurd als ik niet toevallig in het Charité terecht was gekomen op de nacht dat de Muur viel.'

'Het spijt me, mevrouw Bresse, maar met die informatie kan ik niets.'

Een enorme woede begon in me te groeien. Het liefst was ik opgesprongen en had dat uitgestreken gezicht van John Netelen een klap verkocht, maar de woorden van papa klonken weer door mijn hoofd. 'Immer Haltung bewahren, Josta.' Dus rechtte ik mijn rug en hief mijn hoofd op.

'En mag ik vragen wat dit betekent?'

'Dat u mij andere namen moet noemen van mensen die kunnen bevestigen dat u Josta Wolf bent.'

'Aha,' antwoordde ik met al mijn waardigheid. 'Staat u mij toe dat ik hier nog even over nadenk, want ik moet die personen dan gaan zoeken binnen de twee jaar dat ik op de Kunstacademie in Berlijn zat. Dat kost tijd.' Ik overwoog nog om Netelen een tekening te geven van mijn ondervrager, maar deed dat niet. De operatiedromen over hem waren niet concreter geworden en mijn instinct schreeuwde dat mijn ondervrager een risico was. Immers, hij wist van mijn vervalsingswerk.

'Dat is goed, mevrouw Bresse. Ik wil u wel verzoeken om een afspraak te maken met de IND om uw situatie te bespreken.'

'De IND?' vroeg ik.

'De Immigratie- en Naturalisatiedienst. Er zal apart naar uw dossier gekeken moeten worden. Duitsland zegt dat Josta Wolf is overleden en kan dat bewijzen. Nederland neemt op grond daarvan het standpunt in dat u op basis van fraude de Nederlandse nationaliteit heeft gekregen, wat feitelijk betekent dat uw Nederlanderschap ingetrokken kan worden.' Zijn antwoord voelde als een trap in mijn buik. Ik liep het risico om stateloos te worden, waarna ze me zo het land uit konden zetten. En dan?

Mijn borstkas ging op en neer.

'Is er verder nog iets wat u met mij wilde bespreken, meneer Netelen?' vroeg ik met opgeheven hoofd.

'Nee, voor nu was dit het. Mocht u nieuwe informatie hebben, belt u mij dan.'

'Dat is goed,' zei ik met alle kalmte die ik nog bij elkaar kon schrapen, stond op, stapte naar de voordeur, en opende die met trillende vingers. De rechercheurs volgden en liepen naar buiten. Met mijn laatste restje beheersing sloot ik rustig de deur achter ze. Het liefst had ik hem met een harde knal dichtgesmeten. En nu? Eerst een dubbele wodka. Mijn rantsoen oxazepam heb ik immers al gehad. Ik loop naar de keuken, neem een glas uit de kast, trek de koelkast open, pak mijn fles Eristoff, schenk het glas vol tot aan de rand en drink het in één teug leeg, waarna ik het weer bijvul. Ik sluit mijn ogen en zucht diep. Nee, dit gaat zo niet langer. Ik zit opgesloten in mijn eigen huis. Ik ga alleen nog naar buiten om boodschappen te doen, lig elke nacht wakker, ben overdag een wrak en eet alleen nog omdat het moet... Ja, ik leef in mijn eigen gevangenis. Mijn situatie begint sterk te lijken op die in het Schloß, kort voor onze arrestatie. Dat was ook een luxe kooi. Gelukkig heb ik mijn atelier. Ja, dat ik kan schilderen is nu mijn redding. Ik moet blijven zoeken naar mijn eigen stijl.

'Waarvan hou je meer, Josta, van mij of van schilderen?' vroeg Werner een keer toen we ineengestrengeld in bed lagen. Dat was in het begin van onze relatie, toen ik nog zo totaal verliefd op hem was en mijn hele wezen nog in vuur en vlam stond. Ik heb alleen geglimlacht. Hem de waarheid zeggen, zou hem kwetsen.

'Kunstenaars beminnen intenser dan gewone mensen,' zei Werner vaker. Hij kon het weten. Ik was nummer zoveel voor hem, hij was nummer één voor mij. Dus hoe kon ik het verschil checken tussen een kunstenaar en geen kunstenaar? Werner was er in ieder geval geen. Hij creëerde niets. Hij organiseerde wel veel. Daarin was hij top. Ziekelijk verliefd was ik op hem. Mijn schilderijen waren wild in die periode. Daarom waren mijn vervalsingen van Ernst Ludwig Kirchner zo goed. Ik leefde me uit op de blote dames die zich openden in weelderig groen. Mijn benen lagen constant in spreidstand. Werner kon mijn honger amper stillen, nadat die eenmaal was aangewakkerd. Toch raar hoe lust van het ene op het andere moment kan doven, alsof je een emmer water op een brandende stapel kranten smijt. Wat eerst nog een fel oplaaiend vuur was, blijkt daarna niet meer dan een kleverige smurrie. En zelfs dat is er niet meer in me. Na die negen maanden van voortdurende verkrachting door mijn ondervrager werd hier beneden niks meer vochtig. Ik moest zelfs speciale crèmes bij de huisarts halen om mijn vagina enigszins toegankelijk te maken voor David. Dus deze kunstenaar bemint al sinds haar 21e niet meer. Mijn vuur vlamde slechts een jaar. Daarna kwam Hohenschönhausen en viel er een schaduw over mijn wezen en in die schaduw leef ik nog steeds.

Ik schenk nog een glas Eristoff in, loop naar de woonkamer en plof in de tv-stoel. De zon valt door het raam en laat de wodka in mijn glas glinsteren. De tuin ziet er weer heel anders uit dan vorige week. De twee appelbomen staan nu vol in bloei en sommige weilanden erachter zijn al voor het eerst gemaaid. De gelige tint van het korte gras contrasteert mooi met de donkergroene hagen van de sleedoorn die de grenzen van elk perceel markeren. Inderdaad, die vele vlakken met hier en daar een bloeiende bol lijken veel op de latere werken van Paul Klee. Ik was net klaar met een nieuwe Klee toen we werden gearresteerd. Ik had mijn ezel al naar het midden van het atelier gerold, zodat we het schilderij na de lunch met z'n allen konden evalueren. Alleen Manfred had zijn commentaar al gegeven. Hij en ik waren immers de enigen die volcontinu in het atelier werkten. De andere drie kwamen alleen af en toe binnen om de voortgang te bespreken.

Ik neem een slok van mijn wodka en schud mijn hoofd. Ze zijn dus dood. Het raakt me meer dan ik had verwacht, en niet alleen omdat ze mijn identiteit konden bevestigen. Waarom eigenlijk? Los van Werner waren het immers geen vrienden, maar collega's. Vijf totaal verschillende mensen met uiteenlopende achtergronden en botsende karakters. En toch was daar een saamhorigheid die dieper ging dan een hechte vriendschap. We lachten harder en we dronken meer, omdat we diep van binnen al wisten dat we samen het einde van een tijdperk naderden. Manfred was de eerste die dat opmerkte, twee weken voor onze arrestatie.

We lagen in onze stoelen in de tot bioscoop omgebouwde bibliotheek van het Schloß, hadden net copieus gedineerd, waren behoorlijk aangeschoten en keken op een groot scherm naar de kostuumfilm *Dangerous Liaisons*, die Günter via zijn contacten had geregeld. De sfeer in het Franse kasteel waar de film was opgenomen, leek verbluffend veel op die in ons Schloß. Zo ook het decadente leven van de Franse adel kort voor de Franse revolutie. 'Kijk maar eens goed, jongens,' schamperde Werner op een bepaald moment. 'Alle personages in die film verloren hun kop onder de guillotine, want het boek waar dit verhaal op is gebaseerd, dateert uit 1782 en verscheen dus zeven jaar voor de Franse revolutie.'

'Klopt,' zei Günter lachend. 'Alweer een bewijs dat ieder einde van een tijdperk begint met de arrogantie van de beau monde.'

'Nou, dan is het einde van de DDR vol in zicht,' gromde Manfred, 'want als er één elite is die zich wentelt in eigenwaan dan is het wel die klote-SED-kliek.'

Onze hoofden schoten geschrokken zijn kant op en Günter gaf met zijn vinger een zwijgteken en wees naar de muren en daarmee naar de afluisterapparatuur die in alle kamers was geïnstalleerd.

'Je kletst onzin, Mannie, zoals altijd als je gezopen hebt,' zei Klaus met een sussende stem.

Manfred ging rechtop zitten en schudde zijn hoofd.

'Nee, nee, nee, ik heb gelijk, en geloof me, het kan niet anders of de een of andere slimme westerse deskundige signaleert binnenkort dat er de laatste tijd wel erg veel expressionistische schilderijen op de westerse markt verschijnen, waarna alle kopers nader onderzoek gaan doen. En wanneer dat gebeurt, volgt hier binnen een paar uur een inval van de Stasi en worden we allemaal afgeknald en ergens in dat donkere bos daar buiten begraven. Inclusief onze bewakers. 'Ja, *Ihr Schweine*, jullie weten ook te veel,' riep hij, terwijl hij zijn middelvinger opstak naar de enorme kroonluchter waarin de Stasi een opnameapparaatje had gemonteerd. 'Dus jij daar,' schreeuwde Manfred richting de lamp, 'jou gaan ze ook liquideren!'

Ik sprong op, rende naar Manfred en nam hem in mijn armen. 'Zeg niks meer, Mannie, bitte, Mannie, zwijg nu.'

Manfred duwde zijn hoofd tegen mijn schouder en begon schokkend te huilen. Mijn trui werd nat van zijn tranen. Werner stond op, liep naar de geluidsinstallatie en draaide de knop naar rechts, waarna de klavecimbelmuziek uit *Dangerous Liaisons* door de kamer galmde. Günter en Klaus staken met trillende vingers een Cubaanse sigaar op en begonnen er fanatiek aan te trekken. Daar zaten we dan, zwijgend, verbonden door onze angst voor wat ging komen.

VIII

'Een goede ondervrager weet wanneer iemand niets weet. Toen ik ze alle vijf een voor een na hun eerste sessie op de Stoel had ondervraagd, wist ik vrijwel zeker dat ze geen flauw idee hadden waar het dossier gebleven was. Wat dus betekende dat er nog maar één optie over was: ofwel een van de vijf was een topleugenaar ofwel een van de bewakers had het ding ontvreemd. Werner Lobitz had namelijk meermaals bevestigd dat hij op donderdag nog aantekeningen had gemaakt en een polaroid van de nieuwe Paul Klee van Josta in de map had gedaan. Het schilderij was zo goed als klaar en zou de volgende dag binnen de groep besproken worden. Na die laatste aantekeningen had hij het dossier in de kluis gelegd en deze zorgvuldig afgesloten. De sleutel zat nog steeds in zijn beurs toen hij de volgende dag werd gearresteerd en de bewakers een lege kluis openden. Dus wát was er gebeurd in die 24 uur? Werner vertelde me ook dat hij altijd in de veronderstelling was geweest dat behalve Günter Schonhöfer, Heinz Kramm en hijzelf niemand van het dossier afwist. Hij was in shock toen hij in Hohenschönhausen hoorde dat de Stasi er dus ook van op de hoogte was.

Ik belde vervolgens Diederich Schulz, de leider van de Kommerzielle Koordinierung waar mijn Kunst und Antiquitäten GMbH onder viel en maakte een afspraak voor "speciaal werkoverleg", wat wij altijd buiten deden, zonder luistervinken. Tijdens een wandeling langs het bevroren meer van het Oberseepark vertelde ik hem dat ik het vermoeden had dat een van de bewakers in Schloß Schönwald het dossier had gestolen. De normaliter bikkelharde Diederich Schulz trok wit weg, want mijn vermoeden betekende dat hij Peter Wulka van de Stasi-Abteilung VII/13 moest bellen met het bericht dat een van zijn medewerkers mogelijk een verrader was. Zijn afdeling had immers de vijf bewakers in Schloß Schönwald geregeld. Diederich Schulz zag daartegen op, want Wulka gedroeg zich de laatste tijd nogal extreem. Met name zijn onbeheerste woedeaanvallen waren reden tot zorg.'

15

Ik wrijf met mijn natte handen nog eens goed langs de vormen van de vaas, om alle oneffenheden in de klei weg te strijken. Ja, zo is het goed. Mijn object moet glooien zoals mijn geliefde heuvels. Daarom vind ik het hier ook zo mooi. Vanwege dat hellende. Raar dat ronde lijnen altijd weer mijn voorkeur krijgen. Waarschijnlijk omdat je in de natuur ook weinig vierkanten ziet. Alles stroomt beter door bij cirkels. Regen en wind slijpen hoeken immers ook continu af. Het zijn de mensen die de vierkanten en hoeken maken. Mijn voorliefde voor ringen, cilinders en bollen waren een constant onderwerp van discussie in Schloß Schönwald. Vooral op het einde, toen ik Paul Klees moest maken. Paul Klee was in zijn Bauhaus-periode namelijk een vlakkenman, dus wilden Werner en Günter dat hoeken en vierkanten in mijn schilderijen domineerden. Maar mijn penselen maakten almaar rondingen, waardoor er binnen in mij sprake was van artistieke verkrachting. Mijn handen volgden niet de wens van mijn ziel, maar deden wat het verstand dicteerde. Zoals die Klee-schilderijen. Werner jubelde dat ze beter waren dan de echte Klees. Dat ik een unicum was. Maar toch vond ik ze wanstaltig. Omdat ik de kunstenaar onteerde die ik bewonderde.

Hetzelfde gold voor Schloß Schönwald. Objectief gezien was het een prachtig oord. Een rococojachtslot midden in het bos, omringd door fraai aangelegde Franse tuinen met vijvers en fonteinen. Het interieur was weelderig, met gouden tierlantijnen, talloze spiegels en prachtige kunstvoorwerpen. Onze studio's waren van alle gemakken voorzien.

Mijn badkamer had zelfs een uit de VS geïmporteerde jacuzzi. Het ding was een rariteit in de DDR. Niets was het regime te veel om haar vervalsers te motiveren. We leefden in wezen in een vijfsterrenhotel. Men serveerde ons culinaire hoogstandjes en we dronken wijn uit de Bourgogne en wodka uit Kazachstan. En als eens in het kwartaal onze volgevreten Kulturminister Heinz Kramm onze voortgang kwam controleren, was de luxe zelfs exorbitant, ofschoon ik hier weinig van meekreeg, omdat ik tijdens die gelegenheden zogenaamd ziek in mijn kamer hokte. Werner vreesde namelijk dat de Kulturminister mijn artistieke inspiratie zou knakken tijdens een verkrachting. Van Heinz Kramm was immers bekend dat hij elke vrouw greep die voor zijn worstenvingers kwam. Jaja. Er was genoeg aan de hand in ons Schloß. Juist daarom was ik elke vrijdag weer blij wanneer ik naar mijn appartement in Dresden kon en elke maandag was ik weer bedrukt wanneer ik terug naar Königstein moest. Omdat alle opsmuk het kwaad niet kon verdoezelen waarmee al dat goud was gemengd. Daarom ging ik ook iedere vrije minuut naar buiten om te wandelen in de bossen. In het begin werd ik consequent gevolgd door een van de bewakers. Vaak de klusjesman, maar na een paar weken zagen ze in dat dit zinloos was en lieten me met rust. Waar kon ik immers heen? Het bos liep dood tegen de streng bewaakte grens met Tsjechoslowakije.

Wanneer het te hard regende om te gaan wandelen, zwierf ik wat door het Schloß en probeerde te registreren waar ik de meeste weerzin voelde. De voormalige woonvertrekken van de Gestapo-officieren hadden altijd een goede score. Zo ook de gewelfde kelders. Dat gold vooral voor de vleugel waar de nazi's een gevangenis met twee cellen hadden ingericht. Ze lagen deels onder de grond waardoor het schamele licht vanuit een tachtig centimeter brede koekoek naar binnen viel. De opening was met siersteentjes omlijst, wat bewees dat de metselaar een vakman was. Maar goed.

Vreemd genoeg is de geur van die hokken mij nog het meest bijgebleven. Door de ondergrondse ligging trok de schimmel namelijk letterlijk in je kleren als je er langer dan vijf minuten stond. En die stank kreeg je er vervolgens alleen nog maar uit met wassen.

Ik was overigens de enige van onze groep die regelmatig door het Schloß doolde. 'Onze auraspotter gaat weer op zoek naar spoken,' grapten de heren telkens wanneer ik er met een zaklamp op uit trok. In hun opmerking zat een kern van waarheid, omdat ik er in die tijd achter kwam dat mijn hypersensitieve aard daadwerkelijk reageerde op 'slechte' of 'goede' plekken. Schloß Schönwald was dus de perfecte locatie om mijn spirituele voelsprieten verder te verfijnen. In de kelders ervoer ik de heftigste emoties. Soms meende ik zelfs gekrijs te horen.

Ik sluit mijn ogen en denk weer aan die gewelfde ruimten. Het dominantst was de geur. Het rook er naar de boetseerklei die ik vandaag heb gebruikt. Een combinatie van modder met smeerolie. Ik open mijn ogen en bestudeer mijn vaas. *Ja, inderdaad.* Ik denk de laatste weken wel erg veel aan mijn anderhalve jaar in Schloß Schönwald. Waarom is dat? Ik leun achterover, zet mijn vingertoppen tegen elkaar en denk na. Waarschijnlijk omdat mijn gevoelens nu vergelijkbaar zijn met die van destijds? Gedurende mijn periode in het Schloß wíst ik dat ik in de ouverture van iets leefde. Dat alles wat ik daar deed een voorbode was van een grotere gebeurtenis die onvermijdelijk op me af denderde. Iets gruwelijks. Een innerlijke stem schreeuwde dat ik moest vluchten, maar waar kon ik heen in die ommuurde DDR met zijn supersonische grensbewaking? In een land waar je continu onder bewaking stond? Nergens. Dus riep mijn ratio dat blijven veiliger was.

En nu is daar diezelfde stem in mij die opnieuw schreeuwt dat ik moet vluchten. Maar net als toen is er weer een muur die me hier houdt. Geen muur van draad of steen, maar een digitale muur. Mijn persoon staat geregistreerd, ik ben 'in onderzoek' bij de Immigratie- en Naturalisatiedienst. Mij is nog steeds niet duidelijk wat er met me gaat gebeuren. Duitsland houdt vol dat ik dood ben en Nederland stelt dat ik daarom illegaal ben. Mijn administratieve bestaan staat op losse schroeven, want ondanks dagenlang mailen en bellen met de Kunstacademie in Berlijn heb ik niemand gevonden die kan verklaren dat ik Josta Wolf ben. Bovendien blijk ik op geen enkele foto te staan uit het archief van de schooljaren 1985/86 en 1986/87. Logisch, want tijdens alle leuke dingen die de academie organiseerde, werd ik opgehaald voor de Einzelbildung.

Ik sta op, loop naar het raam en observeer mijn heuvels. De bomen tooien zich met duizenden tinten groen, geel, wit en roze. Iedere soort kiest zijn eigen kleur tijdens het uitbotten, die weer verandert in de weken dat de blaadjes naar hun volwassenheid groeien. Al die verschillende bomen zorgen voor een geweldige afwisseling. In de bossen van Königstein was amper variatie. Alleen in mijn door de natuur geschapen Kathedraal zag je nog kleur, veelal van varens en mossen. Wanneer ik via een smalle spleet in de rotsen de kloof binnen was gelopen, opende zich een unieke wereld in de vorm van een kathedraal: lang, smal en hoog. De kloof had boven een nauwe opening. Het karige zonlicht gaf de gele rotsen een gouden gloed. Geluiden van buiten werden gedempt. Je hoorde alleen water langs de rotswanden naar beneden sijpelen. Ja, inderdaad. Telkens wanneer ik de Kathedraal binnen liep, was het alsof ik in een sprookje stapte en de boze buitenwereld even kon loslaten. Daarom ging ik er ook zo vaak heen. De Kathedraal was mijn geheime plek waar ik me tijdelijk kon onttrekken aan het slechte aura van Schloß Schönwald.

De telefoon gaat. Het schelle geluid haalt me uit mijn mijmeringen. Ik haast me naar de andere kant van het atelier en pak het toestel van de console. Misschien is het wel de recherche, met nieuws!

'Met Josta Bresse.'

'Ha Josta, met Eva.'

'Hey Eva, hoe gaat het met je?' Is dat wel een goede vraag? Het gaat natuurlijk shit met haar. Ze is in rouw vanwege het verlies van haar dobermann.

'Ach ja, ik mis Bobby zo ontzettend. Ik was gisteren op aandringen van mijn tante in een kennel om een nieuwe dobermann uit te zoeken. Het was een schattige pup, maar ik heb hem niet genomen. Ik ben er nog niet aan toe. Bobby was meer voor me dan een waakhond.'

'Ja, dat weet ik.'

'En wat doe jij nu zo?' vraagt ze.

'O, ik ben in mijn atelier en maak een vaas.'

'Aha, voor jezelf?'

'Nee, zomaar, om maar wat te doen. Ik kan even niet schilderen, vanwege die inbrekers. Iets blokkeert. Je mag de vaas wel hebben als die klaar is.'

'Wat lief, ja graag!' roept ze enthousiast. 'Trouwens, mag ik jouw auto even lenen? Die van mij is sinds vanochtend bij de garage en ik krijg onverwachts bezoek. Allemaal willen ze ineens bij me langskomen, vanwege Bobby, en natuurlijk om me uit te horen, maar mijn koelkast is leeg.'

'Tuurlijk. Kom maar even de sleutel halen.'

'Heb jij trouwens ook nog wat nodig? Dan breng ik dat meteen mee.'

'Nee, ik heb van alles genoeg.'

'Oké, ik ben zo bij je.' Ze verbreekt de verbinding.

Ik kijk op mijn horloge. Het is al vijf uur. Tijd om te stoppen en wat te koken. Ik trek mijn overall uit, sluit mijn atelier af en wandel naar het woonhuis. In de keuken kijk ik even wat ik nog in de koelkast heb. Een zak met Chinese wokgroenten en een rode paprika. Ik pak de paprika, was hem, snijd hem in reepjes en begin eraan te knabbelen. Ik ben dol op die pittige smaak. Paprika's waren in de DDR amper te krijgen. Bovendien was mama fan van de echte Duitse keuken. Daarom proefde ik pas voor het eerst een paprika toen ik in Schloß Schönwald woonde. Dat was in een salade. Hetzelfde gold voor kiwi en mango. Ik lach. Ja, grappige situatie was dat tijdens onze eerste week in het Schloß. Onze Stasikok zette ons op een avond als dessert een tropische fruitmix voor. Manfred en ik bogen ons argwanend over het porseleinen kommetje en roken aan die rare groene en oranje blokjes. Pas nadat Werner begon te eten en ons verzekerde dat het fruit lekker zoet was, waagden we een hap. En nu? Tegenwoordig eet ik vooral dat wat je in de DDR amper kon krijgen. Alsof mijn buik een smaakachterstand van een half leven wil inhalen.

De bel gaat. Ik loop naar de voordeur, pak de autosleutels uit het kastje en doe open.

'Ha Eva! Hier!' Ik geef haar de sleutel.

'Dank, ik ben over een uurtje terug. Ik ga alleen naar de supermarkt in Gulpen,' zegt ze met twinkeloogjes, terwijl ze zich omdraait en naar de auto loopt die twintig meter verderop staat.

'Is goed,' roep ik. 'Doe rustig aan. Ik ga toch nergens heen.' Ik zwaai haar nog even na, sluit de deur en ga weer naar de keuken. Ik pak de wok, doe er olie in, zet het vuur en de afzuigkap aan en wacht tot alles op temperatuur is. Terwijl ik de groente in de pan wil doen, klinkt buiten een enorme knal. Als onweer, maar dan zwaarder. Wat zou dat zijn? Alweer die boer van gisteren, met een defect aan zijn tractor? Die vent maakte een enorm lawaai tijdens het maaien van het gras langs de Geul. De knalpijp was kapot en het ding overstemde zeker een uur alle geluid in de vallei. Toen hij in het weiland bij mijn tuin was aangekomen moest je bijna oordoppen indoen, zo luid klonk die machine. Morrend zet ik het vuur uit en ga naar het terras, maar zie niets. De explosie moet dus aan de andere kant geweest zijn. Ik loop de hoek om, werp een blik op mijn oprit, deins terug en val tegen de muur. Rook stijgt op uit het karkas dat een paar minuten geleden nog mijn Audi was. Stukken metaal en plastic liggen verspreid over de kiezels. Mijn oog valt op een afgerukte hand op twee meter van mijn voeten. Iets wits steekt uit. Bij de pols. Ziet er uit als het bot van een kotelet. De lange nagels zijn paars gelakt en de hand draagt een flamboyante emaillen ring aan haar middelvinger, in de vorm van een rode roos. *O nein, nein, nein. Das darf nicht sein!* Die hand is van Eva! Ergens hoor ik een vrouw gillen. Pas na een paar minuten dringt het tot me door dat het mijn stem is die om hulp schreeuwt.

16

Het is prachtig lenteweer. De zon schijnt en de hemel is helderblauw. De kleur is van een intensiteit zoals je die alleen ziet na een wijziging van de windrichting, wanneer de sluiers van smog en condens zijn weggeblazen. De deur van mijn terras staat op een kier, want dat is alles wat de agenten mij toestonden. Voor mijn eigen veiligheid moet ik binnenblijven. John Netelen is er namelijk van overtuigd dat de mensen die Eva hebben opgeblazen, terugkomen. Hij drong er bij mij op aan om akkoord te gaan met het zogenaamde 'Stelsel bewaken en beveiligen', wat ik deed, omdat ik weet dat hij gelijk heeft. Ze komen terug.

Ik heb de tv-stoel zojuist naar de terrasdeur geschoven en zit nu achter glas en probeer iets van de helende kracht van dit felle lentelicht op te vangen na mijn verblijf van vijf weken in de psychiatrische kliniek Mondriaan. Met gesloten ogen speel ik een licht-en-schaduwspel met de ruitjes in mijn terrasdeur. Als ik mijn hoofd naar links beweeg, valt mijn gezicht even in een schaduw. Ga ik naar rechts, dan raken de zonnestralen me. Ja! Daar zijn ze weer. Het licht valt op mijn oogleden en creëert een diep soort roze. Apart hoe je licht kunt zien zonder te kijken. Puur door alle zintuigen te openen. Ik zucht. Dat is precies wat ik de afgelopen dagen ben gaan doen. Net als in Hohenschönhausen. Hoe kleiner mijn fysieke beweegruimte wordt, hoe groter ik mijn innerlijke wereld maak. En net als in Hohenschönhausen heeft mijn ondervrager weer een dominante positie in mijn bestaan opgeëist, omdat mijn droom een waarneming is geworden. Ik leun achterover en denk weer aan de moord op Eva en de mannen van de ambulance die me meenamen, zogenaamd ter observatie, omdat ik mij 'traumatisch' gedroeg. Ik snap inmiddels wel waarom ze dachten dat ik raar reageerde, maar na die knal leek het me logisch dat ik Eva weer in elkaar wilde zetten. Dat was nadat ik haar hand had opgetild, met die prachtige emaillen ring met de bloeiende rode roos. Haar paars gelakte vingers voelden als normale vingers, warm en stevig, precies als de hand van de blonde fee in mijn dromen. Paniek sloeg toe. Eva mocht niet weggaan. Ze moest bij me blijven. Ik besloot om Eva te zoeken bij de Audi. Als ik Eva snel vond, konden we haar hand misschien weer aannaaien. Maar ik vond geen hele Eva meer, alleen stukken Eva. Toen de ambulance arriveerde, had ik al diverse lichaamsdelen van haar verzameld en op de marmeren tafel bij mijn voordeur gelegd. Haar bemodderde handtas had ik zelfs binnen aan mijn kapstok gehangen, zodat niemand haar beurs zou stelen. Ja, ik was efficiënt bezig. De ambulancebroeder keek naar mijn opruimwerk en sprintte naar zijn collega. Samen probeerden ze me te laten stoppen, maar ik wilde niet stoppen. Ik had haast, er lagen nog zoveel stukjes Eva om me heen en ik moest snel handelen, voordat de katten kwamen. Die zijn dol op vers vlees. Karel, de gestreepte grijze kater van Eva, was al weggerend met een bloedende homp van zijn baasje in zijn mond, gevonden op het gazon. Dus trok ik me los en ging door met verzamelen, totdat ook de brandweermannen arriveerden en uitstapten. Alle vijf renden ze achter me aan, vingen me en hielden me met vier man vast, waarna de blonde broeder met een spuit op me af kwam en een naald in mijn arm prikte.

Ik werd wakker in een verduisterde kamer in een ziekenhuis. Ik lag vastgebonden op een bed, keek om me heen, rook ontsmettingsmiddelen en hoorde het piepen van medische apparaten, waarna beelden van mijn nieroperatie hun weg vanuit mijn onderbewuste naar de realiteit vonden.

Ineens kon ik een beschrijving geven van de operatieruimte, de stemmen van de mannen, hun accenten, wat ze zeiden. Zo informeerde mijn ondervrager of alles goed ging. Zijn stem vulde de operatiekamer. Later stond hij aan mijn bed. 'Ze herstelt heel snel,' zei een onbekende man met een Berlijns accent. Een arts waarschijnlijk. 'Ja. Gelukkig. Josta is sterk,' zei mijn ondervrager.

De eerste die ik mijn droom vertelde, was Chris Peters, mijn behandelend psychiater in Mondriaan en een vlotte dertiger die mij een 'aparte casus' vond. Hij was bezig met een promotieonderzoek naar trauma's bij mensen die slachtoffer waren van een medische fout, en dat waren er niet zoveel. Nu was ik met mijn gestolen nier natuurlijk niet het slachtoffer van een fout, maar hij vond me interessant genoeg voor zijn onderzoek. Vooral ook vanwege mijn Eva-opruimactie die zo kort op de orgaanroof volgde. Chris Peters vond alles aan mij boeiend, met name mijn verblijf in Hohenschönhausen bezorgde me pluspunten. Hij was een paar weken eerder in Berlijn op vakantie geweest en had een rondleiding door Hohenschönhausen gehad, dat tegenwoordig een museum is. De plek had diepe indruk op hem gemaakt. Hij kon daarom zijn enthousiasme amper onderdrukken toen hij hoorde dat er een vrouw was binnengebracht die volgens de stukken negen maanden in Hohenschönhausen gevangen had gezeten. Gelukkig was de interesse in elkaar wederzijds. Immers, eenmaal wakker en vrij van pillen, begreep ik maar al te goed dat het Eva-incident erop duidde dat er in mijn hoofd zekeringen waren doorgebrand, wat ik bijzonder onaangenaam vond, want tot dusver had ik iedere tegenslag nog zonder kortsluiting doorstaan. Zelfs tijdens en na de Stoel was ik helder gebleven, waardoor ik had kunnen overleven. Dus ik stond open voor de nieuwe vorm van Einzelbildung die Chris Peters me aanbood. Wat ook meespeelde in mijn afweging om mijn verblijf te verlengen, was het feit dat ik na een paar dagen in Mondriaan voor het eerst sinds het overlijden van David weer eens nachten doorsliep, en dat zelfs zonder wodka en oxazepam. Ik was bijna vergeten hoe heerlijk het voelt als je gewoon fit bent, zonder de verdovende werking van alcohol en pillen. Toen ik Chris Peters vroeg of hij een verklaring had voor mijn slaapopleving zei hij dat ik me waarschijnlijk veilig voelde in de kliniek. Daar zat wat in. Immers, ik had op mijn eenzame heuvel een moordaanslag overleefd en Eva verloren. Waarschijnlijk wist mijn onderbewuste dat ik binnen de muren van dit gekkenhuis veiliger was dan daarbuiten. Een rare gewaarwording voor iemand die 'opgesloten zijn' per definitie associeert met 'bedreigend'. Dr. Chris Peters vertelde mij dat mijn Eva-opruimactie waarschijnlijk voortvloeide uit het feit dat ik het type ben dat duidelijke signalen van gevaar negeert en pas in actie komt als het te laat is. Dus als de ellende mij al is overkomen. Hij vergeleek me met een konijn dat 's nachts per ongeluk vanuit het bos een snelweg op huppelt en ineens beschenen wordt door het felle licht van koplampen. Het konijn ziet het gevaar van de naderende auto overduidelijk, maar zijn lichaam verstijft en is zo verlamd van angst dat hij niet meer kan wegrennen, terwijl dat best had gekund. Ik moest dus handelen als mijn sensitieve wezen weer eens gevaar voelde, en vooral niet afwachten en het gevaar wegredeneren met mijn geest.

Maar goed, na vijf weken kwam er eergisteren een eind aan mijn verblijf in het 'Psycho-Hotel Mondriaan' en vertrok ik weer naar mijn heuvel, afgekickt van de pillen, maar hunkerend naar een glas ijskoude wodka.

John Netelen kwam me ophalen en bood me vervolgens beveiliging aan, wat ik accepteerde. Eenmaal thuis aangekomen vertelde ik hem dat ik vermoedde wie mijn nier had gestolen. Hij keek me met opgetrokken wenkbrauwen aan toen ik hem vertelde dat mijn ondervrager van Hohenschönhausen mogelijk bij mijn operatie aanwezig was. Ik gaf hem vervolgens een tekening van zijn gezicht, plus een overzicht van diverse andere kenmerken. Ik had getwijfeld of ik hem op de hoogte zou brengen. Ik besloot het toch te vertellen, omdat ik bang was voor een volgende aanslag. Het verhaal over dat konijn had zich in mijn geest genesteld. Ik zou vanaf nu wel degelijk wegrennen als ik weer eens op een snelweg terecht zou komen, en me dus niet meer laten verlammen door koplampen.

'Weet u dat héél zeker, mevrouw Bresse,' vroeg John Netelen strak articulerend.

'Ja, absoluut, mijn ondervrager was bij de operatie,' zei ik, terwijl ik hoopte dat mijn herinnering niet alsnog een droom zou blijken te zijn.

'Goed, ik laat ons Internationaal Rechtshulp Centrum contact opnemen met Berlijn en laat de namen met foto's sturen van de heren die in Hohenschönhausen werkten, in de periode dat u daar zat. Met een beetje geluk komt er nu wat schot in deze zaak.'

Gisteren volgde dan op het politiebureau de domper. Er bleek geknoeid met de dossiers. John Netelen liet mij de namen en foto's zien van alle mannen die in 1989 in Hohenschönhausen hadden gewerkt, maar mijn ondervrager zat er niet tussen.

'Hij zit er niet bij,' zei ik teleurgesteld, nadat ik de klapper drie keer had doorgebladerd.

'Maar mevrouw Bresse, dit is toch echt de map met de werknemers van Hohenschönhausen uit 1989.'

'Dan heeft iemand zijn gegevens eruit gehaald,' riep ik dwars en sloeg mijn ogen op. Beide rechercheurs bestudeerden mijn gezicht. Langzaam drong het tot mij door dat er wantrouwen bij hen groeide, ondanks het feit dat Interpol niets over mij had gevonden. De rollen begonnen om te draaien. Ik veranderde van slachtoffer in verdachte. Hun redenatie kwam letterlijk bij me binnen: 'Hier zit een vrouw die officieel op 13 november 1989 als "overleden" is ingeschreven. Een vrouw die met vervalste papieren de Nederlandse nationaliteit heeft gekregen. Een vrouw die met een onwaarschijnlijk verhaal over een gestolen nier onze dienst bezighoudt. Een vrouw die net vijf weken in Mondriaan heeft gezeten.' En als daar niet die twee inbrekers waren geweest, een doodgeschoten dobermann en de aanslag op Eva, hadden ze mij waarschijnlijk al ter plekke in staat van beschuldiging gesteld vanwege oneigenlijke aangifte, of wat dan ook. Ik draaide mijn hoofd en observeerde de moderne binnenplaats die werd begrensd door strakke betonnen wanden. Een prachtig voorbeeld van kil hedendaags design. De setting vertelde me direct wat me te doen stond: de zaak in eigen hand nemen, want deze mensen zouden nooit over de muur klimmen waar ze tegenaan keken. Het zou niet in ze opkomen om te verkennen welke waarheden er in gesloten dossiers konden liggen.

Maar hoe doe ik dat? Mijn huis wordt streng bewaakt. Gaan ze die beveiliging handhaven nu mijn ondervrager niet in hun dossier zat? John Netelen heeft mij overigens verzekerd dat mijn mobieltje en laptop nu 'schoon' zijn. Niemand die mij digitaal volgt. *Zegt hij.* Zou het kloppen? Het lijkt me eerder dat ze alles van mij volgen om mijn achtervolgers te kunnen volgen. Hoe willen ze anders deze case oplossen? De gestreepte kater van Eva passeert en schuurt langs mijn benen.

Arme Karel. Hij is beslist eenzaam. Net als ik.

'Hee *Mutzi. Komm her.*' Ik klop even op mijn dijbeen, til Karel op en zet hem op mijn schoot. Hij meurt naar het blik kattenvoer dat ik hem net heb gegeven. Was nochtans van Sheba. Het duurste wat ze te koop hadden. Maar misschien vindt een kat dat zoiets lekker ruikt. Moet wel, anders had hij het niet zo snel naar binnen geschrokt. Mijn herinneringen zien hem ineens weer lopen met een bloedend stuk Eva in zijn bek. Heeft hij dat opgepeuzeld? Ik slik en duw Karel weer van mijn schoot af. Met een boze miauw rent hij via de kier van de terrasdeur naar buiten. Beelden van die vrolijke Eva schieten voorbij. Zo vaak blij. Alle mensen die wat voor mij betekenen, sterven door ongelukken of worden vermoord. Na de dood van David had ik in Eva eindelijk weer een mens gevonden bij wie ik me beetje bij beetje durfde te openen, en dan *poef*. Een bom ontploft en ze ligt in duizend stukjes verspreid door mijn tuin. Eva stierf mijn dood en Karel had dus eigenlijk met een stuk van mij in zijn bek richting het bos moeten rennen. Ik ga verzitten. Maar wacht eens even! Denken mijn belagers nu dat ik dood ben? Van ver leek Eva immers op mij. Dat zou best kunnen. Ik werd binnen een halfuur opgehaald en afgevoerd, waarna mijn huis vijf weken leegstond. Misschien is alles nu weer normaal. Nein, nein. Zie je wel! Ik gedraag me weer als dat konijn. Ik bagatelliseer de koplampen. Ze komen wel degelijk terug! Ik moet handelen. Maar hoe?

Bang, boos, blij, bedroefd. De vier basisemoties van de mens, zei Chris Peters tijdens mijn verblijf in Mondriaan over de werking van de geest. Volgens hem is er altijd één die domineert, die je aanstuurt. Welke is dat bij mij? Ik staar over de heuvels. De lappendeken in de verte is elke dag weer anders, afhankelijk van de groeifase van de gewassen, of er geploegd is of niet, of er gemaaid is of niet, of de zon schijnt of niet. Bij mensen is dat eigenlijk net zo. Je eigen genetica en je omgeving vormen je bestaan, en dat laatste verandert in wezen met de dag. Soms met schokken, soms heel langzaam. Haast onmerkbaar. De orgaanroof heeft mijn bestaan in ieder geval op z'n kop gezet en ik weet ook welke emotie nu domineert: de B van Boos. Volgens Chris Peters heeft de B van Boos een sterk activerende werking. Jawel! Woede stuwt mij nu op en woede zet mij aan tot handelen. Ik zal hem vinden! Volgens het dossier van Hohenschönhausen heeft mijn ondervrager daar niet gewerkt in 1989. De heren van de recherche geloven dat. Zij volgen documenten. Maar ik wás daar en ik bén ondervraagd. Míj heeft-ie op de stoel gezet en ík werd elke dag verkracht. Mijn ondervrager bestaat en hij heeft ervoor gezorgd dat hij uit het overzicht is gehaald. Hij heeft hoe dan ook zijn administratieve geschiedenis gewist. Waarom? En waarom was hij bij die operatie aanwezig? Waarom stond hij aan mijn bed, na die orgaanroof? Of was dat inbeelding? Maar hij was er zeker bij op 9 november 1989, in het Charité Ziekenhuis, toen de Muur viel, en ik weet vrijwel zeker dat híj ervoor gezorgd heeft dat ik dood werd verklaard, terwijl hij wist dat ik was gevlucht. Ineens schiet ik rechtop. Maar natuurlijk! Ik heb wel degelijk een aanknopingspunt! De arts die de verklaring heeft getekend dat ik dood was. Ik herinner mij weer het vel papier met mijn doodverklaring dat John Netelen mij liet zien. Daarop stond zijn handtekening. En zijn naam. Netjes uitgeschreven in blokletters. Die naam heb ik onthouden: dr. U. Schröder. Maar hoe vind ik deze dr. U. Schröder? Ik heb hulp nodig van iemand met connecties, iemand met toegang tot informatie. Maar wie dan? Ik ken toch niemand.

Er wordt op de deur geklopt en de vrouwelijke agent komt mijn woonkamer binnen. Hoe heette ze ook alweer? Zij is een parttimer. Ze werken in ploegen en ik ben slecht in namen. O ja, Evelien.

'Dag Josta, heb jij nog iets nodig van de supermarkt?' vraagt ze. 'Kees gaat zo even naar de Spar om sigaretten te halen.'

'Nee hoor, maar het zou fijn zijn als hij straks meteen de NRC uit de brievenbus haalt.'

'Is prima,' antwoordt ze en loopt weer naar buiten. Even later klinken haar voetstappen over de kiezels van mijn oprit. Jammer dat het pas woensdag is. De donderdagkrant vind ik altijd de leukste, vanwege de cultuurbijlage. Raar eigenlijk dat de NRC nog niets geschreven heeft over de moord op onze Stasiklusjesman van Schloß Schönwald. Er waren immers veel Nederlandse kunstenaars die nauwe banden met de Duitse expressionisten hadden, zoals Kees van Dongen. Die was zelfs lid van Die Brücke. Daarom heb ik ook drie vervalsingen van hem gemaakt. Tja, voor mij is dit het zoveelste bewijs dat er ondanks Schengen en de euro nog hoge emotionele schotten zitten tussen de landen, in stand gehouden door de nationale media die zorgen dat hun inwoners voor negentig procent de opgeblazen onzin volgen die in hun eigen land voor even actueel is. Ik leun achterover in mijn stoel. Zou die journalist van de *Frankfurter Allgemeine* al wat meer te weten zijn gekomen? Hoe gaat het met zijn graafproces? Wie belt hij? Waar zoekt hij? Stel je voor dat ik hem het dossier geef. Hij kan met die inhoud een wereldwijde Watergate van de kunst ontketenen. Al die grote musea en puissant rijke kunstverzamelaars blijken ineens Josta Wolfs aan de muur te hebben hangen in plaats van tientallen miljoenen kostende expressionistische werken. Het zal een golf van paniek ontketenen onder eigenaars van andere werken en zal de investeringen in kunst op losse schroeven zetten. Immers, hoe weten al die om de tuin geleide deskundigen dan nog wat echt is en wat vals? De vraag zal opkomen of ook andere totalitaire landen op zo'n grote schaal en strak georganiseerd kunst hebben vervalst en verkocht. De naam van Rusland zal zeker vallen, waarna ze in de Hermitage in Amsterdam al beginnen te rillen. Ja, ik kan de wereld op z'n kop zetten als ik die journalist het dossier geef. Ik houd mijn adem even in en denk na. Jazeker, dat is het! Ik moet die vent van de *Frankfurter Allgemeine* vragen om me te helpen. Hoe heette hij ook alweer? Ik schiet omhoog en ren naar boven, naar mijn werkkamer, rommel tussen de papieren en vind de notities die ik bij café-restaurant De Smidse maakte. Daar staat-ie: Tom Adler. Inderdaad. Ik staar een tijdje naar zijn naam. Wat zegt mijn instinct? Ik kom omhoog en vouw mijn armen over elkaar, terwijl ik richting het raam loop. Een reiger landt bij mijn vijver. Hij staat op zijn hoge poten bij de rand en observeert mijn goudvissen. Hopelijk zwemmen ze diep genoeg, zodat hij ze met zijn lange snavel niet kan grijpen. Ik zucht. Ja, die vissen lijken wel wat op mij. Ik zwem nu ook over de bodem van mijn vijver en blijf weg van het licht, om maar niet gepakt te worden. Feitelijk zit ik hier maar wat te vegeteren op mijn heuvel met als enig menselijk contact wat getut over het weer met agenten en eens per maand een discussie met Jeanette over de kleur van mijn haar. Ik kan tegenwoordig zelfs geen gesprekjes over brood en vlees meer voeren met de medewerkers van de supermarkt. Maar had ik dan zoveel meer contacten vóór de dood van Eva? Ik schud mijn hoofd. Nee, ik was altijd al een eenling, maar sinds Hohenschönhausen ben ik een kluizenaar die slechts één mens in haar nabijheid kon verdragen en dat was David, en dat ook alleen maar vanwege het feit dat hij mijn leven heeft gered. Daarvoor vertrouwde ik alleen mijn ouders en Ganbaatar. Voeg ik aan dit schamele lijstje een journalist toe? Een vreemde? *Enne, Jossie? Wat zegt je instinct?* Ik haal mijn schouders op. Tja... Moeilijk. Eigenlijk moet ik de vraag anders formuleren. Wil ik blijven leven of wil ik dood? Want zonder hulp los ik dit niet op en aan de Nederlandse recherche heb ik maar weinig. De agenten lijken eerder op bewakers dan op beschermers. Bovendien kunnen ze niet altijd hier blijven. En dan? Die twee huurlingen zijn vast ergens in de buurt en wachten op het moment dat ze me kunnen pakken, zoals die reiger die bij mijn vijver wacht op een vis die zich even naar het wateroppervlak waagt. In mijn hoofd klinken weer de woorden van Chris Peters, over het bange konijn. De grote rampen in mijn leven had ik misschien kunnen voorkomen als ik op cruciale momenten wél actie had ondernomen, als ik niet op de snelweg was blijven zitten. Ik moet in actie komen en beginnen met het opsporen van die dr. U. Schröder. Daar heb ik hulp bij nodig van iemand met connecties en macht, en de media hébben macht. Zij kunnen aan informatie komen. Precies! De snavel van de reiger schiet naar voren en de reiger hapt. Hij heeft beet, want de vinnen van een oranje vis spartelen in zijn bek, terwijl hij zijn vleugels spreidt en wegvliegt. Ja, ik wil leven! Deze keer zal ik wel vluchten. Ik ga terug naar Berlijn en vraag die Tom Adler of hij mij wil helpen.

IX

'Toen het bericht binnenkwam dat een van de bewakers van de Königstein Gruppe, namelijk de tuinman, op de donderdag voor de arrestatie was verdwenen, wist ik vrijwel zeker dat hij degene was die het dossier had gestolen. Er werd een intensieve zoektocht door het hele land georganiseerd, maar hij werd niet gevonden. De andere vier bewakers werden naar Hohenschönhausen gebracht en geïnterneerd, maar bleken na langdurige en keiharde ondervragingen niets van een map te weten. Ik geloofde ze.

Ik organiseerde vervolgens spoedoverleg met mijn baas Diederich Schulz, het hoofd van de afdeling Kommerzielle Koordinierung. We bespraken vooral de vele mogelijke verklaringen achter de verdwijning. In het begin hielden we ook nog de optie open dat hij was vermoord en ergens gedumpt. Die gedachte lieten we echter los nadat we de negen anderen een voor een hadden ondervraagd over die bewuste donderdag. Alle negen waren tussen het ontbijt en het diner steeds in de aanwezigheid van een of meer anderen geweest. Alle verhalen konden worden bevestigd.

Toen we vervolgens ontdekten dat de tuinman alle geluidsopnamen van de laatste maand had vernietigd, waren we vrijwel zeker dat hij degene was die we moesten hebben. Immers, hij was in Schloß Schönwald verantwoordelijk voor het afluisteren van de Königstein Gruppe en beheerde ook al het materiaal. Als er iets interessants werd gezegd, maakte hij daar telkens melding van. De laatste maand was er echter niets meer door hem gerapporteerd dat om nader onderzoek vroeg. Daarom ook ontdekten we pas na de arrestatie van de Königstein Gruppe dat er geen geluidsbanden meer waren.

Diederich Schulz en ik hadden dus een probleem. We hadden negen mensen vastgezet die alle negen onschuldig leken. We konden die negen bovendien niet liquideren, want pas als we nummer tien hadden gevonden en ondervraagd, wisten we echt zeker of ons vermoeden klopte dat de tuinman het dossier had gestolen, of niet. Wat, in het laatste geval, dan weer tot nieuwe ondervragingen van de negen anderen zou leiden. We besloten om ze alle negen nog in eenzame opsluiting te houden, totdat de tuinman was opgespoord. Ze mochten immers niet met elkaar in contact komen en informatie uitwisselen.

Ik hield de leiding over de negen gevangenen met mijn eigen team van trouwe bewakers. Voor mijn werk pendelde ik tussen mijn kantoor van de Kunst und Antiquitäten GmbH in de Französische Straße en Hohenschönhausen. Daar ging mijn aandacht vooral naar Josta. Die interesse had in die fase al niks meer van doen met het dossier.'

17

De tram trekt weer op. Is dit Berlijn? Ik doorkruis mijn geboortestad en vind amper herkenningspunten. Slechts een paar hoge gebouwen geven nog wat richting, zoals de bol met piek van de hoge Fernsehturm. Voor de rest is alles anders dan in mijn jeugd. De gevels van huizen bladderen niet meer af en zijn schoongespoten. Er staan nu bomen langs de destijds kale boulevards en de stoepen zijn strak gelegd, zonder gaten. Perkjes met bloeiende planten geven kleur aan wijken met saaie flats, en de stad stinkt niet meer. De verstikkende dampen van de Trabants zijn met de wind van vernieuwing weggeblazen. Ook het kleurende effect van reclame is verbluffend. Maar wat me nog het meest opvalt, zijn de vele mensen die door de lanen lopen. Wij kwamen destijds eigenlijk alleen op straat om van A naar B te gaan. Shoppen deden we niet, want er was weinig aan om in de rij te wachten voor een lege winkel.

Ik pak een pepermuntje uit mijn tas, begin erop te kauwen en denk terug aan de afgelopen uren. Mijn vlucht uit Nederland verliep voorspoedig en precies zoals ik had gepland. Het uitzoekwerk deed ik van de week tijdens een verfbeurt bij Jeanette. Thuis durfde ik niets meer te googelen, bang dat ik werd afgetapt. Terwijl de verf introk, heb ik stiekem op de tablet van haar zoon de contactgegevens van Tom Adler opgezocht. De jongen was toch naar school en zou mijn gebruik nooit merken. Ik schreef het adres en telefoonnummer op en verwijderde mijn zoekgeschiedenis. Vervolgens regelde ik met de telefoon van Jeanette een taxi die mij vandaag om acht uur bij de appartementen achter de huisartsenpraktijk in Mechelen ophaalde. Toen ik de hal van de huisarts in liep, wandelde ik meteen door naar de wc, die aan de achterkant ligt. Daar klom ik uit het raam, kroop door de struiken en kwam bij de appartementen aan. De taxi wachtte al op me. Ik stapte in en gaf het Corio Center in Heerlen als adres op. Twintig minuten later was ik er al, trok de capuchon van mijn lange regenjas over mijn gezicht en mengde me met gebogen hoofd tussen het werkvolk dat zich naar het station haastte. Vijf minuten later stapte ik in een taxi naar Aken Hauptbahnhof. In goed geoefend Frans gaf ik de chauffeur mijn bestemming door. Ik was er binnen een halfuur en om kwart over negen zat ik al in de intercity naar Berlijn. Het kaartje betaalde ik van de tienduizend euro die ik nog thuis in mijn kluis had liggen om die Waalse aannemer voor het hekwerk te betalen. Met dat geld kan ik de komende dagen beslist overleven, zonder pinsporen achter te laten. De heren van de recherche had ik verteld dat ik 'een medische ochtend' had ingepland met fysio, een tandartscontrole en een dubbel consult bij de huisarts. Ik had namelijk klachten vanwege alle stress. De mannen knikten instemmend. Ze konden zich helemaal inleven in mijn zorgen.

Toen ik uitstapte zei ik dat ze voor de deur konden wachten. Ik zou niet voor elf uur weer naar buiten komen omdat mijn huisarts altijd uitliep. En dus... tegen de tijd dat de heren van de Nederlandse recherche zouden ontdekken dat deze vogel gevlogen was, zat ik al halverwege Berlijn.

We naderen de Hufelandstraße. Ik sta op en schiet de tram uit als de deuren opengaan. Ik check wie samen met mij uitstappen. Twee hippieachtige types die twee haltes eerder zijn ingestapt. Ze lopen al pratend naar een zebrapad. Die vormen geen gevaar. Er waren ook geen auto's die braaf achter de tram bleven rijden, noch scooters. Dus niemand volgt me. Tenminste, daar lijkt het op. Digitaal ben ik gelukkig niet traceerbaar, want mijn telefoon en laptop heb ik thuisgelaten. Bovendien kunnen ze niks met de inhoud. Het interessante surfwerk heb ik immers bij Jeanette gedaan.

Ik kijk om me heen en bekijk de plek waar ik ben opgegroeid. Toen ik een halfuur geleden op het hypermoderne treinstation van Berlijn Hauptbahnhof arriveerde, wist ik al dat ik eerst naar Prenzlauer Berg wilde. Om te zien of er nog iets tastbaars over is van mijn jeugd. Zo op het eerste gezicht lijken de dingen hier minder veranderd dan in de rest van Berlijn. Ik kan tenminste nog gebouwen herkennen. Papa en mama verhuisden naar deze wijk toen ik vier was. Daarvoor woonden we in een dorp ten zuiden van Berlijn, maar de enige herinnering die ik daaraan heb, is dat ik op een zonnige lentedag in een weiland bij ons huis zat en van boterbloemen een ketting probeerde te rijgen. Beneden stroomde een riviertje en in de verte glooiden de heuvels zo ver ik kon kijken. Ik was heel tevreden, warm en doezelig, totdat ik ineens overal op mijn billen prikjes voelde. Alsof er naalden in mijn huid werden gestoken. Ik sprong op, keek en zag piepkleine beestjes over mijn benen lopen. Het waren mieren. Het prikken deed ontzettend pijn. Ik sprong op, probeerde ze weg te slaan, wat niet zo goed lukte, waarna ik door het hoge gras naar ons huisje rende. Ondertussen roepend om *Mutti*. Toen ik onze moestuin naderde, zag ik hoe zich in de verte een grote zwarte auto over het hobbelige pad naar ons huis omhoogwerkte. Het zware geronk overstemde op een dreigende wijze het zachte ruisen van de wind. Het klonk alsof er onweer op komst was. Wat er daarna gebeurde, weet ik niet meer.

Toen we tijdens de slaapcursus onze jeugdherinneringen deelden en ik over deze ervaring vertelde, zei onze leraar dat ik die zonnige middag op de heuvel vooral heb onthouden vanwege het contrast tussen het aangename gevoel daar in het gras en de plotse beten van die mieren. Het leek me een logische verklaring.

Ik steek de straat over, stap stevig door en sla dan de Esmarchstraße in. De kinderkopjes zijn dezelfde als uit mijn jeugd, maar de kastanjes lijken nieuw. Ik graaf in mijn geheugen. Stonden hier wel zoveel bomen? Ik schud mijn hoofd. Geen idee. Raar dat ik zoiets niet meer kan terughalen. Wat weet ik eigenlijk nog wel? Dat met Ganbaatar natuurlijk, maar het rare is dat ik zijn arrestatie niet zelf heb beleefd. Dat werd me verteld, waarna ik in mijn hoofd de scène herschiep, als in een film, van plaatje naar plaatje. Ik stop even, leun tegen een boom en probeer met diep ademhalen de druk van mijn buik te halen. Zie je wel. Dat schuldgevoel is er nog steeds. Ja, het gebeurde nadat Günter had gepeild of ik mee wilde doen met het geheime kunstproject. Meteen daarna bezocht ik Ganbaatar en vroeg hem naar zijn mening. Hij nam me mee op een lange wandeling door het park en stelde me vooral veel vragen. Zoals: 'Waarom wil je dit doen, Josta?' Mijn antwoorden gingen over erkenning en bij een groep horen. Ik vertelde hem niet dat ik dan meer bij Werner kon zijn, op wie ik al maanden heimelijk verliefd was. Toen we tegen de avond weer thuis kwamen, pakte Ganbaatar mijn handen vast en keek me liefdevol in de ogen. Vervolgens zei hij dat het universum mij had begiftigd met de uitzonderlijke gave om prachtige kunst te scheppen en daarmee vreugde te schenken aan velen. Dit unieke talent gebruiken om Westmarken te verdienen voor een corrupt regime, zou leiden tot het afsterven van mijn artistieke ziel. Vervolgens vouwde hij zijn handen in elkaar, boog voor me, opende de deur van zijn appartement en ging naar binnen. Daar stond ik dan, op de gang, in totale verwarring. Na een paar minuten rende ik naar beneden, schoot onze straat op en liep met een ferme pas naar de dichtstbijzijnde telefooncel. Die bij ons pand was weer eens kapot, dus holde ik door naar de volgende, twee blokken verder, en moest eenmaal aangekomen achter in de rij aansluiten. Zeker tien mensen waren voor me. Tijdens het wachten kreeg de visie van Ganbaatar steeds meer vat op me, en toen ik eenmaal aan de beurt was en Günter kon bellen, had ik al besloten om niet mee te doen met het kunstproject. Günter reageerde geschokt. Ik zou mijn carrièrekansen vergooien en de Staat zou me ergens in een smerige fabriek in continudienst tewerkstellen, waarna ik veel te moe zou zijn om überhaupt nog iets te schilderen. En mocht ik nog werken maken, dan zou ik die nooit in een officiële galerie mogen exposeren. De Partij zou me alle privileges afpakken. Ik luisterde aandachtig, maar ondanks zijn realistische tegenwerpingen hield ik voet bij stuk. Toen Günter merkte dat hij kansloos was, vroeg hij of ik er voorlopig nog met niemand over wilde praten. Hij zou morgenmiddag naar de academie komen, en als ik dan na een nachtje slapen nog steeds zeker was van mijn besluit, had hij daar vrede mee. Toen we ons gesprek afsloten, vroeg hij terloops wat ik die middag allemaal had gedaan.

'Niet veel, alleen wat gewandeld door het park,' zei ik.

'Alleen?' vroeg hij. 'Kan gevaarlijk zijn, Josta.'

'Nee, nee, ik was met mijn buurman.'

'Welke buurman?'

'Ganbaatar Chimediin.'

'Aha, was hij degene die je geadviseerd heeft om niet mee te doen?' vroeg Günter vervolgens.

De greep van mijn telefoon werd vochtig en mijn hart begon in mijn oor te bonken.

'Nee, natuurlijk niet, je had me toch gezegd dat ik er met niemand over mocht praten?' loog ik met een trillende stem.

'Precies!' zei hij, waarna de verbinding werd verbroken.

Ik opende de telefooncel en liep via een lange omweg naar huis. Ik moest die rare angst uit me weg stappen. Toen ik tegen de avond bij ons huis arriveerde, belde ik als eerste aan bij Ganbaatar. Ik wilde hem informeren over mijn besluit, maar hij deed niet open. De volgende ochtend hoorde ik van onze overbuurvrouw dat hij de vorige dag was op-

gehaald door twee mannen en in een zwarte auto was geduwd. Ik liep vervolgens alle instanties af, maar kreeg nergens informatie over zijn verblijfplaats. Een verlammende
angst nestelde zich in mijn hart, want het was alom bekend
dat het zelden goed afliep met mensen die waren opgehaald.
Toen de week daarop zijn appartement werd leeggeruimd,
wist ik dat Ganbaatar dood was. Hij zou immers nooit naar
Mongolië vertrekken zonder afscheid te nemen van zijn
Minii khair. Geschokt liep ik naar onze woning en sloot
me op in mijn slaapkamer. Ik wilde niet meer leven, want
een stem in mij schreeuwde dat het mijn schuld was. Ik had
Günter immers verteld met wie ik gewandeld had. Ik at en
dronk vrijwel niet meer totdat Werner twee weken later op
bezoek kwam en letterlijk de vrouw in mij wakker kuste.
Een ziekelijke verliefdheid dempte mijn verdriet om Ganbaatar. Ik negeerde de waarschuwingen van mijn ouders en
volgde Werner na hun auto-ongeluk naar Dresden, en werd
vervalser. Echter ook in het Schloß bleef het schuldgevoel
aan me knagen. Daarom sprak ik maanden later tijdens een
dronken bui Günter aan op de verdwijning van Ganbaatar
en vroeg wat er met hem was gebeurd. Günter riep dat hij
van niks wist, maar in zijn ogen lag angst, alsof hij toen al
vermoedde dat ook híj op een dag in een auto zou worden
geduwd en zou verdwijnen.

Ik loop door, stop voor mijn voormalige huis en bestudeer het restant van mijn jeugd. Op de begane grond is de
praktijk van een oogarts gevestigd en erboven zijn appartementen. Ons pand is bijna onherkenbaar gerenoveerd en
oogt warm en zonnig. Onze grauwe gevel is strak gestuukt
en zachtgeel geverfd. De voorheen verroeste reling glanst
door de zwarte lak. Rechts en links van de deur staan witte
bloembakken met daarin blauwe petunia's. De trap naar
de voordeur is niet meer van gebarsten beton maar van
zwart marmer. En er zit ook geen plastic en karton meer

in de kapotte ruitjes van de kleine zolderramen, maar dubbel glas. Ook de kozijnen zitten strak in de verf. Ik kan nu beslist geen vork meer in het verrotte hout steken en er bolletjeskunst van maken, iets wat ik als tiener in bijna alle kozijnen van ons huis heb gedaan en wat mama helemaal gek maakte. Gelukkig vond papa mijn prikacties wel wat hebben. Hij had oog voor originaliteit en zei dat uit mijn prikpatronen bleek dat ik anders kon denken. Volgens hem een randvoorwaarde voor mensen die het in zich hebben om een groot kunstenaar te worden. Mijn relatie met papa was altijd al beter dan die met mama. Iets in mij heeft haar altijd afgewezen. Mijn vroege herinneringen gaan daar ook over. Het had te maken met haar geur. Papa vertelde me jaren later dat het incident gebeurde toen ik vier was en papa en mama me eindelijk weer kwamen ophalen uit het ziekenhuis. Ik had namelijk een darminfectie gehad en was langere tijd opgenomen geweest. Mijn geheugen ziet steeds weer die donkere kamer met de bruine gordijnen en de gevlekte gelige linoleumvloer. Ik lag vastgebonden op een stalen bed en rukte aan de leren banden, want ik wilde weg, terug naar mama en schreeuwde 'Mutti, Mutti'. Op een bepaald moment ging de deur van de kamer open en een man en een vrouw kwamen naar binnen. Tegenwoordig weet ik dat het papa en mama waren, maar toen ik daar lag herkende ik ze niet als mijn ouders. Ze leken vreemden. De man was lang en mager en had bruin sluik haar. De vrouw was iets kleiner, blond en lachte vriendelijk naar me, waarna ze naast me op het bed ging zitten.

'Mutti is nu bij je, Josta, alles komt goed, mijn engel, we nemen je mee naar huis,' zei ze waarna ze me een kusje op mijn voorhoofd gaf. Ja, mama was beslist lief, aaide me en gedroeg zich als mijn Mutti, maar er was iets mis met hoe ze rook. Dit was niet de normale Mutti-geur die me omringde als ik werd geknuffeld!

'Je ruikt niet als Mutti,' gilde ik en ik draaide ruw mijn

hoofd weg, waarna papa aan de andere kant op de rand van het bed ging zitten en me een ijzeren doosje met blauwe strepen liet zien.

'Kijk hier, Josta, ik heb je kleurpotloden meegenomen. Zullen we samen een tekening maken?'

Mijn blik ging meteen naar de bekende koekjestrommel en enthousiasme borrelde op. Ik mocht eindelijk weer tekenen!

'Met welke kleur gaan we beginnen, Josta?' vroeg hij met een warme klank in zijn stem. 'Kom, dan maak ik eerst die banden los. Je zult nu niet meer uit het bed vallen. Papa is immers bij je.'

Hij maakte me los, waarna ik meteen rechtop ging zitten, het doosje vastgreep en het openmaakte. Mijn geliefde potloden verschenen. Papa gaf me vervolgens een blocnote.

'Ik begin met rood,' riep ik, pakte het potlood en begon enthousiast een bootje met een rood-wit zeil te tekenen, terwijl papa me zachtjes over mijn haren aaide.

Ja, papa was mijn maatje en mijn held en dit hier was ons thuis. Inderdaad. Wás, want dat waar ik tegen aankijk, voelt niet meer als thuis. Er is te veel veranderd. En niet alleen het gebouw, ook de lange, stille Josta die hier ooit woonde, is er niet meer. Het leven nam haar mee. Mijn heuvels zijn nu mijn thuis. Niet dit hier.

Abrupt draai ik me om en haast me naar de tram. Ik ga naar Tiergarten en boek daar een hotel. Vervolgens maak ik een lange wandeling door het park. De stad begint me nu al te beklemmen.

De tram arriveert. Een bejaarde vrouw en een moeder met een baby stappen in. Ik wacht tot de deur bijna sluit en schiet naar binnen. Deed ik vroeger in Dresden soms ook zo om mijn bewakers te pesten. Ideale truc om eventuele achtervolgers los te weken, want zij kunnen vervolgens niet meer instappen. Terwijl de tram vaart maakt, check ik weer of we worden gevolgd. Het lijkt er niet op. We passeren een kerk en de wijzers vertellen dat het halfvijf is. In Nederland is de zoektocht vast al in volle gang. Maken ze de link naar Duitsland of zoeken ze eerst in eigen land? Ik vermoed dat ze een internationaal opsporingsbericht hebben uitgevaardigd. Maar hoe word ik daarin geprofileerd? Als slachtoffer of als verdachte? Ik heb geleerd dat die rollen snel kunnen omdraaien. Vóór 9 november 1989 was ik een verdachte, erna was ik een slachtoffer. Omdat de Muur viel en daarmee het systeem wijzigde. Het lijkt alsof nu het tegenovergestelde aan de gang is. Ik veranderde van een slachtoffer in een verdachte. Nadat Eva was opgeblazen, draaide immers ook de houding van de politie. Niemand die dat beter kan beoordelen dan iemand die negen maanden Hohenschönhausen overleefde en geleerd heeft om iedere trilling in een stem of iedere vernauwing van een oogpupil betekenis te geven. Ik kon destijds na de Stoel zelfs aan de geur van zijn zweet herkennen wat hij wel of niet van mij wilde.

Terwijl een onbekend Berlijn aan me voorbijtrekt, check ik opnieuw of er een scooter of auto is die ons volgt. Nee, tot zover gaat alles goed. Ik moet er de komende dagen vooral voor zorgen om weg te blijven van plekken waar openbare camera's hangen. Op Berlin Hauptbahnhof heb ik in ieder geval de capuchon van mijn jas opnieuw over mijn hoofd getrokken en ik keek constant naar beneden toen ik richting de uitgang liep. Ik pak de plattegrond met de ov-lijnen die ik uit een rek bij het station heb gegrist en bestudeer het nieuwe Berlijn. Vroeger kende ik alle tramhaltes uit mijn hoofd, maar dit spinnenweb is volledig nieuw voor me. Zelfs de vroegere grensovergang Bornholmer Straße die we net passeerden, bood nog maar amper aanknopingspunten, en toch markeert de Bösebrücke het belangrijkste moment in mijn leven, want in de nacht van 9 op 10 november 1989 zette ik hier mijn eerste stappen richting vrijheid.

We naderen een winkelcentrum. Op de wand staan ook

logo's van providers van mobiele telefoons. Mooi. Hier stap ik uit en koop een nieuwe tablet en telefoon, waarna ik de *Frankfurter Allgemeine* bel en een afspraak maak met Tom Adler. Ik ben benieuwd of deze journalist mij wil helpen in ruil voor het exclusieve verhaal over de Königstein Gruppe. Dat zal voor hem ook een keuze zijn tussen carrière en leven, want ik verwacht dat dezelfde mensen die nu op mij jagen, dan ook op hem gaan jagen. Ik vouw de plattegrond op, wat lastig gaat, want het papier plakt aan mijn vingers. Zie je wel, sommige dingen veranderen nooit. Mijn angst lekt nog steeds weg via mijn handen.

18

Tom Adler schudt kort mijn hand en vraagt me mee te lopen. Ik klap mijn paraplu in, doe mijn muts af, volg hem de trap op en merk tot mijn eigen verbazing dat ik zijn prachtig gevormde achterste bekijk. Hij is groter dan ik, wat altijd wel tot pluspunten leidt in mijn oordeel over een man. Maar het is zijn strakke kont en zijn gespierde rug waarmee hij zijn score naar een tien tilt. En dan die boeiende tatoeages op zijn onderarmen. Dat zijn kunstwerken! Ze hebben dezelfde zwierige stijl als Picasso weleens op zijn keramiek hanteerde. Poeh, poeh. Die man zou ik nou graag voor mijn ezel zetten. Hij inspireert me. Er hangt een zweem van ondeugd om hem heen. Typisch een figuur die over muren kijkt. Met zo iemand kun je tijdens het schilderen ook een fatsoenlijk gesprek voeren. Ja. En ik zou in zijn geval vooral met complementaire kleuren werken. Precies. Contrasten creëren. Veel violet tegenover geel. Vanwege zijn groene ogen en dat blonde haar. *Genau.* En de invalshoek die ik nu heb. Zo van beneden naar boven. Dat ik die v-vorm van hem goed pak.

'Nog één verdieping,' galmt het door de gang. 'In dit deel van ons pand hebben we helaas geen lift.'

'Prima,' meld ik, terwijl ik ontwaak uit mijn artistieke dromerij.

'U hebt een goede conditie,' zegt hij met iets van respect. 'De meeste mensen moeten halverwege even pauzeren.'

'Ik heb altijd veel gesport,' antwoord ik.

'Mag ik trouwens vragen waar u woont?' vraagt hij, terwijl hij stopt en zich naar me omdraait. Zijn blik is taxerend.

Mijn wezen schiet meteen in de alarmstand. Nee maar. Dit is een ondervrager! *Uiteraard, Jossie.* Hij is journalist. Wat dacht jij dan? *Ja.*

'Ik woon in Nederland, net over de grens bij Aken.'

'Maar u bent wel Duitse?' vraagt hij. 'U spreekt het namelijk vloeiend.'

'Nee, niet meer. Ik wás Duitse.'

'Uit de DDR?'

Ik knik.

De borstkas van Tom Adler gaat op en neer. Lopen en praten is te veel voor hem. Deze jongeman heeft meer moeite met de trap dan ik.

'We kunnen best even stoppen, *Herr* Adler, zodat u op adem kunt komen?'

'Ja, graag!' reageert hij bedremmeld, en leunt tegen de ijzeren balustrade.

Ik sla mijn armen over elkaar en rust met mijn schouder tegen de muur. Zo voel ik mijn wond minder. Sinds gisteren heb ik met vlagen weer een zeurende pijn in mijn rug. Ik hoop maar dat er geen complicaties zijn van de operatie. Tom Adler veegt het zweet van zijn voorhoofd. Mijn ogen tasten zijn gezicht af. Dat is ook al zo karakteristiek. Hij is eigenlijk ideaal om te beeldhouwen. Met die rechte neus en die hoekige kaken. Ook de slag in zijn haar leent zich daar goed voor.

'Hoe oud bent u eigenlijk?' vraagt hij ineens. 'Ik bedoel, u zei dat u in 1988 bij Dresden werkte. Dat is op z'n minst vijfentwintig jaar geleden.'

'Ik ben 46.'

Hij blikt verrast op. Zijn blik glijdt over mijn lichaam.

'Dan bent u goed geconserveerd voor uw leeftijd.'

'Ja. Sterke genen,' antwoord ik met een knipoog.

'Hebt u trouwens vrouw en kinderen, Herr Adler?' Nu hij mij de no-govraag over mijn leeftijd heeft gesteld, kan ik mijn no-govraag over zijn gezinssituatie alvast stellen. Door hem hierbij te betrekken, komt zijn leven in gevaar. En dat doe ik alleen als hij vrijgezel is, heb ik mezelf beloofd.

'Nee, ik ben alleenstaand.' Hij kijkt me niet-begrijpend aan.

'Mooi zo. Ik ga u namelijk een gevaarlijk aanbod doen.'
Op zijn gezicht verschijnt een grijns.

'Niet wat u denkt,' roep ik kwaad.

'Wat denk ik dan?'
Zijn stem klinkt plagerig.

'Niks. Zullen we weer?' vraag ik, terwijl ik hem passeer en in een snel tempo de trap op loop.

Tom Adler zet een glas water voor me neer en gaat tegenover me zitten aan de smalle tafel. Hij vult de nauwe ruimte volledig met zijn lange gestalte, én met zijn adem. Hij heeft gisteren knoflook gegeten. En veel! Tzatziki? Kebab? Het werkt niet afstotend. Integendeel. Het geeft een bepaalde vorm van intimiteit in dit hok. Hoe ruik ik trouwens? Werktuigelijk graai ik naar een pepermuntje in mijn rugzak. Geen risico nemen.

'Is er een kans dat deze kamer wordt afgeluisterd?' vraag ik.

Hij heft zijn blonde hoofd en observeert het schuin aflopende dak en de designlamp.

'Het zou me verbazen. Dit vertrek wordt amper gebruikt. Onze communicatie gaat tegenwoordig vooral online. Dus het heeft wel zin om mijn computer te hacken,' zegt hij, terwijl hij meteen het scherm van zijn laptop dichtklapt en een blocnote uit zijn tas pakt.

'Gaat u er maar van uit dat alles wat u doet gevolgd wordt sinds u dat verhaal over kunstvervalsing in de DDR van die terminale ex-Stasimedewerker hebt gepubliceerd.'

Tom Adler blikt verrast op.

'Dus dáárover wilt u met mij praten?'

'Ja, jammer genoeg kon ik u aan de telefoon nog niets

vertellen. Zoals ik al zei: ik ga ervan uit dat u wordt afgeluisterd.'

'En waarom belde u míj?' Hij wijst op zichzelf.

'Instinct, Herr Adler. In combinatie met een goede analyse,' zeg ik op een zakelijke toon. Het klinkt beter dan 'Wie
anders?' Immers, veel keus was er niet.

'U weet dus meer over deze Königstein Gruppe, waar die
ex-Stasiman op zijn sterfbed over schreef,' vraagt hij met
spanning in zijn stem.

'Ja, ik ben zelfs de enige overlevende van het vervalsingsteam. Alle anderen zijn in 1990 verdwenen. Ik vermoed dat
ze zijn vermoord in Hohenschönhausen.'

De ogen van Thomas Adler worden groot. *Gut so.* Deze
man is een en al interesse.

'En wat kan ik voor u doen?' vraagt hij.

'Iemand heeft een aanslag op mijn leven gepleegd. Niet
ikzelf, maar mijn buurvrouw kwam daarbij om het leven. U
kunt mij helpen om deze persoon op te sporen. In ruil geef
ik u de exclusieve primeur over de grootste kunstfraude uit
onze wereldgeschiedenis. Met een dossier waarin u alle bewijsmateriaal aantreft, inclusief namen en bankafschriften.'

'Wauw! Dat is een aanbod dat ik niet kan weigeren,'
fluistert hij.

'Een gevaarlijk aanbod, Herr Adler, realiseert u zich dat?
Zoals ik al zei: mijn buurvrouw is overleden toen ze toevallig
in mijn auto stapte en die startte. Er zat een bom in. Daar-
vóór was haar hond neergeschoten door twee mannen, die
even later op mijn terras verschenen. De kogel die uit haar
dobermann werd gehaald, was van hetzelfde soort als die
waarmee kort daarvoor de terminale Stasimedewerker werd
geliquideerd. De man dus over wie u een verhaal schreef.
Dat duidt erop dat de mensen die achter mij aan zitten professionals zijn. De Nederlandse politie gaat er zelfs van uit
dat we te maken hebben met georganiseerde criminaliteit
met toegang tot geheime databestanden en toptechnologie.'

Hij leunt achterover in zijn stoel, spreidt zijn benen en legt zijn handen op tafel. Zijn blik zoekt de mijne. Een aparte glans glijdt over zijn gezicht.

'*Na sicher.* Uiteraard realiseer ik me dat.'

'Dus u gaat mij helpen?'

'Absoluut.'

'Mooi.' De tranen schieten in mijn ogen. Voor het eerst sinds de moord op Eva huil ik weer. Niet vanwege verdriet, maar vanwege opluchting. Met een snelle beweging van mijn handpalm probeer ik mijn tranen weg te vegen.

Tom Adler gaat weer recht zitten, buigt zich naar mij toe en aait mijn wang. Ik ril.

'Nou, zullen we dan maar meteen beginnen?' fluistert hij, terwijl zijn vingers over mijn arm strijken.

'Ja, graag,' zeg ik, blij dat hij meteen ter zake wil komen en dat we op de analytische golflengte verder kunnen. Ik ben niet van de emoties en houd er niet van als mensen me aanraken. 'Kunnen we wel eerst via een advocaat wat afspraken vastleggen? Zo wil ik het verhaal dat u gaat schrijven, eerst zelf goedkeuren.'

'Geen probleem, mag dat ook morgen? Ik krijg nu niemand meer te pakken.'

'Ja, dat is goed.'

'Nou,' vraagt hij. 'Zullen we dan maar eens beginnen met uw echte naam? Ik neem aan dat "Müller" niet uw echte naam is.'

Ik schud mijn hoofd.

'Nee, ik heet Josta Bresse, Herr Adler, maar mijn meisjesnaam is Wolf. In de DDR stond ik geregistreerd als Josta Wolf. Ik ben op 2 februari 1968 geboren in Oost-Berlijn.'

Thomas Adler slaat een blanco blaadje om in zijn notitieblok en schrijft rechtsboven *Josta Bresse.*

'Waar wilt u uw verhaal beginnen, Frau Bresse?' vraagt Thomas Adler vriendelijk.

Mijn handen vouwen zich rond het glas water en volgen

het motief van de houten tafel. En nu? Wat vertel ik deze man? Hoeveel vertrouwen geef ik hem? Ik haal diep adem en wrijf met de zolen van mijn sneakers over de ribbels in de eikenhouten vloer. Tja, ik ontkom er eigenlijk niet aan om hem alles te vertellen, anders kan hij me niet helpen. Maar inderdaad, waar begin ik? Bij de Kunstacademie, denk ik, want dát was het moment dat ik Werner ontmoette.

Ik haal even diep adem en begin met te vertellen hoe vier heren stopten bij mijn eindejaarsexpositie in die grote tochtige hal, waarna ik vervolg met mijn werk in het Schloß, de diefstal van het dossier, onze arrestatie en mijn verblijf in Hohenschönhausen. Het lijkt wel alsof mijn leven zich al pratend ordent en er verbanden verschijnen die er feitelijk nooit waren.

'U zat negen maanden in Hohenschönhausen?' vraagt Tom Adler geschrokken, wanneer ik aangeef dat mijn verhaal klaar is.

'Ja, maar ik kon vluchten. Ik werd toevallig opgenomen in het Charité op de avond dat de Muur viel en kon ontsnappen omdat mijn bewakers uit het raam keken. Ik wist toen overigens niet dat ik in Hohenschönhausen had gezeten. Dat werd mij pas duidelijk ná de Wende, toen ik een artikel in de Nederlandse *Volkskrant* las over die plek en ik de tijgerkooi, de gangen, de ondervragingskamers en natuurlijk een cel herkende.'

'En toen, hoe kwam u in Nederland terecht?' informeert Tom, terwijl hij zich vooroverbuigt.

'Zoals ik al zei, ik had hoge koorts toen ik uit het Charité wegvluchtte, maar slaagde er *zum Glück* in om met de massa mee de grensovergang Bornholmer Straße te passeren. Bij de eerste groenstrook in West-Berlijn werd ik echter onwel en besloot bij een bankje even te rusten. Een Nederlander vond me daar,' vervolg ik, terwijl ik Tom met een glimlach aankijk. 'Zijn naam was David Bresse. Hij nam me mee naar Amsterdam. We trouwden en waren gelukkig totdat mijn man een paar maanden geleden kwam te overlijden. En toen gebeurde er wat raars, Herr Adler. De aanleiding waarom ik hier ben.' Ik vertel hem over mijn gestolen nier, de stem van mijn ondervrager tijdens de operatie, de ontdekking dat ik in de DDR als overleden stond geregistreerd en de aanslag op mijn leven.

'Mijn enige *lead* is de naam dr. U. Schröder, een arts die werkzaam was in het Charité Ziekenhuis. Hij of zij heeft namelijk op 10 november 1989 een handtekening gezet onder mijn overlijdensakte, terwijl ik op dat moment al ontsnapt was en in West-Berlijn verbleef. Deze arts is vermoedelijk gedwongen om te verklaren dat ik dood was. Betrokkene heeft me immers nooit gezien, wat betekent dat iemand hem of haar van hogerhand opdracht heeft gegeven. Mijn ondervrager was hier ongetwijfeld van op de hoogte, want hij wíst dat ik nog leefde. Daarom: als ik deze dr. U. Schröder vind en hem of haar aan het praten krijg, is er een kans dat ik ook mijn ondervrager opspoor en via hem traceren wij waarschijnlijk ook de personen die mij willen vermoorden, want er móét een verband zijn.'

De pen van Tom Adler vliegt over het papier. Hij heeft een markant handschrift met zwierige uithalen. Mijn oog valt op zijn kortgeknipte nagels. Ik ril. Raar dat ik altijd weer naar nagels kijk bij mensen. Komt door die kale, reusachtige bewaker in Hohenschönhausen. Hij was degene die mij de dag na aankomst met een collega ophaalde uit de isoleercel en me naar de raamloze registratieruimte bracht, waar ze eerst een foto frontaal en een en profil van me maakten. Na die gruwelijke nacht in dat donkere geluiddichte hol slurpte mijn wezen alle beelden op die het maar kon registreren. Zijn greep rond mijn pols kan ik nu nog voelen. Zijn hand was koud, alsof een robot in mensenvel me vastpakte. Maar het meest is me die extreem lange nagel aan zijn rechterpink bijgebleven. Het ding was niet rond gevijld, maar was spits als een mes. Er zat een kleverige, donkergele smurrie op, wat betekende dat hij net nog zijn oor had leeggeschraapt. Mijn lichaam verstijfde en ik observeerde in paniek elke beweging van die nagel, alsof het ding een dodelijk virus droeg dat mij bij de geringste aanraking zou infecteren. Mijn volledige aandacht was erop gericht dat maar niks van zijn oorsmeer met mijn huid in aanraking kwam, wat niet lukte, want toen ze mijn vingerafdrukken afnamen en hij als laatste mijn linkerduim op het zwarte matje duwde, kwam de viezigheid toch nog op mijn arm terecht. Ik gilde en rukte me los, waarna hij zijn elleboog tegen mijn borstbeen stootte en ik in elkaar klapte en flauwviel. En vijfentwintig jaar later werden er door de Nederlandse recherche opnieuw vingerafdrukken van me afgenomen. De agent die deze keer naast me stond was een kleine brunette. Ze had lange, beige gelakte kunstnagels met daarop regelmatig verdeelde witte stippen. Het waren net bewegende kunstwerkjes.

'Is alles goed met u, Frau Bresse?'

Ik kijk op. Tom Adler bestudeert mijn gezicht.

'Ja, alles is goed, Herr Adler. Trouwens, mijn leven heeft na de diefstal van mijn nier ook administratief een griezelige wending genomen.' Ik leun iets naar achteren. 'Nadat de Nederlandse autoriteiten ontdekten dat ik in Duitsland als "overleden" was geregistreerd, begonnen ze te twijfelen aan mijn identiteit. Er werden foto's en vingerafdrukken van me gemaakt. Bovendien hebben ze me nagetrokken bij Interpol. Ik moet nu bewijzen dat ik Josta Wolf ben. Probleem is echter dat alle mensen die mij goed genoeg kenden dood zijn. Als ik deze dr. U. Schröder vind en hij of zij verklaart dat die overlijdensakte onder dwang is ondertekend, ben ik een stap dichter bij het terugkrijgen van mijn identiteit en staat u sterker na publicatie van mijn verhaal. Immers, niemand gelooft een vrouw die formeel niet bestaat.'

Ik wrijf met de onderkant van mijn armen over de tafel.

'En er is nog iets wat u moet weten, Herr Adler.' Ik sla mijn ogen neer en ik haal diep adem. 'Ik ben weggevlucht uit Nederland. Ik stond onder bewaking, zogenaamd voor mijn eigen veiligheid, maar op een bepaald moment vertrouwde ik niemand meer. Vooral ook omdat de Nederlandse recherche volhield dat de vier andere leden van mijn groep in februari 1989 waren verdwenen, toen ze volgens de Duitse administratie via de bossen van Königstein naar Tsjechoslowakije waren gevlucht. Dat klopt echter niet. We zijn alle vijf tegelijkertijd gearresteerd en samen in één bus afgevoerd naar Hohenschönhausen. Ik zag hoe ze alle vier voor mij uit die vrachtauto werden gehaald. Ik was de laatste die uitstapte. Dus ik vermoed dat de andere leden van mijn vervalsingsgroep zijn vermoord na de val van de Muur en dat de Stasi achteraf in hun documenten heeft laten noteren dat ze op 10 februari 1989 zijn verdwenen na een vluchtpoging. De Nederlandse recherche suggereerde trouwens dat iemand mij dood heeft laten verklaren om mij te beschermen. Immers, naar een dood persoon ga je niet meer op zoek.'

Tom Adler knikt en maakt nog een paar notities. Mijn handen zijn weer kletsnat. Ik wrijf ze droog over mijn bovenbenen. Op mijn jeans verschijnt een ronde, donkere vlek. Het vocht van een traan die uit mijn ogen is gevallen. Ik huil dus, zonder het te weten. Ik schrik. Hoe kan dat nou? Scheisse, ik heb mijn Haltung verloren. Wat zal deze Tom Adler wel niet van me denken? Dat ik zo'n zwakke aandachtstrekker ben, natuurlijk. Geschrokken sla ik mijn ogen op en vind die van hem. Hij observeert me op een specifieke manier, zoals mensen soms kijken naar een nabestaande tijdens een begrafenis. Is dit medelijden? Maar dat wil ik niet. Ik ben sterk. Nieuwe tranen ontsnappen en rollen over mijn wangen. Terwijl ik het vocht wegveeg en mijn rug recht, staat Tom Adler op, loopt om de tafel, komt achter me staan, buigt zich voorover en slaat zijn potige armen om me heen. Mijn lichaam begint ongecontroleerd te trillen.

'Het komt allemaal goed, Josta,' fluistert hij, terwijl hij me op eenzelfde manier heen en weer wiegt zoals papa vroeger weleens deed als ik door de kinderen geslagen was en huilend thuiskwam. Ik laat me gaan en mijn lichaam schokt. De geur van zijn zweet dringt mijn neus binnen. Er zit nog een vleugje deodorant in dat hij waarschijnlijk vanochtend na het douchen onder zijn oksels heeft gespoten. Hij ruikt op een vreemde manier veilig, net als Ganbaatar en papa.

'We gaan als eerste die dr. U. Schröder voor je opsporen, Josta,' zegt Tom Adler, terwijl hij me loslaat en weer naar zijn kant van de tafel stapt. Hij noemt me bij mijn voornaam en is van 'u', naar 'jij' overgestapt. Iets wat een Duitser zelden doet bij een eerste kennismaking, tenzij er sprake is van een bijzondere situatie. Wat dit kennelijk voor hem is.

'Heb je al onderzoek naar dr. U. Schröder gedaan?' vraagt hij, terwijl hij weer op zijn plek gaat zitten.

'Kort, op de tablet van de zoon van mijn kapster. Ik wilde mijn eigen laptop niet gebruiken, omdat ik de Nederlandse recherche niet vertrouw.'

'Welke info vond je over hem?'

'Moeilijk te zeggen. Je vindt talloze "U. Schröders" op internet. Mijn probleem is dat ik geen flauw idee heb hoe oud hij of zij is. Hij of zij kan dus best met pensioen zijn. Ik weet ook niet wat voor soort arts hij is of was, noch hoe hij eruitziet. Dus iemand moet onopvallend in de dossiers van het Charité duiken en nagaan welke U. Schröder op 10 november 1989 daar werkte.'

Tom knikt.

'Ken je iemand?' vraag ik, terwijl ik eveneens overstap van 'u' naar 'jij'.

'Jazeker,' antwoordt Tom met een vage glimlach.

'Aha, wie dan?'

'Iemand met wie ik vaker werk als ik het een of het ander uit de DDR uitgezocht moet hebben. Hij heet Jörg Ziegler.'

'Een ex-Stasimedewerker?' vraag ik argwanend.

'Ja. Hij bracht het zelfs tot *Oberst* van de *Hauptverwaltung Aufklärung*, de HVA, en had ook internationale contacten. Onder andere met de KGB.'

'Oberst bij de HVA? Mein Gott, dan zat hij in de top!'

'Precies,' stelt Tom.

'Maar dan heeft hij mensen onderdrukt. Misschien zelfs vermoord!' roep ik.

'Dat weet ik niet,' antwoordt Tom resoluut. 'Daar wil ik ook niet over oordelen. Ik weet alleen dat Jörg Ziegler top is in zijn vak en een fijne vent in de omgang. Altijd correct en honderd procent betrouwbaar.'

Ontzet kijk ik Tom in de ogen. Dit is toch niet te geloven! De klote-Stasi die destijds de ondervrager leverde die mijn leven vergalde, moet nu dus de privédetective leveren die mijn leven moet redden.

X

'Wanneer je op mijn leeftijd nadenkt over je bestaan, Emma, dan weet je precies wanneer je een foute afslag op de rotonde van je leven nam. Die ene handeling die alles veranderde. Voor mij was dat het moment dat ik haar nek aanraakte en dat zij haar ogen naar mij opsloeg. Iets ontvlamde in mijn buik. Een drang. Van een felheid die ik nog nooit had gevoeld. Een zwakte. Een afhankelijkheid. Een verlangen. Naar haar.

Dus na die korte aanraking op de ochtend dat ze van de Stoel kwam, kon ik aan niets anders meer denken dan aan Josta. Aan haar kwetsbare blik. Aan haar zachte huid. Aan haar lange nek. Haar fragiele schouders. Haar slanke handen. Mijn drift was dierlijk en had niets met mijn verstand van doen. Ik lag 's nachts wakker in bed. Ik kon niet meer eten. Ik kon niet meer denken. Ik ging zelfs naar de dokter voor pillen. Maar wat ik ook deed, niets hielp. Alleen als ik seks met haar had, was de honger even weg.

Zoiets was mij nog nooit overkomen. Obsessies waren me vreemd. Mijn hele leven was ik Meneer Normaal geweest. Zonder excessen. Ik was 28, had een topbaan, zag er goed uit, was gelukkig getrouwd, maar ik wilde een gevangene. Uiteraard probeerde ik te begrijpen wat het was aan haar dat me zo fascineerde. Zeker, ze was waanzinnig mooi, maar dat was het niet. De vonk lag vooral in het feit dat ze een artistiek genie was. Laat ik het maar zo zeggen, Emma, ik wilde me laven aan een genetisch wonder.

Mama zat overigens in de ontwenningskliniek toen ik mijn affaire met Josta begon, maar ik wist dat haar vader dat niet als een excuus zou zien voor vreemdgaan. Opa Lowiski verwachtte onvoorwaardelijke trouw jegens zijn enige kind. In die periode realiseerde ik mij voor het eerst dat er ook nadelen zaten aan het feit dat ik met de dochter van een lid van het Politburo was getrouwd. Zoals je weet zijn mama en ik allebei enig kind, even oud en groeiden we samen op. Onze beider ouders waren namelijk al vrienden vanaf begin jaren vijftig en hadden ook zakelijk banden. Matthias Lowiski schakelde als lid van het Politburo immers regelmatig zijn vriend, een Oberst van de Stasi, in om zaken te regelen. Ons huwelijk werd eigenlijk al beklonken toen we nog kinderen waren. Pa Lowiski wilde dat zijn liefste Katja goed terechtkwam en koos mij. Mama en ik vonden het prima. We houden van elkaar en passen nog steeds perfect bij elkaar. Vooral na jouw geboorte ging ik mijn ronde, blonde mokkeltje pas echt waarderen, toen ik zag wat een geweldige moeder ze is. In die jaren ging ik meer en meer inzien hoeveel gezelligheid en vreugde ze ons gezin brengt. Ook van haar goedheid kan ik genieten, bijvoorbeeld hoe ze in de winter de vogels in de tuin elke dag eten geeft, hoe ze na de regen de slakken met hun huisjes van de straat tilt, zodat ze niet door auto's worden overreden, hoe ze talloze liefdadigheidsprojecten optuigt. Het is alsof mama alles compenseert wat ik mis.

Mijn huwelijk met mama had trouwens nog een ander groot voordeel. Matthias Lowiski zorgde ervoor dat ik directeur werd van de Kunst und Antiquitäten GmbH, waarna ik mij met datgene kon bezighouden waar mijn grote passie ligt: kunst.'

19

'Sinds vanochtend staat u bij Interpol op de lijst met verdwenen personen, Frau Bresse.'

De ex-Stasimedewerker Jörg Ziegler kijkt me met een nietszeggende blik aan. Klaarblijkelijk maakt mijn twijfelachtige positie binnen de belangrijkste justitiële zoekmachine weinig indruk. Ik knik en observeer hem. Hij is kalend met wakkere blauwe ogen in een gegroefd gezicht. Zijn postuur is gedrongen. Ik schat hem rond de zestig. Hij doet me denken aan die toegewijde huurmoordenaar van Don Corleone in *The Godfather*. Die vent vond ik leuk, ook al moordde hij erop los. Vanwege zijn loyaliteit aan de familie. Ik vermoed dat deze meneer zijn opdrachtgever ook trouw blijft. Tom Adler geniet duidelijk groot respect bij hem. Ik probeer mijn gedachten in het nu te houden en hem te beoordelen op zijn rol in het nu, maar dat is lastig. Ik zie constant zwarte auto's voor me en Ganbaatar die erin wordt geduwd.

'We moeten dus enkele maatregelen nemen waardoor mijn collega's u niet kunnen traceren,' meldt hij, terwijl hij een map uit zijn tas trekt en er twee A4'tjes uit haalt. 'Hier, deze kunt u straks doornemen. Heb ik zelf opgesteld. Suggesties hoe je onvindbaar blijft voor instanties.' Hij zegt het op dezelfde toon waarop papa vroeger bijvoorbeeld de ledenlijst van de hondenclub toelichtte. Iets van weinig belang waar even kort naar gekeken moet worden.

Ik pak de blaadjes aan en laat mijn ogen over de eerste tips gaan.

'Ik zal straks trouwens een identiteitskaart voor u regelen, Frau Bresse. Welke naam wilt u?'

'U gaat een nep-ID voor mij regelen?' vraag ik, terwijl ik me verbaasd naar hem toe draai.

'Uiteraard. Zoiets heb je op veel plaatsen nodig tegenwoordig. Hotels. Autohuur. Maar u moet luchthavens mijden. Uw ID komt namelijk niet door scanapparatuur. Dus welke naam wilt u?'

Welke naam? Wat een vraag! Ik til mijn hoofd iets op en staar naar de wolken die aan het raam voorbijtrekken. Ze bewegen snel, het waait buiten. In Hohenschönhausen groeide mijn kinderlijke fascinatie voor wolken uit tot een obsessie. Ik denk omdat ze daar onzichtbaar waren. Vanuit de tijgerkooi zag je alleen kleine stukjes hemel. Je voelde ook geen wind. De zon kon er evenmin komen, vanwege de hoge betonnen muren. Het was alsof je via een koker omhoogkeek naar een wit-grijs vierkant. Het weer leek daarom altijd grijs. Telkens als ik daar dan die paar minuten stond om frisse lucht te happen, vroeg ik me af waar precies in de DDR de gevangenis stond. Ik vermoedde nabij de Poolse grens, zodat je na een ontsnapping nog een lange weg te gaan had voor je het Westen naderde. Ik was stomverbaasd toen ik na de val van de Muur ontdekte dat ik in de Berlijnse wijk Schönhausen opgesloten had gezeten.

'Maakt u er maar Schönhausen van, Herr Ziegler.'

Hij knikt met een begrijpende blik. 'En welke voornaam?'

'Eva,' fluister ik, terwijl ik mijn gedachten dwing om niet haar afgerukte hand voor me te zien, maar haar lange blonde gestalte die door het hoge gras van haar weiland stapt, als de fee uit mijn dromen.

'Goed, dan krijgt u morgen van mij een nieuwe ID plus een rijbewijs met daarop de naam Eva Schönhausen. Voor ik vertrek, maak ik tegen die muur daar nog een pasfoto van u.' Hij wijst naar een wit vlak naast de deur.

'Prima.' Deze man denkt echt aan alles.

'Het volgende punt is de arts die uw overlijdensverklaring heeft getekend, Frau Bresse. Hij was gemakkelijk te vinden. Hier hebt u zijn gegevens.'

Hij reikt me een blaadje aan met een foto en nadere gegevens. Wauw, deze Ziegler is echt goed, binnen één dag al een score! Misschien moet ik toch dankbaar zijn voor zijn Stasiverleden? Hoe hypocriet is dát wel niet?

Ik buig mijn hoofd en loop de gegevens na: dr. Uwe Schröder. Een man, 64 jaar oud, dermatoloog in een beautykliniek. Dat riekt naar een geldwolf. Was dat de reden dat hij destijds fraudeerde met mijn overlijdensakte? Westmarken?

'Zullen we de zoekopdracht nog even samenvatten?' vraagt Jörg Ziegler.

'Ja.' Ik pak een vel papier van tafel.

'Bitte, Herr Ziegler, ik heb alles wat ik weet van mijn ondervrager en van de leden van mijn groep opgeschreven. Van mijn ondervrager heb ik helaas geen naam, maar ik heb zijn uiterlijke kenmerken tot in detail voor u uitgewerkt en ik heb een tekening van hem gemaakt, zowel frontaal als en profil.'

Hij neemt de blaadjes van me over.

'Hebt u er trouwens een verklaring voor waarom hij niet op de lijst met werknemers van Hohenschönhausen staat?' vraag ik.

'Ik denk dat het een geheime operatie was en dat de Stasi een hele vleugel in gebruik heeft genomen met speciaal geselecteerd personeel. Maar goed, kent u de uitspraak "Het begin is het belangrijkste deel van het werk," Frau Bresse?'

Ik schud mijn hoofd, maar vermoed waar hij heen wil. Ik recht mijn rug.

'Komt van Plato,' zegt Ziegler met een knipoog. 'Griekse filosoof. Het betekent dat alles een vonk heeft. Een bron, een actie die tot reactie heeft geleid. Ook dit dossier. Derhalve: om deze heren te vinden, moet ik terug naar het begin. En dat is dus het moment dat uw kunstproject de aandacht van de Stasi trok. Daarom mijn vraag aan u: wat is de reden dat alle leden van uw groep naar Hohenschönhausen zijn afgevoerd, Frau Bresse?'

Ik staar hem aan. Mijn mond valt open. Moet ik antwoord geven? Vijfentwintig jaar na dato? Mijn blik schiet naar Tom, die schuin tegenover me zit. Hij knijpt zijn ogen geruststellend even dicht.

Ik haal diep adem.

'Vanwege het verdwenen dossier.'

'Een dossier? En wat stond daar dan in?' Ziegler heeft zijn laptop opengeklapt en zit klaar om te typen.

Ik slik en ga wat verzitten.

'In dat dossier stond precies geregistreerd welke schilderijen we maakten, met foto's, hoelang we eraan werkten, welk verhaal men opdiste om te bewijzen dat het een echt "nieuw ontdekt" werk was en op welke rekeningen wanneer en door wie de bedragen waren gestort.'

Ziegler kijkt op. Verrast.

'Nee maar. Weer zo'n prachtig voorbeeld van een misplaatste registratiedrang,' zegt hij haast verwijtend. 'Om hoeveel schilderijen ging het?' Ziegler bestudeert mijn gezicht. Zijn blik is indringend. Wetend. Iets van dankbaarheid stroomt door me heen, voor het feit dat deze man in 1989 niet mijn ondervrager was. Hem had ik niet overleefd.

'Zeker honderd,' fluister ik.

'Honderd? We hebben het dus over héél veel geld dat naar die bankrekeningen is gegaan. En stonden er ook namen bij die bankrekeningen?'

'Jazeker.'

'Mag ik hieruit concluderen dat ú dat dossier hebt gepakt?' Het is meer een constatering dan een vraag.

'Ja. Dat was ik.'

'En ze hebben u in Hohenschönhausen niet aan het praten gekregen?' vraagt hij met verbazing in zijn stem.

Ik schud mijn hoofd.

'Alle *Achtung*. Knap werk, want de Stasi had jullie alle vijf geliquideerd als u had gepraat.'

Ik knik en veeg mijn natte handen droog over mijn broek.

'Waarom hebt u dat dossier eigenlijk gestolen? U had toch kunnen bedenken dat dit tot represailles zou leiden?'

Ik staar naar een stopcontact recht voor me, naast de stoel waar Tom op zit en moet denken aan die zaterdagmiddag in september 1987 in mijn appartement in Dresden. De föhn deed het ineens niet meer vanwege kortsluiting. Het was niet de zoveelste uitval van elektriciteit in de stad, want mijn cassetterecorder met de pianosonate van Beethoven speelde gewoon door. Ik liep naar het stopcontact, bukte me, zag dat het afdekplaatje niet goed vastzat, pakte een schroevendraaier, schroefde het ding los en ontdekte een vierkant apparaatje dat met een dun snoer onder het behang door naar het plafond liep. Terwijl ik in shock naar boven keek, drong het tot me door dat ik afgeluisterd werd. Ik schroefde het plaatje weer vast, stak de föhn in een ander stopcontact, droogde mijn haren, kleedde me aan, liep naar buiten, pakte mijn fiets uit de kelder en maakte een tocht langs de Elbe. Al fietsend ontdekte ik dat ik gevolgd werd. Ik draaide me na een uur om, ging weer terug naar huis en wandelde wat door de stad. Ook hier cirkelden diezelfde mannen om me heen. Lopend, rennend en autorijdend. Waar ik was, waren zij. Ik deed alsof ik het niet merkte, om te checken hoe dat achtervolgen in zijn werk ging. Soms daagde ik ze uit. Dan pakte ik de fiets en ging racen door smalle steegjes en boog af naar plekken waar hun auto niet mocht komen. Ik leerde hoe ik ze kon afschudden. De enige momenten dat ze me niet volgden, waren tijdens mijn wandelingen rond Schloß Schönwald. Dat was omdat het bos eindigde bij de zwaarbeveiligde Tsjechische grens. Bovendien viel er in dat woud niks af te spreken. Immers, de weg naar het Schloß stond onder strenge bewaking. Ook in het Schloß zelf ging ik opletten en observeerde de gewoonten van alle helpers; de kok, de tuinman, de chauffeur, het manusje-van-alles en de poetsvrouw. Ik ontdekte dat ze alle vijf agenten waren. Bewakers die ook nog wat anders hadden geleerd. Ik vertelde Werner tijdens een wandeling door de tuin dat ik gevolgd werd. Hij draaide zich naar me toe en pakte mijn schouders vast. Op zijn gezicht verscheen de blik van een vader die een naïef kind uitleg gaat geven. Uiteraard werden we afgeluisterd en gevolgd, zei hij, terwijl hij me in zijn armen nam. Wij werkten immers aan een politiek gevoelig project waar veel geld in omging. Ik moest me er maar niet druk om maken en het gewoon negeren. Zolang ik geen vluchtpoging ondernam of ons geheim doorkletste, was er niks aan de hand.

'Maar als we neuken, horen ze dat ook?' vroeg ik, terwijl ik onze luidruchtige vrijpartijen voor me zag.

'Uiteraard, en geloof maar dat degene die boven op zolder alles noteert zijn broek naar beneden schuift en zich fanatiek aftrekt als jij klaarkomt,' zei Werner lachend.

Ik trok me los, deed een stap naar achteren en schudde mijn hoofd. Dit kon niet waar zijn! Mijn hele wezen begon te gloeien van schaamte. Iemand observeerde mijn intiemste handelen. Dat was vreselijk!

'Geloof me, Josta, een mens went aan alles,' zei Werner met een warme klank in zijn stem. 'Over een paar weken zul je merken dat je er niet meer aan denkt. Ik spreek uit ervaring. Mij observeren ze al meer dan een jaar.'

'En toch heb je meegedaan met dit project?' vroeg ik.

'Jazeker. Ik weet gewoon dat de dingen zo gaan in de DDR. Ik accepteer de feiten zoals ze zijn.'

'Is de "Firma" zich ervan bewust dat jij weet dat je wordt afgeluisterd?'

'Nee, natuurlijk niet,' zei hij lachend. 'Dus laat vooral niks merken.'

'Is goed,' zei ik, waarna hij mijn hand pakte en me voorzichtig meetrok naar het Schloß.

Ja, Werner accepteerde de feiten zoals ze waren. Ik kon dat niet en besloot de rollen om te draaien en mijn bewakers te bespioneren zoals ze mij bespioneerden. Zo kon het gebeuren dat ik op maandag 6 februari 1989 een gesprek tussen de kok en de chauffeur afluisterde. Ik kwam net terug van een korte wandeling en zag hoe ze het Schloß uit kwamen en druk gesticulerend richting het prieel liepen. Ik had ze daar al eerder samen gesignaleerd. Het zeshoekige stenen huisje was zoiets als hun vergaderruimte. Naast het tuingereedschap stond een marmeren bankje met zicht op het Schloß. Dus de heren konden kletsen en toch de boel in de gaten houden. Aan hun houding te zien, was er iets belangrijks gebeurd. Ik schoot achter het gebouw en hurkte naast een stapel brandhout. Ik móést weten waar dit gesprek over zou gaan.

De twee mannen gingen, zoals gebruikelijk, het prieel binnen en namen plaats op het bankje. 'Zo, hier zitten we tenminste even uit de wind,' zei de kok. Ik herkende zijn zware rokersstem en zijn Berlijns accent.

'Heb je de opdracht zwart op wit?' vroeg de chauffeur.

'Ja, wat dacht jij dan? Met stempel en al,' zei de kok.

'Ze voelen dus nattigheid. Vanwege de situatie in Hongarije?'

'Weet ik niet. Het schijnt ook te rommelen binnen de top van de SED. Iets met de Kulturminister,' antwoordde de kok, terwijl ik hoorde hoe hij de rook van zijn sigaret uitblies.

'Moeten we Werner en Günter ook liquideren?'

'Ja. Het hele project moet verdwijnen. Het kasteel en alles wat erin staat wordt morgen door een andere afdeling leeggeruimd. De naaste familie, met wie ze mogelijk over het project hebben gepraat, wordt trouwens ook geliquideerd. Maar dat hoeven wij niet te doen. Dat loopt al. De vrouw van Günter valt vanavond van de trap en breekt haar nek. En de vader van Manfred verdrinkt morgen tijdens het vissen met zijn boot in de Ostsee.'

'Nou zeg. Die zijn wel heel rigoureus. Deze zaak is dus echt belangrijk.'

'Inderdaad.'

'Hebben ze ook instructies gegeven hoe we het moeten doen?'

'Uiteraard, ze moeten een ongeluk met de bus krijgen. Vrijdag, als ze voor het weekend naar Dresden gaan.'

Er viel even een stilte.

'Dat is al over vier dagen! En hoe pakken we dat aan?' vroeg de kok.

'Nou, ik stel voor dat jij een slaapmiddel in de ontbijt-koffie doet en dat we ze dan in het busje zetten. Ik rijd ze naar Hotel Waldblick en jij volgt met onze gewone auto. Ik parkeer de bus bovenaan de weg, daar waar de afda-ling begint. Samen zetten we dan Werner achter het stuur, waarna we ze naar beneden laten rollen. Dan knallen ze bij de bocht met honderd kilometer per uur het ravijn in. Met een beetje geluk duurt het een paar dagen alvorens ze worden ontdekt. Dan zijn ze al aangevreten. We moeten die arme dieren in deze tijd van het jaar immers ook wat eten gunnen,' zei de chauffeur grinnikend.

'Prima plan,' meldde de kok.

'Er is nog iets. Bij Werner in de kluis ligt een klapper. Die mag absoluut niet vernietigd worden van de baas. De opdracht is dat we dat ding vrijdagochtend bij Werner weg-halen. Hij arriveert donderdag in de voormiddag en zal dan notities maken over de voortgang. We hebben de groep compleet als hij op vrijdag met ze ontbijt en de week evalu-eert. Wanneer we de klapper eerder pakken, weet hij meteen dat er stront aan de knikker is en zou hij kunnen vluchten.'

'Is goed.'

'Heb jij trouwens nog genoeg verdovingsmateriaal, of moet ik dat bestellen?'

'Ja, ik heb nog genoeg. Staat in mijn keuken. Achter in de

kast waar ik de kruiden bewaar. Ik heb nog een half potje van dat blauwe spul en één eetlepel poeder in een kan koffie moet genoeg zijn.'

'Mooi, kom, we gaan naar binnen. Ik heb zin in een biertje.'

'Ja, ik ook. Het is koud hier.'

Zeker een halfuur later, toen het begon te schemeren, durfde ik pas achter mijn stapel hout vandaan te komen. Rillend van top tot teen. Niet van de kou, maar van angst. Onze gewaardeerde Partij, die miljoenen Westmarken met ons had verdiend, wilde ons vermoorden. Om in de doofpot te stoppen dat de DDR vervalste 'nieuwe' kunstwerken op de markt had gebracht. En waarom? Omdat het begon te rommelen in de SED-top. Logisch, gezien alles wat zich in de landen om ons heen afspeelde. Gorbatjovs perestrojka leidde al een tijdje tot sentimenten van vrijheid in Polen en Hongarije. Af en toe sijpelden daar berichten van door. Vooral in het weekend kregen we daar dingen van mee, als we in Dresden waren. Het feit dat men ons wilde liquideren betekende dat de echt belangrijke figuren ervan uitgingen dat het regime zou kunnen vallen. Zodoende moest voor die tijd alle bewijs vernietigd worden, inclusief de kunstenaars zelf. Een enorme woede groeide in me. Dus de 'baas' wilde het dossier uit de kluis van Werner. Ik had één keer per toeval gezien dat hij aantekeningen maakte in een map. Ik zag hoe hij een sleutel uit zijn beurs haalde, de kluis op zijn kamer opende en er een dikke ordner uit haalde. Hier stopte hij vervolgens de polaroidfoto's in die hij die ochtend van onze schilderijen had gemaakt. Mijn instinct vertelde me dat als die klapper zou verdwijnen, er een kans was dat ze ons vrijdag niet zouden liquideren. Waarna er met spoed een vluchtplan moest komen, want nu meteen wegrennen kon niet. Waar moesten we immers heen? Ze zouden ons binnen een paar dagen opsporen en arresteren.

Dus besloot ik dat dossier te stelen. Ik zou Werner donderdag na het *Mittagessen* verleiden, met hem naar bed gaan, daarna samen wat wodka drinken en in zijn wodka wat van dat blauwe goedje mengen. Makkie om dat van de kok te stelen. Wanneer Werner dan onder zeil was, zou ik de ordner pakken en verstoppen. Ik dacht in eerste instantie aan de kelder, maar koos uiteindelijk toch voor de Kathedraal in het bos. Van die kloof wist ik zeker dat niemand die kende.

Toen Werner in een comateuze slaap was gevallen, schoot ik via de terrasdeur de bossen in, rende naar de rotsformaties en verstopte het dossier in een droge inham in de Kathedraal en haastte mij weer terug. Toen Werner in de vroege avond wakker werd, lag ik alweer naast hem. Alles liep inderdaad volgens plan. Het enige waar ik geen rekening mee had gehouden waren de daaropvolgende gruwelen van Hohenschönhausen. Tranen rollen over mijn wangen. Iemand aait me over mijn schouder. Het is Tom.

'Gaat alles goed met je, Josta?'

'Ja.'

Jörg Ziegler observeert me. Alsof hij weet waar ik was en wat men daar met mij deed.

'U vroeg waarom ik dat dossier had gestolen, Herr Ziegler. Heel simpel: ik wilde nog niet dood', en ik vertel hem een gecomprimeerde versie van de gebeurtenissen. Zonder de neukpartijen en zonder de details over de verstopplaats, want ik vertrouw niemand. Ook Ziegler en Tom niet. Nog niet.

'U hebt inderdaad goed gehandeld, Frau Bresse, anders had u hier niet meer gezeten. En mag ik vragen wat u met dat dossier hebt gedaan? Het zou ons namelijk van nut kunnen zijn.'

'Ik heb het verstopt. In een grot op drie kwartier lopen van ons atelier in Königstein. Goed ingepakt in plastic.'

'Uitstekend!' Enthousiasme klinkt door in zijn stem. Jörg

Ziegler krijgt duidelijk lol in deze zaak.

'Eens kijken, wat hebben we hier.' Jörg Ziegler pakt mijn notities met de beschrijving van mijn ondervrager en begint te lezen.

Wanneer hij bij de passage is over de moedervlek op zijn penis, slaat hij zijn ogen op en kijkt me met een geschokte blik aan.

'Onvoorstelbaar,' zegt hij hoofdschuddend. 'U hebt inderdaad alles gedaan om te overleven!'

Ik knik en sla mijn ogen neer.

20

De beautykliniek van dr. Uwe Schröder ligt in Berlijn-Mitte Luisenstadt, niet ver van de Spree. Omdat de Muur weg is, moest ik me helemaal heroriënteren toen ik hierheen reed. Straten lijken een andere kant op te lopen. Oude herkenningspunten zijn er nog wel, maar lijken opgetild en elders neergezet, ook vanwege de nieuwe gebouwen. De praktijk zit in een kantoorpand en is van buiten nietszeggend. Parkeren kan achterom. Misschien is deze onopvallende uitstraling onderdeel van het concept en willen de dames die zich hier laten verbouwen bewust via de achteringang naar binnen, zodat de buitenwacht niet ziet dat ze een bezoek brengen aan een spuitkliniek. Net als de heren die naar een bordeel gaan. Die willen ook een discrete ingang.

Eenmaal binnen is het luxe-tra-la-la. Overal marmer en kunst. Aan de balie zit een blonde barbiepop. De jongedame vraagt op geaffecteerde toon mijn naam, met wie ik een afspraak heb en hoe laat.

'Ik ben Frau Schönhausen,' antwoord ik zakelijk. 'Ik heb om 14.00 uur een afspraak met *Herr Doktor* Schröder.'

Ze taxeert mijn gezicht en kleding. Ze rekent wellicht al uit wat er aan mijn kop te verdienen valt.

'*Stimmt.* Wilt u dit formulier even invullen? Het betreft nadere informatie over uw persoon. Graag ondertekenen. In verband met de vrijwaring.'

Mijn vingers pakken het vel van haar aan. Snel kruis ik wat hokjes aan en onderteken met een valse naam. Als adres koos ik de straat waaraan Hohenschönhausen ligt. Ik ben benieuwd of Herr Doktor Schröder daarop reageert.

Ik leg het blaadje op de balie. De ogen van de blonde Barbie schieten naar de plaats waar de handtekening staat. Klaarblijkelijk is de vrijwaring het belangrijkst voor haar. Ze knikt.

'Neemt u maar plaats in wachtkamer met nummer A. De assistente komt u zo ophalen.'

Ze wijst naar een gang. Ik loop erheen en ga zitten op een witte kuipstoel in de ruimte die de letter A draagt. Aan de muur hangt een flatscreentelevisie waarop geluidloos reclame van allerlei beautyproducten voorbijkomt. De ondertiteling geeft uitleg bij de lachende gezichten. Op de tafel liggen luxe mode- en beautybladen zoals *Elle* en *Vogue*. Ernaast staat een houder met folders over beautyproducten. In een glazen vitrine met een slotje zijn talloze potjes met dure crèmes uitgestald. Tjongejonge, dit is écht een commerciële hut. En dat in voormalig Oost-Berlijn.

Ik check of het rode lampje van de piepkleine camera die in mijn handtas is ingebouwd nog flikkert. Ja, gelukkig. Jörg Ziegler heeft die opnameapparatuur in recordtijd geregeld. Hij zei dat ik mijn identiteit terug moet krijgen en dat het daarvoor essentieel is dat ik dit gesprek vastleg, want daarmee heb ik het bewijs dat mijn overlijdensverklaring vals is. Goed plan, maar het tast mijn concentratievermogen aan. Mijn aandacht is bij de tas, niet bij het gesprek. Ik pak mijn notitieboekje en lees snel nog even na wat Jörg Ziegler over Uwe Schröder kon vinden. Hij is geboren aan de Ostsee, in Rostock, en van oorsprong dermatoloog. Hij werkte ook als zodanig in het Charité Ziekenhuis. In 1991 nam hij vrijwillig ontslag. Volgens Ziegler omdat er binnen de medische wereld geruchten circuleerden over zijn dubieuze werkzaamheden voor de Stasi. Nog vóórdat er een onderzoek naar hem gestart kon worden, vertrok hij naar Namibië, waar hij twintig jaar woonde. Hij kwam pas in 2010 terug en begon deze kliniek, die aardig succesvol lijkt. Hij spuit, hij snijdt en hij zuigt. Vooral buik- en billenvet.

Pijnloze liposuctie schijnt zelfs zijn specialisme te zijn. Mijn ogen gaan naar mijn magere onderkant. Daarvoor ben ik zeker niet hier. Ik heb een afspraak voor een borstvergroting. Geloofwaardig voor iemand met een cup B.

Een roodharige dame in verpleegsterstenue verschijnt bij de deur.

'Frau Schönhausen?'

'Ja,' zeg ik na een korte aarzeling.

'Herr Doktor Schröder verwacht u. Komt u met mij mee?'

Ik knik en stop mijn notitieboekje weer in het open vakje van mijn tas. Ik controleer meteen of het rode lampje nog flikkert, waarna ik opsta en haar de gang door volg. Ze opent een ruime kamer met een wit bureau links en een smal bed met daarboven felle lampen rechts. Aan de muur hangen tientallen ingelijste diploma's. In mij groeit weerstand. Deze man is het prototype van een *Wichtigtuer*. Een geldwolf die zich belangrijk maakt. Heeft hij vanwege Westmarken die verklaring omtrent mijn overlijden getekend? Dat zou me niks verbazen.

Ik loop de kamer in. Hij kijkt op van zijn computer, staat op en steekt zijn hand ter begroeting naar me uit. De man die mij administratief dood heeft verklaard, blijkt een aantrekkelijke zestiger. Slank, witgrijs haar, blauwe ogen in een regelmatig gezicht. Hij had twintig jaar geleden zo in een Marlboro-reclame mee kunnen doen. Hij heeft dezelfde glimlach als die man op dat paard. Met tanden die perfect matchen met zijn witte artsenjas. Wandelende reclame voor zijn bedrijf.

'*Gutentag* Frau Schönhausen. Neemt u plaats.' Hij wijst naar de witte kuipstoel tegenover hem.

De roodharige mevrouw loopt de gang op en sluit de deur. Ik ga zitten, terwijl ik mijn handtas in de juiste hoek op mijn schoot zet. Mijn handen plakken aan het leer.

'Staat u toe dat ik eerst even wat gegevens van u noteer?

Uw dossier is wat mager, zie ik.' Hij heeft het formulier voor zich liggen dat ik bij de receptie moest invullen. Veel heb ik open gelaten. Als hij dat tutje meer op inhoud en minder op uiterlijk had geselecteerd, had hij nu meteen met mij aan de slag gekund. Immers, dan had die trien mij alle vakjes laten aankruisen.

'Uiteraard,' antwoord ik. 'Maar vindt u het goed dat ik u ook even een vraag stel?'

Hij staart me wat verward aan en gebaart dat dit wat hem betreft goed is.

'Nou, iedere ossie weet waar hij of zij in de nacht van 9 op 10 november 1989 was. U ook, neem ik aan?'

Zijn ogen worden groot.

'De nacht dat de Muur viel? Eh, ja, eh, waarom vraagt u dat?' Hij gaat verzitten.

'Nou, waar was ú in de nacht van 9 op 10 november 1989?' Zijn gezicht verstrakt.

'Ik, eh, was in het Charité,' hakkelt hij.

'Ja, en u hebt in dat Charité een formulier ondertekend waarin staat dat Josta Wolf op 10 november om 6.15 uur aan longoedeem is overleden. Maar zoals u ziet, Herr Doktor Schröder,' mijn armen maken een beweging langs mijn lichaam, 'is Josta Wolf niet dood.'

Zijn mond valt open. Ineens is hij geen mooie man meer. Hij buigt naar voren en pakt een pen.

'Ik weet niet waar u het over hebt. Ik stel voor dat u dit pand verlaat.' Zijn stem klinkt schel. Ik ruik zijn paniek en ga over tot de aanval.

'Nee? U weet niet waar ik het over heb? Wilt u dat ik uw geheugen wat opfris?'

Ik open demonstratief mijn tas en haal er een beige A4-envelop uit. Het lampje van de camera flikkert nog. De opname loopt nog steeds. Perfect. Ik pak de rapportage van Jörg Ziegler over Schröder. Met tal van onfrisse details uit zijn verleden. Ik leg de envelop op de tafel en schuif die demonstratief naar hem toe. Terwijl hij het document pakt, zet ik de tas met camera weer in positie.

'Hier, een eerste verkenning door mijn privédetective. Hij was zelf een Stasimedewerker en heeft nog wat contacten met oud-collega's die na de Wende carrière hebben gemaakt binnen het *Bundesamt für Verfassungsschutz.*'

Ik leun naar achteren, sla mijn benen over elkaar en verbaas me over mijn eigen kracht.

'Kijk, Herr Doktor Schröder. Ik wil mijn tijd niet met u verdoen,' fluister ik op een dreigend kalme toon. 'U hebt geen relevantie voor mij. U was net als ik slachtoffer van een systeem. Ik ben op zoek naar uw opdrachtgever. De man of vrouw die aan u gevraagd heeft om die verklaring te tekenen. Als u mij die naam geeft, ben ik hier weg en dan kunt u direct weer de volgende dame uw kamer binnenroepen. Dan hebt u amper omzetderving. Geeft u mij die naam niet, dan gaat er een kopie naar de pers.' Mijn nagel tikt op de envelop.

'En wat denkt u, Herr Doktor Schröder, hoeveel vrouwtjes zullen zich nog door u laten inspuiten als bekend wordt dat u een Stasiloopjongen was?'

Mijn duim en wijsvinger vormen demonstratief een nulteken.

'Nul. Dus ik luister, Herr Doktor Schröder.'

Hij zucht zwaar. Onder de oksels van zijn witte jas zijn zweetvlekken verschenen.

'Zijn naam was Thomas Balden,' stamelt hij. 'Hij zat in 1989 in de top van het Ministerium für Staatssicherheit. Je zei geen "nee" als hij jou wat vroeg. Deed je dat wel, dan liep het niet goed met je af.'

Ik pak mijn notitieboekje uit mijn handtasje en schrijf de naam op. Thomas Balden.

'Aha, Balden, zei u. B-A-L-D-E-N? Is het zo goed gespeld?' vraag ik.

'Ja.'

'En weet u waar die meneer momenteel verblijft?'

'Nee, ik weet zelfs niet of hij nog leeft. Hij was in 1989 al in de zestig. Wat ik wel weet, is dat hij en zijn hele ploeg na de Wende uit hun functie zijn gezet. Hij zal wel ergens met pensioen zijn. Of hij is overleden. Zou niet ondenkbaar zijn gezien zijn leeftijd.'

Ik knik. De naam zegt me niets dus laten we hopen dat de man nog leeft. Anders zit ik op een dood spoor.

'Dus deze Thomas Balden belde u?'

'Nee, een dienstdoende verpleegster. Ze zei dat er een verklaring opgemaakt moest worden. Ik was in de veronderstelling dat u echt dood was. Zo was dat aan mij doorgegeven. Zo ging dat immers altijd met Hohenschönhausen. Een gevangene was overleden en ik moest komen, het overlijden vaststellen en de verklaring opmaken. Ik dacht dat ik weer zo'n geval aan de hand had. Alleen was het niet de vaste verpleegster van Hohenschönhausen die me belde, maar eentje uit het Charité.'

'Maar hoe kon u bij mij vaststellen dat ik dood was? U hebt mij immers nooit gezien.'

Hij draait zijn hoofd weg en staart naar buiten.

'Ja, u was die ene uitzondering. Normaliter ging ik wel degelijk naar Hohenschönhausen. Maar deze keer werd me de doodsoorzaak gemeld. Toen ik zei dat ik de gevangene wilde zien, zei de verpleegster dat ze met de leiding moest overleggen. De situatie in de stad was precair. Wat ook klopte. Even later belde Thomas Balden,' fluistert hij.

'Nou, dan wist je wel hoe laat het was.'

Uwe Schröder ziet er ineens oud uit. Zijn hele flair is verdwenen. 'En waarom longoedeem?' vraag ik.

'Dat was wat mij werd verteld. Wat op het formulier moest.'

Ik staar hem aan. Hem was gezegd dat ik echt dood was. Onze ogen ontmoeten elkaar.

'Als ik geweten had dat u nog leefde, had ik dat nooit

ondertekend. Het regime stond op omkiepen. We zagen de mensenmassa's die nacht immers buiten passeren vanaf het Charité. Op weg naar de grensovergang bij de Chausseestraße. Maar Balden dreigde. Met alles wat hij van me wist. Hij memoreerde aan de Neurenberg-processen en dat ik straks ook aan de beurt was. Toen sloeg de paniek bij mij toe. Die lui van de Stasi wisten precies hoe ze mensen moesten intimideren.'

Ik knik. Ergens begrijp ik deze man wel. Wie ben ik om te oordelen? Immers, ik vervalste kunst, hij vervalste verklaringen. En allebei deden we dat om dezelfde reden: overleven in een verknipte samenleving. Als je eenmaal onderdeel was van dat systeem, kwam je er niet meer uit. Dat blijkt wel.

'Kent u de spreuk "Hij die zonder zonde is, werpe de eerste steen"? Komt uit de Bijbel.'

'Jazeker.' Hij taxeert me.

'Ik was ook niet zonder zonde in de DDR-tijd, Herr Doktor Schröder. Ik dank u voor dit gesprek. Onze wegen zullen zich niet meer kruisen en u hebt van mij niets te vrezen. De envelop mag u houden. Het dossier van patiënt Schönhausen kunt u in de prullenbak gooien.'

Er glijdt een gloed over zijn gezicht. Iets van dankbaarheid?

Terwijl ik aanstalten maak om op te staan, houdt een merkwaardig gevoel me tegen. Er was net iets. Een opmerking. Een punt waar ik op dóór moet vragen. Maar wat? Mijn oog valt op een klapper, op zijn bureau. De map draagt het logo van het Charité. Ik weet het!

'Herr Doktor Schröder,' zeg ik, terwijl ik me weer naar hem toe draai. 'U zei net dat een verpleegster uit het Charité u belde en niet de u bekende dame uit Hohenschönhausen. Misschien een moeilijke vraag om te beantwoorden na vijfentwintig jaar, maar weet u nog hoe die verpleegster heette?'

Hij slaat zijn ogen op en glimlacht samenzweerderig naar me.

'Jazeker, ik heb de naam onthouden, Frau Wolf. Door toeval. Ze had namelijk dezelfde achternaam als mijn eerste vriendinnetje. Ik heb haar nog gevraagd of ze familie waren en of zij ook uit Rostock kwam, wat zo bleek te zijn. We spraken kort over de chaos in de straten van Berlijn en of zij wist of het bij ons aan de kust ook zo was. Ik kan me nog alles herinneren van die nacht, Frau Wolf. We voelden dat de DDR exit was en dat bijltjesdag zou volgen.'

Hij leunt achterover, wendt zijn hoofd naar rechts en staart een tijdje naar een zwart-witfoto op zijn bureau. Het lijstje staat schuin, waardoor ik het plaatje ook kan zien. Een vrolijk strandtafereel van hemzelf met een lachende blondine en twee meisjes. Hij draait zich weer naar me toe.

'De verpleegster die u die nacht verzorgde heette Maria Tauber, Frau Wolf,' zegt hij en hij staat op om me uitgeleide te doen.

XI

'Josta heeft míj verleid, Emma. En niet andersom. Zíj nam het initiatief. Ik denk dat ik me nog had kunnen beheersen als zij me had afgewezen. Zoveel eer en besef had ik nog wel. Maar zij was degene die van haar kruk opstond, mij met die aparte glimlach aankeek, naar me toe kwam, met gespreide benen op mijn schoot ging zitten en me vol op mijn mond kuste. Het kan zijn dat ze iets van mijn drift aanvoelde, maar ik weet zeker dat ik me had kunnen beheersen als zij op haar plek was blijven zitten. Ja, en je hebt gelijk als je zegt dat ik haar terug had moeten sturen naar haar cel toen ze me aanraakte, maar mijn verstand was toen al naar mijn broek gezakt. Denken lukte niet meer. Nou, en toen het dus gebeurd was, bleek de drang nóg groter.

Achteraf gezien, denk ik dat ik in die periode geestelijk ziek was. "Overspannen" heet dat tegenwoordig. De druk was te groot, om tal van redenen. De belangrijkste was dat ik mijn geloof in het voortbestaan van de DDR begon te verliezen en bang was voor de consequenties voor handlangers van het regime, zoals ik. Het einde was gewoon in zicht. We zaten economisch volledig aan de grond, wat ertoe leidde dat wij als Kunst und Antiquitäten GmbH steeds extremere dingen moesten doen om kunst en antiek te onteigenen. Maar je merkte de verandering ook op straat. Door de stakingen in Polen en de daaropvolgende discussies over de legalisering van de onafhankelijke vakbond Solidariność werden onze burgers brutaler. In januari was al een demonstratie in Leipzig geweest. Opstanden hingen in de lucht. De eerste ratten verlieten bovendien het zinkende schip, zoals *de Kulturminister Heinz Kramm, die na een werkbezoek in Düsseldorf bleef. Zogenaamd omdat hij niet meer tegen de corruptie kon in de* DDR. *Nou, als er één corrupt varken was, dan was hij het wel. Zijn vertrek had echter tot gevolg dat onze belangrijkste artistieke deviezenbron, de König-stein Gruppe, werd opgeheven, wat er voor mij toe leidde dat ik ineens twee banen had: die van ondervrager en die van directeur van de Kunst und Antiquitäten* GmbH. *Vervol-gens kwam van hogerhand de opdracht om snel vervanging te zoeken voor het verlies van inkomsten na de arrestatie van de leden van de Königstein Gruppe. Dus ik werkte me kapot. Tja, en het enige moment op de dag dat ik even géén druk voelde, was wanneer Josta naar me toe werd gebracht.'*

21

'Hoe was het voor jou om in de DDR op te groeien?' vraagt Tom. 'Ik bedoel, als kunstenaar. Opgesloten achter de Muur. Zoiets drukt toch op je vrije expressie?' Hij neemt een volgende hap van zijn pizza salami.

Ik sla mijn ogen naar hem op, terwijl ik mijn eten doorslik. Het lijkt een oprechte vraag. Volgens mij stelt hij die vaker aan ossies. Tom is een vrijheidminnend type. Iemand die zich niet in hokjes laat stoppen, en zijn mening wil geven. Hij is op een positieve manier nieuwsgierig en wil constant leren. Voor mensen zoals hij was weinig ruimte in de DDR. Dat voelt hij waarschijnlijk aan.

Tja, hoe was het voor mij? Ik duw mijn pizzadoos ietsjes van me af en beweeg mijn tenen in mijn sneakers. Rechts heb ik net iets meer ruimte dan links. Mijn rechtervoet schuift over het laminaat van mijn kleine studio. Plastic geeft een andere wrijving dan hout. Ik zucht. *Hoe was het voor mij?* Ik kijk op en staar naar het witgeverfde plafond. In de DDR zag je amper witte plafonds, omdat overal werd gerookt. De nicotine steeg op en kleurde de wanden pisgeel. Vooral in het gebouw waarin de Kunstacademie gevestigd was zag je dat goed. Ik wrijf nu met beide zolen over de vloer en hoor weer de onharmonische klank van mijn voetstappen in die lange tochtige gangen. Mijn zware schooltas droeg ik altijd rechts, waardoor er een rechts-linksgalm ontstond bij iedere stap. Als ik de tas dan om te testen eens links droeg, was de resonantie anders. Alles maakte op de academie trouwens geluid. Zelfs de lampen. Die irritant flikkerende tl-buis in ons atelier in het bijzonder. Het startmechanisme was kapot waardoor de lamp maar aan en uit bleef gaan, met daarbij dat specifieke opstartgeluidje. *Ping ping ping.*

'Beter knipperlicht dan geen licht,' zei mijn leraar, toen ik hem vertelde dat ik gek werd van dat ding. Die mening deelde ik niet. Ik had liever zwak maar rustig daglicht dan almaar flikkerend kunstlicht. En ik haatte dat piepje. Gelukkig ging de lamp na twee maanden alsnog kapot. Het duurde vervolgens een halfjaar voordat de Staat een nieuwe leverde.

Ja, onze onaantastbare Staat was regelmatig onderwerp van gesprek op de academie. Vooral onder studenten. Ik zie mijn klasgenoten weer smoezen over maatschappelijke onderwerpen, de ene sigaret na de andere rokend. De weerzin tegen de SED hing op eenzelfde manier in het klaslokaal als de verstikkende dampen van de goedkope Karo's. Zelf stond ik tijdens de lessen altijd met mijn ezel bij een raam en hapte regelmatig wat frisse lucht. Ik mengde me nooit in debatten. Ik accepteerde mijn omgeving zoals deze was en bewoog me binnen de ruimte die me werd geboden. Daar waar mijn klasgenoten energie haalden uit stiekeme discussies over wantoestanden, zogen dat soort gesprekken mij juist leeg, omdat ik niet alleen bezig was om de woorden te analyseren die ze uitten, maar ook om de emoties te duiden die achter hun woorden lagen. Want dát heb ik al vroeg geleerd: dat mensen vaak andere dingen denken dan ze zeggen. Daarom was ik voortdurend op zoek naar vibraties in stemmen of naar wijzigingen in glans en kleur in gezichten. Mijn neus snoof continu menselijke geuren op en hoe die veranderden tijdens het verloop van een dialoog. Als men mij dan naar mijn mening vroeg, wist ik vaak al niet meer waar we zaten in de discussie. Wat ik wel wist, was dat er agressie in de ruimte hing, want de vele lippen trokken alsmaar fanatieker aan de vele sigaretten.

Mijn onvermogen om me te mengen in politieke analyses leidde er aan het einde van mijn eerste jaar op de academie toe dat ik verdacht werd van spionage. Het gerucht ging dat ik een Stasi-informant was die medestudenten in de gaten hield en negatieve sentimenten aan de Stasi rapporteerde. Dus mensen wendden zich af als ik langsliep. Soms waren er ook haatacties, zoals het heimelijk bekladden van mijn schilderijen. Het ergste vond ik het als ze in de winter weer eens de banden van mijn fiets lek hadden gestoken en mijn muts en jas uit mijn kastje hadden gejat. Ik moest dan met mijn kapotte fiets in de ijzige kou naar huis lopen, zonder enige bescherming tegen de natte sneeuw en de felle wind. En papa en mama moesten vervolgens maar weer zien hoe ze aan een nieuwe mantel voor me kwamen.

Tja, hoe was het voor mij?

Het is best moeilijk om daar antwoord op te geven. Immers, ik heb mijn herinneringen nog wel, maar er zitten geen emoties meer bij. Mijn jeugd is slechts een aaneenschakeling van beelden, geluiden en geuren. Op een paar incidenten na, zoals de man met de bruine krullen in een plas bloed of de verdwijning van Ganbaatar. Die pijn voel ik nu nog.

'Ik vind het best moeilijk om daar antwoord op te geven, Tom, want ik kan gebeurtenissen nog wel terughalen, maar de gevoelens die er destijds bij hoorden, zijn vervaagd. Weet je, het is alsof je buiten in het donker voor het raam van je huis staat en door de vitrage je woonkamer observeert. Je herkent de silhouetten van de mensen in die kamer wel, maar niet de mimiek op hun gezicht.'

Tom pakt zijn servetje en veegt wat tomatensaus van zijn kin.

'Ik snap het. Je bent nu ook een andere vrouw dan het meisje dat je toen was.'

'Beslist, maar ik denk ook dat Hohenschönhausen een streep door mijn herinneringen heeft getrokken. Er is bij mij altijd een vóór en een ná Hohenschönhausen. Alles wat daar is gebeurd, zie ik nu nog haarscherp voor me. Zonder enig filter.'

Tom slaat zijn ogen neer. Het lijkt wel alsof hij zich geneert.

'Sorry Josta, ik wilde je geen pijn doen en je hoeft niet over die plek te praten.'

'Is goed. Mag ik een tegenvraag stellen?'

'Jazeker.'

'Nou, waarom ben jíj eigenlijk gestopt met de Kunstacademie? Na drie jaar. Dus kort voor de eindstreep.'

Tom gaat verzitten en sluit zijn pizzadoos. Mijn vraag ontneemt hem dus de zin om verder te eten.

'Ik paste met mijn werk niet in de hedendaagse principes,' zegt hij.

Ik kijk hem niet-begrijpend aan.

'Hoe bedoel je?'

'Nou, waar ik zat, ging het vooral om het maken van absurde installaties en het mengen van tal van nieuwe media. De verhalen achter sommige presentaties waren zo idioot dat ik me afvroeg of ik niet in een gekkenhuis was beland. Er was bovendien nul aandacht voor het ambacht van het schilderen en het beeldhouwen zelf. Dus, in het derde jaar kwam ik tot de conclusie dat ik beter een beschouwer van kunst kon worden dan een maker van kunst, waarna ik de overstap maakte naar de journalistiek. Het bleek een gouden zet, want schrijven vind ik leuker dan schilderen.'

Ik knik en herinner mij de verwarring die ik ervoer toen ik in 2013 met David na twintig jaar weer eens het Stedelijk in Amsterdam bezocht, dat toen net opnieuw geopend was. Ik vond amper aansluiting bij de werken en concludeerde dat ik daarmee dus ook definitief de aansluiting bij de samenleving had verloren. Met een leeg en verdrietig gevoel liep ik naar buiten. En nu zit dus deze zes jaar jongere Tom Adler tegenover me en vertelt hetzelfde. Maar hij staat wel midden in die samenleving en kan dus onmogelijk de aansluiting hebben verloren. Iets van opluchting stroomt door me heen. Ik ben dus niet de enige die sommige uitwassen van de hedendaagse kunst niet meer begrijpt. Ik sla mijn ogen op en kijk Tom aan. Hij glimlacht naar me, buigt zich naar me toe en raakt mijn hand aan. De warmte van zijn aanraking vertakt zich razendsnel door mijn lichaam. De geluiden van de straat vervagen en in me wordt het stil. Ik beweeg mijn tong langs mijn tanden en proef nog net het aroma van een stukje oregano. We blijven naar elkaar kijken en maken verbinding. Zijn ogen staan rustig en lijken vertrouwd. Alsof ik in eerdere levens al communiceerde met het wezen achter die blik. Er gebeurt iets in me. De leegte die al zo lang in me leeft, lijkt te minderen. O, nee... Ik heb dit gevoel van verbondenheid met een medemens maar één keer eerder gehad. Een enorme vreugde groeit in me.

'Je laat me denken aan Ganbaatar,' floep ik eruit.

'Wie is Ganbaatar?' vraagt Tom.

Ik sla mijn ogen naar hem op en tranen vormen zich in mijn ogen.

'Een ware vriend,' zeg ik, waarna ik mijn handen voor mijn gezicht sla en in huilen uitbarst.

22

Mijn oranje vis hangt in het midden van de grote zaal. Een echtpaar van middelbare leeftijd staat erbij en discussieert over de geweldige kracht van de kleuren. Afgaande op de aard van hun gesprek zijn het Klee-kenners. Galeriehouders waarschijnlijk. Of kunsthistorici. Ze stellen dat dit werk bewijst dat Paul Klee rond 1925 goed in zijn vel zat. Ik schud mijn hoofd. Wat een nonsens! Ik zat goed in mijn vel, omdat ik zo verliefd was op Werner, omdat mijn lichaam op seksuele ontdekkingstocht was. Ik moet de neiging onderdrukken om naar hen toe te stappen en te vertellen dat ze onzin verkopen. Immers, dit schilderij is geen Paul Klee, maar een Josta Wolf! Want kijk, daar is mijn JW. Míjn geheime teken. Mijn handen duiken in mijn broekzakken en ballen zich tot vuisten.

'Opstaan en weggaan, Jossie,' fluister ik tegen mezelf. Ik kom omhoog van mijn bankje en marcheer naar de volgende ruimte. Mijn borstkas gaat op en neer. Morgen loopt de expositie ten einde. Dus vandaag was mijn laatste kans. Tom weet niet dat ik hier ben. Hij had me beslist tegengehouden, vanwege het risico. Maar ik moest dit zien, ofschoon ik wel wist dat het me zou raken. Ieder beeld leidt tot een volgend beeld. Ieder schilderij van Paul Klee dat ik zojuist zag, leidde tot gedetailleerde herinneringen. Zoveel uit mijn verleden leek verdwenen, maar kwam het afgelopen uur terug, samen met de emoties. Door het registreren van mijn penseelstreken. Die precies de korte uithalen van Paul Klee volgen. Die zijn onvaste hand kopiëren. Ons leven in Schloß Schönwald stelt zich weer scherp. Vage beelden worden helder. De groep, hoe we 's avonds in de bibliotheek rokend en wodka zuipend dia's keken en de afbeeldingen van Paul Klee uit de Bauhaus-periode bespraken. Hoe Klaus vloekend de verf van een jaren-twintigdoek losweekte. Hoe Günter met me filosofeerde over het te kiezen onderwerp. Hoe Werner bij mij kwam staan en zakelijk overleg voerde. Zijn ene hand aan de schildersezel, de andere in mijn slip. Hoe ik 's nachts naar mijn terras liep en hyperventilerend de leuning vastpakte, omdat een ongrijpbare angst mij de adem benam. Was dat vanwege het slechte aura van Schloß Schönwald? Vanwege alle gruweldaden die daar door de Gestapo waren bedacht? Of zag mijn onderbewuste toen al de groene ogen van mijn ondervrager in Hohenschönhausen?

Tranen rollen over mijn wangen. Ik sta op en ga weer wandelen. Ja. Zijn handen waren slank en zijn kleren roken naar muskuszeep. Objectief gezien was hij een mooie man. Blond, slank en groot. Zijn ogen hadden een zeldzame kleur. Ik analyseer voortdurend tinten. Nu, maar ook toen al. En in gezichten trekken ogen altijd mijn aandacht. Ik bestudeer hun kleur en meng die in gedachten op mijn schilderspalet tot de juiste samenstelling. Zijn ogen waren donkergroen, als mos in de late herfst. Met spikkeltjes kastanje erin. De enige dissonant in zijn gladde uiterlijk waren de putjes op zijn wangen. Hij moet in zijn jeugd behoorlijk last hebben gehad van acne. Het gaf hem een ruige uitstraling. Onder normale omstandigheden had ik mijn ondervrager misschien aantrekkelijk gevonden, maar niet in Hohenschönhausen. Daar gruwde ik van hem. Hij daarentegen was bezeten van mij. Ik zag het aan zijn blik. Aan de zweetdruppels op zijn neus en ik hoorde het aan zijn stem. Zijn spreken was te geprononceerd. Te hard of te zacht. Maar het dominantst was zijn geur. Ik róók zijn lust. Kunstenaars zijn hypersensitief, zei Günter vaker. Kan kloppen, want bij mij is de neus bovenmatig ontwikkeld. Ik kan mensen ruiken. *Wittern wie ein Tier.* Als een jachthond die het spoor van een vos oppikt. Doe me een blinddoek om, zet me voor de pik van tien mannen en ik haal mijn ondervrager direct uit de groep. Al snuffelend bij hun ballen. Zelfs nu nog, na vijfentwintig jaar, kan ik de pikante geur van zijn schaamstreek nog ruiken. Toen ik merkte dat hij me wilde, besloot ik mee te doen. Mijn instinct zei me dat dit mijn kans was om te overleven. Immers, míjn zwakte was dat ik gevangenzat in een kleine cel, zíjn zwakte was dat hij gevangenzat in een grote begeerte. Daarmee ontstond een ziekelijke relatie. Ik speelde de perfecte hoer om zijn obsessie verder aan te wakkeren, om hem afhankelijk te maken van mijn lichaam. Alles wat Werner me had geleerd, bracht ik met mijn ondervrager in de praktijk. Kirrend en lachend. Ik fingeerde de verliefde vrouw. Hij wist niet wat hem overkwam. Dat zei hij ook. Dat ik dingen met hem deed die hij niet kende. Mijn vrijwillige prostitutie leidde tot heftige discussies met mijzelf. Waar was mijn moraal gebleven? Mijn eigenwaarde? Mijn toneelspel leidde tot een intense haat voor mijn ondervrager, die ik verborg onder een zoete glimlach als ik bij hem was, maar die ik uitleefde in felle karatetrappen als ik weer in mijn cel was. Ik visualiseerde hoe ik hem zou vermoorden en hoe ik hem zou martelen. Als ik in die maanden iets had geschilderd was mijn weerzin in lugubere beelden tot leven gekomen. Gelukkig had mijn goede gedrag wel het beoogde effect. Ik hoefde overdag niet meer op het krukje te zitten en mocht mij vrij door mijn cel 'bewegen'. Ik werd vaker gelucht in de tijgerkooi en de verwarming in mijn cel bleef op een acceptabele temperatuur. En vooral: de bewaking speelde 's nachts niet meer met mijn licht. Ja, Josta kon weer slapen.

Aanleiding voor mijn vrijwillige prostitutie was mijn zwangerschap, want al tijdens mijn derde week in Hohenschönhausen begon ik te vermoeden dat ik zwanger was van Werner. Dit vanwege het uitblijven van mijn ongesteldheid, die normaliter heel stipt was. Ik wist ook hoe ik zwanger had kúnnen worden. Ik had na onze arrestatie mijn net geslikte pil uitgekotst. Al enkele dagen na onze arrestatie voelde ik dat er iets in mij aan het gebeuren was. Eerst wilde ik dat nog toeschrijven aan de stress en de martelingen, maar na drie weken was het mij duidelijk dat ik in verwachting was. Paniek sloeg toe. Wat ging er met me gebeuren? Toen ik de volgende dag weer bij mijn ondervrager werd gebracht en hij overduidelijk liet merken dat hij op me geilde, wist ik ineens wat me te doen stond. Ik ensceneerde een spontane, gepassioneerde vrijpartij. Op dat moment was me immers al duidelijk dat hij de leiding had over alles wat op onze verdieping gebeurde. Dat merkte ik aan het onderdanige gedrag van de bewakers en aan zijn privileges. Hij kon dingen regelen. Maar wat zou hij doen met een gevangene die zwanger van hém was? Haar liquideren of haar beschermen? Ik vermoedde het laatste, want het dossier hadden ze nog niet gevonden, dus mij laten verdwijnen zou tot vragen van zijn meerderen kunnen leiden. Na afloop van die eerste keer zei ik tegen hem dat we erg stom waren geweest door onbeschermd te vrijen. Ik kon immers zwanger raken. Hij keek me geschrokken aan en knikte.

'Laten we maar hopen van niet,' zei hij.

De volgende dag lagen er condooms klaar plus een nieuw doosje met de pil. Meneer wilde dus meer. Na nog eens drie weken vertelde ik mijn ondervrager dat ik niet ongesteld was geworden en dat ik me zorgen maakte. Hij trok wit weg en vroeg wanneer ik voor het laatst ongesteld was geweest.

'Twee dagen na mijn arrestatie,' loog ik. Zijn gezicht verstrakte.

'Verdammt,' schreeuwde hij en stuurde me naar mijn cel.

Nog diezelfde middag werd ik weer bij hem geroepen en gaf hij me een zwangerschapstest. Hij trok me mee naar zijn wc, zei dat ik moest plassen en pakte vervolgens het staafje van me af.

'So eine Scheisse,' riep hij toen duidelijk werd dat ik inderdaad zwanger was. 'Wie weet dat je ongesteld bent geweest?' vroeg hij.

'Alleen ik. Ik heb me immers met het wc-papier uit mijn cel moeten behelpen.'

'Dus als we zeggen dat het kind van Werner is, zal niemand dat tegenspreken.'

'Nee, maar dit kind is niet van Werner, het is van jou,' zei ik met angst in mijn stem.

'Dat weet ik ook, en ik regel dat er vanaf nu goed voor je wordt gezorgd. Als echter bekend wordt dat ik de vader ben, word ik ontslagen en krijg jij een nieuwe ondervrager. Die gaat minder goed met je om dan ik. Geloof me maar.'

Ik knikte, want ik begreep maar al te goed dat mijn kans om hier doorheen te komen aan zijn aanwezigheid was gekoppeld. Hij bracht nog abortus ter sprake, maar een stem in mij schreeuwde dat ik meer kans had om deze hel te overleven als hij bleef denken dat ik zijn kind droeg. Dus ik weigerde. Het verbaasde me overigens dat hij me niet dwong. Een paar maanden later ontdekte ik waarom. Hij had geen macht over de ziekenboeg van de gevangenis. Die viel onder een andere afdeling.

Een week na de test vroeg ik hem naar zijn naam. Hij zei dat ik hem 'James' kon noemen. Toen ik antwoordde dat dit toch wel een heel rare naam was voor een DDR-burger lachte hij en vertelde me dat ik naïef was en dat hij me zijn echte naam niet kon geven. Zijn antwoord voelde als een trap in mijn buik. Hij gebruikte mijn lichaam elke dag en dacht dat ik zijn kind droeg en toch hield hij zijn naam en achtergrond voor me verborgen. Het betekende dat hij me emotioneel op afstand hield, zodat hij zich op ieder gewenst moment van me kon ontdoen. Zijn reactie betekende dat ik hem moest blijven boeien, anders waren mijn baby en ik exit. In de periode die volgde deed ik daarom mijn uiterste best om het karakter van mijn ondervrager te duiden, maar dat lukte me niet. Het enige wat ik wel wist, was dat hij op een ziekelijke manier bezeten was van mijn lichaam. Hij wilde me elke dag neuken, ook toen mijn buik een enorme omvang kreeg. Na de intimiderende ondervragingen in de eerste weken, bestonden de bezoeken aan mijn ondervrager vanaf het constateren van mijn zwangerschap telkens uit twee onderdelen: eerst seksuele uitspattingen en vervolgens gesprekken over kunst. Hij bleek volkomen gefascineerd door mijn schilderstalent en filosofeerde tegen het einde van mijn zwangerschap zelfs over de unieke begaafdheid van 'onze baby'. Immers, een kind van een analytisch-hoogintelligente vader en een creatief virtuoze moeder, zou tot iets heel bijzonders opgroeien. Ik knikte en vroeg naar de staat van de wereld waarin onze baby geboren zou worden. Zijn gezicht betrok en hij vertelde dat het onrustig was in het land en dat er een *Republikflucht* gaande was via Hongarije en Tsjechoslowakije. Hij was er duidelijk nerveus van. Ook het feit dat het onderzoek maar niets opleverde, irriteerde hem. Al vanaf mijn tweede maand in Hohenschönhausen had ik de indruk dat men de groep met verdachte personen aan het uitbreiden was. Daar ik niet gepraat had, was het dossier nog steeds spoorloos. Vreemd genoeg scheen mijn ondervrager mij uit te sluiten als dief. Zijn verdenking ging in het begin richting de vier mannen en later zelfs naar onze bewakers. Op een bepaald moment begon mijn ondervrager over onze tuinman in Schloß Schönwald en informeerde wanneer ik hem voor het laatst had gezien.

'De donderdag voor onze arrestatie,' zei ik. 'Tijdens het avondeten.' Mijn ondervrager knikte. Uit de vele vragen over deze tuinman leidde ik af dat hij gevlucht was en van het stelen van het dossier verdacht werd. Ik bad dat hij niet gevonden zou worden.

Tijdens uren dat ik niet bij mijn ondervrager was, vegeteerde ik maar wat in mijn cel en had alle tijd om te registreren wat er in mij gebeurde. Want alleen in mijn buik was er actie. Daarbuiten domineerde een gekmakende eentonigheid. Aarzelend raakte ik vertrouwd met die nieuwe mens in mij. Met elke beweging die mijn baby maakte, groeide mijn liefde. Ik lachte om de schopjes en genoot van iedere draai. In die periode dacht ik ook veel aan Werner en kon hem voor het eerst met wat afstand bekijken. Ik ging me realiseren dat onze relatie gebouwd was op seks en kunst en dat wij in het dagelijkse leven beslist ten onder waren gegaan, omdat Werner alleen nam en niet gaf. Hij leek daarin veel op mijn ondervrager. Naarmate de maanden in Hohenschönhausen verstreken, weekte ik me emotioneel van Werner los. Jaren later las ik bij de kapper in een psychologieblad een artikel over narcisme. Er zat een lijst met kenmerken bij. Ik kon ieder bolletje voor Werner aankruisen. Tijdens mijn gevangenschap was in mijn hart ook geen ruimte meer voor Werner. Mijn wereld draaide om het plezieren van mijn ondervrager. Alleen door hem te boeien kon ik overleven, en ik móést overleven, want ik wilde mijn kindje gezond ter wereld brengen en zien opgroeien. Alles ging wonderwel, tot 9 november, toen mijn cel om me heen begon te draaien en ik flauwviel. Ik werd pas weer wakker in de nacht dat de Muur viel. In het Charité Ziekenhuis. Met een lege buik, en die leegte zou nooit meer weggaan, want mijn baby was dood.

Een groep Aziaten passeert fotograferend het bankje waar ik net op ben gaan zitten. Het museum is veel drukker dan ik had verwacht. Paul Klee blijft boeien. Ik kom omhoog en loop naar een andere ruimte. Ik heb geen zin om met mijn kop op de een of andere Facebook-pagina te belanden. Interpol zou me zo misschien kunnen traceren, ondanks mijn zwarte pruik, blauwe bril en bruine gezicht. Terwijl ik de volgende zaal binnenloop, stokt mijn adem. Ik begin te rillen en knipper met mijn ogen. O jee! Daar hangt mijn laatste vervalsing. Geschilderd na de onverwachte dood van David, zodat ik mijn huis op de heuvel kon blijven financieren. Mijn weduwenpensioen bleek namelijk onvoldoende om de hypotheek te betalen. Ik maakte deze Paul Klee in één weekend. Ik gebruikte een doek dat de ouders van David na de oorlog hadden meegebracht uit Zwitserland. Het schilderij toonde een vergezicht over de bergen en was vijf jaar lang het uitzicht van hun onderduikadres toen ze in 1940 vanuit Amsterdam naar een vriend in het Berner Oberland waren gevlucht. De vader van David had een vooruitziende blik, want nog vóór de capitulatie van Nederland, was hij al naar Zwitserland vertrokken. Zogenaamd voor een kort bezoek. Het doek kwam uit dezelfde regio als die waar Paul Klee kort voor zijn dood woonde. Via het procedé dat ik van Klaus had afgekeken, had ik het bergtafereel van het doek verwijderd en er een nieuwe Paul Klee overheen geschilderd.

Toen ik er vervolgens mee naar het Veilinghuis Linnemann in Keulen ging en vertelde dat het uit de erfenis van mijn Joodse man kwam en dat zijn ouders dit na de oorlog hadden meegebracht uit het Berner Oberland in Zwitserland, waren ze meteen enthousiast. Ze vroegen of ik het schilderij voor diepgaand onderzoek achter wilde laten, wat ik deed. Een week later belden ze al met het bericht dat ze het doek graag wilden veilen, waarna ze mij een enorm voorschot aanboden. De experts waren lyrisch. Een nieuwe onbekende late Paul Klee was ontdekt. Het is een groot werk met een afmeting van 99 x 74 cm. Mijn zwarte hiërogliefen lijken veel op de compositie van Klees *Wald-Hexen*, de bosheksen, dat hij twee jaar voor zijn dood schilderde, toen hij al ziek was. Alleen heb ik meer groentinten gebruikt. Waarschijnlijk vanwege het winterse uitzicht op mijn heuvels wanneer het groen van de weilanden zo fel contrasteert met het bruin van de stammen van de knotwilgen langs de Geul. En nu hangt mijn werk dus hier. Had ik dat niet zelf kunnen bedenken? Dat schilderijen geëxposeerd worden? Ik schud mijn hoofd. Nee, want op dat moment wist ik niet dat iemand mij dood wilde. Mijn verleden leek mijn verleden. Mijn handen graaien in mijn handtas en pakken de expositiecatalogus. Eens kijken wat de deskundigen over mijn Paul Klee schrijven.

'Het werk De fee op de heuvel is in 2013 aangekocht door het museum Fondation Beyeler bij Basel. Het stamt uit de privécollectie van een Nederlander. Het werk was tijdens de Tweede Wereldoorlog in het bezit van zijn Joodse ouders gekomen. Deze zaten tussen 1940 en 1945 ondergedoken bij vrienden in Bern. Vermoed wordt dat zij het werk kort voor hun terugreis naar Nederland van een Zwitserse particulier hebben gekocht. Mogelijk van een vriend van Paul Klee. Het schilderij stamt namelijk uit dezelfde periode als Wald-Hexen. Critici beschouwen dit recent ontdekte werk als een van de beste uit zijn late periode.'

Mijn vingers plakken aan het papier van de catalogus. Mijn ogen schieten naar het schilderij en ineens begint mij iets te dagen. Jazeker! Dat is het! Ik weet nu hoe ik werd gevonden. Door mijn geheime JW-teken dat ik in dit schilderij heb verwerkt. Ik deed dat op exact dezelfde manier als in al mijn andere vervalsingen. De persoon die mij dood wil bezocht waarschijnlijk deze expositie, zag mijn Paul Klee, herkende mijn JW-teken en stapte naar het Veilinghuis Linnemann om naar de naam van de verkoper te vragen. Waarschijnlijk heeft hij daar iemand omgekocht en vervolgens mijn gegevens gekregen. Na also. Maar dit betekent dus 99% zeker dat degene die mij zoekt, mijn manier van signeren kent en precies weet welke Paul Klees ik destijds in Schloß Schönwald heb geschilderd. Hij of zij heeft dus dit schilderij gezien en wist direct dat dit een nieuwe Paul Klee van mij was. Door mij gemaakt ná de Wende. Ná de doodverklaring. Snel kijk ik om me heen. Hier is niemand. Slechts camera's in alle hoeken. *Maak dat je wegkomt!* gilt een stem in mijn hoofd. Ik prop de catalogus weer in mijn tas en haast me met een voorovergebogen hoofd de zalen door, de trap af, richting de uitgang. Ondertussen checkend of iemand me volgt. Nee dus. Eenmaal buiten aangekomen, besluit ik om de S-Bahn terug naar mijn studio te nemen. Daarin kun je goed zien wie je volgt. Bij de Alexanderplatz kan ik een mogelijke achtervolger wel afschudden. Terwijl ik in de S-Bahn stap die net komt aanrijden, dringt pas in zijn volle omvang tot mij door wat ik net in Museum Berggruen heb gezien. Er hingen ruim honderd werken van Paul Klee. Veertien van die honderd waren van Josta Wolf. Dat is veel. De meeste van mijn schilderijen waren geleend uit particuliere collecties, las ik. Die lui hebben vele miljoenen voor mijn Paul Klees betaald. Ik controleer wie nog meer instappen. Twee tieners.

Ik leun achterover en klem mijn tas tegen me aan. De groep voor wie ik gevaarlijk ben, breidt zich uit. Eerst dacht ik alleen aan de SED-kliek die bij de vervalsingen betrokken was, maar het kan ook een van de eigenaren van mijn schilderijen zijn. Iemand die waanzinnig veel geld betaald heeft voor een vervalsing en zijn hele vermogen ziet verdampen wanneer ontdekt wordt dat deze schilderijen ordinaire namaak zijn. Die persoon of organisatie was al nerveus door dat verhaal van die terminale Stasimedewerker in de *Frankfurter Allgemeine* en heeft hem daarom geliquideerd.

Een rare druk groeit op mijn buik. Hier klopt iets niet. Immers, alleen Werner wist van mijn geheime JW-teken en Werner leeft niet meer, zegt Ziegler. Daar was hij vrijwel zeker van. Dit betekent dat iemand anders heeft ontdekt dat ik met JW signeerde. Maar mijn teken kennen is niet voldoende. Je moet ook een overzicht hebben van alle werken, anders kun je niet weten dat *De fee op de heuvel* ná de Wende is geschilderd. Maar wie had zo'n overzicht? Misschien de organisatie die onze schilderijen verkocht? Ja, waarschijnlijk. Wat betekent dat ik moet uitzoeken hoe de verkoop destijds verliep. Maar hoe kom je daar achter? Het project was immers geheim.

De tram nadert de immense Alexanderplatz, die we thuis altijd 'der Alex' noemden, omdat papa in een zijstraat van de Alex zijn werk had. Ik zucht. Dit plein zal voor mij altijd verbonden blijven met dat incident tijdens de Ehrenparade ter gelegenheid van de 25e *Jahrestag* van de DDR, in oktober 1974. We waren zo opgewonden, papa en ik, want hij had een plek helemaal vooraan weten te bemachtigen, met goed zicht op de eindeloze stoet van marcherende soldaten en roffelende trommelaars. Ik had nog nooit zoveel mensen bij elkaar gezien. Ze zwaaiden enthousiast met vlaggetjes. Papa gaf mij er ook een. Ik hield het stevig vast, bang dat het zou worden meegenomen door de wind. Overal wapperden rode banieren en de militaire blaasmuziek galmde over het enorme plein. Mijn voetjes gingen op en neer en volgden het ritme van de tuba's. Na een tijdje begon ik me te vervelen en keek om me heen. Mijn blik bleef hangen bij een lange, magere, blonde vrouw met een mosgroen jasje en een grote bruine tas. Ze stond vooraan in een vak schuin naast dat van ons. Haar goudkleurige haren waaiden wild rond haar hoofd en haar gezicht was grauw en leek haast doorzichtig. Haar blauwe ogen staarden naar de saaie flats aan de overkant, alsof ze op een teken wachtte. Ze leek wel een standbeeld, een wezen zonder emoties. Alsof het leven al uit haar was weggezogen en de dood haar snel zou optillen en meenemen naar de grijze wolken boven ons. Toen de marcherende soldaten een kwart draai maakten, duwde ze de afscheiding opzij en stapte het plein op, richting de tribune. Ik veerde op, want ik herkende haar manier van lopen. Een enorme vreugde groeide in me. Een blijdschap die mijn huid liet tintelen, die me liet gillen. Het plein vervaagde en werd een weiland op een heuvel met beneden in de verte een kronkelende rivier. Plotseling liet ik de hand van papa los, kroop razendsnel onder het hekwerk door en holde zo snel ik kon naar haar toe, met uitgestrekte armen, langs de trommelende militairen, naar de fee uit mijn dromen. De fee draaide haar hoofd en zag me. 'Nein!' gilde ze. Haar gezicht verkrampte en ze rende van me weg. Vervolgens gooide ze de tas zo ver mogelijk van mij vandaan, waarna een schot klonk en ze omviel. Daar lag ze. Mijn fee. Haar hoofd en haren kleurden rood. De massa deinde en om me heen klonk gebrul. Handen grepen me en tilden me op. Het was een agent. Hij bracht me terug naar papa en hij riep iets tegen hem. Ik verstond het niet, want ik probeerde me uit alle macht los te rukken en krijste dat ik terug wilde naar de fee uit mijn dromen. Papa hield me echter stevig vast. Terwijl hij wegbeende uit de menigte, zag ik nog dat vier agenten de fee optilden en haar rennend meenamen. Haar bebloede haren raakten daarbij het asfalt. Het leek wel alsof haar haren zich tot een penseel vormden en rode strepen op de straat schilderden. Dat was het moment dat alles zwart werd.

Nog diezelfde avond kwam onze aardige huisarts bij ons thuis langs en gaf me een heerlijke reep chocola en roze snoepjes. Ik moest er eentje van hem nemen. Ze maakten me kalm, zei hij, en zorgden ervoor dat ik minder waan-beelden had, want dat was de diagnose. De dokter vertelde me dat sommige kindjes dingen zagen die er niet waren. Ze droomden een niet-bestaande werkelijkheid, zoals ik een fee droomde die niet bestond. Wat ik namelijk had gezien, was een slechte vrouw die een aanslag had willen plegen op de grote leiders van onze republiek.

Ja, de kracht van de verbeelding zat er bij mij al vroeg in en de tranquillizers die de dokter mij in de daaropvolgende maanden gaf, konden niet voorkomen dat ik de blonde jonge vrouw uit mijn dromen maar bleef zoeken tussen de lopende mensen, telkens wanneer papa me meenam naar de stad. Toen ik veel later als tiener een keer met papa over dat incident sprak, sloeg hij zijn ogen neer en vertelde me aarzelend dat hij zich destijds nooit gerealiseerd had dat zijn voorleesavonden zoveel onrust in mijn innerlijke wereld teweeg hadden kunnen brengen. Ik pakte hem vast en zei dat het niet erg was. Papa was zo'n schat. Zijn liefde voor mij was bijna tastbaar en gaf me een geweldig houvast telkens wanneer ik weer eens moeite had om me op school tussen de pestende kinderen te handhaven.

Ik kijk om me heen. Ja, mijn fantasie is ook nu nog sterk aanwezig, want op 'der Alex' blijf ik altijd Ehrenparades zien, net zoals ik in drukke straten altijd Stasiagenten blijf zien. Ik observeer hier constant mensen en vraag me dan af wat zíj deden in de DDR-tijd.

De tram stopt. Ik sta op, schiet naar buiten en haast me naar de metro voor de overstap naar Tiergarten. Ja, er leven nog steeds Stasimensen, alleen hebben ze nu andere rollen. Ze gleden met de Wende in een ander leven en lieten hun troebele verleden achter zich. Mijn voetstappen vertragen wanneer ik de plek nader waar de agenten de blonde vrouw neerschoten. Ik til mijn hoofd op. Maar wacht! Ik heb wel degelijk een lead! Een Stasimedewerker genaamd 'Thomas Balden'. Van hem wéét ik dat hij bij het vervalsingsproject betrokken was. Die vent heeft immers geregeld dat ik dood werd verklaard. Doktor Uwe Schröder vertelde dat je geen 'nee' zei als die man je iets vroeg, wat betekent dat hij hoog in de Stasihiërarchie zat. Precies. Misschien vind ik via hem nieuwe aanknopingspunten. En terwijl ik de metro nader, pak ik mijn nieuw gekochte mobiele telefoon en kies het nummer van Jörg Ziegler. Eens horen of hij al informatie heeft over die vent. En ik zal Jörg Ziegler ook vragen om in het hele proces rond de verkoop van onze vervalsingen te duiken. Ook zal ik hem nóg eens vragen of hij echt heel zeker weet dat Werner dood is. Want kijk maar naar mij. Op papier ben ik dood, maar in werkelijkheid leef ik nog.

XII

'Ik besloot opa pas over de zwangerschap van Josta te vertellen tijdens de viering van zijn 65e verjaardag. Dat was op 10 oktober 1989. Mama zat na een korte periode thuis opnieuw in de ontwenningskliniek. Opa Lowiski was een maand eerder aan een hartaanval overleden, wat zijn kleine Katja erg had aangegrepen. De dood van de machtige Matthias Lowiski kwam ook voor mij op een ongelukkig moment, want ik werd ineens overgeleverd aan de grillen van onze grote baas Diederich Schulz, die het destijds niet prettig had gevonden dat hij mij een directiefunctie had moeten geven. Onze stemming was dus bedrukt, ook omdat de dag ervoor in Leipzig weer een grote demonstratie was geweest. Zeker zeventigduizend mensen hadden meegedaan. De SED verloor duidelijk de controle over het land en militaire steun van de Sovjet-Unie konden we inmiddels wel vergeten. Gorbatsjov had daarover duidelijke uitspraken gedaan.

Ik weet niet meer hoe we op het onderwerp kwamen, maar op een gegeven moment zei oma in haar aangeschoten staat tegen opa dat zij allebei even erg waren geworden als die gore nazi's die ze ooit zo hadden verafschuwd, waarna ze begon te huilen. Opa schreeuwde dat ze onzin verkocht, maar aan zijn gezicht kon ik zien dat hij nadacht over haar opmerking.

Wat we jou nooit hebben verteld, is dat opa in de oorlog als jongeman in het concentratiekamp Dachau heeft gezeten. Als gevangene. Omdat hij lid was van de communistische partij en tot september 1944 zelfs ondergronds vocht *tegen de nazi's. Maar hij werd verraden en opgepakt. Na de bevrijding ging hij terug naar zijn geboortestad, het platgebrande Dresden, en richtte daar weer een nieuwe communistische partij op.*

Oma was ook getekend door de oorlog. Zij had in februari 1945 als vijftienjarig meisje haar hele familie bij de grote brand van Dresden verloren. Dus na die massale bombardementen door de geallieerden. De familie van opa, die in een dorp buiten Dresden woonde, nam haar als vluchteling op. Zo leerde ze opa kennen toen die in de zomer van 1945 als een wandelend lijk het erf op liep. Opa stond in het begin van hun relatie overigens nog neutraal tegenover de Britten en Amerikanen, maar zijn mening wijzigde radicaal toen hij in 1950 van een Russische officier hoorde dat de geallieerden al vanaf het begin van de oorlog op de hoogte waren van de concentratiekampen. Ze hadden de massavernietiging van Joden, homo's, zigeuners en politieke tegenstanders dus gewoon laten gebeuren. Kortom: allebei mijn ouders koesterden een grote haat tegen alles wat westers was.

Door hun enthousiasme voor het communistische gedachtegoed klommen ze in de jaren vijftig en zestig al vrij snel op tot de top van de SED. Echter, met elke trede hoger op de maatschappelijke ladder ging een deel van hun socialistische denken verloren. Bovendien genoten ze van de luxe en de privileges die de macht hun bracht.

Maar goed, na die eerste uitbarsting had ik verwacht dat opa met oma in discussie zou gaan, maar dat deed hij niet. Hij schoof zijn stoel naar achteren en vroeg of we met hem gingen wandelen. We keken elkaar samenzweerderig aan, liepen naar buiten en gingen zitten op het knalrode bankje in onze grote tuin. Belangrijke gesprekken werden nooit binnen gevoerd, want er was altijd een risico dat je werd afgeluisterd in de DDR, ongeacht je positie. Eenmaal buiten vertelde opa dat hij behoorlijk wat geld naar een kluis in West-Berlijn had doorgeschoven en dat hij vier nieuwe identiteiten met vier nieuwe paspoorten had geregeld. Dus mocht de zaak uit de hand lopen, dan was er een vluchtroute. In de gezinsintimiteit die op dat moment daar buiten op dat bankje in onze tuin ontstond, biechtte ik opa en oma op dat ik een gevangene zwanger had gemaakt. Eerst waren ze allebei in shock, daarna begonnen ze op me te schelden, maar vervolgens dachten ze mee over een oplossing. Opa zei dat hij "die vrouw" nooit zou kunnen redden, omdat er vanaf het allerhoogste niveau ongetwijfeld opdracht zou komen om haar te liquideren als dat dossier eenmaal gevonden was. Hij wist vrijwel zeker dat ik hetzelfde risico liep als ik mij daarin ging mengen. Met "het kind" lag dat anders. Dat wist immers niets. Dus de baby kon wel in veiligheid worden gebracht. Ik wist dat mijn ouders gelijk hadden. Zelfs opa had niet de macht om iets voor Josta te doen. De belangen waren te groot. En omdat pa Lowiski een maand eerder aan een hartaanval was overleden, was er ook geen directe lijn meer naar het Politburo. Ik moest haar dus loslaten, was de boodschap. Vervolgens bedachten we een ingenieus plan. Waar we echter geen rekening mee hadden gehouden, was dat de altijd sterke en gezonde Josta niet in de ziekenboeg in Hohenschönhausen beviel, maar op 9 november 1989 naar het Charité Ziekenhuis werd overgebracht. Een van de bewakers had haar die middag namelijk bewusteloos in haar cel gevonden, waarna de gevangenisarts een ernstige vorm van zwangerschapsvergiftiging constateerde die uiteindelijk alleen in het Charité behandeld kon worden. En daar ging het dus helemaal mis, omdat die nacht de Muur viel.'

23

Thomas Balden woont afgelegen, aan een groot binnenmeer in een lage, vrijstaande bungalow. Het huis van de dichtstbijzijnde buren is een paar honderd meter van hem vandaan. Zijn woning ligt in een gebied met water en vlakten met bosschages en lage loofbossen. Tom parkeert zijn Volvo uit het zicht van het huis. Het is zwaar bewolkt. Het riet deint op en neer onder de windvlagen. Regen hangt in de lucht. Ziegler vertelde ons dat deze oud-topman van de Stasi hier helemaal alleen leeft en dat hij amper contacten heeft met de buitenwereld. Zijn vrouw is vorig jaar overleden. Thomas Balden heeft een lange staat van dienst bij het beruchte Ministerium für Staatssicherheit, de Stasi. De geruchten gingen dat hij meedogenloos was en opdracht heeft gegeven voor meerdere verdwijningen. Toch werd hij nooit veroordeeld. Hij heeft na de Wende slechts kort in voorlopige hechtenis gezeten. Gebrek aan bewijs, heette het. Het leek Jörg Ziegler overigens zeer onwaarschijnlijk dat deze Thomas Balden iets geweten heeft van de verkoop van onze schilderijen aan het Westen, want zijn afdeling had niets met internationale transfers van doen.

'Dit zit me niet lekker,' meldt Tom.

'Mij ook niet, maar we hebben geen keus. Deze man is het enige aanknopingspunt dat we hebben.'

Tom knikt onwillig.

'Ik ga met je mee!' roept hij.

'Nee Tom, we houden ons aan de afspraak. Ik ga naar hem toe en jij houdt de boel in de gaten en belt me als er iets is.'

Ik buig me voorover naar mijn rugzak, pak mijn pistool en controleer het mechanisme. Tom volgt mijn bewegingen, terwijl zijn mond zich tot een streep vormt. Dit vindt hij heel vervelend. Het liefst was hij zelf gegaan, maar hij kan niet schieten en ik wel. Dus besloten we dat ik Thomas Balden ga bevragen en dat Tom de straat en het huis bewaakt. Ik stop het wapen in mijn jack en voel me op een vreemde manier veilig. Raar, want het is nog maar de vraag wat mijn handen zullen doen als ik op een mens richt in plaats van op kartonnen cirkels.

Terwijl ik aanstalten maak om uit te stappen, grijpt Tom mijn hand vast.

'Wees voorzichtig, Josta.' In zijn stem klinkt angst door.

'Wees maar gerust, Tom,' zeg ik en ik haal diep adem. 'Ik ben geen held.'

'Dat ben je wel,' fluistert hij. 'Anders had je niet meer geleefd.'

Hij laat mijn arm los, waarna ik het portier open en naar een grote struik sluip die op zo'n dertig meter van de bungalow van Thomas Balden groeit. Ik pak vervolgens mijn compacte verrekijker uit mijn jaszak en verken de bungalow. Hij heeft de lichten aan. Begrijpelijk met dit sombere weer. Gunstig, want dan heb ik beter zicht op wat hij doet. Zijn woonkamer heeft een raam aan deze zijde en een aan de straatkant zo te zien. De keuken ligt aan de andere kant. Hij kijkt tv. Er staan buiten géén auto's en in zijn garage past er zo te zien maar eentje. Het lijkt erop dat hij alleen is. Ik bekijk nog even de omgeving. Achtervolgers? Andere auto's? Scooters? Bootjes? Nee, niks. Complete stilte. Oké. Tijd voor actie. Ik stop de verrekijker in mijn binnenzak, sluip weer naar de straat en wandel vervolgens zo normaal mogelijk naar zijn voordeur. Daar aangekomen haal ik een paar keer diep adem en bel aan. Er klinken zachte voetstappen in de gang, de deur wordt ontgrendeld en gaat open. Voor me staat een grote tachtiger met dun witgrijs haar en een gelige huid. Er lijkt iets mis met zijn lever. Hij draagt een ribbroek met daarop een geruit wollen vest.

'Ja, bitte?' zegt hij, terwijl hij de deur verder opent en mij gadeslaat. Zijn ogen worden groot, zijn mond valt open en zijn rechterhand schiet naar zijn hart. Zijn gezicht verkrampt. Hij ademt zwaar, wankelt, doet een paar passen naar achteren en zakt neer op een bankje dat tegen de rechtermuur van zijn gang staat. Zijn borstkas gaat op en neer. Hij schudt zijn hoofd. Alsof iets gebeurd is, dat niet had mogen gebeuren. Wat is hier aan de hand? Deze man is in shock. Waarom? Ik stap naar binnen en doe de deur dicht. Is dit misschien een truc? De zwakke grijsaard uithangen en me dan een klap verkopen? Hij was ooit een geheim agent. Wie weet hoeveel mensen deze man afgeknald heeft. Mijn hand gaat naar mijn pistool en pakt het uit mijn zak. Ik leun tegen de linkermuur en richt het pistool op zijn voorhoofd. Ik ben wonderlijk emotieloos. Nooit gedacht dat ik dit kon.

'*Guten Tag*, Herr Balden,' zeg ik met een zakelijke stem. 'Mag ik me even aan u voorstellen? Ik ben Josta Wolf. U hebt in de nacht van 9 op 10 november aan dr. Uwe Schröder opdracht gegeven om mij dood te verklaren. Maar zoals u ziet, leef ik nog.'

Thomas Balden slaat zijn ogen op en staart me verdwaasd aan. Een zweetlaagje vormt zich op zijn voorhoofd. Het lijkt wel alsof hij een geest ziet. Onze ogen ontmoeten elkaar. In mijn binnenste gebeurt iets. Alsof iemand me een harde schop in mijn buik geeft. Mijn ademhaling versnelt, plotseling. Mijn spieren verkrampen. Rillingen lopen over mijn rug. Verdammt, die ogen ken ik! Ze hebben een zeldzame kleur, die ik pas één keer eerder heb gezien. Ze zijn donkergroen, als mos in de late herfst. Met spikkeltjes kastanje erin. Ik bestudeer hem nu wat beter. De vorm van zijn hoofd, zijn lichaamsbouw, zijn handen. Inderdaad! Het kan niet anders of deze man is naaste familie van mijn ondervrager. Zijn vader? Terwijl ik het pistool op hem gericht

houd, bekijk ik de gang en open de deur naar de woonkamer. Iedere vader heeft ergens foto's van zijn kinderen hangen, zelfs een klootzak van een vader. Ja, daarachter. Op de
schoorsteen. Daar staat wat. Ik loop er zijwaarts naartoe,
terwijl ik mijn aandacht half op Balden gericht houd. Mijn
blik schiet langs de lijstjes met familiekiekjes. Bingo! Daar
is-ie. Het monster, met een baby op zijn arm. Ik grijp het
lijstje en stop 't in mijn jaszak. Ik stap weer naar Thomas
Balden. Hij zit onveranderd op het bankje, maar lijkt zich
iets te herstellen.

'Aha, u bent dus de vader van dat varken,' bijt ik hem toe.

'Uit mij krijgt u toch geen informatie,' meldt hij met een
ijskoude stem.

Ik haal mijn schouders op.

'*Du dummer Arsch*! Ik heb meer info dan ik had durven
hopen,' roep ik, terwijl mijn hand op het lijstje in mijn jaszak klopt. Daarna open ik de voordeur en haast me naar
buiten. Ik ren in de richting van de auto, maar duik voor
ik er ben de struiken in. Het regent en de lucht is dreigend
grijs. Snel stop ik het pistool in mijn jack, pak mijn verrekijker uit mijn binnenzak en zoom in op zijn woonkamer.
Nee maar. Thomas Balden kijkt zoekend uit zijn raam, terwijl hij druk gesticulerend met iemand belt. Ik kijk op mijn
horloge: 16.23 uur. Oké. Ik sta op en sprint naar de Volvo.
Tom ziet me al komen, maakt mijn portier open en start
de auto. Ik stap in waarna Tom over het smalle weggetje
richting de rijksweg scheurt.

'Je gelooft het niet, Tom,' zeg ik hijgend, terwijl ik constant achteromkijk. 'Deze Thomas Balden is de vader van
mijn ondervrager.'

'Wat?' roept Tom, terwijl hij kort mijn kant op kijkt.

'Ja, beslist.' Ik klik mijn veiligheidsriem vast. 'Er stond
zelfs een foto van hem op de schouw. Die heb ik meege-
pakt. En weet je wat? Die ouwe kreeg bijna een hartaanval
toen hij me zag. Hij herkende me meteen. Die heeft me dus

destijds gezien, ofwel in Hohenschönhausen, ofwel in het Charité.'

'Maar dat betekent dat we jouw ondervrager nu snel gaan vinden,' zegt Tom.

'Precies.' Ik haal het lijstje met de foto uit mijn jaszak en ik pak het met mijn duim en wijsvinger vast. Alsof ik een smerige zakdoek van de straat til, zoveel afschuw borrelt er in mij omhoog bij het zien van dat beest. Ik leg de foto op mijn dijbeen en bestudeer het beeld. Een wintertafereel. Genomen op een heuvel met een weids uitzicht over bevroren wijnranken. Het doet me een beetje aan Zuid-Limburg denken. Vergelijkbare glooiingen. Mijn ondervrager staat lachend naast een grote sneeuwman en houdt een peuter innig in zijn armen. Zijn wang raakt die van het kind. Of het een jongen of een meisje is, valt niet te zeggen, omdat de dreumes goed is ingepakt, inclusief bontmuts. Wat je wel kunt zien, is dat mijn ondervrager dol is op dat kindje en er intens gelukkig uitziet. Anders dan ik hem ooit heb gezien. Eigenlijk is het alsof ik nu een vreemde bespied. Van wie is dat kind? Moet naaste familie van hem zijn. Dat zie je aan de manier waarop hij de peuter koestert. Alsof het zijn grootste schat is. Of misschien is het wel zijn eigen kind? Wie weet was meneer wel braaf getrouwd toen hij zich aan mij vergreep. Ja, dat zou het weleens kunnen zijn. Met een snelle beweging haal ik de foto van mijn been af en stop hem in het voorvak van de Volvo.

'Weet je wat raar voelt, Tom.'

Hij knikt.

'Jazeker.' Hij draait zich kort naar me toe. 'Je weet nu hoe hij heet.'

'*Genau*, dat monster heet dus Balden.' Ik staar naar het waterrijke landschap dat we passeren en ik merk dat er iets verandert in mijn denken. Het krijgt meer richting. 'Ik ben benieuwd hoelang Jörg Ziegler erover doet om hem te vinden.'

'Niet lang, Josta. Waarna ik benieuwd ben wat jij gaat doen.'

'Ik ga dat varken vermoorden!' roep ik.

'Ja, daar was ik al bang voor,' fluistert Tom. We kijken elkaar aan en in zijn ogen lees ik iets wat op angst lijkt.

24

Aan de buitenkant is het enorme Charité Ziekenhuis weinig veranderd. De kolos is nog even hoog en nog even vierkant als vijfentwintig jaar geleden. Een klassiek voorbeeld van DDR-lelijkheid die nog eens benadrukt wordt op zo'n druilerige dag als vandaag. Maar van binnen is het gebouw verwesterd. Met LED-verlichting, witte wanden en moderne meubels is geprobeerd om een zonnige uitstraling te geven aan dit oord van ellende. Zonder effect. Ik zal er altijd een labyrint van donkere gangen zien.

Jörg Ziegler weet nog niet wat er geworden is van mijn ondervrager en kon nog niet met zekerheid zeggen of hij daadwerkelijk de zoon is van Thomas Balden. Vanwege het weekend kon hij gisteren namelijk zijn contacten niet bevragen. Van Maria Tauber had hij echter afgelopen vrijdag al de details gekregen. Ze is opgeklommen tot hoofd van de verpleegafdeling gynaecologie in het Charité. Een respectabele baan. Ze nadert haar pensioen. Nog zes weken en ze kan zich fulltime bezighouden met haar grote hobby: het gemengde zangkoor in Berlijn-Lichtenberg, waarvan ze al 33 jaar bestuurslid is. Maria Tauber is vrijgezel en kinderloos, vertelde Ziegler me. Die opmerking deed me iets. Ik zou het in haar plaats niet kunnen verdragen om vrouwen te helpen hun baby's te baren. Het zou voor mij een constante confrontatie zijn met mijn grootste verdriet: mijn onvruchtbaarheid. Ik kijk om me heen. Verdomme. Hier is die fout gemaakt. Mijn voeten stampen op de marmeren tegels. Hier stierf mijn meisje en liep ik baarmoederontsteking op. Op deze plek. *Endometritis puerperalis*. Door een slechte hygiëne tijdens mijn bevalling. Maar goed, misschien is dat voor Maria Tauber anders. Wie weet wilde zij zelf nooit kinderen.

Jörg Ziegler heeft me ook haar rooster gegeven. Vandaag heeft ze dienst en krijgt de dame onaangekondigd bezoek. Mijn camera is door een kennis van Jörg Ziegler in een rugzak verwerkt. Draagt gemakkelijker. Zojuist heb ik in de lift nog alles gecontroleerd. Het apparaat is gereed voor gebruik. Het lampje gloeit al in de stand-bystand. Mijn gesprek met Uwe Schröder staat er al op. Als Maria Tauber ook nog bevestigt dat zij mij nooit dood heeft gezien, wordt het lastig voor de Duitse autoriteiten om vol te houden dat ik op 10 november ben overleden. Mijn cameratas draag ik daarom constant bij me.

Ik loop de gang door en zie in de verte al de balie van de afdeling. Daar zal ook wel ergens de kamer van Maria Tauber zijn. Ik recht mijn rug en adem een paar keer diep in en uit. Destijds was deze afdeling ook op een van de hogere verdiepingen gesitueerd. Met een weids uitzicht op Oost- én West-Berlijn. En dat is nu nog steeds zo. Alleen was West-Berlijn toen voor velen het beloofde land, waar je vanaf hier alleen naar kon kijken, maar nooit naartoe kon gaan. Hoe was dat voor de jonge moeders die hier lagen? Om met dat uitzicht geconfronteerd te worden, wetende dat ze een kind zouden baren dat zijn leven lang in een grote openluchtgevangenis opgesloten zou zitten? Die gedachte maakte mij gek toen ik zwanger was.

Aan de receptie zit een jonge brunette die druk is met haar mobiel. Het verbaast me dat hier zoiets is toegestaan.

'Guten Tag, ik kom voor Frau Maria Tauber.'

Het meisje neemt nog niet eens de moeite om mij aan te kijken. 'Uw naam?' vraagt ze, terwijl ze door blijft spelen met haar telefoon.

'Frau Schönhausen,' antwoord ik, terwijl ik mijn irritatie probeer te beheersen. Wat voor indruk geeft dit als je hier als hoogzwangere patiënt arriveert?

'Derde deur links,' zegt ze.

Ik kijk de gang in en zie de deur. Prima. Dit is wel erg gemakkelijk. Ik loop naar de betreffende kamer, check wederom of de camera nog stand-by staat, druk op de opnameknop en zie dat de camera loopt. Ik haal diep adem, klop en stap zonder het antwoord af te wachten naar binnen.

'Frau Tauber?' vraag ik.

'Ja, bitte?' Aan het bureau zit een gedrongen grijze dame. Ze typt. Haar mollige handen glijden razendsnel over het toetsenbord. Ze slaat haar ogen op en kijkt me aan.

Ik zet mijn tas in de juiste positie op haar bureau en kijk op haar neer.

'*Wer sind Sie?*' vraagt ze enigszins geïrriteerd.

'Ik ben Josta Wolf. Ik was een patiënt van u van 9 op 10 november 1989.'

Haar ogen worden groot.

'U was hier in de nacht van de Wende?' vraagt ze.

'Ja, de Stasi heeft mij op 9 november 1989 hoogzwanger vanuit de gevangenis Hohenschönhausen naar uw afdeling gebracht. Ik was in mijn cel flauwgevallen en werd hier wakker na de bevalling. Ik las op de kaart aan mijn bed dat mijn baby gestorven was, ging de gang op en zag allemaal mensen rennen. Ik liep met hen mee naar buiten en volgde de massa naar West-Berlijn. Vijfentwintig jaar later ontdek ik dat u en dr. Uwe Schröder mij dood hebben verklaard. Wat onzin was, want ik leef nog, zoals u ziet.'

Ze staart me aan alsof ze een geest ziet. Haar gezicht verkrampt en haar mond begint te trillen. Bingo. Ze weet wie ik ben.

'O, mein Gott, u leeft nog!' roept ze. Tranen schieten in haar ogen. Ze staat op, waggelt naar me toe en omhelst me. Ze is anderhalve kop kleiner dan ik.

'U bent het. Nu zie ik het ook! Dat aparte gezicht. Al

die jaren heb ik me afgevraagd wat er met u gebeurd is,' jammert ze tegen mijn borst. Ik slik. Wat heeft deze vrouw? Mijn lichaam verstijft door haar aanraking.

'Ik begrijp het niet,' fluister ik, terwijl ik wat naar achteren schuifel om me fysiek van haar los te weken. 'U hebt toch zelf dr. Uwe Schröder gebeld om hem door te geven dat ik aan longoedeem was overleden?'

Ze laat me los.

'Ja, dat klopt,' zegt ze, terwijl ze wat verloren naast me blijft staan. Ik denk aan het oog van mijn camera. Dat ziet nu niks.

'Kom, Frau Tauber, laten we gaan zitten,' zeg ik gemaakt vriendelijk. Ze moet weer terug naar haar plek, precies voor de opnamelens.

Ze stapt naar haar bureau, neemt plaats en observeert me alsof ze de veranderingen bij een vriendin uit haar jeugd wil registreren.

'Ongelooflijk dit. Dat u nu hier bent,' fluistert ze hoofdschuddend.

'*Aber*, Frau Tauber, hoe ging dat toen? Het enige wat ik weet, is dat ik op 9 november in mijn cel in Hohenschönhausen flauwviel. Het volgende wat ik mij herinner, is dat ik in de nacht van 9 op 10 november in het Charité wakker werd en op de kaart aan mijn bed las dat mijn dochtertje overleden was. Alles daartussen is weg. Op wat fragmenten na.'

Frau Tauber slaat haar ogen neer.

'Tijdens die fragmenten was u dus bij bewustzijn,' hakkelt ze, terwijl ze haar gezicht naar een schilderij van Maria met kindje Jezus draait. 'U was wakker tijdens de bevalling van uw dochter.'

'Waar is ze trouwens begraven, weet u dat?' Het is een vraag die ik mezelf de eerste jaren na haar overlijden zo vaak stelde. Uiteindelijk liet David door een steenhouwer een klein altaar voor haar maken, waar ik regelmatig voor ging staan om haar te gedenken. Toen we naar ons huis op de heuvel verhuisden, kreeg het altaar een plaats op de schouw in de tv-kamer.

Maria Tauber kijkt op en schudt haar hoofd. Haar lip trilt. Ze lijkt na te denken over wat ze gaat zeggen. Wat is dit? Ze kan toch gewoon antwoord geven? Ze slaat haar ogen neer en vouwt haar handen in haar schoot.

'Wat is er, Frau Tauber?'

'Ik vind dit heel moeilijk. En ik weet niet wat u meer verdriet gaat doen. De waarheid of een leugen. Het lot zal er een reden voor hebben dat het u hierheen bracht. Dus ik vertel u de waarheid.' Ze haalt diep adem.

'Uw dochter is niet overleden op 9 november, Frau Wolf,' stamelt ze. 'Ze is kerngezond ter wereld gekomen. Maar ze is verdwenen. Ze werd van onze afdeling gestolen.'

Ik schud mijn hoofd. Dit kan niet. De kamer begint te draaien. Gestólen?

'Maar,' vraag ik happend naar adem, 'dat stond toch op het formulier dat bij mijn bed hing. '*Kind (vrouwelijk). Gestorven na geboorte. Moeder Josta Wolf.*'

Maria Tauber knikt, terwijl de tranen over haar wangen rollen.

'Ja, de Stasi eiste dat ik dat opschreef,' zegt ze huilend. En ze begint te vertellen. De woorden stromen uit haar mond.

'U werd rond zes uur die avond op onze afdeling binnengebracht, Frau Wolf. We wisten dat u uit de een of andere gevangenis kwam. Een functionaris van daar had gebeld. Dat een speciale wagen zou voorrijden en dat alles moest lopen via de personeelsingang. Met speciale beveiliging. We moesten een verloskamer gereedmaken. Er was haast geboden. Het betrof namelijk een belangrijke gevangene. We waren gespannen, want we hadden nog niet eerder met een gedetineerde te maken gehad. Noch met de Stasi. Het idee maakte ons bang. Ze waren met z'n vieren. Een van hen was de gevangenisarts. De andere drie waren Stasiagenten.

Twee in uniform, met hun geweren in de aanslag, en een blonde man in pak. Hij had de leiding. Angst regeerde bij mijn team. De situatie in Berlijn was onrustig. Er waren die week nog grote demonstraties geweest.

U was bewusteloos. De verloskundig arts van het Charité kwam, dr. Kretser. Hij schold zijn collega uit. Vroeg hoe het mogelijk was dat hij niet gezien had dat u aan zwangerschapsvergiftiging leed. Een eerstejaars had dit nog opgemerkt, schreeuwde hij. De gevangenisarts schreeuwde terug dat hij de vrouw nog nooit in de ziekenboeg had gezien. Ze kwam van een speciaal beveiligde afdeling. Dr. Kretser schudde woest zijn hoofd en belde de intensive care. U bleek te ziek voor de gewone verloskamer. Gezien uw staat dachten wij dat dr. Kretser nog zou proberen om uw baby via een keizersnee te redden, maar dat hij weinig hoop voor u had. Slechts een van de Stasimannen mocht mee naar de ic. Dat was die blonde in pak. Ik bleef op mijn afdeling en hoorde een paar uur later dat u toch geen keizersnee had gekregen. U kwam namelijk bij op weg naar de operatiezaal. Dr. Kretser besloot de weeën op te wekken. Na de bevalling werd u naar een lege kamer gebracht. Uw dochter kwam bij mij, op de couveuseafdeling. Zo konden wij goed voor haar zorgen.

Rond middernacht ontstond er commotie. Enkele vaders waren buiten bezoektijd naar de afdeling gekomen. Ze stelden vragen aan het personeel. Of hun vrouw en baby mee mochten. Hoe groot het risico was, en dergelijke. De grens in de Bornholmer Straße was open, riepen ze. Eindelijk konden ze weg uit de DDR. Een nieuwe start maken met hun jonge gezin. Het was een chaos in het ziekenhuis. Twee ziekenverzorgsters bleken ineens vertrokken en de collega's van de nachtdienst kwamen niet opdagen. Of ze waren naar West-Berlijn, óf ze zaten vast in het verkeer. We waren nog maar met twee verpleegsters, Gaby Schwarz en ik. Gaby vroeg of wij niet ook zouden gaan. Dit was misschien de kans, zei ze. Morgen konden de grenzen weer dicht zijn. We konden niet meer normaal denken. Ik rende op en neer tussen de baby's in de couveusekamer en de jonge moeders. En ondertussen probeerde ik de vaders met hun vragen weg te sturen. Net op dat moment werd u weer bij ons binnengebracht en net op dat moment belde dr. Kretser. Hij zei dat mijn verlof werd ingetrokken. Ik mocht niet naar huis, maar moest de nacht doorwerken. Het regende ziekmeldingen. De man in pak riep me naar uw kamer. Hij hield zijn hand op uw voorhoofd en zei dat u gloeide. Ik mat de temperatuur. De thermometer gaf 42 graden aan. Veel te hoog. U was weer buiten bewustzijn. De dienstdoende arts moest komen. Ik rende de gang op, naar ons kantoor, om te bellen. Er nam niemand op. Gaby stormde mijn kamer binnen met de melding dat er een moeder hyperventileerde. Ik ging kijken en rende daarna weer terug naar kantoor om opnieuw de arts te bellen. Ik kreeg hem te pakken en gaf de melding door.

In die chaos moet het dus gebeurd zijn, Frau Wolf. Even na middernacht ging ik naar de couveusezaal. Verschillende baby's waren aan het huilen. Ze moesten hun voeding krijgen, maar ik had geen personeel. Niemand die de flessen klaar kon maken. Zo verschrikkelijk. Ik passeerde de wieg van uw dochter, om te checken of zij ook gevoed moest worden, maar zag dat het bedje leeg was. Iemand had uw baby meegenomen! Er ontstond paniek. Gaby en ik zochten overal. We gingen langs alle moeders. Pas nadat we zeker wisten dat ze niet meer op de afdeling was, liep ik naar de twee geüniformeerde agenten. Ze pakten mij keihard aan toen ze het hoorden. Ze voelden de bui al hangen, want hun baas was even naar beneden om met onze beveiliging te overleggen over de situatie in Berlijn en over uw transport terug naar de gevangenis. Hij kwam een kwartier later pas weer terug en werd furieus toen hij hoorde dat uw baby weg was. Hij rammelde mij door elkaar. Zijn blik joeg me de stuipen op het lijf. Hij riep dat ik mee moest naar de kamer van het afdelingshoofd. Hij duwde me naar binnen en zei dat ik onmiddellijk een verklaring moest tekenen dat uw dochter was overleden. Want het was evident dat een gestolen baby niet gevonden zou worden in een land dat aan de vooravond van een burgeroorlog stond. Hij wees naar buiten en zei dat militairen al opgeroepen werden. En als ik niet zou tekenen, zou hij mij me meteen wegens disfunctioneren laten arresteren. Hij zou er persoonlijk voor zorgen dat ik levenslang opgesloten werd voor het feit dat ik zo verzaakt had. Het was mijn schuld dat de baby gestolen was. Ik had de afdeling niet onder controle. Ik had de couveusezaal moeten afsluiten. Ik zag dat hij het meende en ik wist dat hij gelijk had: uw baby zou vanwege de chaos waarin het land verkeerde inderdaad nooit meer gevonden worden. En ik hád beschermende maatregelen moeten nemen. Ik tekende de verklaring, waarna hij me de kamer uit joeg en me naar mijn post stuurde.

Ik was in shock en deed alles op de automatische piloot. Ik maakte een notitie in ons administratieve systeem, vulde alle documenten in en werkte het formulier bij dat aan uw bed hing. Ik noteerde dat uw baby kort na de geboorte was overleden. Ik deed alles volgens de procedure. In de gang was het een komen en gaan van mensen. De twee agenten keken met verbeten gezichten naar de straten beneden. Ze overlegden. Op een bepaald moment viel de blonde man mijn kamer binnen. Hij vroeg waar u was. De twee mannen in uniform renden naar uw kamer. Ik volgde. We stormden uw kamer binnen en staarden sprakeloos naar een leeg bed. U was weg. De blonde man was woest, schoot naar de telefoon van het diensthoofd en gaf direct opdracht om alle toegangsdeuren te sluiten. Pas toen drong het tot mij door dat u een heel belangrijke gevangene moest zijn. Er werd druk gebeld en een zoektocht werd opgetuigd. Maar u werd niet gevonden. In ieder geval niet in het Charité.

Ik bleef op mijn post, totdat ik rond vijf uur in de ochtend bezoek kreeg van een hoge pief van de Stasi. Hij was in uniform en werd vergezeld door vier militairen. Ze namen me mee naar de kelder van het Charité, waar zich een provisorische ondervragingskamer bevond. Ik wist niet dat die ruimte bestond. Ik was zo bang. In de kamer liet de man mij zijn legitimatie zien. Hij was een van de bazen van de Hauptverwaltung Aufklärung. Later begreep ik dat dit een geheime antiterreurafdeling was. De man heette Thomas Balden. Zijn ogen stonden koud en gevoelloos. Mijn lichaam begon te rillen. Balden zei dat ik dr. Uwe Schröder moest bellen en moest aangeven dat u aan longoedeem was overleden en dat hij een overlijdensverklaring moest schrijven. Ik deed wat me gezegd werd. Nadat ik alles getekend had, werd gemeld dat ik naar huis moest gaan. Dat alles verder met dr. Kretser geregeld zou worden. Ik deed wat ze zeiden, pakte mijn jas, ging naar de uitgang en haastte me het gebouw uit. De ochtend hing al in de lucht. Ik volgde de massa naar de grens, want ik wilde ineens ook weg uit de DDR. Toen het licht werd, was ik in West-Berlijn. Ik kwam uiteindelijk terecht in een opvangcentrum. Pas weken later durfde ik weer terug te gaan naar Oost-Berlijn. Dr. Kretser nam me weer gewoon in dienst. Hij stelde geen vragen. Ik vermoed dat hij ook een gesprek in die kelder heeft gehad. We pakten ons leven weer op, maar ik bleef al die jaren aan u en uw dochter denken en vroeg me af wat er van jullie geworden was.'

Ik staar Maria Tauber aan. Wezenloos. Mijn rechterbeen tintelt, alsof er mieren overheen lopen. Het is ineens erg heet in haar kantoor. Geen raam. Geen zuurstof. Mijn longen krijgen geen lucht en mijn borstkas gaat op en neer. Geen lucht! Ik schiet omhoog en ren de gang op. Ook hier is het warm. Geen lucht! Ik val een kamer binnen. Er is niemand. Ik stuif naar het raam en plak mijn gezicht tegen het glas. Eindelijk, een beetje koelte. Ik hap naar lucht. Mijn handen rukken aan de hendel en openen het venster. Een kantelsysteem. Een fris windje waait naar binnen. Mijn denken start weer. Beneden ligt West-Berlijn. Het beloofde land.

De herinneringen komen. In flarden. Hoe dat ging, na de bevalling. Hoe ik wakker werd. Mijn brein hoorde echo's van pratende mensen. De stemmen vertelden me dat ik niet meer in Hohenschönhausen was. Mijn ogen gingen open en zagen een onbekende tl-lamp. Ik lag op een zacht bed, in een grote kamer. Niet meer in dat hok, op die harde brits. Er was een raam. Eindelijk een raam! Ik stond op, strompelde ernaartoe en keek naar buiten. Het was nacht. Beneden liepen massa's mensen. Overal reden auto's. Richting het noorden. Zoveel volk had ik nog nooit bij elkaar gezien. Wat gebeurde daar? Mijn handen gingen naar mijn buik, om mijn baby te voelen, maar mijn buik was plat. Herinneringen kwamen binnen. Aan de bevalling. Niet meer dan fragmenten. De pijn. Mijn geschreeuw. Bij elke wee. En daar was ze. Na die laatste perswee. De arts tilde haar op. Een meisje! Mollig en blond. De dokter gaf haar een klap op haar billetjes. Ze gaf een kreet van leven. Waarna alles zwart werd. Maar waar was mijn kindje nu? Niet in mijn kamer. Mijn ogen zagen het formulier, dat aan mijn bed hing. Ik greep het en las: *Josta Wolf. Bevallen op 9 november 1989 om 22.18 uur. Kind (vrouwelijk) overleden na geboorte.*

'Nein! Bitte nicht. Nein!'

Mijn handen grepen de stijlen van het bed. Mijn dochter dood? Nee, nee, nee! Dat kon niet.

Een nieuw fragment komt binnen. Van mijn baby. Rond. Stevig. Zwaaiende armpjes. Ze kon niet dood zijn. En toch stond het daar. *Overleden.* Hoe laat was het nu? De wijzers stonden op kwart over twee. Hoelang lag ik al hier? Een halve dag? Anderhalve dag? Ik liep naar de deur. Die had een klink! Geen slot. Een rare gewaarwording na ruim negen maanden opsluiting. Ik deed hem open. Door een kier verkende ik de gang. Ik zag in een kamer tegenover die van mij twee agenten in uniform. Mijn bewakers. Ze stonden bij het raam en keken naar beneden. Het besef drong tot me door dat dit mijn kans was om te ontsnappen. Ik verzamelde al mijn kracht en liep de gang in en zocht een deur met het bordje PERSONEEL. Daar zou ik vast schoenen en een jas vinden. Ik was op blote voeten. Ik vond de kamer en ging naar binnen. Aan de ene kant hingen jassen en schoenen op nummer. Aan de andere waren opbergkastjes. Ook met nummers. Ik controleerde met een duizelig hoofd de schoenmaten, pakte hoge laarzen in maat 40 uit een vak en een lange wollen jas van een kapstok ernaast. Terwijl ik de schoenen aantrok en de jas aandeed, zag ik nog een shawl en muts, die ik ook meepakte. Ik ademde even diep in en uit, opende de deur en keek weer de gang in. Alles leek veilig. Ik liep naar de lift, drukte op de knop en stapte in toen hij arriveerde. Hij was bomvol en werd op iedere verdieping nog voller. De kleine ruimte benauwde me, maar ik wist een opkomende paniekaanval te onderdrukken door te luisteren naar de gesprekken. Men vertelde over de grenzen die open waren gegaan. Bij de Bornholmer Straße zou zelfs niet meer worden gecontroleerd, zo groot was de massa Oost-Berlijners die naar het Westen trok. Ik kon het niet bevatten. Grenzen open? Wat was er met de DDR gebeurd in die negen maanden? Mijn hoofd duizelde van de koorts en van verdriet. *Mijn kleine meisje was dood.* Dat was beslist de schuld van de Stasi. Ze hadden haar vermoord! Mijn lichaam deed pijn en was leeg. Tranen rolden over mijn wangen. Naast me stond een echtpaar. De vrouw droeg een peuter op de arm. De man vertelde haar dat zijn auto beneden stond. Ze zouden naar de Bornholmer Straße rijden. Weg uit de DDR. De vrouw keek naar mij en ik keek naar haar. We maakten contact. Huilend vroeg ik haar of ik mee mocht. Ik vertelde dat mijn dochtertje zojuist was gestorven, kort na haar geboorte en dat mijn man ook al dood was en dat ik helemaal niemand meer had. Ik jammerde dat ik een nieuw leven wilde en of er nog plek was in hun auto. De vrouw omhelsde me. Uiteraard mocht ik mee. Arme ziel die ik was. Haar man knikte onwillig. Beneden aangekomen stapte ik in. Hun auto was volgeladen met spullen.

Een paar honderd meter voor de grens, reden we ons vast in een file van mensen en Trabants. De wandelaars waren sneller dan de auto's. De koorts kreeg steeds meer vat op me. Maar de drang naar vrijheid dreef me voort. Ik bedankte het echtpaar en stapte uit. Ik strompelde met de joelende massa mee en passeerde de grens. De overwegbomen stonden omhoog. De bewakers keken verdwaasd over de duizenden koppen. Niemand die controleerde. De Berlijners vierden feest. Ze bevonden zich op een andere planeet. Mijn benen stuwden me verder. *Doorlopen voordat ze je weer pakken*, riep een stem in me. *Doorlopen, Josta. Doorlopen. Doorlopen.* De omgeving werd stiller. Minder mensen, al hoorde je ze wel. Een fuivende meute. Bij de Muur, in de verte. *Doorlopen, Josta.* West-Berlijn was zo netjes. Zo nieuw. Met veel licht. Veel bomen. Mijn oog viel op een groenstrook, een bankje! Daar moest ik heen, even rusten, het ging niet meer. Mijn voeten schuifelden door het gras. Voor het eerst in negen maanden liep ik op een zachte ondergrond. Geen beton. Ik was vol verwondering toen mijn knieën het begaven. Met mijn gezicht viel ik in de modder. Zo koud. Maar wat rook het lekker! Naar aarde.

Een arm streelt de mijne. Mijn hoofd draait naar rechts. Het is Maria Tauber. Ze staat naast me.

'Kom, Frau Wolf. Laten we maar weer naar mijn kamer gaan. Dan breng ik u een kop koffie. Of hebt u liever iets anders?'

Ik schud mijn hoofd en veeg mijn tranen weg.

'Koffie is prima.'

Ik volg haar naar haar kantoor en ga weer zitten. Mijn tas staat nog op haar bureau. Ik pak hem en kijk of de camera nog loopt. Ja.

Even later komt ze terug met een glas water en twee mokken dampende koffie.

'Wilt u melk en suiker?' vraagt ze.

'Nee,' zeg ik en neem de mok van haar over. De telefoon gaat. Maria Tauber neemt op. 'Tauber.'

Een mannenstem zegt iets. Ze fronst haar wenkbrauwen en kijkt me geschrokken aan.

'Een slanke blonde vrouw?' vraagt ze. 'Met schouderlang haar? Een meter tachtig lang? Fotomodel type? Rond de veertig? Jazeker, die was hier. Echter maar kort. Ze is meteen vertrokken. Een halfuur geleden.'

Mijn buik knijpt zich samen. Ze hebben me gevonden! Hoe kán dat nou? Maria Tauber heft haar hand op, als teken dat ik stil moet zijn. 'Ja, ze zei dat ze naar Italië ging. Met een vriendin. Die wachtte beneden al op haar. Ze was gehaast.'

De ogen van Tauber staan waakzaam. De mannenstem klinkt weer door de hoorn.

'Wat ze mij vroeg? Wat ik mij herinnerde van 9 november 1989.' De mannenstem wordt luider.

'De waarheid, natuurlijk. Dat het een chaotische nacht op de afdeling was en dat ik na mijn dienst ook feestvierde bij de Muur. Ik vond het maar een raar mens. Hoe dan ook, hier is ze niet meer.'

De man zegt weer wat.

'*Auch so. Auf Wiederhören*,' zegt Maria Tauber en legt de telefoon neer.

'Dat was ons hoofd beveiliging, Frau Wolf. De politie is naar u op zoek.'

Ik schud mijn hoofd.

'Nee, niet de politie, Frau Tauber. Die weet niets van mijn verleden. Dit zijn de mensen die mij destijds in Hohenschönhausen opsloten. Beslist. Ze hebben ontdekt dat ik nog leef en proberen hun werk van toen nu af te maken.'

En terwijl ik dit zeg, dringt het besef tot mij door dat ik nog leef, omdat deze Maria Tauber destijds gedwongen werd om dr. Uwe Schröder te bellen en hem geloofwaardig voorloog over mijn zogenaamde overlijden. Zo zie je maar, Thomas Balden wilde waarschijnlijk zijn zoon helpen, want een gevluchte gevangene staat niet goed op het cv van een Stasibewaker, maar wat Balden bereikte was dat bepaalde figuren dachten dat Josta Wolf 'opgeruimd' was.

'Weet u, Frau Tauber, die doodverklaring heeft waarschijnlijk mijn leven gered. Ik was toen al een gevaar voor dezelfde mensen die beneden op mij wachtten. Klaar om me te liquideren. Maar omdat ze destijds dachten dat ik dood was, kon ik een nieuw leven opbouwen.' Maria Tauber staart me aan. In haar ogen verschijnt iets van dankbaarheid.

'Nou, Frau Wolf, in het Charité gaan ze u in ieder geval niet vinden. Daar zorg ik persoonlijk voor,' zegt ze met een kordate stem, terwijl ze opstaat.

XIII

'Diederich Schulz schrok toen ik hem in de middag van 10 november 1989 de getekende overlijdensverklaring van Josta Wolf liet zien en hem vertelde dat zowel zijzelf als de baby tijdens de bevalling waren overleden. Pragmatisch als hij was, vroeg hij me allereerst of ik me volgens de gebruikelijke procedure van het lijk had ontdaan. Wat ik bevestigde. Hij geloofde me. Er was ook geen reden om me niet te geloven. Bovendien had de Firma andere zorgen dan de dood van een gevangene zonder familie. Zowel bij ons als bij de Stasi was paniek merkbaar. Na de val van de Muur begon alles te wankelen. De eerste instructies inzake het vernietigen van belastende documenten vielen al op mijn bureau. Een paar dagen later riep Diederich Schulz me weer bij zich. We gingen wandelen, wat betekende dat er een vertrouwelijk gesprek gevoerd zou worden. Al lopend vertelde hij me dat de volgende dag een speciale eenheid van Peter Wulka van de Stasiafdeling VII/13 in Hohenschönhausen zou arriveren met als opdracht om zowel de bewakers als de gevangenen op de tweede verdieping op te ruimen. Men wilde geen enkel risico nemen en het was gezien de omstandigheden onzinnig om te verwachten dat de verdachte tuinman nog opgespoord zou worden. Diederich gaf me de opdracht om alles wat ook maar enigszins kon duiden op de aanwezigheid van de Kunst und Antiquitäten GmbH nog diezelfde middag uit Hohenschönhausen te verwijderen. Ik vroeg hem of ik erbij kon zijn als de Stasiafdeling VII/13 de liquidaties zou uitvoeren, zodat we binnen de Kommerzielle Koordinierung ook zeker waren dat zaken goed werden afgewikkeld. Immers, de acht mannen konden getuigen dat ik hen had ondervraagd over de Königstein Gruppe, waarmee de Kunst und Antiquitäten GmbH in diskrediet kon worden gebracht. Maar Diederich Schulz weigerde. Peter Wulka, de gestoorde Oberst van de Stasiafdeling VII/13 wenste nadrukkelijk geen pottenkijkers als zijn mensen hun werk deden. Ik moest me onmiddellijk uit deze zaak terugtrekken. Ik knikte en voerde de order een paar uur later uit.

Ik vermoed dat de vraag nu bij je opkomt of ik nooit gewetensbezwaren heb gehad over mijn werk en het leed dat ik heb veroorzaakt. Het antwoord is "nee". Het is misschien moeilijk te begrijpen, maar systemen kunnen ook je waarden en normen beïnvloeden. Ik groeide op in Dresden als enig kind van ouders die fanatieke aanhangers waren van het SED-gedachtegoed. We hoorden bij de elite, bij de adel, zou je kunnen zeggen. Privé hadden wij ook alleen omgang met gelijkgezinden, met mensen van ons niveau. Zo ook op school en bij de FDJ, de Freie Deutsche Jugend, de communistische jeugdorganisatie waar ik zelfs lokaal bestuurslid van was. Daar kwam nog bij dat Dresden in het Tal der Unschuldigen lag, wat de gebieden in Oost-Duitsland waren waar je geen signaal van de West-Duitse tv kon ontvangen. Dus ik zag en hoorde ook niets anders. Mijn moreel kompas was door deze context anders ingesteld dan die van jou, Liebling. Als alles wat om je heen gebeurt hypocriet is, dan wordt hypocrisie je standaard. Pas toen ik al een tijdje op ons landgoed woonde en ik onderdeel was geworden van een totaal andere gemeenschap werd ik mij bewust van het onrecht dat ik mensen heb aangedaan. Ook dát heeft weer met jou te maken, Emma. Door mijn onvoorwaardelijke liefde voor jou werd ik voor het eerst in mijn leven geconfronteerd met het fenomeen kwetsbaarheid, en vandaag dan ook nog schaamte.'

25

Maria Tauber heeft me zojuist afgezet bij het tramstation Am Friedrichshain. Ik wilde niet dat ze wist waar ik heen zou gaan. Voor háár veiligheid en die van mij. Ze had al genoeg risico genomen door haar post te verlaten, me met een linnenkar het ziekenhuis uit te smokkelen en me naar Berlijn-Friedrichshain te rijden.

'Ik heb niets meer te verliezen, Frau Wolf,' zei ze, toen ik vroeg of ze wel weg kon van haar werk. 'Wat moet mijn chef dan? Me ontslaan? Een paar weken voor mijn pensioen? Echt niet. En ik voel me verplicht. Vanwege uw dochter.'

Mijn gestolen baby was gedurende een deel van de rit ons onderwerp van gesprek. Opnieuw vertelde ze over haar traumatische herinneringen aan die avond, van seconde tot seconde. Van beeld tot beeld. Maria Tauber was ervan overtuigd dat ofwel een werknemer ofwel een naaste van een patiënt de dief was. Ze had zelfs gegevens verzameld en een lijst met namen opgesteld. Maar op een bepaald moment had ze besloten om de zaak los te laten. Ze kwam niet verder zonder hulp van openbare instanties, en daar steun vragen zou betekenen dat ze toegaf dat ze een illegale doodverklaring had getekend, wat mogelijk weer kon leiden tot gevangenisstraf. Waarom zou ze zover gaan, had ze zich destijds afgevraagd. Waar moest het kind dan heen als het gevonden werd? De moeder was immers verdwenen. Dus besloot ze om haar zoektocht te stoppen. De verzamelde gegevens lagen echter nog steeds bij haar thuis in een map. Ze zou zorgen dat ik een kopie kreeg. Gescand. Naar een vals Gmailadres.

Ik steek de Friedenstraße over, richting de Georgenkirchstraße. Het verbaast me dat ik zo kalm blijf. Ik ben niet huilerig of instabiel. Na de eerste shock forceerde ik mezelf in een staat van doorgaan en leek het alsof mijn hart de prioriteiten rangschikte. Prioriteit één is nu overleven. Prioriteit twee is mijn dochter vinden. En om te overleven moet ik dat dossier ophalen en uitzoeken wie jacht op mij maakt. Nog steeds ben ik ervan overtuigd dat mijn ondervrager aan de basis van alle misère staat. Immers, na de orgaanroof is deze ellende pas begonnen. Dus er moet een verband zijn.

Wat ik maar niet kan begrijpen, is hoe ze mij konden traceren. Tijdens de autorit sprak ik daar ook met Maria Tauber over. Hoe kun je nou iemand vinden die geen enkel apparaat met een GPS bij zich draagt? Zoals een mobiele telefoon of laptop? Die nergens geld heeft opgenomen of met creditcard heeft betaald? En die de waslijst met regels van Ziegler heeft opgevolgd? De enige verklaring die we konden verzinnen, is dat het Ziegler is die onbedoeld ergens op een waarschuwingsknop heeft gedrukt. Bijvoorbeeld toen hij het dienstrooster van Maria Tauber opvroeg. Misschien zijn ze gaan posten bij de ingang van het Charité en werd ik gezien? Dat is ook de reden dat ik nu bij hem langsga. Om te overleggen. Bellen en mailen vanuit een café durf ik niet. Wie weet wordt hij afgetapt. Als de DDR mij íéts geleerd heeft, dan is het wel dat je belangrijke gesprekken in de buitenlucht voert. Dat was overigens ook richtlijn nummer één op het lijstje van Jörg Ziegler zelf. 'Verstrek géén belangrijke gegevens per telefoon.'

Ik sla de hoek om en loop de Georgenkirchstraße in. Ik passeer een mooie bakstenen kerk en zie in de verte links al de flat van Jörg Ziegler. De straat is een goed voorbeeld van hoe je van monotone *Plattenbau* nog iets fatsoenlijks kunt maken door eromheen veel groen aan te leggen. Ziegler vertelde mij dat hij voor dit stadsdeel heeft gekozen vanwege de centrale ligging én het park. Gelijk heeft hij. Het oude Volkspark Friedrichshain was in mijn jeugd al een oase van rust. Het pand van Ziegler wordt omzoomd door een groenstrook. Gunstig. Dan kan ik via een pad achter de struiken de hoofdingang naderen en zo vanaf de overkant nagaan of zijn huis wordt geobserveerd. Ik hurk neer en neem de situatie in mij op. Alles lijkt normaal. In de geparkeerde auto's zitten geen mensen en achter de ramen staren geen gezichten. De entree oogt stil. Alles lijkt in orde, maar er is iets wat me weerhoudt. Ik bespeur gevaar. Binnen een paar seconden weet ik ook waarom: twee mannen stormen de hal uit, de stoep op. De een heeft een rugzak in zijn hand waar hij al rennend papieren in stopt. De ander draagt een zwartleren jasje, heeft een mobieltje aan zijn oor en belt, druk gebarend. Ik schat ze rond de dertig. Goed getraind. Trendy kleren. Kortgeknipt haar. Wit. Type mariniers. Ik houd mijn adem in. Verdammt! Die twee lijken qua postuur veel op de mannen die ik begin mei 's nachts van boven op mijn terras in Mechelen zag. Ze spurten naar een zwarte BMW, kijken nog even om zich heen en stappen in. Snel kijk ik op het nummerbord. Een Berlijns kenteken met daarachter de combinatie KA 7538. De mannen starten de auto en scheuren de straat uit. Bingo! Mijn instinct had gelijk. Met die twee was wat mis. Waren ze bij Ziegler? Dat móét ik uitzoeken. Maar niet via deze ingang.

Ik kijk de straat in en besluit via de achterkant naar binnen te gaan. Vroeger hadden de lagere Plattenbau-flats zoals deze soms een berging met een doorgang naar het trappenhuis. Dat zal toch niet veranderd zijn? Ook tegenwoordig hebben de Berlijners fietsen die gestald moeten worden. Ik sta op en loop met snelle passen naar de achterzijde. Inderdaad. Een bestraat pad leidt naar een kelder. De structuur lijkt op vroeger, maar toch is alles anders. Moderner. Schoner. Vriendelijker. Ik open de deur en zie dat ook hier de westerse welvaart zijn intrede heeft gedaan. Er is namelijk een lift! Die hadden we in onze DDR-tijd niet. En toch neem ik de trap. Een lift beklemt me. Ook een emotionele erfenis van Hohenschönhausen. Ik kan het idee niet verdragen om opgesloten te zitten. Waar dan ook. Ziegler woont op de vijfde etage. Dat is nog te doen.

Voorzichtig open ik de deur en speur de gang van de vijfde verdieping af. Er is niemand. Ik loop de corridor op en arriveer bij nummer 11/24. Jörg Ziegler werkt vanuit huis. Zijn bestaan is op discretie gebouwd, zei hij tijdens onze kennismaking, en daar past geen secretaresse bij. Dat was volgens hem ook niet meer nodig in dit digitale tijdperk. Je kantoor zit immers in je mobiele telefoon.

Ik nader zijn voordeur en vertraag als ik zie dat die openstaat. Het slot blijkt geforceerd. Wat nu? *Doorlopen.* Mijn nieuwsgierigheid duwt me over de drempel van zijn hal. Die is leeg. Ik luister. Hoor ik iets? Ja, rechtsachter klinkt gejammer van een vrouw. Langzaam sluip ik in de richting van het gehuil, open voorzichtig een deur en zie een zonnige en modern ingerichte woonkamer met veel zwart en grijstinten. Rechts voor me zit een slanke, oudere brunette op een glazen salontafel. Ze heeft de hand van Jörg Ziegler vast die op de bank ernaast ligt, alsof hij een dutje doet. De zilveren vaas op het tafeltje is klaarblijkelijk omgevallen, want het water druppelt op de lichtgrijze vloerbekleding. De rozen liggen op de glasplaat. De kleur van de bloemblaadjes is dieprood, als vers bloed. Het lijkt wel alsof ze zo uit een tube met primair rood zijn geperst. Als ik ze zou schilderen, zou ik er bijna niets anders bij hoeven te mengen. Ik zet een stap naar rechts en zie Jörg Ziegler nu wat beter. Hij draagt een grijs pak dat perfect harmonieert met de grijze tint van de designbank waar hij op ligt. Zijn linkerarm rust op zijn buik. Er loopt wit schuim uit zijn mond. Zijn ogen staan wijd open en zijn gezicht lijkt verkrampt. Mijn buik trekt zich samen.

'Mein Gott,' stamelt de vrouw, terwijl ze zich omdraait, haar betraande ogen naar mij op slaat en me kort observeert. Ze lijkt niet verbaasd me te zien. Weet ze wie ik ben?

'Mijn Jörg is vermoord!' kermt ze. 'Misschien een halfuur geleden.'

'Wat is er gebeurd?' vraag ik, terwijl ik nog een stap dichterbij zet.

'Hij heeft de zelfmoordpil genomen,' jammert de vrouw, terwijl ze haar hand voor haar mond houdt. De tranen rollen over haar wangen.

Ik kijk haar niet-begrijpend aan.

'Hoe bedoelt u? Waarom zou hij zelfmoord plegen?'

'Omdat hij wist dat zijn bezoek hem zou martelen,' bijt ze me toe. 'Om informatie uit hem los te krijgen.' Ze schudt haar hoofd. 'Onvoorstelbaar. Dat hij die capsules heeft bewaard.'

Ze komt omhoog, heft haar hoofd op en kijkt me aan. Als *een ondervrager*.

'Dus u bent Josta Bresse?' vraagt ze gericht. Ze lijkt nu pas te beseffen dat ik zonder te bellen naar binnen ben gelopen.

'Ja,' antwoord ik aarzelend. 'Hoe weet u dat?'

'Ik heb uw identiteitskaart geregeld. Dus ik heb de foto's gezien die mijn man heeft gemaakt.'

'O.' Ik weet niet goed hoe ik moet reageren en kijk weer naar Jörg Ziegler. Het schuim uit zijn mond kruipt langs zijn kin.

'Ik ben Hannelore Ziegler,' zegt ze en ze steekt werktuiglijk haar hand naar me uit. Typisch, er zijn handelingen die zo bij ons mensen horen dat we ze altijd blijven doen, ongeacht de situatie waarin we zitten. Dit is er zo een.

De vrouw draait zich weer om en gaat nu op de bank zitten, naast haar dode man. Ze legt haar hand op zijn voorhoofd. Mijn oog valt op haar strak gevlochten knot. Lijkt op die van de blonde Oekraïense oud-premier Joelia

Timosjenko. Om maar wat te doen pak ik de vaas en zet die weer rechtop, waarna ik de rozen ietsje herschik. Die gaan verwelken, want ze hebben geen water meer. Dan wordt het rood van hun blaadjes straks donkerder. Net als met bloed. Dat verkleurt ook als het wat langer uit het lichaam is. Vond ik op de academie lastig toen ik een keer de tint van vers bloed wilde schilderen. Ik had met een naald in mijn arm geprikt en er bloed uit opgevangen, maar na tien minuten zette de verkleuring al in en moest ik nog eens prikken.

'Zijn huid is niet meer zo héél warm,' klinkt het door de kamer. Ik draai me iets naar rechts en kijk Hannelore Ziegler aan. 'Duidt erop dat hij toch al een halfuur dood is,' zegt ze. 'Voel maar.'

Ik deins terug en schud mijn hoofd. Ik ga geen dode betasten!

'Kom,' zegt ze, en ze grijpt mijn hand, trekt hem naar beneden en duwt hem op het voorhoofd van Jörg Ziegler.

'Hoe voelt dat. Leg uit! In je eigen woorden.'

Er zit iets dwingends in haar. Dit is niet zomaar iemand.

'Nou, zeg het! Wat dan ook.'

Ik aarzel.

'Nou?!'

'Als frieten die al wat langer op tafel staan,' stoot ik uit. 'Kleverig lauw.'

'Precies. Wat ik zei. Een halfuur.'

Ze staat op, recht haar schouders en kijkt om zich heen. Ik volg haar blik en schrik van wat ik zie. Alles is overhoopgehaald. Een ravage. Frau Ziegler registreert het ook. Haar vuisten ballen zich.

'Ik zag twee jonge mannen uit de lift komen, toen ik beneden wilde instappen,' zegt ze, terwijl ze met de wreef van haar hand de tranen uit haar gezicht veegt. Haar mascara trekt strepen over haar wangen. 'Die schrokken toen ze mij zagen. Alsof ze me herkenden als "de vrouw van".

Ze renden weg op het moment dat Lena Chiminski binnenkwam. Toen dacht ik al dat er iets niet klopte. *O, mein Gott. Mein Jörg.'*

Haar hele lichaam begint te schokken. Ik stap op haar af en sla mijn arm om haar heen. Wat moet ik nu doen? Hoe help ik haar? Zelf houd ik verdriet op afstand door over feiten te denken. Zolang mijn hoofd de regie heeft, is het gevoel minder sterk. Misschien moet ik wel met haar over die mannen praten?

'Ik heb die twee mannen ook gezien, Frau Ziegler. Ze reden weg in een zwarte BMW met als kenteken B-KA-7538,' zeg ik, terwijl mijn oog ineens een rookpluim op het terras signaleert.

'Daar brandt iets!' roep ik en laat haar los. Ik ren erheen, open de deur naar het balkon en zie dat de rook uit een stalen prullenbak komt. Er liggen restanten papier in. Wat raar! Jörg Ziegler leek dus voorbereid op hun komst! Hij verbrandde documenten en hij nam daarna een zelfmoordpil. Ik draai me weer om. Hannelore Ziegler zit weer naast haar man en veegt met de hoek van een glanzend grijs kussen zijn mond schoon. Haar tranen druppelen op zijn hemd. Ik kan haar maar beter wat rust gunnen. Ik kijk om me heen en besluit alle kamers even te checken. Ik loop weer terug naar de hal en ga vervolgens van ruimte naar ruimte. Het hele appartement blijkt overhoopgehaald. Vooral zijn kantoor waar ik nu als laatste naar binnen stap is een ravage. Die twee zochten iets. Maar wat? Informatie over mij? In zijn werkkamer staan hoge ladekasten. Ook die zijn opengebroken. Er zitten tientallen hangmappen in. Allemaal voorzien van een cijfer-lettercombinatie. Eén map steekt uit. Er staat 180614JB op. JB zijn mijn initialen! Is dat mijn map? Ik trek hem eruit, maar de inhoud is weg. Verbrand in die prullenbak? Een vreemde druk op mijn buik ontstaat: angst. Of waren dat de papieren die die ene man in zijn rugzak propte? Wat zat er in mijn map? En wat zochten ze nog meer? Mijn ogen schieten naar het bureau van Jörg Ziegler. Het is bedekt met snoeren en stofvlokken. Zijn laptop is weg. Meegenomen. Ook in die rugzak? Waarschijnlijk.

'Wat een puinhoop!' hoor ik Hannelore zeggen. Ik draai me om. Ze staat in de deuropening met een verfrommelde zakdoek in haar rechterhand.

'Ze hebben waarschijnlijk mijn map en zijn laptop meegenomen,' zeg ik met paniek in mijn stem.

Hannelore Ziegler knikt.

'Dat denk ik ook, maar daar hebben ze niets aan. Mijn man codeerde alles. Het ziet ernaar uit dat Jörg wist dat ze kwamen. Nou, geloof dan maar dat die met niks zijn vertrokken. Mijn man was een professional.'

'Ze zochten iets.'

'Klopt. Ze zochten dit.' Ze stapt op me toe, haalt een USB-stick uit haar broekzak en geeft die aan mij.

Het witte dingetje voelt warm aan. Hannelore Ziegler loopt weer naar de woonkamer en ik volg haar. Daar aangekomen gaat ze bij haar dode man zitten, pakt zijn hand en geeft hem nu kusjes op zijn voorhoofd en wang. De tranen rollen weer over haar gezicht. Haar houding doet me aan dat moment met David denken, toen ik hem dood vond in onze douche. Iets in mij breekt. Ik schiet naar haar toe, hurk bij haar neer en pak haar vast. Huilend wiegen we elkaar heen en weer.

'*Alles wird gut, Frau Ziegler,*' blijf ik maar zeggen, wetende dat het een leugen is, want bij mij is het niet goed gekomen. Ik mis David nog steeds, elke dag.

Na een tijdje laten we elkaar los. Hannelore Ziegler staat op, zet een paar passen naar achteren en leunt tegen de muur. Alsof ze daar steun vindt.

'Toen ik om halfeen op het punt stond om naar een bespreking met een klant in Mitte te vertrekken, kwam mijn man gehaast zijn werkkamer uit en gaf me die USB-stick,' vertelt ze snikkend, terwijl ze naar mijn hand wijst. 'Ik moest die naar Tom Adler brengen. Hij zou hem dan aan u geven. Het moest vandaag, want het was dringend. Ik vroeg Jörg nog of er iets was waarover hij zich zorgen maakte. Maar hij ontkende. Zijn gedrag zat mij niet lekker en dus ging ik na mijn afspraak toch eerst naar huis, om met hem te praten. Maar ik was te laat,' zegt ze, terwijl ze zich voor-overbuigt en hem over zijn dunne haar aait.

'Hij heeft die pil genomen om mij te beschermen,' mom-pelt ze. 'Mein Gott. Hoe het leven kan gaan. Hiérvoor wa-ren wij vroeger altijd bang, Frau Bresse,' fluistert ze, terwijl ze naar het lijk van haar man wijst. 'Toen we zo verliefd waren en trouwden. En dus kwetsbaar werden. Omdat een ander mens belangrijker was geworden dan jijzelf.' Ze komt omhoog en recht haar rug.

'Weet u, wij waren in de DDR-tijd allebei Stasiagenten. In de buitendienst. We zaten bij de Hauptverwaltung Auf-klärung, afdeling A IX. Contraspionage. Belast met speciale projecten. Zeg maar speciale gevallen opsporen en aan het praten krijgen. Zo hebben we elkaar ontmoet. We hadden boeiend werk. We reisden veel. Leefden in luxe. Maar wat we deden was ook gevaarlijk. Na de Wende waanden we ons veilig. We werden privédetectives. Ik deed scheidingen en hij deed bedrijfsspionage. We maakten sinds kort ook minder uren, ter voorbereiding op ons pensioen. En nu dit. Je kunt je lot klaarblijkelijk niet ontlopen.'

'Dit heeft niets met het lot te maken, Frau Ziegler,' zeg ik, terwijl ik mijn rugzak afdoe, openrits en de USB-stick in een apart vakje stop. 'Ik denk dat uw man vermoord is, omdat hij iets te weten is gekomen over mij. Ik vermoed dat dit het werk is van dezelfde mensen die ook op mij jagen.'

'Ja, dat denk ik ook. Jörg zei me al dat hij op iets on-gelooflijks was gestuit. Het ging om een zeer invloedrijk iemand. Meer wilde hij me niet vertellen, om me te be-schermen.'

'Inderdaad. Alles wijst in die richting. U moet trouwens zo de politie bellen, Frau Ziegler. Dat weet u toch?'

'Uiteraard, maar de politie gaat de man of vrouw die hier opdracht voor heeft gegeven niet pakken. Ook al ontdekken ze wie het is. Er zijn mensen die machtiger zijn dan de macht, Frau Bresse.'

'Weet ik,' zeg ik, terwijl mijn buik zich samenknijpt. 'Maar ik moet die persoon proberen op te sporen, Frau Ziegler. Ik moet hem immers vinden, voor hij mij vindt.'

Ze knikt met een verdrietige glimlach.

Frau Ziegler pakt een notitieblok van het bureau en schrijft er een 06-nummer en e-mailadres op. Ze scheurt het blaadje af en geeft het aan mij.

'Hier. U kunt mij mailen of bellen als ik nog zaken voor u moet uitzoeken. Mijn man en ik tapten immers uit dezelfde informatiebronnen. Maar let op, Frau Bresse, u moet geen belangrijke zaken per telefoon melden.'

'Ja, weet ik. Uw man heeft mij een lijstje met richtlijnen gegeven. Ik moet nu trouwens gaan.' Ik maak aanstalten om te vertrekken. Een rare paniek overvalt me, een diepe angst dat die twee huurmoordenaars Tom iets aandoen. Ik wil hem zo snel mogelijk over de dood van Jörg Ziegler informeren. Via een veilige telefoonlijn, want dit huis vertrouw ik niet. Wie weet wordt het afgetapt en staan ze binnen een paar minuten hier voor de deur. Ik kijk op mijn horloge. Bijna halfdrie. Hij zit nu in redactieoverleg en is dus enigszins veilig. Die twee killers zullen echt niet zomaar het hoofdkantoor van de *Frankfurter Allgemeine* binnenvallen, kamers doorkammen en dan Tom Adler neerknallen. Maar vóór vier uur moet ik hem wel te pakken krijgen, want dan is hij vrij.

Hannelore Ziegler volgt me naar de uitgang, als een correcte gastvrouw.

'O ja, en er nog iets, Frau Bresse,' meldt ze bij de opengebroken voordeur, terwijl ze mijn arm grijpt en die strak omklemt. 'Mocht u de mannen en hun opdrachtgever vinden, wilt u mij dan als eerste informeren?'

Onze ogen ontmoeten elkaar en in haar betraande gezicht herken ik de persoon die zij ooit was: een meedogenloze Stasiagente. Ze was van de Hauptverwaltung Aufklärung, zei ze. Van de *Gegenspionage*, de A IX. Dat waren de ergste heb ik ergens gelezen. Die gingen tot het uiterste. Beulen.

'U snapt waar ik op doel?' vraagt ze met een scherpe klank in haar stem, terwijl ze mijn arm weer loslaat.

'Ja.' Een koude rilling glijdt over mijn rug. 'U wilt zelf met de moordenaars van uw man afrekenen.'

'Precies,' zegt ze met een ijskoude blik in haar ogen.

26

Mijn check-in verliep soepel. De receptioniste stelde geen vragen toen ik zojuist voor één nacht een kamer boekte en meteen 155 euro in cash over de balie schoof. Ze vroeg ook niet naar een ID. Vermoedelijk hebben ze hier vaker gasten die anoniem willen blijven. Voor een buitenechtelijke wip of om zwart geld wit te shoppen. Deze hotelfabrieken zijn daar ideaal voor. En ik werd gelukkig ook niet gevolgd. Niemand die in de S-Bahn bij Friedrichshain instapte. Geen auto of scooter die het hele traject meereed.

Ik durfde niet naar Tom te gaan. Immers, als ze Ziegler konden traceren, konden ze ook zijn opdrachtgever op het spoor komen. Ik moest dus een veilige manier vinden om Tom te waarschuwen, zonder daarbij een link naar mij te leggen. En ik moest de inhoud van die stick bekijken. Zodoende schoot ik het Kaufhaus des Westens in. Het Ka-DeWe bleek gigantisch, want ik deed er een kwartier over om de afdeling klantenservice van deze Berlijnse variant van Harrods te bereiken. Daar aangekomen hing ik het verhaal op dat mijn mobiele telefoon gestolen was en dat ik dringend mijn man op de zaak moest bellen. Maar, zei ik, in dit mobiele tijdperk was nergens meer een telefooncel te vinden. De bedienende heer knikte begrijpend en gaf mij het toestel van zijn afdeling. Ik belde vervolgens Tom op kantoor, zorgde dat hij uit redactieoverleg werd gehaald, vertelde dat met mij alles in orde was, maar dat twee huurmoordenaars Ziegler hadden vermoord. Het was goed denkbaar dat ze nu ook zijn kant op kwamen. Dus ik adviseerde hem om beveiliging te regelen. Nog voor Tom verder iets kon zeggen, verbrak ik de verbinding. Hoe minder hij wist, hoe veiliger voor hem.

Na het telefoontje haastte ik me naar het enorme viersterrenhotel dat ik eerder vanuit de S-Bahn had gezien. Ik moest even een rustige plek hebben om die stick uit te lezen en een hotelkamer leek mij de beste optie. Ik wist van mijn reizen met David dat viersterrenhotels altijd een laptop voor gasten beschikbaar moeten hebben.

Ik open de deur van mijn hotelkamer en loop naar het raam. Mijn uitzicht stelt niet veel voor. Een modern kantoorpand en een nette parkeergarage. Beneden wandelen amper mensen. Dit is een werkstraat, waar het kantoorvolk 's ochtends de blokkendoos in rijdt en er 's avonds weer uit rijdt. En in de tussentijd turen ze naar beeldschermen. Hier zien we Charlie Chaplins *Modern Times* anno 2014. Ik haal het broodje dat ik net in de KaDeWe heb gekocht uit de zak en dwing mezelf tot een hap. Mijn lichaam wil eten, maar mijn geest weigert. Mijn dierlijk instinct wint. Mijn kaken kauwen. Maar waarom zou ik nog willen leven? *Wozu das alles?* Ik staar omhoog, naar de spleet lucht die zichtbaar is tussen de grijze stenen. Ja, ergens onder die grauwe hemel woont mijn dochter. Mijn hand strijkt over mijn buik. *Mijn meisje.* Zij is de reden dat ik moet vechten. Als het jachtseizoen voorbij is, ga ik naar haar op zoek. Maar eerst overleven. Ik rits mijn rugzak open en pak de USB-stick.

Ik installeer me achter het bureau en start de laptop op die ik zojuist heb gehuurd bij de receptie. Als eerste ga ik naar het configuratiescherm en controleer de instellingen. Ziet er goed uit. Alles staat zo geprogrammeerd dat een optimale privacy van gasten wordt gegarandeerd. Perfect. Ik stop de stick van Jörg Ziegler in de USB-poort. Er volgen wat viruscontroles, waarna een map verschijnt. Titel: Josta Bresse. Ik open de map. En alweer verschijnen mappen.

Eentje draagt de naam *Übersicht*. Ik klik erop. Er staat één Word-document in, ik open het. Er verschijnt een chronologische urenstaat met daarop alle handelingen die Jörg Ziegler voor mij heeft verricht. Tot in detail uitgewerkt. Ik herken de namen van Balden, Tauber en Schröder. Ik scrol naar beneden. Bijna twintig pagina's met tekst in kolommen met daarachter cijfers. Ik schat dat dit de uren zijn. Nou, nou. Die Ziegler was fanatiek. Ik klik terug en bekijk de andere mappen. De meeste hebben namen: Günter Schonhöfer, Werner Lobitz, Manfred Wimmer, Klaus Hajek, Thomas Balden, Maria Tauber, Uwe Schröder en een Balden zonder voornaam... Hè? Zou dat mijn ondervrager zijn of een tweede map van de vader? Ik open de map. Er staat maar één afbeelding in en dat is de scan van de foto van mijn ondervrager met dat kind, die ik Jörg Ziegler heb gemaild. Daar heb ik weinig aan. Ik heb zelf immers het origineel. Hij heeft dus nog niks gevonden over Balden junior. Vooropgesteld dat hij de zoon van Thomas Balden is. Logisch ook. Het was weekend. Dan zijn ook in Duitsland alle instanties dicht. Ik laat een boer en ruik de pesto die op mijn broodje mozzarella was gesmeerd. Dat krijg je ervan als je niet goed kauwt en je eten naar binnen schrokt. Ik ga iets naar achteren zitten en staar naar het scherm. Dit is duidelijk een werkmap, waar alles in is gegooid wat ook maar enigszins de moeite van het doorploegen waard was. Hij heeft geen tijd meer gehad om te sorteren, of om een overzicht te maken. *Om me iets te vertellen.* Hij móét vanochtend gemerkt hebben dat ze hem op het spoor waren. Dus heeft hij mijn dossier in één keer op een stick gezet en zijn vrouw gevraagd om die aan mij te geven, toen ze naar haar afspraak ging. Waar heeft hij die ochtend naar gezocht? Of wie heeft hij gebeld? Ik klik op 'Gewijzigd op'. Een map met als titel 'PK Invest' staat nu bovenaan. Daarin is dus als laatste iets gewijzigd. Ik open de map en zie een hele rits links, die ik een voor een open. Allemaal artikelen over het beleggingsbedrijf PK Invest. Echte vakliteratuur voor aandelenfreaks. Zo te zien investeren ze vooral in IT-bedrijven die voor overheden werken. Het gaat om veel nullen. Dit is een miljardenfirma. Ik leun achterover en schud mijn hoofd. Wat is nou de relatie met mij? Die moet er zijn, anders stonden die berichten niet op deze stick. Misschien ontdek ik het verband straks, wanneer ik de andere mappen heb doorgeploegd. Ik open de map 'Werner Lobitz'. Ook deze staat vol met oude DDR-stukken.

Mijn oog valt op vier mappen met namen van kunstenaars: Paul Klee, Wassily Kandinsky, Kees van Dongen en Georg Grosz. De heren wier werk ik vervalste. Ik open die van Wassily Kandinsky. Er verschijnt een lijst met links een foto van een schilderij, in het midden de naam van de huidige eigenaar, daarnaast de naam van de verkoper en rechts de datum van de verkoop. Hier en daar staat er ook een bedrag bij. Mijn god! Wat een monnikenwerk om dit uit te zoeken. Mijn hand draait rondjes met de muis. Dit overzicht betekent dat Ziegler een link heeft gelegd tussen de aanslagen op mij en mijn baan als kunstvervalser. Ik scrol langs de schilderijen in de Kandinsky-map. Het zijn er meer dan honderd. Circa vijfentwintig zijn van mij. De verkoopdata van mijn werken liggen allemaal in 1987 of 1988. Verkoper is de Kunst und Antiquitäten GmbH. De naam van het bedrijf wordt in de stukken van Ziegler afgekort met KUA. Ik leun iets naar achteren en denk na. Was dat niet die club die burgers kunst en antiek afhandig maakte via valse aantijgingen? Waarna alles verkocht werd aan het Westen? Daar heb ik iets over gelezen, zij het al een tijd geleden. Via Google zoek ik het op. De naam Kunst und Antiquitäten GmbH verschijnt en ik lees de informatie snel door. Zie je wel. Ik had gelijk. Dus deze Kunst und Antiquitäten GmbH verkocht ook ónze werken. Ik scrol verder en zie ineens twee schilderijen van mij die eind 1990 zijn verkocht. Hoe kan dat nou? Dat was ná de val van de Muur. Ik bekijk de werken. Het zijn mijn laatste Paul Klee en de inmiddels beroemde *Improvisation 36*, die ik eind 1988 heb gemaakt. Kort voor Kerstmis. Dat weet ik nog heel goed, omdat ik toen tot kerstavond heb doorgewerkt. Ons busje vertrok vanwege mij pas tegen middernacht naar Dresden, waardoor een balende Klaus te laat was voor de nachtmis. Wat raar dat beide werken pas in 1990 zijn verkocht. Dat was na de Wende, maar toen bestond die Kunst und Antiquitäten GmbH toch al niet meer? Ik bekijk de kolom met informatie over de verkoper. Galerie Am Lietzensee in West-Berlijn. Hoe kwam dat veilinghuis aan mijn schilderijen? En wie waren de kopers? Ik verschuif de cursor naar rechts. Mijn Paul Klee ging naar een particulier in Moskou met als naam J. Lutanov. De prijs staat er niet bij. Logisch. Particulieren hoeven dat niet te publiceren. De *Improvisation 36* ging naar de Städtische Galerie im Lenbachhaus in München. Verkoopprijs: 19,3 miljoen *Deutsche Mark*. Ik grijp de leuning van mijn stoel. Dit is toch niet mogelijk! Wat een bedrag! Voor die tijd? Voor een Josta Wolf. Vijfentwintig jaar geleden. Hier is dus iemand puissant rijk geworden door de verkoop van mijn twee vervalsingen. Ik grijp mijn glas water van het bureau, drink het in één teug leeg en staar weer naar het scherm. Het veilinghuis dat onze werken verkocht, was dus Galerie Am Lietzensee. Eens kijken wat ik over dat bedrijf kan vinden. Ik ga naar Firefox en tik de naam in en zie een hele rits berichten. Bovenaan verschijnt een nieuwsflits van de *Tagesschau* met als kop 'Dodelijke aanslag op galeriehouder'. Ik slik en lees. De 91-jarige Ralf Engel, oprichter en hoofdaandeelhouder van de exclusieve Galerie Am Lietzensee, een van de belangrijkste veilinghuizen in Duitsland, is vanochtend geliquideerd, nadat hij eerst op gruwelijke wijze moet zijn gemarteld. De poetsvrouw die hem vond wordt geciteerd. Volgens haar waren zijn oren afgesneden. Vervolgens verschijnen opnamen van de beveiligingscamera van het naastgelegen pand. Je ziet twee mannen met bivakmutsen. Ik verstijf. Het zijn dezelfde figuren als die twee die ik bij Ziegler zag, toen ze de straat op renden. Alleen zag ik ze zonder muts. Op het filmpje volgt nu de standaard blabla van de politie dat ze geen verdere mededelingen kunnen doen in het belang van het onderzoek. Mijn aandacht blijft hangen bij het tijdstip dat de poetsvrouw noemde. Kwart over tien, zei ze. Die man werd dus ruim drie uur vóór Jörg Ziegler vermoord. *Nadat hij was gemarteld. Een bejaarde!* Vervolgens reden de heren naar Jörg Ziegler. Ze gingen dus van de een naar de ander. Ik zoek het moment van publicatie van het nieuwsbericht: 12.00 uur. Aha. Ziegler heeft dat nieuwsbericht waarschijnlijk gehoord of gelezen en moet geconcludeerd hebben dat hij de volgende zou zijn. Daarom heeft hij alles zo snel op een stick gezet en die aan zijn vrouw gegeven, en vervolgens die pil geslikt. Omdat hij wist dat ze er niet voor zouden terugdeinzen om hem ook te martelen. Of erger nog: zijn vrouw. Monsters die een 91-jarige zo gruwelijk toetakelen, zijn immers tot alles in staat!

Ik spring op en schiet naar het raam. Buiten begint het te waaien. Mijn ademhaling versnelt en mijn handen klemmen zich om de vensterbank. O, mein Gott. Ik ben in het oog van een criminele tornado beland, waarin alles draait om mijn vervalsingen. Als verlamd staar ik naar de overkant. Ik moet iets doen, maar het lukt me niet. Ik ben zo bang. Ik draai me om, graai in mijn rugzak, pak mijn pistool, loop naar de deur en check opnieuw of die ook echt gesloten is. Vervolgens ga ik naar de minibar, open de koelkast en grijp een flesje met whisky, draai de dop eraf en giet het spul alsof het water is mijn keel in. Mijn benen trillen, terwijl ik ga zitten op de rand van het bed en het pistool op de deur richt. Wat doe ik nu? Wachten? Als een bang konijn? Staren naar de koplampen van de auto die me gaat overrijden?

Wat anders? Waar zijn hier de struiken waar ik heen kan rennen? Die koplampen zijn overal. Ik sta weer op, open de koelkast opnieuw, pak nog een whisky en drink. Nou zeg, met deze flesjes vul je nog geen holle kies. Gebeurt er al wat? Wordt de angst al minder?

'Je begint weer te zuipen!' zeg ik tegen mezelf. Ja, om rustig te worden. Ik heb immers geen pillen bij me. Achterlijke hoogmoed. Ik dacht dat ik zonder kon toen ik uit Nederland vluchtte.

Maar dit gaat toch niet? Ik kan me toch niet zomaar laten afslachten? Mijn blik valt op het schilderij dat naast de deur hangt. Het is een kleurenfoto van de orangerie in het prachtige park van Schloß Sanssouci in Potsdam. Ik ken die plek, want ik keek er mijn ogen uit toen mijn ouders mij er als tienjarig meisje mee naartoe namen. Het was die dag bloedheet. Alles leek zo licht en zonnig vergeleken met Berlijn. Dat kwam vooral door de beige natuursteen die je veel zag. In Potsdam had ik mijn eerste echte kennismaking met de kleur goud. Goud zag je daar overal: op standbeelden, op muren, plafonds, spiegels. Goud, goud, goud. In verschillende tinten ook nog. Het ene goud was anders van kleur dan het andere goud. Ik weet nog precies dat ik al tijdens de terugreis in mijn hoofd kleuren aan het mengen was. De volgende dag verkwanselde ik op school verschillende tubes verf voordat ik de perfecte combinatie voor het perfecte goud bij elkaar had gemengd: geel, lichtgeel en oker, bijgemengd met cadmiumoranje. Vooral de orangerie van Potsdam maakte indruk, met al die vijvers waar zwanen in zwommen. Ik bestudeer de foto, terwijl ik iets naar voren buig. Schloß Schönwald bij Königstein was in dezelfde stijl gebouwd als Schloß Sanssouci. Ineens alert hef ik mijn hoofd. Maar dat is het! Ik moet nu meteen naar Schloß Schönwald en het dossier ophalen. Misschien vind ik daarin wel de aanwijzingen die mij verder helpen! De bossen van Königstein zijn de struiken waar dit bange konijn heen moet rennen. Ik schiet omhoog, stap naar het bureau, grijp de telefoon van het hotel en draai het nummer van de *Frankfurter Allgemeine*. Ik heb geen keus meer. Ik moet Tom vertrouwen. Hij moet nu met me mee naar het Schloß.

XIV

'Zeker, we waren in paniek toen we ontdekten dat Josta was gevlucht. Opa startte meteen een zoektocht. Ik riep de dienstdoende arts bij me en vroeg wat haar overlevingskansen waren. Dokter Kretser vertelde dat Josta tijdens de bevalling veel bloed had verloren en dus zwak was. Bovendien was tijdens de laatste meting 42 graden koorts bij haar vastgesteld. Er waren daarnaast voldoende aanwijzingen om longoedeem te vermoeden. Daarom had hij kort voor haar verdwijning al opdracht gegeven om haar zuurstof toe te dienen. Kortom: volgens hem was Josta in levensgevaar en had ze dringend medische hulp nodig. Zonder zuurstof en een gerichte behandeling om de koorts naar beneden te krijgen, vreesde hij het ergste. Dus ging er een melding uit naar alle artsen en ziekenhuizen in Berlijn en wijde omgeving. Opa regelde via zijn contacten dat er ook berichten uitgingen naar ziekenhuizen in West-Berlijn. Maar Josta werd niet gevonden. Opa was degene die vervolgens besloot om haar dood te laten verklaren. Immers, als Diederich Schulz erachter zou komen dat ik zo'n belangrijke gevangene had laten ontsnappen, had ik een dik probleem. Schulz stond bekend als meedogenloos jegens medewerkers die faalden. Dat gold vooral voor personeel dat hem via een hoge pief bij het Politburo was opgedrongen.

De eerste dagen en weken na de verdwijning van Josta verkeerde de DDR in een totale chaos, wat ook zijn weerslag had op mijn functioneren. We kregen van Schulz opdracht om talloze belastende documenten te vernietigen. Dat vergde uiteraard veel uitzoekwerk en zorgde ervoor dat *ik tot diep in de nacht bezig was om stukken te selecteren en door de papiervernietiger te duwen. Ik functioneerde als een robot. Mijn lichaam was te moe om aan seks te denken en een chronisch slaaptekort dempte mijn gevoelens.*

Opa bleef tot de Wiedervereinigung *van 3 oktober 1990 naar Josta zoeken. Zonder resultaat. Tijdens kerst 1990 kwamen we gezamenlijk tot de conclusie dat Josta niet meer leefde. Immers, toen ze uit het ziekenhuis verdween, had ze geen papieren bij zich en om een normaal leven op te bouwen, in de nieuwe* Bundesrepublik Deutschland *of waar dan ook, had ze een paspoort nodig. Echter, ze was tot kerst nog steeds niet bij de gemeente langs geweest om een identiteitsbewijs op te vragen. Ze had ook geen* Steuernummer *opgevraagd en zonder dit fiscale nummer kon ze nergens gaan werken. Tot slot was er ook niet één melding gemaakt van een jonge vrouw die bij de een of andere kliniek of instantie was gebracht met geheugenverlies of een identiteitsprobleem. Ook de politie had niets. Dus we accepteerden wat realistisch en logisch leek: Josta was overleden. Dat er geen lijk was om dat realistische en logische te staven, accepteerden we maar als een vervelende bijkomstigheid.'*

27

Het gesnurk van Tom klinkt anders dan dat van David en Werner. Dieper. Meer bariton. Werner snurkte met regelmatige knorretjes en áls ik daar al wakker van werd, sliep ik meteen weer in. Bij David was dat niet zo. Hij had slaapapneu. Dan lag hij een hele tijd stil en dan klonk er opeens keihard gegrom. Waarvan ik dan wakker schoot, ondanks mijn op maat gemaakte oordoppen. Dat was uiteindelijk ook de reden dat wij apart zijn gaan slapen. Omdat ik niet meer kon inslapen als ik eenmaal wakker was, want dan ging ik geluiden analyseren. Piepjes. Geknars. Geruis. Trillingen. Een afwijking die ik heb overgehouden aan mijn eerste twee maanden in Hohenschönhausen. Ik was altijd gespitst op geluiden. Vooral op voetstappen. Als ik goed luisterde, kon ik hun sluipende sloffen registreren en was ik bang dat ze me weer kwamen halen. Ook het zachte getik van de verwarming was reden tot alarm. Het kon betekenen dat ze de temperatuur weer gingen opschroeven naar onhoudbare hoogten, om het een uur later weer ijskoud te laten worden. Dat deden ze bijvoorbeeld als het vroor, waardoor je ziek werd en geen lucht kreeg door de verkoudheid. Ik was constant aan het snotteren in Hohenschönhausen. Ik heb er in de eerste weken al chronische sinusitis opgelopen, zei een Nederlandse arts me veel later, toen ik van die druk op mijn voorhoofd af wilde. Ook verontrustend was het gekraak beneden. Ik wist op een bepaald moment dat wij op een hoge verdieping zaten, vanwege een echo die soms in de nacht klonk als er een poort open werd gemaakt. Dan kwam iemand van buiten naar binnen. Vaak was mijn ondervrager de dag erna agressief en neukte me van achteren, zonder verdere aanraking.

Wat me vooral bezighield was de vraag wáár ik opgesloten zat. Ik wist al vrij snel dat het in of bij een stad was, want buiten klonk het niet zoals op mijn kamer in het bos van Königstein. Het klonk meer zoals in mijn appartement in Dresden. Het geluid van duizenden auto's vervormt zich immers tot gezoem. Ik kon dat goed horen, ondanks het feit dat mijn raam in Hohenschönhausen niet open kon. Het was gemaakt van glazen stenen met daarachter tralies. Je had nooit frisse lucht. Dat hadden ze bewust gedaan, vanwege de gasaanvallen, die ik in de eerste maand in Hohenschönhausen moest doorstaan. Het gas kwam uit een rooster onder het raam, waar ook de radiator zat. Mijn gehoor was altijd gespitst op de ventilator in de toevoerbuis. Als het wieltje de eerste draai maakte, liet ik me al meteen op de linoleum vloer vallen, kroop vliegensvlug naar de deur, duwde mijn mond tegen de vloerspleet en trok mijn shirt over mijn hoofd, om maar iets van de tocht van de gang op te vangen en het gas weg te houden. Wat lukte. Ik werd meestal alleen duizelig van die gasaanvallen en had een paar dagen een ongelooflijke jeuk aan mijn ogen. Soms, als ik niet snel genoeg bij de spleet was, moest ik inderdaad overgeven. Daarom wil ik ook nooit een kamer met airco als ik in een hotel overnacht. Ik hoef maar een rooster te zien en ik verkramp al.

Gelukkig had David begrip voor mijn grillen. Hij hield zoveel van me. Ik begrijp nog steeds niet waarom. Het was niet alleen vanwege mijn uiterlijk, want veel moois was ik niet toen hij me vond. Of beter, toen hij op me urineerde. Hij had een minuut eerder zijn auto aan de kant gezet om even te plassen. Hij dook de struiken in, keek om zich heen en deed zijn behoefte. Pas na een paar seconden drong het tot hem door dat er een vrouw aan zijn voeten lag. Mijn laatste herinnering aan de nacht van 9 op 10 november was een warme straal pis tegen mijn rug. Ik kwam pas 13 november weer bij kennis, in het Hospital Zum Tiergarten. David vertelde me later dat hij meteen het vermoeden had dat ik gevlucht was uit Oost-Berlijn. Vanwege dat genummerde stalen bandje om mijn pols, mijn ziekenhuishemd, mijn grauwwitte huid en al dat bloed. Dus bracht hij me niet naar een regulier ziekenhuis, maar naar een privékliniek. Hij betaalde voor discretie, voor een hem onbekende vrouw.

'Het was alsof ik een gevallen engel optilde,' zei hij altijd als ik hem vroeg naar het waarom van zijn actie. Waarom had hij me niet naar een gewoon ziekenhuis gebracht? Waarom was hij al die dagen aan mijn bed gebleven? Waarom had hij me meteen naar Nederland meegenomen? Waarom was hij zo snel met mij getrouwd? Omdat ik zijn gevallen engel was... Hij zei vaker dat ik het beste was wat hem ooit was overkomen. Ik snap nog steeds niet waarom. Zeker, als echtgenote was ik lief en loyaal, maar ik was ook complex en mijn angsten bepaalden ook de grenzen van zijn wereld. Ik ben nooit verliefd geweest op David. Mijn liefde voor hem groeide langzaam en wortelde in diepe dankbaarheid, vanwege het redden van mijn leven. Voor het luxe dak boven mijn hoofd. Voor alle adoratie. Voor alle begrip. Mijn hele bestaan was erop gericht om die erkentelijkheid te uiten. Ook daarom leed ik zo onder mijn onvruchtbaarheid. Ik wilde hem zó graag een nazaat geven. Maar het lukte niet.

De pijn in mijn zij begint weer te zeuren. Altijd op dezelfde plek links in mijn rug, boven mijn heup. Ik ga rechtop zitten. Een andere houding helpt vaak. Zou mijn dochter nog leven? Ja. Daar moet ik in blijven geloven! Wat voor mens is ze geworden? Waar zou ze zijn? Hoe zou ze heten? En hoe vind ik haar? Waar begin ik? Ik zucht en duw het kussen wat hoger in mijn rug. Ziegler heeft me geleerd dat mensen traceerbaar zijn als ze zich niet afschermen.

Dus wanneer het jachtseizoen voorbij is, ga ik haar zoeken. Haar vinden wordt mijn nieuwe doel. Misschien zal de inhoud van het dossier mij daar wel bij helpen, vanwege alle publiciteit die ongetwijfeld gaat komen. Het is immers niet niks dat talloze schilderijen in talloze musea nep zijn. Ik word beroemd. Of beter: berucht. En dan vertel ik het verhaal over de diefstal van mijn baby. Ja, zo zal het gaan.

Tom draait zich om op de slaapbank. Zijn gesnurk is gestopt. Hij heeft dus een rug-snurk en is stil als hij op zijn zij slaapt. Dat is gunstig. Zo'n man kun je tenminste nog in een stille stand duwen als hij naast je ligt. Dat was niet het geval bij David en Werner, die snurkten in alle houdingen.

Ik heb een klik met Tom. We redeneren op dezelfde manier. We hebben ook dezelfde emotionele trillingen. Raar hoe ik al vanaf mijn kinderjaren mensen tijdens de kennismaking indeel aan de hand van hun vibraties. Jong geleerd is oud gedaan. Ik heb inderdaad maar een paar minuten nodig om ze af te tasten en ze te plaatsen, enkel door mijn zintuigen open te zetten. Ik kijk, luister, ruik en voel tegelijk. Mijn tekenleraar had er andere bedoelingen mee toen hij me op mijn twaalfde een jaar lang blind liet tekenen door tussen mijn ogen en het vel papier een schot te zetten. Ik kon dus niet zien wat mijn rechterhand maakte. Doel was dat ik het object dat voor me op het tafeltje stond 'in mij opnam' en het dan 'overgaf' aan mijn hand, die het tekende. Waardoor ik met heel mijn wezen een tekening maakte, niet alleen met mijn ogen. Alleen door 'mijn innerlijke oog' te ontwikkelen, zou ik een groot kunstenaar worden, beweerde hij stellig. Halverwege dat jaar mocht ik mensen tekenen. Vreemde mannen en vrouwen poseerden voor me. Ik moest ze 'waarnemen' en vervolgens 'aan het papier geven'. Dat ging geweldig goed, want in diezelfde periode leerde Ganbaatar mij mediteren. Een ander soort 'waarnemen'. Het is dit jong geleerde 'observeren' dat mij het talent gaf om de emotionele golflengte van mensen te voelen. Helaas bleek mijn emotionele antenne op de cruciale momenten buiten werking. Bij Werner bijvoorbeeld. Die ene keer in mijn leven dat ik verliefd was. Mijn seksuele honger dempte alle signalen. Zo'n zelfde stoorzender was angst. In Hohenschönhausen lag mijn hele systeem plat. Daar viel trouwens weinig waar te nemen. Ik heb tijdens die negen maanden maar één mens gesproken: mijn ondervrager. En hij was de vijand. Die hoefde ik niet te scannen om dat te weten.

Tom gaat weer verliggen. De slaapbank kraakt. Wat een geluk dat ik hem vond. We begrijpen elkaar. We waren al binnen één uur na onze kennismaking van *Sie* op *Du* overgestapt. Echt snel. Normaal doe je er in Duitsland jaren over voor je een zakenrelatie tutoyeert. Maar... is hij wel een zakenrelatie? Nee, hij is meer. Maar wat dan? Een vriend? Nee, dat kan niet zo snel. Een lotgenoot? O, nee! Op hem wordt niet gejaagd. Een vertrouweling? Ja, dat is hij wel. Hij weet nu alles van me en heeft beloofd dat hij niets zal publiceren zonder mijn toestemming. Mijn jeugd. Het auto-ongeluk van papa en mama. Wat er in Schloß Schönwald gebeurde. Mijn tijd in Hohenschönhausen. De ontsnapping. Mijn leven met David. Mijn onvruchtbaarheid. De roof van mijn nier. De bomaanslag op Eva. Dat ik een dochter heb. Alles weet hij. Dat moest wel. Anders kunnen we deze klus niet samen klaren en anders kan hij mij straks niet helpen om mijn meisje op te sporen. Eigenlijk ging het heel gemakkelijk om al die dingen met hem te delen. Tom voelt inderdaad als Ganbaatar, omdat hij niet over me oordeelt. We hebben wel discussies, maar de uitkomst is altijd goed, of we nou dezelfde mening hebben of niet. Voor mij is dit vrije praten bijna zoiets als een openbaring, want bij Werner en David hield ik mijn gedachten vaak voor me, omdat ik ergens diep vanbinnen hun afkeuring voelde. Ik was voor beiden een 'project', een vrouw waar nog aan geschaafd moest worden. En ik liet ook aan me schaven. Naar Werner plooide ik me uit verliefdheid, naar David plooide ik me uit dankbaarheid.

Tom sprak ook over zichzelf. Ik stelde hem eerder in de auto allerlei vragen; over zijn ouders, zijn jeugd, zijn studie, zijn werk. Hij vertelde enthousiast, wat dus betekent dat hij amper bagage uit het verleden met zich meesleept. Zijn verleden is voor hem het verleden, zei hij. Zelfs op mijn vraag waarom hij geen vrouw en kinderen heeft, gaf hij met een glimlach antwoord. Hij liet een moment stilte vallen, draaide zich naar me toe en zei eenvoudigweg dat hij tot voor kort de ware nog niet was tegengekomen. Ik keek hem aan en registreerde hoe de ondergaande zon zijn markante gezicht bescheen. Zijn huid veranderde in een reliëf van strepen en plooien, als de vloeiende lijnen in de schilderijen van Franz Marc. Ik tilde mijn hand op en raakte zijn wang aan, waarna Tom zijn hoofd iets draaide en mijn vingertoppen een voor een kust. Ik trok mijn hand in een reflex terug en vroeg de rest van de rit niks meer.

Dus wat is hij? Hij is een tijdelijke redder. Net als David, die heeft me ook gered. Ik ga weer op mijn rug liggen en staar in het donker. Ja, maar met Tom is het toch anders. Het voelt niet zoals met David. Ik ervaar rare tintelingen als hij bij me in de buurt is. Ik mijmer er regelmatig over hoe ik hem ga schilderen en heb al een hele Tom-expositie in mijn hoofd uitgedacht. En ofschoon ik hem nog nooit naakt heb gezien, visualiseer ik hem wel constant naakt en voel ik hoe mijn penseel op een enorm doek met zachte streken de bruine krulhaartjes bij zijn schaamstreek inkleurt. Ik denk er ook voortdurend over na hoe hij daar ruikt. Een vaag idee heb ik inmiddels, want zojuist ben ik naar zijn slaapbank gekropen en heb onder zijn oksels geroken en al een eerste indruk van zijn pittige aroma gekregen. Hij is dus een andere redder dan David. Beslist.

Ik draai me op mijn zij. Buiten begint het te regenen. De druppels ketsen tegen het raam. Het weerbericht klopt dus. 'Regen met windstoten' werd er voor vanavond en morgen voorspeld en we hebben beide gekregen. Raar om straks met neerslag door de bossen van Königstein te rennen. Ik ging zelden naar de Kathedraal met nat weer, omdat het laatste stuk dan zo glad was, waardoor je gemakkelijk kon vallen en iets breken. Maar morgen heb ik geen keus.

Tom draait zich weer om. Is hij ook onrustig? Dat is heel goed mogelijk, want het is best gevaarlijk wat hij allemaal doet. En dat alles om een gegarandeerde bestseller te schrijven. Gelukkig voor mij is hij niet alleen een goede journalist, maar ook een goede organisator. Hij regelde binnen een paar uur een nieuwe auto, een laptop en een mobiele telefoon. Zonder sporen achter te laten. Cash en anoniem gekocht. Hij vond het Ziegler-lijstje heel handig. Ik zucht en ga weer op mijn rug liggen. Zo lag Jörg Ziegler er ook bij, nadat hij zelfmoord had gepleegd, op zijn grijze bank in zijn grijze pak, met wit schuim dat langs zijn kin kroop... Wat dacht hij toen hij die dodelijke pil nam? Had hij spijt dat hij mij als klant had genomen? Want ik ben wel degene die hem de dood in heeft gejaagd. Toen ik vanmiddag in de auto met Tom over mijn schuldgevoel sprak, zei Tom dat de dood altijd al tot het bedrijfsrisico van Jörg Ziegler heeft gehoord, alleen kwam de liquidatie in zijn geval met vertraging en uit onverwachte hoek. Ik knikte en besefte weer dat hij vóór zijn gedwongen carrièreswitch inderdaad een meedogenloze Stasiagent was.

Ja, Tom is een slimme man. David was ook slim. Maar anders slim. Anders ook in zijn houding jegens mij. Met Tom heb ik andere discussies. David stelde nooit pijnlijke vragen. Tom wel, al een paar uur na onze kennismaking. Zoals vanavond in de auto, toen we van Berlijn naar Dresden reden, om morgen het dossier op te kunnen halen. Out of the blue bracht hij het gesprek op Hohenschönhausen. Hij informeerde hoe het kon dat ik de martelingen doorstaan had zonder de plek van het dossier prijs te geven. Na wat uitvluchten wist hij uit me te trekken dat ik door seks had overleefd.

'Dus je ondervrager heeft je verkracht?' vroeg hij toen we na een halfuur Schwerin passeerden.

Over die vraag moest ik goed nadenken. Ik bekeek het spel van de ondergaande zon met de donkere bossen die we voorbijzoefden. Tja, wanneer word je als vrouw verkracht? Als een man tegen je zin bij je binnendringt? Met geweld? Het was beslist tegen mijn zin, maar het was zeker niet met geweld. Ik gruwde van die vent. Maar toch had ik zelf het initiatief genomen toen ik merkte dat hij een zwak voor me had. Ik had hém verleid, om zo macht over hem te krijgen. Ik deed alsof ik stapelverliefd op hem was. Ik raakte hem aan. Ik daagde hem uit. Ik hijgde. Ik kreunde. Ik likte. Ik kirde. Ik lachte. Ik las iedere wens van zijn gezicht af. *Om maar te overleven*. Ik voelde me verkracht, maar ik werd niet verkracht. Hij zou me nooit hebben aangeraakt als ik hem niet verleid had. Maar dan had hij me waarschijnlijk weer op de Stoel gezet.

'Het enige, Josta, wat je van een verkrachting overhoudt is een smerige herinnering,' zei ik tegen mezelf.

En een herinnering kon ik wegduwen. De Stoel was erger. Na die eerste keer wist ik immers dat mijn vingers verlamd konden raken na nog een ronde. En dan zou ik nooit meer kunnen schilderen. Dan kon ik net zo goed dood zijn. Ik koos dus voor de smerige herinnering. Dat vertelde ik Tom. En dat ik mijn ondervrager haatte. Dat ik nog steeds misselijk word als ik aan hem denk. Ik kon die smerige herinnering dus toch niet wegduwen.

'Dus je haat de man die je zelf hebt verleid?' vroeg Tom.

'Ja!'

'Maar hij heeft niets gedaan wat jij niet wilde.'

'O jawel, hij was mijn ondervrager!'

'Josta, die man was onderdeel van een systeem! Feitelijk moet je hem zien als een ambtenaar die zijn beroep uitoefende. Zijn baan was het ondervragen van staatsvijandige personen. Op het moment dat hij zijn werk in Hohenschönhausen deed, was hij een gerespecteerde burger van de DDR. Zijn functie was het beschermen van de waarden en normen van die DDR. Pas na de val van de Muur en na de eenwording vinden wij dat hij fout was. Maar tot die tijd, dus ook toen hij jouw ondervrager was, deed hij nog het goede.'

'Hoe kan het martelen van mensen nou goed zijn, Tom,' riep ik kwaad.

'Wij vinden dat hier en nu niet goed, maar in de DDR was dat geaccepteerd. Net als in de middeleeuwen de inquisitie van de rooms-katholieke kerk was geaccepteerd. Net zoals nu nog steeds in vele landen wreedheden geaccepteerd zijn. Omdat het een doel dient waarvan de mensen daar, op die plek, vinden dat het belangrijker is dan het lijden van het individu.'

'Mijn ondervrager had een keus, Tom. Hij had van baan kunnen veranderen.'

Tom draaide naar me toe en knikte.

'Uiteraard. Je hebt als mens altijd de keus, Josta, maar dat wil niet zeggen dat je dat ook zo ervaart in het dagelijkse leven. Vaak zie je pas achteraf dat er alternatieven waren. Meestal als de keus fout blijkt. Kijk maar naar al die huwelijken die stranden. Allemaal hadden ze de optie om niet te trouwen. Pas met de scheiding ervaren ze hun foute keuze, die tijdens het jawoord nog zo goed voelde. Wat ik dus wil zeggen, is dat jouw ondervrager zich waarschijnlijk niet bewust was van een keuze. Die confrontatie kwam wellicht pas een jaar later, toen Hohenschönhausen werd gesloten.'

De woorden van Tom maakten me nog kwader dan ik al was. 'Mooie praat, Tom, maar ik was wel zijn slachtoffer, en daarom haat ik hem.'

'Jörg Ziegler was ook een Stasiagent, Josta. En nog hoger op de ladder ook. Hij martelde niet alleen mensen. Hij liquideerde ze ook en liet ze vervolgens verdwijnen. En hem haat je niet?'

Mijn hoofd schoot zijn kant op. Het bleek moeilijk om met Tom te redeneren. Hij liet mijn denkbeelden wankelen door me andere inzichten te presenteren.

'Hij was niet mijn ondervrager. Hij zat niet aan me. Dus Ziegler hoef ik niet te haten,' beet ik hem toe, als een keffer die nog even nablaft nadat het baasje hem heeft vastgebonden.

'Haat is een zinloze emotie, Josta. De ander voelt er niets van en alleen jij hebt er last van.'

Ik knikte.

Misschien. Maar hij zal mijn haat binnenkort wel degelijk voelen, Tom, dacht ik, maar ik zei het niet. Ik denk het nog steeds.

28

Schloß Schönwald is in verval en het bos is opgerukt tot aan het bordes. De Franse tuinen zijn niet meer te herkennen door het onkruid. Schimmel kleurt de beige muren grauw. Je kunt nog wel de contouren van de dakkapellen en de ramen herkennen, maar het statige karakter is verloren gegaan in de tijd. De vijfhonderd meter lange oprijlaan is verworden tot een karrenpad met onkruid dat de witte kiezels overwoekert. Tom had moeite om zijn huurauto over het hoge gras te sturen. We moesten inderdaad doorzetten om hier te komen. Eerst passeerden we een slagboom met een verboden-toegangbord en na tweehonderd meter reden we tegen een hekwerk met alweer een verbodsbord. Tom had maling aan beide afscheidingen. Hij molesteerde eerst de paal, duwde daarna het raster omver en reed er zonder pardon overheen. Hij wilde me per se bij de hoofdingang van het Schloß afzetten, zodat ik zo snel mogelijk naar de rotsformaties kon rennen om het dossier te halen. Toen ik zojuist bij de auto aanstalten maakte om naar de Kathedraal te hollen, greep hij me nog bij mijn schouders vast en zei met een bezorgde blik in zijn ogen dat ik voorzichtig moest zijn. Ik keek hem aan en knikte, waarna ik me behoedzaam losmaakte en richting het Schloß liep. Zijn houding deed me denken aan het gespannen lichaam van papa op de dag dat ik voor het eerst met de fiets naar de academie ging. Hij zwaaide me uit met tranen in zijn ogen en riep wel honderd keer dat ik op moest letten. Toen ik aan het einde van onze straat de hoek om fietste, stond hij daar nog, als een standbeeld, verkrampt door de angst voor het mogelijk verlies van zijn kind. Ik stopte even, zwaaide naar papa en gaf hem een handkus. Toen ik die avond thuis de voordeur opende en onze gang binnen liep, sprong hij op uit zijn tv-stoel, schoot naar me toe, nam me huilend in zijn armen en zei dat ik het beste was wat hem ooit was overkomen.

Ik stop, draai me om en kijk nog even naar Tom. Hij staat nog steeds bij zijn auto. Ik zwaai naar hem, waarna ik mijn nieuwe mobiele telefoon aanzet en check of het ding wel bereik heeft. Jawel, maar weinig batterij. Is niet erg. Veel bellen zal ik nu toch niet. Ik steek mijn duim op naar Tom. Hij zwaait terug, stapt in zijn auto en rijdt weg. Na een stevige discussie zijn we overeengekomen dat hij de wacht houdt. Hij zal de auto parkeren bij een inham boven op het plateau. Onzichtbaar vanaf de straat. Een paar meter daarvandaan aan de rand van het bos ligt een uitkijkpost van jagers. Voordat ik de Kathedraal ontdekte, zat ik regelmatig in die houten hut als ik alleen wilde zijn of moest nadenken. Het is een ideale plek om de toegang tot het Schloß te bewaken. Hij kan van daaruit sms'en als er iemand aankomt. Het begint weer te regenen, met kleine druppeltjes. Ik trek de capuchon van mijn jack wat vaster over mijn hoofd. Het is koud voor de tijd van het jaar en het waait stevig. Het lijkt wel herfst. Ik haast me richting het bos en passeer daarbij de serre waar vroeger ons atelier was. Ik kan het niet laten om even naar binnen te gaan en om mijn herinneringen te spiegelen aan deze verkrotte werkelijkheid. Mijn hand gaat naar de klink, maar de deur is gesloten. Raar dat zwervers of tieners dit gebouw nog niet hebben geconfisqueerd. Dat is toch altijd het lot van afgelegen en verwaarloosde panden? Ik laat de deurkruk los en zie nu pas dat deze nieuw is. Iemand heeft het sluitwerk vervangen. Ik zet een paar passen opzij en kijk door de smerige ramen naar binnen. Ons atelier is leeg en niets herinnert nog aan onze werkzaamheden. De kasten, tafels en ezels zijn weggehaald. De terracotta tegels hebben een groen waas gekregen. Er groeit mos. Ik wil weggaan, maar iets trekt mijn aandacht. Scheisse! Mijn hand slaat tegen de muur. Ik kijk nog eens. Verdammt! In ons atelier, boven in de rechtse hoek aan het plafond, knippert een rood lampje. Van een alarm, of van een camera? Hijgend zet ik een paar stappen terug. Dan zie ik een dunne zwarte kabel die onder de deur door loopt. Ik volg het snoer en kijk waar het vandaan komt. Uit het prieel, dertig meter links van me. *Na also!* Dit pand is beveiligd! Dus het kan zijn dat ze al weten dat ik hier ben. *En dat ze achter me aan komen!*

Zonder verder na te denken, stuif ik richting het pad dat leidt naar de rotsformaties. Het ligt er nog steeds. Wandelend deed ik er vroeger zeker drie kwartier over om de grot te bereiken. Rennend zal ik maximaal tien minuten sneller zijn, want sommige stukken zijn zo smal en zo steil dat je er alleen kunt lopen. Terwijl ik door de bossen begin te sprinten, voel ik in mijn jack of mijn pistool er nog in zit.

Het regent nu stevig en het waait stormachtig. Het spel van de ruwe wind met de hoge eiken klinkt bijna als een woeste zee die tegen rotsen slaat. Ik vertraag wat. De structuur van het bos verandert nu. De bomen worden hoger en het struikgewas dunner. Meer beuken, minder eiken. Ik vond deze overgang vroeger altijd zo mooi. Vooral in de herfst, als de bladeren net gevallen waren en het pad ineens een andere kleur bruin kreeg wanneer ik de beukenzone betrad. Ik kijk op mijn horloge. 10.25 uur. Ik ben al een halfuur onderweg. Ik kijk om. Niemand volgt me. Dat zou ook moeilijk zijn tot nu, zeker als je het ongemerkt wilt doen. Je moet dan op maximaal tien meter van iemand zitten, anders verlies je hem uit het oog. Ik denk dat ze mij ook daarom vroeger met rust lieten tijdens mijn wandelingen naar de rotsformaties. Ik zou meteen begrepen hebben dat de kok geen kok, maar een Stasiagent was.

Voor me gaat het pad al omhoog. Het is nu niet ver meer. Ik vertraag. De stenen ondergrond is door het mos spekglad met dit weer, waardoor ik houvast moet zien te vinden tijdens mijn klim naar boven. Terwijl ik omhoog begin te klauteren, trilt mijn mobiel in mijn broekzak. Een bericht van Tom! Ik pak het toestel en kijk.

'Er is net helikopter geland. Op het weiland voor oprijlaan. 3 mannen. Piloot heeft drone. Andere twee komen jouw kant op. Blijf onder bomen.'

'ok' sms ik terug.

Verdammt! Een helikopter? Hoe kan het dat ik die niet gehoord heb? Ik kijk omhoog. De wind natuurlijk. Ik had dus gelijk. Dat wás een alarm, daar in ons atelier. Het kan dus betekenen dat het pand eigendom is van de persoon die op me jaagt. Wie dit ook is, hij of zij is oppermachtig en superrijk, anders organiseer je dat niet zo snel en efficiënt. Ze hebben kennelijk zelfs een drone om mij te traceren. Ik val stil. Mijn benen trillen en angst verlamt me. *Ze gaan me vinden.* En dan? Wat gaan ze met me doen? Hijgend kijk ik naar boven. De beuken vervormen zich tot pilaren met daarboven een stalen rooster en verworden tot de tijgerkooi in Hohenschönhausen. Ze gaan me weer opsluiten! Nein, bitte nicht. Ik sla mijn handen voor mijn ogen en de kooi vervaagt en wordt de ommuurde tuin van de psychiatrische kliniek Mondriaan waar ik na de dood van Eva verbleef. Ik hoor weer de stem van Chris Peters. *'Je bent geen bang konijn, Josta. Je kunt handelen. Niet blijven staan en naar de naderende koplampen staren, maar de struiken in rennen. Dan kunnen ze ook niet over je heen rijden.'* Ja, dat klopt! Ik ben geen bang konijn. Ik moet hier niet blijven staan. Ik moet rennen en het dossier pakken. Ik open mijn ogen en kijk omhoog. De kruinen van de beuken torenen weer hoog boven me uit. Het bladerdak is potdicht, waardoor mijn route zelfs donker oogt, alsof het schemert. Er zijn geen koplampen. En geen drone ter wereld kan mij hier zien.

Zeker niet met mijn groene kleren. Iets verderop wel. Vóór de top. Dus ik moet straks naar links, om onder de bomen te blijven. Het zal dan zeker tien minuten langer duren om bij de grot te komen, maar het is wel veiliger. Geen keus. *Kom op. Rennen, konijn!* Ik begin weer te lopen. Gelukkig is de padenstructuur van dit bos simpel, met maar een paar kruispunten, zo kan ik in deze stresstoestand niet verkeerd lopen.

Kort voor de top buig ik af, de bossen in, en begin weer tempo te maken. Wanneer ik de achterkant van de rots bereik, stop ik even om op adem te komen en de omgeving te verkennen. Hier moet ergens de ingang van de grot zijn. Of beter, de barst in de rotsformaties. Ik bekijk de contouren en vind de ingang. Achter een bosje met altijdgroene braam. Ik doe mijn rugzak af, schuifel achter de struiken en wring me vervolgens door de smalle spleet. Ik pas er nog maar nét tussen. Zum Glück dat ik in al die jaren maar één maat ben gegroeid, anders had ik nooit meer bij dat dossier kunnen komen. Ik draai de hoek om. Voor me ontvouwt zich de bekende zeker twintig meter hoge ruimte van vijf meter breed en bijna honderd meter lang. Het voelt nog steeds alsof ik een kathedraal betreed, maar dan eentje gebouwd door de natuur. Het karige daglicht valt van boven via een smalle opening naar binnen en wordt weerkaatst door de beige rotswanden. De bodem is bedekt met rood mos. De geur van varens en kruiden is nog even hemels als ik me herinner. Zo ook die serene stilte. De storm hoor je amper. Het is alsof hier elfjes wonen. Een unieke microwereld die ik per toeval ontdekte toen ik tijdens een wandeling een vos met een dieprode vacht spotte die opeens achter de struiken verdween. Nieuwsgierig volgde ik hem en vond deze zeldzame plek waar ik de periode erna minstens twee keer per week kwam. En zo wist ik nog vóór ik het dossier uit die safe haalde, waar ik het ging verstoppen. Hier! Omdat je de toegang alleen vindt als je hem kent. En natuurlijk omdat alleen een kind of een slanke vrouw zich door die spleet kan persen.

Ik herken de uitstulping met daarin de holte waarin ik het dossier heb verborgen. Ik ren erheen en stop bij het gat. Ik duw me tegen de wand en stop mijn hand erin. Het dossier is er nog. Ik voel de plastic zak en trek eraan. De tas is verweerd maar nog intact. Zo ook de plastic zakken die ik om de map heb gedraaid. Hijgend trek ik de klapper uit zijn bescherming en haal opgelucht adem. Ik wíst dat dit een goede verstopplaats was! Het gat was kurkdroog, terwijl het buiten regende. Snel open ik mijn rugzak en stop de ordner erin, terwijl ik me alweer naar de opening haast. Nu begint dus het lastige deel. Hier wegkomen zonder dat die twee figuren mij vinden. Misschien heb ik geluk. Immers, het bos is groot en sporen volgen gaat niet met dit weer op die harde bodem. Dus wie weet waar ze heen zijn gelopen.

Ik pers me weer door de spleet en verstijf. Er klinken stemmen, vanuit de verte. Mannen. Ze zijn in de buurt en roepen iets tegen elkaar. Hoe ver hiervandaan? Ik luister. De wind waait nu gunstig voor mij. Ik schat dat ze op max vijftig meter van mij zijn. *Dichtbij.* Maar hoe konden ze me vinden? Mijn hoofd schiet omhoog. Door het dichte bladerdak kan een drone mij onmogelijk zien. Opeens begint het mij te dagen. Maar natuurlijk. Het signaal van mijn mobiele telefoon! Ik idioot! Dat schreef Ziegler toch ook: een mobiel kun je tot op een paar vierkante meter traceren. Ik dacht dat ik veilig was, omdat dit een anonieme prepaid is en omdat niemand weet dat we hier zijn. Maar toch: een signaal. Hoe stom kun je zijn? Ik graai in mijn zak, pak het ding en zet hem uit. Ik duw me weer door de spleet, terug de Kathedraal in.

Hijgend leun ik tegen de stenen wand. Denken lukt niet meer. *Ze gaan me pakken.* Tranen rollen over mijn wangen. En dan? *Wat gaan ze met me doen?* Ik schud mijn hoofd. Nein, nein. Ik moet handelen. Niet afwachten! Iets doen.

Kom op, Josta! Eerst moet ik weten waar ze heen gaan en vervolgens zelf de andere kant op rennen. *Precies. Goed zo. Dat is de spirit.* Mijn voordeel is dat ik dit bos ken en dat er niet zo heel veel paden zijn. Maar wat gaan ze doen? *Wat zou ík doen?* Waarschijnlijk in de buurt blijven van de plek waar voor het laatst dat signaal is opgevangen. *Gut so.* Die twee gaan dus om deze rots cirkelen. Zonder dat ze me überhaupt kunnen vinden, want al traceren ze de spleet, ze zullen er geen toegang tot iets in herkennen. En als dat wel het geval is, dan komen ze niet naar binnen. Ze zijn veel te breed. Ik moet dus wegrennen als ze aan de noordkant van de rots zijn. Dan heb ik een forse voorsprong. Maar hoe weet ik wanneer ze aan de noordkant zijn? Ik bekijk de Kathedraal. Maar natuurlijk. Het plateautje! Ik kan ze zien, als ik daarachter omhoogklim, naar die overdekte inham met de vorm van een preekstoel. Hoe vaak heb ik daar wel niet gezeten, als een godin op haar rots? Ik hang mijn rugzak weer om, hol naar de plek waar de opgang begint, en begin te klauteren. Binnen een paar minuten ben ik boven en neem hijgend de situatie in ogenschouw. Ja. Daar lopen ze! Ze komen inderdaad deze kant op. Mijn hart slaat over als ik ze herken. Het zijn de moordenaars van Jörg Ziegler! Een blonde met een korte zwarte leren jas en een donkere met een zwart jack. Honderd procent zeker. Dat zijn ze. Mijn ademhaling gaat hortend. Kunnen ze me zien? Nee. Onmogelijk. Door mijn groene kleren, de hoogte en de omringende bladeren ben ik onzichtbaar. Kalm blijven. *Bleib ruhig!* Ze stoppen even en overleggen. Eentje wijst op het apparaatje in zijn hand. 'Geen signaal meer,' zullen ze waarschijnlijk tegen elkaar zeggen. Ik omklem het pistool in mijn jas. Moet ik schieten? Nee. Ik kan geen mens doden. Maar wat dan wel? Ik moet iets doen. Als ik nu niet handel, komen er straks nog meer huurlingen. Mijn enige kans om te overleven, is het dossier naar Tom brengen en dat vervolgens publiceren. En om bij Tom te komen, moet ik aan deze twee mannen ontsnappen. Precies! Maar hoe? Als een adelaar die een muis bespiedt, volgen mijn ogen de twee killers. Wat doen ze nu? Ze splitsen op! Die met de leren jas gaat naar links en de blonde met het zwarte jack komt mijn kant op. Ze willen dus om deze rots heen lopen, om mijn vluchtweg af te snijden. En wanneer ze hun rondje gemaakt hebben, dan weten ze dat ik ergens ín deze rots ben en dan roken ze me uit. Mogelijk doen ze Tom ook wat aan, want er zal ongetwijfeld versterking komen. Ik durf te wedden dat de drone zijn auto al gesignaleerd heeft. Ik moet dus nú handelen. Ik moet deze mannen uitschakelen. Ik heb geen keus. Het is zij of wij. Maar hoe? De blonde komt mijn kant op. Zo meteen passeert hij de smalle kloof die onder mij door loopt. De passage is nog geen meter breed. Mijn ademhaling versnelt. Dát is mijn kans! Ik kan hem dan neerschieten! Hij kan immers niet wegduiken. Nein, nein. Dat hoort die ander en dan is hij zo hier. Ik moet iets anders verzinnen. Snel kijk ik om me heen. Er liggen talloze keien. Allemaal naar beneden gekomen door jarenlange erosie. Mijn blik valt op een rotsblok dat al half over de afgrond helt. Mijn handen gaan erheen. De steen lijkt los te liggen. Ik duw hem nog iets verder naar de rand van mijn plateau. Perfect. Als ik hem precies op het juiste moment een forse zet geef, valt hij naar beneden en raakt die blonde. Hij kan immers nergens heen, het pad is te smal. En als ik hem niet raak, schiet ik hem alsnog neer. Mijn rechterhand gaat naar mijn jaszak en pakt het pistool. Ik check het mechanisme. Alles werkt.

De blonde man neemt inderdaad het smalle pad door de kloof. Ik calculeer. Even wachten. *Even wachten. Nog even wachten. Hij komt. Geduld. Ja. Nog even wachten. Hij is bijna onder je. Ja nu!* Met een ferme beweging duw ik het rotsblok naar beneden. Er klinkt een dof geluid. Ik buig me over de rand van de rots. De man ligt met zijn gezicht tegen de grond. Zijn blonde haren kleuren rood. Een stuk van zijn hoofd lijkt ingedeukt. O, mein Gott. Ik val met mijn rug tegen de rotswand en sla mijn hand voor de mond. En nu? Mijn ademhaling gaat ineens heel snel.

'Je moet niet altijd over elke handeling nadenken, Josta,' zei Chris Peters tijdens de therapie. 'Soms moet je eerst handelen en daarna pas afwegen. Als je vooraf alle consequenties van je acties visualiseert, verlam je.'

Ik hef mijn hoofd op en kijk naar de noordkant van de rots. Ik moet nóg een keer handelen, want nummer twee heeft zo zijn tour rond de rotsformaties gemaakt. Wat gaat hij doen als hij zijn kameraad ziet? Hij zal op hem af rennen en zich over hem heen buigen, schat ik. Kan ik hem dan raken vanaf hier? Ja, maar er is een risico dat ik mis. Ik moet me achter die struiken daar beneden installeren. Alleen zo maak ik kans. Ik check de omgeving. De donkere man is hier nu zeker driehonderd meter vandaan. Als ik snel handel, ben ik al daar voordat hij zijn dode collega passeert. Ik klim naar beneden en ren naar de spleet. Ik doe mijn rugzak af, duw me door de opening, hang de rugzak weer om mijn rug en hol in de richting van de kloof. Wanneer ik de man tot een meter ben genaderd, zie ik pas goed de ravage die de kei heeft aangericht. Zijn halve achterhoofd is weggeslagen. Die oogt morsdood. Gelukkig ligt hij met zijn gezicht naar de grond, zodat ik zijn ogen niet hoef te zien. Voor de zekerheid pak ik toch mijn pistool en zet de veiligheidspal om. Misschien kun je ook met een halve kop nog even leven. Voorzichtig duw ik tegen hem. Geen beweging. Ik loop om hem heen, buig me vooruit en voel aan zijn nek. Geen hartslag meer. Inderdaad. Dood. Naast hem ligt een zwart apparaatje. Het lijkt qua formaat op een gameboy. Waarschijnlijk gebruikte hij dit om mijn gsm-signaal op te vangen. Ik grijp het ding en stop het in mijn rugzak. Straks zien we wel hoe ik dat geval uitzet. Terwijl ik omhoogkom en mijn rugzak dichtrits, zie ik zijn pistool en pak het in een reflex. En nu? Terwijl ik om mijn as draai, hoor ik iemand roepen. De berg stuurt zijn echo mijn kant op. Dat is die andere. Snel verstop ik me achter de struiken, vijf meter verwijderd van het lijk. Ik wacht en probeer kalm te worden. Lukt niet. Ik ben te opgefokt. Ik moet die ander afknallen, voor hij dat met mij doet. Geen keus. Ik neem het pistool van de blonde man, manoeuvreer me in positie en wacht. De motregen gaat over in een bui. Mijn broek wordt kletsnat en begint te knellen rond mijn dijen. Dit lijkt wel een douche. Het bloed van de dode man stroomt letterlijk de berg af, alsof de natuur mij eigenhandig helpt met de schoonmaak. In de verte verschijnt nummer twee. Hij ziet zijn collega liggen en rent naar hem toe, terwijl hij zijn pistool pakt en dat in de aanslag houdt. Wanneer hij de dooie op twee meter is genaderd, sta ik op, richt en schiet. Ik raak hem vol in zijn buik. Hij valt achterover en knalt met zijn hoofd tegen de rotsen. Ik houd het pistool op hem gericht en loop stap voor stap zijn kant op. Wanneer ik hem op twee meter ben genaderd, schiet ik nog eens. De kogel gaat dwars door zijn voorhoofd. Geen risico nemen. Deze man is een killer. Ik haal diep adem en denk na. Dan pak ik een papieren zakdoek uit mijn broekzak, hurk naast hem neer en check de inhoud van zijn jas zonder vingerafdrukken op zijn spullen achter te laten. Geen beurs, geen ID. *Uiteraard.* Alleen een mobiele telefoon. Ik pak hem, maar zie dat hij beveiligd is met een code. Heb ik niks aan. *Dus niet meenemen.* Ik kom omhoog en ga naar de ander. Met de doorweekte zakdoek maak ik zijn pistool schoon, stop het in zijn rechterhand en schiet nog eens. Ik richt op een boom pal naast zijn dode collega. Zo heeft zijn hand in ieder geval sporen van gebruik.

Ik sta op en controleer de plaats delict. Er zijn nergens voetstappen op deze rotsen, en wat er verderop nog is, wordt op dit moment door de regendouche weggespoeld. Het ziet er inderdaad uit alsof de een de ander heeft neergeknald. De ronde kei is nergens meer te zien. Ik loop naar de rand van de kloof en kijk de diepte in. Die steen is na het raken van zijn hoofd verder naar beneden gerold en heeft zich bij de vele andere keien gevoegd die door de eeuwen heen van deze rots zijn afgebrokkeld. Hij ligt nu dus ergens tussen de modder en de varens. Ik draai me weer om en observeer de dode mannen. De vraag is wat de politie van dit ingedeukte hoofd gaat vinden. Dat past niet in het plaatje van de een-op-eenafrekening. *Je bent weer een konijn, Josta. Je bent weer aan het nadenken. Je staat weer verlamd te zijn.* Ik knik. *Ja, ik moet rennen.* Ik zet het op een lopen richting Schloß Schönwald.

Wanneer ik het Schloß nader, gaat de harde regen weer over in motregen. Bij het passeren van het atelier koers ik naar de deur, trek mijn capuchon nog dieper over mijn gezicht en buig mijn hoofd, zodat ik onherkenbaar blijf voor de camera. Vervolgens pak ik weer een zakdoek en veeg over de deurkruk van de serre. Tijdens de tocht van de rotsformaties naar hier realiseerde ik me dat Interpol mijn vingerafdrukken heeft en me binnen een paar minuten aan de dode mannen kan koppelen. Ik stap iets naar achteren, tussen de struiken, en check of buiten ook camera's hangen die de nummerplaat van de huurauto van Tom kunnen registreren. Nee. Dat is niet zo. Aan de buitenmuren zit niets. Dat is een meevaller. Na een laatste blik op het Schloß draai ik naar links en ren ik via de bosrand naar Tom. Met een beetje geluk bereik ik zijn auto zonder dat de drone van die vent bij de helikopter mij heeft gespot.

XV

'Wat me dwarszat, was dat ik niet precies wist wat er met de acht gevangenen was gebeurd die nog op de tweede verdieping van Hohenschönhausen zaten toen de Muur viel. Diederich Schulz had me wel verteld dat de Stasiafdeling VII/13 "zaken zou regelen", maar niet hóé ze dat gingen doen. Bovendien mocht ik er niet bij zijn en wist ik niet wie van die bewuste Stasiafdeling VII/13 deze klus zou opknappen. De mensen die daar werkten waren namelijk Kunstfahnder, ze spoorden dus kunst bij particulieren op en regelden de juridische legitimatie die ons bij de Kunst und Antiquitäten GmbH in de gelegenheid stelde om de kunst op te eisen en vervolgens in het Westen te verkopen. De manier waarop ze dat deden was verre van legitiem. Daarom werd hun identiteit geheimgehouden. Alleen Diederich Schulz had directe contacten met die club.

Het feit dat ik niet wist wie op welke manier de kwestie met de acht gevangenen zou regelen, voelde niet goed. Het maakte me kwetsbaar. Immers, ik was degene die deze mensen negen maanden lang had ondervraagd. Ik was daarmee hun object van haat, mochten zaken niet afdoende zijn afgewikkeld door die bewuste afdeling VII/13. Ik kon me best voorstellen dat de wispelturige Peter Wulka, de baas van VII/13, na de val van de Muur liever niet meer tot liquidatie was overgegaan. En dan? Wat als ze nog leefden?

In de eerste dagen na de val van de Muur waren we sowieso allemaal als de dood voor bijltjesdag. In het verleden gingen kantelingen van politieke systemen immers altijd gepaard met geweld tegen de elite van het oude regime.

Dus we vreesden dat het volk wraak zou nemen, maar dat gebeurde niet. We werden niet gevangengezet of kaalgeschoren. Zo'n actie zou ook slecht passen binnen het nobele West-Duitse rechtssysteem. Er waren ook geen stukken meer waarmee bewezen kon worden wat wij als Kunst und Antiquitäten GmbH wel en niet hadden gedaan. Daar hadden we voor gezorgd. Dus we kregen slechts instructies over de wijze van afronding van onze activiteiten. Onze deadline was 3 oktober 1990, de formele datum van Duitse eenwording. Daarna was het leven voor velen een vraagteken. Ook voor ons.'

Tom rent op me af en neemt me in zijn armen.

'O, Josta,' zeg hij. 'Wat ben ik blij dat je terug bent.'

Zijn hart pompt tegen mijn boezem. Hij was dus bezorgd. *Net als papa, na mijn eerste dag op de fiets.*

'Ik hoorde schoten,' stoot hij hijgend uit, 'en dacht meteen dat die mannen jou te grazen hadden genomen. Ik probeerde je te bellen, maar je mobiele telefoon was onbereikbaar.'

'Ik heb geen schoten gehoord,' lieg ik spontaan. Ik wil niet dat Tom belast wordt met de kennis dat ik twee mensen heb vermoord. 'Ik hoorde alleen mijn eigen ademhaling onder die capuchon,' vul ik nog ter verklaring aan. 'En de mobiel heb ik uitgezet toen ik ontdekte dat ze een gsm-trackingapparaat bij zich hadden.'

Tom laat me los.

'Misschien waren het jagers,' zegt hij.

'Waarschijnlijk. Kom, we moeten weg hier. In het Schloß hangen camera's. Daarom was die helikopter zo snel ter plekke.'

Tom knikt, waarna we instappen. Hij start, rijdt achteruit en draait de straat op.

'Zie je die drone ergens, Josta?'

Ik kijk in de spiegels en uit het raam.

'Nee, maar hij kan zomaar boven ons hangen.' En ik wijs naar het dak van de auto. 'Hoe ver is het bereik van die dingen?' vraag ik.

'Geen idee, twee of drie kilometer misschien. Maar wees gerust, Josta,' zegt hij, en kijkt in de buitenspiegels. 'We hebben die auto gehuurd op jouw fake naam met een fake creditcard. Al vinden ze dat verhuurbedrijf, dan nog loopt hun spoor dood. Neemt niet weg dat het verstandig is om op de luchthaven van Dresden van auto te wisselen en een andere te huren.'

'Ja, je hebt gelijk.' Ik leun naar achteren.

Terwijl we door de donkere bossen richting Königstein scheuren, cirkelen mijn gedachten naar dat dode duo in het bos. Ik heb twee mensen geliquideerd. *Kaltblütig*. Met voorbedachten rade. Twee moordenaars weliswaar. Maar toch. En wat voel ik nu? Gar nichts. Ik heb nul gewetenswroeging. Ik ben alleen bang dat ze me arresteren en weer opsluiten. Maakt me dat een slecht mens? Ik schud mijn hoofd. Nee, dit is dezelfde discussie als ik met mezelf voerde toen ik me prostitueerde voor mijn ondervrager. Ik moet opnieuw concluderen dat mijn moraal zich conformeert aan mijn omstandigheden. Iets wat ik al jong leerde in de DDR. Velen met mij werden opgevoed tot hypocriete wezens die zich naar buiten toe gedroegen als brave socialistische burgers, maar thuis vaak gruwden van dat kloteregime. Ik zei zelden wat ik werkelijk dacht en ik deed zelden wat ik werkelijk wilde. Ik verborg mijn opvattingen ook in kleine kring, omdat papa me constant waarschuwde dat de Stasi-spionnen overal zaten, zelfs tussen familie en vrienden. Vele jongeren werden hiermee geconfronteerd, reeds in onze vroege kinderjaren, toen we gestimuleerd werden om lid te worden van de Freie Deutsche Jugend. Formeel was het lidmaatschap van de FDJ vrijwillig, maar wie zich niet aansloot, wist dat-ie nooit mocht studeren of een goede baan zou krijgen. Dus werden we eerst allemaal *Jugendpionier* en daarna *Jugendfreund* en we citeerden luidkeels Marx en Lenin, terwijl we dachten aan U_2 en Michael Jackson.

Ik herinner me ineens weer een discussie met Ganbaatar, tijdens een avondwandeling. Ik zat toen al een dik jaar op de Kunstacademie en had die ochtend een heftige woordenwisseling gehad met mijn mentor, die me vertelde dat de censuurambtenaar vond dat mijn laatste schilderijen getuigden van een *'völlig fremde Phantasie'* en dat mijn werk klaarblijkelijk onder invloed stond van *'imperialistischer Dekadenz'*. Ik had dus geen socialistische fantasie en ik schilderde kapitalistisch. Ik begreep er helemaal niets van, want het enige wat ik had gedaan was simpele kantoorartikelen weergeven in diverse tinten goud, zilver en brons. Ik wilde alleen laten zien dat de beleving van een eenvoudige object verandert al naar gelang de kleur die je het geeft.

Tijdens de wandeling vertelde Ganbaatar dat onze opvattingen over goed en kwaad in wezen voortvloeien uit de plaats en tijd waarin we leven. Hij kwam met een voorbeeld uit de Kerk. Een van de tien geboden is namelijk *'Gij zult niet doden'*, maar vervolgens doodde de Kerk miljoenen mensen. Zelfs deze toonaangevende bepaler van de moraal koppelde haar opvattingen aan het moment, zonder wroeging over het verleggen van haar eigen morele kaders. Dus ik deed er goed aan om mij zo veel mogelijk van deze DDR-plaats en -tijd los te maken en mijn eigen opvattingen te vormen en daarnaar te handelen. Ik probeerde in de jaren die volgden inderdaad mijn eigen standpunten te bepalen, maar bleef me toch conformeren aan de macht. Op die twee cruciale momenten na, waarop ik de dood letterlijk in de ogen keek. De eerste keer was toen ik mijn ondervrager verleidde om zo mijn eigen leven en dat van mijn ongeboren kind te redden en de tweede keer was daarstraks, toen ik die twee mannen liquideerde. Voor mij was het een goede daad, gezien de situatie in dat bos. Mijn enige probleem nu is dat de hedendaagse maatschappij mijn actie als moord betitelt en dat ik moet hopen dat ik niet gepakt word. Mijn zorg is daarom of ik mijn aanwezigheid daar goed genoeg heb uitgewist. Ik denk het wel. Mocht de politie ook het signaal van mijn mobiel met terugwerkende kracht kunnen achterhalen, dan leidt dat nergens heen, want Tom heeft het toestel cash betaald en geen naam afgegeven. Dus op dat punt ben ik niet traceerbaar. Dat geldt ook voor die ene sms van Tom aan mij. Zijn toestel heeft hij ook anoniem gekocht. Dan mijn voetsporen. Die zijn niet te herkennen, want de paden waren ofwel bedekt met bladeren ofwel liepen over rotsen. Daar zul je nooit een schoenafdruk op kunnen identificeren. Ze zullen zelfs niet kunnen achterhalen of er überhaupt wel een derde persoon daar in dat bos was. Dan de liquidatie. Die grote kei is na het indeuken van de schedel van die vent zeker 25 meter verder naar beneden gerold. Over rotsen en door modder en varens. Daar zit geen vingerafdruk meer op. Sowieso is dat ding daarvoor te poreus. Alle andere vingerafdrukken zijn verwijderd met een schone zakdoek. Vanwege mijn regenkleding is er ook geen huid of haar aan struiken blijven plakken. Bovendien, wat blijft nog over aan bewijsmateriaal met al die regen en wind? En dan het Schloß. De deurkruk naar ons atelier is schoongeveegd. Mijn grootste zorg zijn de camera en de drone. Hoe herkenbaar ben ik daarop? De camera in de serre keek van boven, dus slechts een deel van mijn gezicht was zichtbaar. Vanwege de regen was mijn capuchon immers de hele tijd over mijn hoofd getrokken. Mijn oren en voorhoofd waren bedekt. Noch de structuur van mijn gelaat, noch mijn haren waren zichtbaar. Bovendien waren de ramen vuil. Dat vertroebelt het beeld ook behoorlijk. En dan nog iets. Wanneer de eigenaar van dat filmmateriaal dit aan de politie geeft, al is het anoniem, is er ook een link naar hemzelf en zal er mogelijk ook de vraag komen naar het waarom van een drone of van een camera op die desolate plek. Hij of zij wint er niets mee om de politie te helpen. Integendeel. Ze kunnen me gemakkelijker vermoorden zonder pottenkijkers. Dus ik hoef me vooralsnog geen zorgen te maken over een eventuele arrestatie voor de twee moorden die ik heb gepleegd. Toch?

Het is me wat. De eerste keer dat ik geen konijn ben dat op de snelweg blijft zitten, vermoord ik twee mannen. Maar had ik veel keus? Nee. Het was zij of ik. En Tom, want ze waren waarschijnlijk ook direct achter hem aan gegaan. Ik draai mijn hoofd zijn kant op en bekijk zijn profiel. Een zoet gevoel roert zich in mijn onderbuik. Ik heb de neiging om hem te strelen en met mijn wijsvinger lijntjes te trekken over die prachtige tatoeages op zijn armen. Er zit zoveel positieve energie in hem, zoveel vreugde. Alles wat in mij kapot is gemaakt, heeft híj nog in overvloed. Het is alsof ik door hem aan te raken iets van zijn levenselixer naar mijn lege wezen kan overhevelen.

'Waar denk je aan, Josta?' Toms stem komt van ver. Zie je wel! Mensen voelen het wanneer je hun aura binnentreedt.

'O, aan het dossier,' jok ik. 'Ik moet er maar eens doorheen bladeren.'

'Dat lijkt me heel verstandig!' Hij klinkt enthousiast.

Ik slik en zet de rugleuning van mijn stoel wat rechter. Is het fout dat ik zojuist heb verzwegen dat ik die twee mannen heb vermoord? Ik blik naar beneden en beweeg mijn rechterwijsvinger. Die is de dader. Daarmee heb ik de trekker overgehaald. Ik schud mijn hoofd. Nee, mijn zwijgen was niet fout. Zolang Tom niets weet, hoeft hij ook niet te liegen, mocht de politie vragen stellen. Ik wil hem niet zwak maken tijdens ondervragingen. Wanneer je schuldig bent zit je toch anders op een stoel dan wanneer je onschuldig bent. Niemand die dat beter weet dan ik. Raar hoe DDR-denken nog steeds doorklinkt in alles wat ik doe. Wat maar weer eens bewijst dat littekens altijd zichtbaar blijven, ook die in je ziel.

Mijn vingers gaan naar de aanknop van de radio-cd-speler en zoeken de Duitse Classic FM. Muziek met een lager ritme moet mij nu naar een kalmere staat brengen. De vredige pianotonen van Ludovico Einaudi weerklinken. Ja, dit is precies wat ik in mijn opgedraaide toestand nodig heb. Ik draai het volume naar achttien. Komt overeen met het geluidsniveau in een concertzaal.

Tom draait zich naar me toe.

'Word je daar rustig van?' vraagt hij.

'Ja, inderdaad. Dat heet *"seelische Vibration"*. De werking van kleur en klank op je ziel. Is op mij uitgetest toen ik kind was. Ik moest op tal van sounds aquarellen maken. Bij klavecimbelmuziek van Bach kregen ze een ander resultaat dan bij heavy metal, wat toen net opkwam en bij mij leidde tot ruwe en donkere composities met minder detail. Mijn Bach-werken daarentegen waren harmonieuzer en kleurrijker. Dus als ik me wil opfokken zet ik hardrock op en als ik tot rust wil komen iets van piano of fluit. En geloof me: mijn systeem heeft nu heel rustige tonen nodig.'

Tom schudt zijn hoofd.

'Jezus, die lui hebben dus al in je kinderjaren met jouw zintuigen geëxperimenteerd,' zegt hij met afkeuring in zijn stem.

Ik knik.

'Ja. Dat hebben ze, maar eigenlijk zijn mijn herinneringen aan mijn schooltijd niet negatief. De muziekspelletjes waren best leuk.'

'Jij bent een rare, weet je dat?'

Ik haal mijn schouders op. 'Wat ik ben, boeit niemand.'

'Mij wel.'

'Nu ja. Maar jouw interesse in mij is functioneel, Tom. Als de buit straks binnen is, vervolg jij jouw pad en ik het mijne. Zo gaat dat gewoon.'

'Deze keer niet.'

Zijn stem klinkt beslist. Ach ja. Wat wil je. Tom is niet in de rouw om het verlies van een gedroomde toekomst.

'We zullen zien.' Ik pak het dossier, leg het op mijn schoot en begin te bladeren. De inhoud is systematisch opgebouwd. Ieder werk begint op een nieuwe pagina met daarop vermeld de dag waarop Manfred en ik eraan begonnen. Vervolgens enkele technische details, zoals het formaat van het doek en de materialen die we gebruikten. Daaronder drie polaroidfoto's van de voortgang. Dan de eindfoto. Die is gemaakt met een normale camera. Daar waar de kleuren van de polaroids door de tijd vervaagden, zijn ze op de gewone foto's nog perfect zichtbaar. Vervolgens de verkooprouting met het verhaal dat ze als legitimatie hebben gebruikt. Daarna de naam van de koper plus het bedrag waarvoor het werk werd gekocht en ten slotte de afschriften van bankrekeningen waar de miljoenen Westmarken naartoe zijn gegaan. Alles volgens een vaste methodiek. Eerst het afschrift van een DDR-bank met daarop een overboeking door het veilinghuis Galerie Am Lietzensee in West-Berlijn. Rekeninghouder hier is de Kunst und Antiquitäten GmbH aan de Französische Straße 15 in Oost-Berlijn, met een bedrag in Westmarken. Vervolgens een afschrift van een bankrekening in Zwitserland. Met daarop een bedrag in Zwitserse franken. De rekeninghouder is de Duitse BV Revisa. Met een adres in West-Berlijn. Ik maak een paar berekeningen. Nee maar. Ook hier is een systeem zichtbaar. Als je telkens de totaalbedragen optelt, dan blijkt dat 95% vanuit de Galerie Am Lietzensee in Berlijn naar die DDR-rekening wordt overgeboekt en vijf procent naar die Zwitserse rekening. Mijn hand plakt aan het papier en mijn ademhaling versnelt. *Na sowas.* Dus vijf procent van de inkomsten uit de verkoop van onze schilderijen vloeide de DDR uit. Omgerekend naar nu praten we over miljoenen euro's waar iemand zijn zakken mee vulde. Wie was hij of zij? Of waren het er meer? Hij of zij moet in de top van de SED hebben gezeten. Anders kon je dat in die tijd niet zo regelen. En alweer dat veilinghuis Galerie Am Lietzensee, van die bejaarde man die afgelopen maandag gemarteld en vermoord werd door die twee killers, voordat beide heren naar Ziegler gingen. Had dat hiermee van doen? Dat kan bijna niet anders.

Ik blader verder en zie dat de nummering van de pagina's niet doorloopt. De blaadjes met de bankafschriften hebben geen paginanummer! Alle andere vellen in het dossier wel. Snel ga ik naar de laatste pagina en weer terug. Inderdaad. De dikke map telt 412 bladzijden en Werner heeft consequent met een rode pen doorgenummerd, tot het eind. *Met uitzondering van die bankafschriften.* Het lijkt wel alsof het financiële deel pas later aan dit dossier is toegevoegd. Hoe kwam Werner eigenlijk aan die bankafschriften? De Kunst und Antiquitäten GmbH was immers een duistere club. Hun boekhouding werd door de SED-top zelfs buiten de controle van het DDR Finanzambt gehouden, las ik, nadat ik de naam van die organisatie op de USB-stick van Jörg Ziegler had aangetroffen.

Ik spit verder door de map. Hier klopt iets niet. Maar wat? Ik ga verzitten, pak mijn flesje water uit het zijvak van de auto en drink wat. Ik moet mijn denken wat opfrissen. We rijden op de A17. In de verte kleurt de lucht blauw. De regen is opgehouden en de wind is gaan liggen. Mooi weer is in aantocht, op de radio spraken ze zelfs van een hittegolf. Dat is een behoorlijk contrast met vanochtend. We passeren prachtig glooiende akkerlanden die worden ontsierd door moderne windmolens. Heel Duitsland lijkt volgebouwd met die dingen. Je blik gaat er altijd heen vanwege de rechte knalwitte palen tegen de glooiende groene achtergrond. Optimaal contrast in vorm en kleur. Ja. Overal zijn contrasten. Deed Kandinsky ook. Contrasten creëren. Vooral bij zijn 'Improvisation'-serie. Het was nog een hele toer om me zijn zwierige stijl eigen te maken. Maar het lukte. Werner was helemaal lyrisch over mijn Kandinsky's. Maar wacht eens even! Daar zit ook de clou! Ik verstijf. Dat is het! Ik grijp de klapper weer en blader verwoed naar december 1988. Ja! Ik weet wat er niet klopt. Mijn laatste Kandinsky zit er niet tussen. We gaven het schilderij de titel *Improvisation 36.* Het kwam gereed op kerstavond 1988.

Klaus was toen nog zo boos op me, omdat hij vanwege mijn perfectionisme niet meer naar de nachtmis in Dresden kon. Ik leun naar achteren en krab aan de korst van een puistje op mijn kin. Waarom heeft Werner dit schilderij niet in de klapper opgenomen? Want het is geschilderd, het werd vervolgens door de groep goedgekeurd en het blijkt ook nog verkocht. Immers, op de USB-stick van Jörg Ziegler staat dat dit schilderij in 1990 via de Galerie Am Lietzensee in Berlijn voor 19,3 miljoen Deutsche Mark werd geveild! Ik ga verzitten en veeg het zweet van mijn voorhoofd. Er ontbreekt nóg een schilderij in dit dossier: mijn laatste Paul Klee. Werner wilde het de titel 'Im Wald' geven, maar ik had om te plagen op de achterkant een sticker geplakt met een andere naam. Het doek stond prominent op mijn schildersezel, midden in ons zonnige atelier, klaar voor de eindbeoordeling. Maar die bespreking vond nooit plaats, want we werden tijdens de lunch gearresteerd en afgevoerd naar Hohenschönhausen. Wat is er daarna met dat werk gebeurd?

30

'Welnu, Frau Bresse, ik vat uw verzoek nog even samen. Eén: u wilt dat ik een akte opmaak waarin staat dat ons notariaat dit dossier en deze USB-stick voor u beheert. Verder moet in ons register worden opgenomen dat deze map met stick en een brief binnen 24 uur na uw overlijden overhandigd worden aan de Duitse justitie met een kopie naar mijn neef, Tom Adler. Mocht Tom op dat moment ook niet meer in leven zijn, dan gaat een kopie naar alle media in Duitsland.'

'Klopt,' antwoord ik, terwijl ik mijn rechterhand bezitterig op het dossier leg.

'Twee: een akte waarin staat dat u een gewaarmerkte kopie van dit dossier overhandigt aan Tom. Hij mag dit dossier voor publicatiedoeleinden gebruiken onder voorwaarde dat hij bij elke publicatie de inhoud schriftelijk door u laat fiatteren. En met de conditie dat de werkgever van Tom, de *Frankfurter Allgemeine*, alle juridische kosten betaalt die voor u mogen voortvloeien uit de publicatie, waarbij u het recht hebt om zelf uw advocaat te kiezen.'

'Correct.' Ik draai me naar Tom. Hij knipoogt naar me.

'Drie: daarnaast wilt u dat een kopie van de opnamen waarop gesprekken staan met Herr dr. Schröder en Frau Tauber hier bewaard worden en op uw verzoek of bij uw overlijden worden overgedragen aan de Nederlandse politie.'

'Ook juist.'

Hij knikt en trekt een doos dichterbij waarin ik de opnamen van de gesprekken met Uwe Schröder en Maria Tauber heb gelegd. Dan hoef ik die spullen niet meer de hele tijd bij me te dragen en dat is een zorg minder.

'Vier: tot slot wilt u een nieuw testament maken met uw dochter als enige begunstigde. U tekent daarbij aan dat uw dochter op 9 november 1989 in het Charité is geboren en nog diezelfde avond van de couveuseafdeling is gestolen. Een deel van uw erfenis mag nu ingezet worden om uw dochter op te sporen. Ons kantoor wordt in dezen executeur testamentair. Mocht uw dochter binnen vijf jaar niet gevonden worden, of niet meer leven, dan gaat het hele bedrag naar een door ons kantoor te kiezen instelling die jonge kunstenaars steunt.'

'Ja. Klopt.'

'Prima. Dan zullen we dat gaan regelen. Hebt u al een kopie van de map of wilt u dat wij die voor u maken?'

'We komen net van een drukker, oom Herbert,' antwoordt Tom voor me. 'Dus we hebben de hele zaak al twee keer in kleur laten kopiëren. En we willen graag dat je de akte nu opstelt. Het heeft haast.'

Herbert Schritheim knikt.

'Dat is prima, jongen. Ik heb ongeveer een halfuur nodig om alles gereed te maken. Willen jullie hier wachten of even de stad in gaan?'

'We blijven hier, oom Herbert,' stelt Tom vriendelijk en leunt achterover.

'Uitstekend.'

'Ik heb nog een vraag, Herr Schritheim,' zeg ik. 'Kunt u voor mij nagaan wie de eigenaar is van een vervallen kasteel in een bos bij Königstein?'

Toms hoofd schiet mijn kant op. Hij steekt zijn duim omhoog.

'Uiteraard, Frau Bresse. Als u mij het adres geeft of de coördinaten.'

'Hebt u een laptop die ik kan gebruiken, dan geef ik het aan op Google Maps.'

'Jazeker.' Herbert Schritheim staat op en loopt naar een vitrinekast, pakt daar een laptop uit, komt terug, gaat weer zitten, zet het apparaat aan en logt in.

'Hier,' zegt hij.

Ik draai het scherm naar me toe, tik 'Königstein Sachsen' in en breng de cursor binnen een paar seconden naar de plek waar het Schloß ligt. Op de satellietbeelden zijn de daken, de binnenplaats en de parkeerplaats goed te zien in de oase van groen. Net als de verderop gelegen rotsformaties.

'Hier,' wijs ik op het scherm. 'Dit is het.'

Herbert Schritheim neemt de laptop van me over en begint wat te tikken. Achter hem hangt een schilderij met rode rozen. Een saai werk. Typisch kantoorbehang.

'Ik heb de eigenaar gevonden.' Herbert Schritheim schrijft iets op een vel papier en schuift dit onze kant op.

'Het pand en enkele hectare bos eromheen zijn eigendom van PK Invest uit Moskou.'

'PK Invest?' vraag ik. De naam klinkt vaag bekend.

'Ja. Het is een concern. Zetelt in Moskou,' meldt Herbert Schritheim.

'Wanneer was de aankoop?' informeer ik.

Herbert Schritheim bekijkt het scherm. 'Hmm. Best lang geleden. Op 17 december 1990. Meteen na de Duitse eenwording. Kan zijn dat er nog een Duits bedrijf tussen zat destijds. Dat kan ik nu niet zien.'

Ik schud mijn hoofd. Dit is wel heel bizar. Wat moet zo'n Russische firma met dat vervallen Schloß Schönwald in de bossen van Königstein? Het enige wat de eigenaar er tot dusver immers mee heeft gedaan, is er camera's ophangen om bezoek te kunnen identificeren. En als de juiste bezoeker kwam, was er binnen een halfuur een helikopter met twee killers ter plekke, die top IT-spul bij zich hadden, met satellietverbindingen. Via PK Invest? Vast wel. We moeten weten wie de eigenaar of oprichter van dat bedrijf is.

'Nog een vraag, Herr Schritheim. Kunt u ook zien, wie

de oprichters en aandeelhouders zijn van dat PK Invest? En wanneer het bedrijf is begonnen?'

'Niet nu. Dat moet ik via een collega in de Russische Federatie doen en dat kost tijd.'

Ik knik. Jammer. Als we hier klaar zijn, ga ik dat PK Invest eens uitgebreid onderzoeken. Ik ben benieuwd of mijn Russisch nog steeds even goed is als op de middelbare school toen ik altijd goede cijfers had voor de taal van ons socialistische broedervolk.

'Goed, dan ga ik nu even de aktes gereedmaken,' zegt Herbert Schritheim.

'Is prima, oom Herbert,' meldt Tom.

Ik zucht, buig me voorover en leg mijn hoofd tussen de knieën. Ik ben ineens heel erg moe. Tom schuift zijn stoel tegen die van mij en slaat zijn arm om me heen. Ik schiet omhoog.

'Wat heb jij? Ik doe je niks hoor,' roept hij lachend.

'Sorry. Was een instinctieve reactie.'

Hij schudt zijn hoofd.

'Komt allemaal goed, Josta,' fluistert hij, terwijl hij me klopjes op mijn rug geeft.

'Ja.' Ik staar naar de zwartmarmeren vloer, terwijl ik zijn opmerking op me laat inwerken. Is dat zo? Komt het allemaal goed? Kan dat wel? En wat moet er dan goed komen? Dat ik mijn dochter vind? Dat ik weer naar mijn geliefde huis op de heuvel kan gaan? Dat ik niet meer op de vlucht ben? Dat ik mijn identiteit terugheb? Maar mijn nier ben ik kwijt. Dus dat komt sowieso nooit meer goed. Mijn oude bestaan is niet meer. Het overkwam me. Ineens. Zoals bijna alles in mijn leven me 'ineens' is overkomen. Bij mij gaan de grote veranderingen altijd plotseling. Van een onschuldig kind in enkele seconden veranderen in de getuige van een beestachtige liquidatie. Van een brave student in een paar weken veranderen in een kunstvervalser. Van een kunstvervalser in één dag veranderen in een gevangene. Van een gevangene in één maand veranderen in de vrouw van een Nederlandse diamantair. En nu van een verdrietige weduwe in twee maanden veranderen in een voortvluchtige, in een moordenaar, want dat ben ik. Ik heb twee mannen omgelegd. Met voorbedachten rade.

In de media was tot een halfuur geleden nog niets gemeld. Dat duidt erop dat de piloot van de helikopter alleen bij zijn baas alarm heeft geslagen en niet bij de politie. Het zou me weinig verbazen als de opdrachtgever de lijken laat ophalen en ze ergens laat verdwijnen. *En dan weer nieuwe killers achter mij aan stuurt.* Dus moet ik zo snel mogelijk zelf in actie komen en uitvlooien wie mij koud wil maken. Daarvoor heb ik zeker één dag nodig om eens rustig het dossier en die USB van Ziegler door te kammen. Gelukkig is zijn vrouw Hannelore stand-by voor nadere research. En deze Herbert Schritheim kun je ook om een boodschap sturen.

'Zeg, Tom, we moeten dringend naar een plek met wifi waar we rustig die USB-stick en het dossier kunnen bekijken.'

'Ja, weet ik, en ik ken ook al de ideale locatie! Een oud DDR-bungalowpark aan de Grimnitzsee, een klein uur rijden van hier. Ligt afgelegen. Ben er eens geweest. Ze hebben wifi.'

'Perfect. Kunnen we op weg daarnaartoe nog even bij een kledingwinkel en een drogisterij langs? Ik ruik mezelf na drie dagen in dezelfde kleren. En ik wil mijn haren weer eens fatsoenlijk wassen.'

'Je ruikt heerlijk,' zegt hij met een plagerige klank in zijn stem.

Jij ook, denk ik, maar ik spreek het niet uit. In plaats daarvan wuif ik zijn opmerking met een nonchalant handgebaar weg.

XVI

'Weet je, Emma, een Chinees spreekwoord zegt: "Neem háár tot vrouw die je ook tot vriend had gekozen." Ik heb dat altijd een ware spreuk gevonden. Mijn liefste Katja is immers al sinds mijn kinderjaren mijn beste vriend. Iemand die naast je staat en iemand die mét je gaat, wat je ook hebt gedaan. Dat merkte ik vooral na de val van de Muur toen alles onzeker werd. Ik stond in die periode voor een groot dilemma. Ging ik mama nu wel of niet vertellen over datgene wat in Hohenschönhausen was voorgevallen. En dan met name mijn zorg over het feit dat ik niet zeker wist wat er met de acht gevangenen was gebeurd. Ik had in die periode constant nachtmerries en droomde vooral over Werner, Klaus, Manfred en Günter. Ik visualiseerde hoe die vier ons huis binnenslopen en jou en mama ontvoerden en jullie meenamen naar de een of andere kelder, waar ze jullie vervolgens op de Stoel vastbonden. Ik werd er helemaal gek van dat ik niet zeker wist of die lui van de afdeling VII/13 hun werk wel of niet goed hadden gedaan. Kortom: ik móést weten of mijn acht gevangenen echt dood waren, want als ze nog leefden dan liepen wij drietjes een groot risico. Immers, de kans was aanzienlijk dat een van de acht op een dag bij mij thuis langs zou komen om wraak te nemen op mijn gezin.

Uiteindelijk besloot ik om mama alles te vertellen. Haar reactie leerde me dat ik inderdaad was getrouwd met mijn beste vriend. Ze luisterde aandachtig naar mijn verhaal en stelde gerichte vragen. Nadat ik alles had uitgelegd zei ze dat ik stom was geweest, maar dat het verleden het verleden is. We moesten ons op de toekomst richten, wat betekende dat wij jou moesten beschermen. Dus we moesten potentieel gevaar elimineren. Mama wist ook hoe. Ze was er van overtuigd dat de baas van de Kunst und Antiquitäten GmbH, Diederich Schulz, een vermogen aan DDR-kunst naar West-Duitsland had weggesluisd. Zijn omhooggevallen vrouw had daar namelijk een paar weken eerder in een dronken staat op gezinspeeld. Dat was tijdens een borrel na afloop van een uitvoering in de schouwburg. De vrouw van Schulz was niet geliefd in onze kringen. Ze was arrogant, bemoeizuchtig en bovenal dom. Dus toen alles na 10 november begon te wankelen, verloor ook Frau Schulz haar positie en werd ze al vrij snel genegeerd. Behalve door mama, die de deur bij haar platliep en vriendschap voorwendde. Mama zocht namelijk naar bewijsmateriaal van die illegale transacties, zoals bankafschriften en herkomstpapieren. Ze was er heilig van overtuigd dat Schulz die stukken thuis zou bewaren. Op kantoor was immers te gevaarlijk geworden. Mama moest dus een moment creëren waarop ze in zijn huis kasten en laden kon uitkammen. Dat moment ontstond na een wandeling, toen beide dames alleen thuis waren en Diederich Schulz voor zijn werk in Rostock verbleef. Mama druppelde een verdovingsmiddel in de wijn van Frau Schulz. Die viel vervolgens op de bank in slaap, waarna mama alle tijd had om hun huis ondersteboven te halen, op zoek naar belastende stukken. De betreffende documenten werden gelukkig gevonden.

De volgende dag liep mama onaangekondigd de kamer van de secretaresse van Diederich Schulz binnen en eiste een gesprek. Diederich Schulz ontving haar, waarna ze een kopie van het gestolen materiaal op zijn bureau gooide. Ze vertelde hem dat de originelen bij een notaris in West-Berlijn waren afgegeven en dat die direct naar de pers en justitie zou gaan als er ook maar iets met haar gezin zou gebeuren.

Vervolgens vroeg ze om de dossiers van de acht gevangenen die door mij in Hohenschönhausen waren ondervraagd. Plus de namen van de leden van het liquidatieteam. Wanneer hij die niet meteen aan haar zou verstrekken, dan zou zij, Katja Balden-Lowiski, er persoonlijk voor zorgen dat hij, Diederich Schulz, de komende jaren de bak in ging voor verduistering van staatsbezit. Aan hem de keus. Diederich Schulz observeerde haar een tijdje waarna hij knikte en in haar aanwezigheid een telefoontje pleegde naar de afdeling VII/13. Een uur later gaf hij haar de acht rapporten.

Een paar maanden later complimenteerde Diederich Schulz mij trouwens nog met mijn keuze voor mama.

"Geloof me, jij hebt echt geluk gehad met jouw Katja," zei hij met iets van jaloezie in zijn stem. Hij vertelde me ook dat hij meteen wist wie hij voor zich had toen mama onaangekondigd zijn kantoor binnenstormde en die map op zijn bureau smeet: een meedogenloze leeuwin die er alles voor zou doen om haar jong te beschermen.'

31

Het is pikkedonker en doodstil. De ruimte ruikt naar uien.
Zoals mijn kinderkamer vroeger, als ik verkouden was.
Mijn moeder legde dan doormidden gesneden uien op mijn
nachtkastje. Ze hebben me vastgebonden. Op een stoel.
De pijn in mijn rug groeit en groeit en slaat over op mijn
benen. Ze hebben banden rond mijn hoofd gemonteerd en
die aan een paal achter me geschroefd. Hierdoor steekt mijn
kin ver naar voren en heb ik moeite om lucht te happen.
Als ik mijn gezicht ook maar iets verdraai, krijg ik geen
adem. Het kloppen en suizen in mijn oren is gekmakend. In
paniek probeer ik mijn onderlichaam te bewegen, maar ze
hebben me zo strak vastgebonden dat ik niks kan bewegen.
Ik probeer mijn lichaam te voelen. Zoals tijdens meditatie.
Zo moeilijk. Ik moet al een hele tijd poepen, maar dat kan
niet, waardoor de druk op mijn buik tot een neiging tot
braken leidt. Maar als ik overgeef stik ik, want ik kan mijn
mond niet omlaag krijgen. Het eten moet binnen blijven,
maar het duwt zich naar boven. Ik kan het niet controleren.
Mijn voeten tintelen. Mijn tenen voel ik al niet meer. De
gevoelloosheid trekt omhoog. O nein, nog even en ik raak
verlamd! Ik probeer verwoed om mijn vingers te krommen,
maar het lukt niet. Mijn handen zijn dood. Nein, niet mijn
vingers. Dat zeiden ze ook. Dat ik verlamd kan raken. Ze
hadden gelijk! O, nein! Bitte nicht! Ik zet al mijn kracht in
om mijn rechterduim te buigen. Alsof ik een penseel vastpak. O, mein Gott. De band bij mijn nek verschuift. Ik krijg
geen lucht meer. Ik hap en hap. Geen lucht. Ik stik. Ik stik.
  'Josta! Wakker worden!'

Iemand duwt tegen me. Ik open mijn ogen en staar in het bezorgde gezicht van Tom. Ik lig in een bed, in een vreemde kamer.

'De Stoel,' zeg ik snikkend. 'Ik zat weer op de Stoel. In de isoleercel.' Mijn ademhaling gaat razendsnel en kort daarna rollen tranen langs mijn wangen, op het kussen. Ik hijs me omhoog, duw het dekbed van me af en sla mijn benen over de rand van het bed. Tom komt naast me zitten en legt zijn arm om me heen.

'Dat is voorbij, Josta. De DDR bestaat niet meer. Je bent nu hier. Bij mij. Kijk, buiten komt de zon op. Over het water. Hoor je de vogels?'

Ik til mijn hoofd op en luister. Ja. Inderdaad. Ze kwetteren precies als op mijn heuvel. Maar door de weerkaatsing van het meer klinken ze intenser. Zo mooi. Ik veeg mijn tranen weg, sta op, ga naar de woonkamer en loop via de tuindeur het terras op. Het is best warm buiten. De zomer kondigt zich eindelijk aan. De rozevingerige dageraad tilt de sluier van de nacht op. Ik wandel op blote voeten en in mijn oversized T-shirt de aanlegsteiger op en staar over het glinsterende meer, dat in de verte wordt omzoomd door heldergroene wilgen. Een eend trekt met haar kleintjes een streep door de kabbelende golfjes. Een zacht briesje laat het riet rechts en links van mij wuiven. Mijn armen hangen slap langs mijn lichaam, terwijl ik mijn vingers beweeg. Ze doen het nog. Ik ben niet verlamd. Ik adem in en blaas de lucht uit. Pfffuuuh... Eindelijk, ik ben weg uit de stad. Een vrije hemel. Mijn ogen speuren de horizon af naar een drone. Niets beweegt. Alleen vogels. Hoelang zal het duren voordat ze me hier gevonden hebben? Een dag? Een week? Een maand? In gedachten loop ik het lijstje van Ziegler na, met tips om onvindbaar te blijven. Ik heb alles nauwgezet opgevolgd. En toch heb ik het gevoel dat mijn tijd in een zandloper is geperst die gestaag leegloopt. Heeft die emotie invloed op mijn gedrag? Of mijn keuzes?

Achter me kraakt het hout van de steiger. Voetstappen. Ik draai me om. Het is Tom. Het voelt veilig om hem in de buurt te hebben. Hij komt naast me staan en pakt mijn hand. Het is een warme greep. Ik zucht. De energie van zijn aanraking vertakt zich door mijn lichaam. Een weke sensatie ontwaakt. Ik veer op. Hé! Hoelang is het geleden dat ik deze vibraties voelde? Een kwart eeuw? Ja. Tijdens mijn eerste keer met Werner. Maar dat was ook meteen mijn laatste keer. Omdat Werner mijn ziel niet kon raken. Onze verbinding liep alleen over mijn lichaam, dat op ont-dekkingstocht was. Een verkenning die eindigde toen ik me aan mijn ondervrager uitleverde. Waarna mijn voelen eindigde. David kreeg een mooi en gewillig lichaam, dat niet meer kon genieten.

Ik buig mijn hoofd naar achteren en sluit mijn ogen. Ik adem diep in. De bloemige geur van juni waait me te-gemoet. Tom laat mijn hand los en gaat achter mij staan. Hij slaat zijn potige armen om me heen. Het voelt alsof hij een verdwijnmantel over me heen gooit en me meeneemt naar een andere wereld. Naar een plek zonder blokkades. Ik leun tegen hem aan. Zijn borstkas en buik raken mijn rug. Hij legt zijn wang van achteren tegen mijn oor en likt een traan weg bij mijn ooghoek. Ik adem zwaar. Mijn aandacht gaat naar alle plekken waar zijn lichaam het mijne raakt. Zijn handen gaan soepel naar mijn dijbenen en strelen mijn huid. Ik zucht, spreid mijn armen en staar naar de lila he-mel. De zon klimt en de eerste stralen raken mijn gezicht. Ja, dit is een nieuwe morgen. Ik draai me om en kijk Tom in de ogen. Mijn wijsvinger streelt over zijn neus en gaat langs zijn lippen. Hij oogt zo kwetsbaar.

'Kom, Tommie,' smoes ik. 'We gaan naar binnen.'

Ik staar naar het plafond en denk aan David. Aan hoe hij was, in onze jonge jaren. Mijn veilige haven. Kijkt hij nu op me neer vanuit zijn hemel? Wat vindt hij ervan dat ik ben vreemdgegaan? Is hij boos op me? Of was dat geen vreemdgaan, met Tom? Ik ben immers weduwe. Toch voel ik me schuldig. Alsof ik David eeuwig toebehoor omdat hij mijn leven redde en mij bescherming bood.

'Hoelang was het geleden?' vraagt Tom, terwijl hij kusjes geeft op mijn buik. Ik til mijn hoofd op en blik omlaag. De littekens zijn de laatste dagen van kleur veranderd. Minder rood. Mijn vingers glijden door zijn blonde krullen. Tom, hij is zo vol leven en vraagt dingen aan een vrouw die zonder leven is.

'Zestien jaar,' fluister ik. 'Mijn man werd in 1998 impotent na een operatie aan zijn prostaat.' Ik zucht en herinner me weer het moment dat David ontdekte dat de zaak slap bleef. Zijn hele lichaam schokte. Hij zei huilend dat hij zo bang was dat hij mij zou verliezen. Zijn prachtige, jonge vrouw. Wat moest ik met hem, nu hij geen echte man meer was, snikte hij. We omhelsden elkaar, huilend, en ik zei dat het er niet toe deed. Dat wij altijd al anders waren geweest. Ons nooit in hokjes hadden laten duwen. Dat zijn aanwezigheid voor mij het enige was wat telde. Wat ook zo was. De gedachte om vreemd te gaan is zelfs nooit bij me opgekomen. Ik zag al met negentien het verschil tussen 'de liefde bedrijven' en 'het hebben van seks'. Het laatste had voor mij geen waarde.

'Mijn god, dat is een half leven!' roept Tom.

Ik knik.

'Misschien. Maar ik heb niet het idee dat ik iets heb gemist. David en ik bleven intiem. Door naakt tegen elkaar aan te liggen. Of samen in bad te gaan. Elkaar te strelen. Liefde kan zich op vele manieren uiten, Tom. En ik was na Hohenschönhausen sowieso niet meer in staat om een orgasme te krijgen.'

Tom gaat verliggen, plaatst zijn hand onder zijn hoofd en bekijkt mijn gezicht.

'Maar net wel?' vraagt hij met iets van ongerustheid in zijn stem.

Ik grinnik en hef mijn mond naar zijn lippen.

'O ja, Tom,' zeg ik met een glimlach. 'Zojuist had ik mijn comeback. Jij bent de prins die mijn libido weer heeft wakker gekust. Letterlijk zelfs.'

Tom lacht, kust me, duwt zich tegen me aan en slaat zijn arm beschermend om me heen.

Nadenkend staar ik naar het plafond. Zie mij nou liggen. Met deze fantastische man van veertig. Zes jaar jonger dan ik. En net als destijds met David, hoor ik ook nu geen stem die tegen mij schreeuwt dat 'het leeftijdsverschil te groot is'. Die mij waarschuwt voor 'eenzaamheid'. Simpelweg omdat ik mijn eigen waarden en normen volg. En niet die van 'de groep'. Zo is dat. Ik heb altijd buiten de lijntjes gekleurd en zal dat ook altijd blijven doen. Dat is mijn aard. Ik wil een schilderij van Tom maken. Die drang borrelt zo sterk in mij omhoog dat in gedachten al vormen en kleuren verschijnen. Hij inspireert me! Maar eerst moet ik mijn achtervolger uitschakelen, mijn ondervrager liquideren en mijn dochter vinden. In die volgorde. Anders is er in mij überhaupt geen rust om te schilderen. Ik moet kunnen wegzinken in een veilige cocon. Zonder stressfactoren.

'Zeg, Tom, ik heb trek gekregen. Zullen we ontbijten en dan met die USB aan de slag?'

32

We hebben iets vredigs over ons, Tom en ik, zoals we hier al twee uur naast elkaar achter onze laptops zitten, elkaar af en toe een kusje gevend. Echter, dat wat we doen is minder vredig. We proberen mijn achtervolger op te sporen. We doen dat zo veilig mogelijk door via een aparte procedure in te loggen bij de *Frankfurter Allgemeine*. We gebruiken de accounts van collega's en surfen dus vanuit Frankfurt am Main over het internet, zodat wij niet via onze IP-adressen tot hier traceerbaar zijn. Dat was een idee van Tom, die over het wachtwoord van de twee afdelingssecretaresses beschikt.

We hebben de taken ook mooi verdeeld. Ik doe onderzoek naar de verkoop van mijn Kandinsky in 1990 en Tom is nu bezig met het doorkammen van het miljardenconcern PK Invest, het bedrijf dat op de stick van Jörg Ziegler werd vermeld en dat Schloß Schönwald heeft gekocht. Het concern investeert vooral in ondernemingen die gespecialiseerd zijn in de nieuwste IT-ontwikkelingen. Het bedrijf sponsort ook particuliere musea. Tom vond dat wel opmerkelijk. De eigenaar heeft dus iets met kunst.

Ik heb tot dusver ontdekt dat mijn verduisterde Kandinsky in 1990 via Galerie Am Lietzensee in Berlijn is verkocht. Hetzelfde veilinghuis dat volgens het dossier ook voor het werk van de Königstein Gruppe bemiddelde. Mijn *Improvisation 36* is inderdaad voor 19,3 miljoen Deutsche Mark aangekocht door de Städtische Galerie im Lenbachhaus in München en is nog steeds in hun bezit. Ik schud mijn hoofd. Dit is zó bizar. Dat geen van de specialisten binnen dat museum in de gaten had dat ze een vervalsing kochten! In die tijd beschikten ze toch al over röntgentechnieken? Kwam dat misschien door de onbesproken positie van Ralf Engel als Bauhaus-autoriteit? Of omdat naziroofkunst als een gegeven werd beschouwd? Maar als Ralf Engel werkelijk zo'n kenner was, hoe kon het dan dat zelfs hij niet zag dat hem een vervalsing werd aangeboden? Of was ik zo goed in mijn vak? Günter dacht dat laatste. Hij testte dat vaker uit en had de grootste lol als deskundigen het mis hadden. Hoe dan ook: Ralf Engel was waarschijnlijk de enige die de identiteit kende van de man of vrouw die in 1990 mijn Kandinsky verkocht. Werd hij daarom afgelopen maandag gemarteld en vermoord door de twee heren die daarna bij Jörg Ziegler op bezoek gingen en vervolgens in het bos in Königstein achter mij aan kwamen?

Ik ga iets verzitten en neem een slok van mijn koud geworden koffie. Hebben die twee killers gevonden wat ze zochten toen ze die arme 91-jarige Ralf Engel zijn oren afsneden? Vermoedelijk wel, want hij is uiteindelijk vermoord, wat erop kan duiden dat hij geen waarde meer had. De hamvraag is: wat zochten ze? Ralf Engel wist iets en had ergens bewijs van, want zijn kantoor was overhoopgehaald. Misschien is Ralf Engel zelf wel een nuttige zoekingang? Ik tik zijn naam in. Vele vermeldingen in Google leiden me langs het boeiende leven van de galeriehouder. Er is opvallend weinig te vinden over zijn oorlogsjaren. Wat deed hij toen? Moeilijk te zeggen, de man was erg veelzijdig en een autoriteit in Bauhaus-kunst en Duits expressionisme. Het moet een drama voor hem geweest zijn dat de Bauhaussteden Weimar en Dessau achter de muur terecht waren gekomen. Maar wacht eens even! Ja! Dát kan een ingang zijn, want Kandinsky en Klee waren allebei in de jaren twintig als docenten verbonden aan Bauhaus en werkten in Dessau.

Ik tik 'Ralf Engel' in met daarachter 'Dessau'. Vervolgens op 'Afbeeldingen'. Er verschijnen veel plaatjes van het modernistische Bauhaus-complex en aankondigingen van lezingen. Ik scrol naar beneden en zie een hele serie foto's, met mensen erop. Het is priegelwerk om die allemaal te bestuderen. *Niet zeuren.* Ik klik ze aan en bekijk ze. Een voor een. Ik klik, kijk en klik. Klik, kijk en klik. Klik, kijk en klik. Saai, saai, saai. Stop! Stop! Hé! Ik buig me naar voren. Nee maar! Wie hebben we daar? Günter en Werner! Op een groepsfoto. Zes personen in zomers pak. Ze kijken vrolijk in de camera, alsof ze al een borrel ophebben. De lange schaduwen doen vermoeden dat het al tegen de avond is. Ze staan voor de glazen ingang van het iconische Bauhaus-pand in Dessau. Op de achtergrond staan nog wat andere mensen. Dit tafereel lijkt op een receptie. Ik klik op de foto en kom op een wetenschappelijk artikel uit 2010 over de positie van het Bauhaus in de DDR-periode. Snel lees ik de tekst. De paragraaf waar de foto bij staat, gaat over het besluit van de DDR-regering in 1987 dat het gebouw formeel als *Stätte der Bildung, Forschung und Entwicklung* gebruikt zal gaan worden. Een plek voor onderwijs, onderzoek en ontwikkeling. Met het accent op 'internationale ontmoetingen'. Het onderschrift refereert aan een internationaal symposium over kunst gerelateerd aan de Bauhaus-periode in de zomer van 1987. Nee maar! Was dit de manier van de DDR-top om connecties te leggen voor de verkoop van de werken van de Königstein Gruppe? Dat is niet ondenkbaar! Eens kijken wie daar nog meer op de foto staan. Zes heren. Ik lees de namen die in kleine letters onder de foto staan. Werner staat het meest links, naast hem lacht Günter in de camera. Vervolgens Ralf Engel die als 'Bauhaus-*Autorität*' staat benoemd. Hij heeft zijn handen in zijn zakken en staart wat voor zich uit. Hij lijkt niet te delen in de vrolijke stemming. Naast Ralf Engel poseert onze handtastelijke DDR-Kulturminister Heinz Kramm met zijn vette pens. De twee mannen rechts van hem ken ik niet. Wat is eigenlijk van die Kramm geworden na de Wende? Ik verklein het scherm en googel 'Heinz Kramm'. Talloze vermeldingen verschijnen. Welverdraaid! Ik schud mijn hoofd en leun naar achter. Dat geloof je toch niet! Die klootzak is de minister voor Wetenschap, Onderzoek en Cultuur van de deelstaat Brandenburg. Hoe kan dat nou, als ex-DDR-coryfee? Fanatiek scrol ik door tal van documenten en vind een recent interview met hem in *Die Welt*. Mijn ogen schieten over de tekst. Op 3 februari 1989 is hij na een congres in Düsseldorf niet meer naar de DDR teruggegaan, omdat hij steeds meer weerstand voelde tegen de graaicultuur van het regime, staat er. Daarom kon hij dus in het verenigd Duitsland opnieuw carrière maken. Hij is net op tijd van de DDR-trein gesprongen. *Vanwege de graaicultuur*. Wat een nonsens! Als er één graaier was, dan was hij het wel. Bovendien was hij een verkrachter. Ik kijk naar buiten, over het spiegelende water, en herinner me ineens weer die saunascène in Schloß Schönwald, twee weken voor onze arrestatie. Ik zie zijn naakte lijf weer voor me, zoals we dat destijds met zes man puffend en steunend de trap op sjouwden. Hij had zich aan onze Stasipoetsvrouw vergrepen, toen deze de saunaruimte in liep om op zijn verzoek water op te gieten. Meneer had er echter geen rekening mee gehouden dat deze dame top getraind was door Vadertje Staat en wel raad wist met een verkrachter. Zij had hem een klap tegen zijn kop verkocht, waarna hij vol tegen de vloer was geknald en bewusteloos raakte. Het bleek vervolgens een hele onderneming om die homp vlees van tweehonderd kilo naar boven te vervoeren. Ik sliep al toen hij plat ging en merkte pas iets toen het tumult mijn kamer binnendrong. In mijn pyjama liep ik de gang op en keek van boven neer op dat chaotische tafereel. Het eerste wat je zag was die immense romp van hem. Dan dat kale hoofd, zijn benen en armen. Mijn oog zocht zijn piemel. Het bleek een piepklein friemeltje. Amper vindbaar tussen de rollen vet. Ik weet nog dat ik daar in opperste verbazing naar staarde. Naar dat kleine ding tussen twee harige ballen en verschillende lagen spierwitte huid. Terwijl ik op mijn blote voeten de trap naar beneden liep en de groep naderde zag ik pas dat twintig centimeter lange gekartelde litteken dat dwars over zijn rechtertepel liep. Het rozige ding bolde daardoor raar op en leek op een speen. Een baby zou er wellicht graag aan willen zuigen, bedacht ik. Werner trok me echter terug naar de werkelijkheid en schreeuwde dat ik moest meehelpen. Ik kreeg het rechterbeen toegewezen. De Stasipoetsvrouw had zijn linkerbeen al vast. De kaasachtige geur van zijn voeten walmde ons tegemoet, terwijl we hem trede na trede naar boven hesen en hem uiteindelijk in zijn prachtige hemelbed wisten te rollen. Werner controleerde hijgend zijn pols en Günter bevoelde met trillende handen zijn voorhoofd.

'Hij leeft nog,' was de gezamenlijke conclusie. Opluchting klonk door in hun stemmen. Na een korte discussie werd besloten dat afwachten de beste strategie was. Niemand had er trek in om de SED-top te informeren over het incident. Vooral de Stasipoetsvrouw niet. Toen Heinz Kramm de volgende ochtend de gang op waggelde en door het trappenhuis schreeuwde dat hij spek en ei wilde, maakten wij beneden met z'n allen een vreugdesprong, waarna Werner riep dat ik weer snel naar mijn kamer moest.

'Dat varken vernielt alles wat hij aanraakt,' zei hij met haat in zijn stem. Ik kon zijn opmerking toen niet duiden. Nu wel. Heinz Kramm zou drie dagen later in Düsseldorf deserteren en ons daarmee ter dood veroordelen.

Ik ga verzitten. Mijn handen ballen zich tot vuisten. Dus op 3 februari 1989 meldde onze Kulturminister Heinz Kramm vanuit Düsseldorf dat hij niet meer terugging naar de DDR. En op maandag 6 februari 1989 kregen de Stasibewakers van Schloß Schönwald de opdracht om ons te liquideren, wat ik per toeval afluisterde bij ons prieel. Van wie kwam die opdracht? Wie stond boven of naast Heinz

Kramm? Ik leun weer naar achteren en staar naar het meer. De hemel is helblauw. De wilgen aan de horizon zijn felgroen. Kandinsky-tinten. Hij was fan van heldere kleuren en gebruikte veel zinkwit bij het mengen, zodat de intensiteit behouden bleef. Je zag daardoor de verhoudingen ook beter. Precies zoals ik het 'waarom' achter onze arrestatie nu eindelijk zie. De succesvolle Königstein Gruppe moest van de ene op de andere dag worden opgeruimd, omdat het politieke boegbeeld de benen had genomen en mogelijk over het project kon gaan kletsen. Zo zat dat dus. Maar waarom heeft deze Heinz Kramm niet eerst het dossier vernietigd? Dat lijkt erop te duiden dat zijn besluit om in Düsseldorf te blijven last minute is genomen. Uit lijfsbehoud? Wie zal het zeggen.

Ik draai me weer naar het scherm en klik terug naar de foto en de beschrijving van de twee andere heren op de foto. De man naast Kramm heet Diederich Schulz. Hij is volgens het onderschrift de leider van de afdeling Kommerzielle Koordinierung van het ministerie van Buitenlandse Handel van de DDR. Er wordt gemeld dat de Kunst und Antiquitäten GmbH hier onder viel. Rechts naast hem staat ene Peter Wulka. Bij zijn naam staat dat hij Oberst is van de Abteilung VII/13 van het Ministerium für Staatssicherheit. Ik googel beide namen. Over Diederich Schulz verschijnen talloze artikelen. Ze gaan vooral over de verduisteringswerkzaamheden van de vele BV's die onder zijn afdeling hingen, de Kunst und Antiquitäten GmbH voorop. Dit was dus geen frisse meneer. Ik selecteer nu het laatste jaar. *Nichts mehr.* Dus de publicaties over Diederich Schulz zijn oud. De Stasi-Oberst Peter Wulka was minder bekend, zie ik als ik zijn naam googel. Hij functioneerde waarschijnlijk op de achtergrond. Maar goed. Deze foto bewijst dus dat zowel Günter als Werner de vermoorde Ralf Engel kenden. Hetzelfde geldt voor onze DDR-Kulturminister Heinz Kramm. En deze ontmoeting in Dessau was kort voor de

Königstein Gruppe van start ging. Misschien zijn tijdens dat symposium wel de contacten voor de verkoop gelegd? Alleen van Heinz Kramm weet ik zeker dat hij nog leeft. Hij maakt zich op voor de verkiezingen van september, las ik net. Interessant. En nu? Wij moeten met Heinz Kramm in gesprek. Om hem te vragen wat hij weet van de liquidatie van Ralf Engel en van de jacht op mij. Met wat kopietjes uit het dossier als lokker. De politieke carrière van deze opportunist is na de publicatie van het verhaal over de Königstein Gruppe vast voorbij. Maar daarmee heeft deze man ook meteen een motief om mij dood te willen! Dit moet ik met Tom bespreken.

Ik kijk op mijn horloge. Pas 10.30 uur. De winst van opstaan bij zonsopkomst.

Ik draai me naar Tom toe.

'Zeg, Tom, hoe ver ben jij? Al tijd voor een vers kopje koffie? Ik heb wat interessante dingen ontdekt. We moeten onze strategie bepalen.'

'Nog een kwartiertje. Ik ben via een bron bij de Deutsche Bank bezig met die BV waar telkens vijf procent van de verkoop van de schilderijen heen ging.'

'Oké. Interessant.' Ik sta op, ijsbeer wat door de kamer, ga weer zitten, rek me uit, neem een slok water, kijk opnieuw naar de groepsfoto en denk aan Werner. Wanneer is hij erachter gekomen dat er geld werd weggesluisd? Ik pak de klapper en blader nog eens door de bankafschriften. Het laatste is van 19 december 1988. Dat is dus kort voor Kerstmis, toen ik op kerstavond die Kandinsky af schilderde. Ik leg mijn hoofd in mijn nek en probeer me die week voor de geest te halen. Werner en Günter waren in die periode toch in het Westen geweest? Jazeker! Dat herinner ik mij nog vanwege het kostbare kerstcadeau dat Werner voor me had meegebracht van die reis: een goud-kleurige hermelijnen bontjas. Ik wilde dat ding helemaal niet dragen, omdat ik het zielig vond voor de prachtige diertjes die ervoor waren vermoord. Ik hield echter mijn mond, omdat hij en Günter zich anders dan anders gedroegen. Er broeide wat. Werner was duidelijk bezorgd. Wist hij toen al dat onze arrestatie aanstaande was? Of had hij iets ontdekt wat hij niet had mogen ontdekken? Terwijl ik hierover nadenk en opnieuw naar de groepsfoto staar, roept de houding van een man die rechts achter de groep nonchalant tegen de muur leunt iets van herkenning op. Met een trillende wijsvinger klik ik op vergroten. De man wordt beter zichtbaar en mijn ademhaling versnelt. Zie je wel! Dat is mijn ondervrager! Maar hoe kan dat nou? Wat had hij daar te zoeken tussen al die bobo's? Hij werkte toch als ondervrager in Hohenschönhausen? En volgens de artikelen die ik heb gelezen waren die lui ambtelijke onderknuppels die echt niet op zo'n chique gelegenheid werden toegelaten waar ook een Oberst van de Stasi en een Kulturminister van de SED rondliepen. Ik had gelijk! Hij was een gelegenheidsondervrager. Het was helemaal niet zijn dagelijkse beroep. Ik verbaasde mij er tijdens onze gesprekken al over dat hij zo ontzettend veel over kunst wist. Nu weet ik ook waarom: hij komt uit die wereld! Hij werkte helemaal niet in Hohenschönhausen. Daarom zat hij ook niet in de personeelsmap die inspecteur Netelen mij liet zien. Ik klik de pagina weg, ga naar Gmail en log in op mijn laatst gemaakte account. Vervolgens tik ik het e-mailadres van Hannelore Ziegler in. Als onderwerp van de mail schrijf ik: 'Zoekopdracht Balden'.

'Wat is er met jou aan de hand?' vraagt Tom. Ik draai me naar hem toe.

'Hoe bedoel je?'

'Je hijgt als een postpaard.'

'Hier.' Ik zet het artikel weer op het scherm en wijs op Balden junior. 'Dat is hem. Mijn ondervrager.'

Tom draait de laptop naar zich toe, bekijkt de foto en klikt door naar het achterliggende artikel. Hij leest.

'Aha. Dat hij bij dat gezelschap was, kan erop duiden dat hij ergens een hoge positie had.'

'Precies. Ik ben een mail naar Hannelore Ziegler aan het schrijven, waarin ik haar vraag om uit te zoeken waar hij nu is en wat hij doet. Ik vermoed dat hij een nieuwe identiteit heeft aangenomen. Zijn Stasipapa had daar zeker de contacten voor. Jörg Ziegler vertelde toch dat dit goed te doen was na de Wende? Als je maar connecties en geld had. Nou, Thomas Balden hád connecties en waarschijnlijk ook geld. *Der Arsch*.' Mijn woede moet eruit. Ik spring op en storm via de tuindeuren naar buiten. Ik kan gewoon niet stilstaan en loop heen en weer over het terras.

De zon schijnt uitbundig en het is warm. Het meer is van kleur veranderd naar turquoise. O, mein Gott. Mijn herinneringen brengen zijn aanrakingen terug. Zijn gehijg. Zijn adem als hij wat in mijn oor fluisterde. Zijn penetrante geur. De smaak van zijn speeksel. Van zijn zaad. Mijn maag speelt op. Ik moet kotsen. Alleen al door het zien van een foto van dat monster. O, nein! Ik ren richting de struiken en buig me voorover. Mijn handen leunen op mijn knieën. Mijn borstkas gaat op en neer, maar er komt niks.

'Josta? Gaat het?'

Tom aait me over mijn rug. Ik ga weer rechtop staan en zet mijn handen in mijn zij.

'Ja, ik dacht dat ik moest overgeven. Verdammt.'

'Ach, Josta. Het zijn je gedachten. Die drukken op je maag.'

'Ja. Nou, dat wordt wat als die vent straks levend voor me staat en ik hem vraag wat hij met mijn nier heeft gedaan.'

'Mochten we Balden junior opsporen dan is het maar de vraag of jij de confrontatie met hem moet aangaan. Je zou misschien dingen doen waar je later spijt van krijgt.'

'Misschien.' Ik zie al voor me hoe ik mijn pistool tegen zijn kop houd en de trekker overhaal.

'Zullen we een wandeling langs het meer maken, Josta? Dat zal je goed doen. Dan praten we erover en vertel ik je wat ík allemaal ontdekt heb.'

Hij pakt me vast en zoent me.

'Is goed, Tom. Ik pak even mijn rugzak met de laptop en het dossier.'

'Jij bent paranoïde.'

'Zo gemaakt door het leven,' antwoord ik, terwijl we samen naar binnen lopen.

XVII

'Mijn fascinatie voor Paul Klee en het Duitse expressionisme begon al toen ik acht jaar was. Katja en ik hadden die middag samen met oma in de bioscoop de Disneyfilm Bambi gezien. Het verhaal van dat hertje had me diep geraakt. Ondanks mijn pogingen om een sterke jongen te zijn, moest ik huilen toen de moeder van de kleine Bambi werd doodgeschoten. Alleen Katja zag dat en pakte mijn hand vast. Gelukkig zou zij het niet aan mijn ouders verklappen, want dan zou ik straf krijgen. Huilen was bij ons thuis immers verboden. Mijn gedachten waren nog steeds bij diverse scènes uit de film toen we naar het huis van de Lowiski's gingen. Emma Lowiski was toen al terminaal ziek en oma zou haar die middag gezelschap houden. Het regende, dus we moesten binnenblijven. We installeerden ons in de woonkamer en besloten het bordspel Die Bärenkinder te spelen. Terwijl we de doos op de salontafel uitpakten, viel mijn oog op een boek van Pa Lowiski dat Katja opzijschoof. Op de cover stond een prachtig schilderij met fragiel gevormde hertjes in een kleurrijk bos, met daaronder de titel: Deutscher Expressionismus. Het was alsof de idyllische wereld van Bambi, zoals die was kort voordat zijn moeder werd afgeknald, weer tot leven kwam. De verwarde gevoelens van de kunstenaar Heinrich Campendonk bereikten me. Ik pakte het boek op en begon te bladeren. De kleuren en vormen waren overrompelend. Vooral het werk van de man die op pagina twee stond, raakte me: Paul Klee. Zijn bruinrode schilderij heette Tanz des trauernden Kindes II. Terwijl mijn handen aan het papier plakten, draaide ik me om naar Katja. Ze blikte net op dat moment met tranende ogen naar haar bleke en magere moeder, die alleen nog maar kon liggen en naar haar glimlachen. Ik zag in Katja dat treurende kind dat die Paul Klee zo treffend had weergegeven. Paul Klee liet me met zijn schilderij haarfijn voelen wat ging komen: een verdrietige Katja die weliswaar nog met mij zou dollen, maar nooit meer met die twinkeloogjes waar ik zo gek op was. Een grote leegte overviel me. Ik zei tegen Katja dat ik niet meer wilde spelen, omklemde het boek en liep de kamer uit, naar de serre, waar ik beter licht had. Daar installeerde ik me op een stoel met zicht op de tuin. En terwijl de regen monotoon tegen de ramen ketste, bladerde ik gefascineerd door het gevoelsleven van mensen die zich los wilden boksen van een gevestigde orde, maar vertrapt werden door die grote allesvernietigende oorlog die zich reeds aankondigde. Een oorlog die in hun schilderijen al zo voelbaar was, zoals ik al vroeg in de film aanvoelde dat de mama van de kleine Bambi zou sterven. Ja, net zoals ik die middag al wist dat die lieve mama van mijn Katja niet lang meer zou leven.

Ik mocht het boek mee naar huis nemen. Opa vond mijn interesse in de schilderijen van de Duitse expressionisten wel amusant en nam me twee dagen later mee naar een museum waar ze in het echt hingen. Na dat bezoek was mijn passie voor de expressionistische kunst definitief geboren met Paul Klee als mijn grote favoriet.

Tja, Emma, en vervolgens krijg je twintig jaar later de opdracht om de leden van de Königstein Gruppe te ondervragen en geven ze je ter voorbereiding een map met foto's van schilderijen die een gevangene heeft gemaakt. Tussen die foto's zit een schilderij van een bos met springende hertjes en rode vosjes. Een feeërieke wereld van kleuren en bloemen die nog mooier was dan die van de echte Heinrich Campendonk. Een vervalsing die mij nog dieper raakte dan de cover op dat boek twintig jaar eerder, in de week dat de *moeder van Katja stierf. En deze keer was de kunstenaar niet dood. De vrouw die deze gevoelsexplosie had geschilderd leefde nog, en ík moest haar gaan ondervragen.'*

33

Het eerste halfuur van onze wandeling heb ik mijn frustraties over Tom uitgestort. Hij liet me uitrazen, waarna hij maar bleef herhalen dat mensen in vijfentwintig jaar tijd enorm kunnen veranderen.

'Bedenk, Josta, vijfentwintig jaar geleden was ik een tiener en zat ik nog op school. De jongen van toen heeft weinig van doen met de man die ik nu ben. Alleen al mijn cellen vernieuwden zich om de zoveel jaar.'

Ik keek weg, wilde niet luisteren, maar Tom bleef doorredeneren. Bij denkbeelden gingen veranderingen vaak nog sneller, zei hij. Die konden zelfs in een paar minuten wijzigen. Onder druk van omstandigheden. Dus ik moest die man loslaten en doorgaan met mijn leven. Op een bepaald moment wilde ik hem toebijten dat dit typisch uitspraken zijn van de hedendaagse westerse mens die nooit ellende heeft meegemaakt. Ik werd immers stelselmatig gemarteld, verloor mijn dochtertje en werd door de slechte hygiëne tijdens mijn bevalling onvruchtbaar. Maar ik hield me in. Wie weet, heeft hij als journalist wel degelijk gruwelijkheden gezien.

Nu discussiëren we over de resultaten van onze ochtendlijke research. Nadat ik mijn verhaal had gedaan, vertelde Tom dat hij heeft ontdekt dat de vijf procent van het verkoopbedrag van iedere vervalsing naar een Zwitserse GmbH ging waarvan Heinz Kramm nog steeds enig aandeelhouder is. Met deze kennis is zijn politieke carrière ten einde en loopt hij zelfs risico op gevangenisstraf, wat betekent dat hij een motief heeft om ons te liquideren. Bovendien heeft hij als minister van de deelstaat Brandenburg een breed netwerk en daarmee de potentiële contacten om huurmoordenaars op ons af te sturen. We banjeren vlak langs het water en blijven onder de dennenbomen, terwijl we nadenken over onze volgende actie. We blijven ook zo veel mogelijk in de schaduw, want de zon brandt inmiddels genadeloos en de luchtvochtigheid is hoog na alle regen van de laatste dagen. Zojuist passeerden we een klein hotel. Het terras lonkte, maar we gingen er toch niet naartoe. De angst voor een aanslag is in ons systeem gekropen.

Ik wilde tijdens het wandelen graag zicht op het meer houden, maar dat bleek lastig, tenzij we op straat zouden lopen en dat vond ik niks. Ik heb graag reliëf onder mijn voeten. Dus proberen we onze weg te zoeken over gras en langs haagbossen. Gelukkig is ons huisje niet ver meer. Voor ons eindigt het pad waarop we lopen. Het gaat over in grasland dat wordt omzoomd door berken en dennen. Een zichtbaar drassige boel na twee weken regen. We besluiten om de laatste tweehonderd meter dan toch maar over de straat te gaan. Terwijl ik me door de struiken wurm, zie ik op de weg zo'n twintig meter voor me een zwarte BMW met daarin twee mannen. Het is dezelfde auto die ik voor de deur van de flat van Jörg Ziegler zag. Ik check het Berlijnse kenteken. Bingo: B-KA-7538. Onvoorstelbaar. Er is dus gewoon een nieuw blik huurmoordenaars opengetrokken na de liquidatie van die andere twee, waar tot een halfuur geleden nog steeds niets over was gemeld in de media.

'Bukken, Tom,' fluister ik, terwijl ik zijn schouder grijp en hem naar beneden duw.

'Wat is er?' vraagt hij, zoekend naar evenwicht.

'Kijk, dáár. Ze hebben ons gevonden.' Ik wijs op de auto die onopvallend in de berm staat geparkeerd. Met een perfect zicht op ons huis en onze garage.

'Zouden ze al binnen zijn geweest?' vraag ik.

'Waarschijnlijk. Veel hebben ze dan niet gevonden.' Hij klopt op mijn rugzak.

'Ja, Tom,' fluister ik. 'Dus ze wachten op ons. Ik vermoed dat ze gezien hebben dat onze kleren er nog liggen. Ze denken dus dat we terugkomen en slaan dan toe.'

'Ja. Verdammt. We hebben toch alles gedaan om niet traceerbaar te zijn.' Tom balt zijn vuisten. Op zijn neus verschijnen zweetdruppels.

'Die hebben waarschijnlijk de *Frankfurter Allgemeine* gehackt.'

Tom knikt.

'Of iemand op mijn afdeling is omgekocht.'

Ik kijk om me heen en herinner mij het eenzaam gelegen hotel met dat mooie terras waar we net langs zijn gekomen.

'Tom, we moeten terug naar dat hotel. Ik wacht buiten en jij gaat daar de politie bellen en zeggen dat je een auto hebt gesignaleerd met daarin twee mannen die zich verdacht gedragen. Dan gaat de politie achter ze aan en kunnen wij snel onze auto pakken en wegrijden.'

'Goed plan,' fluistert Tom.

'En blijf onder de bomen, want het zou me niet verbazen als er een drone boven ons huis hangt.' Mijn ogen verkennen al de staalblauwe hemel boven het meer.

'Oké.'

Ik manoeuvreer me samen met Tom door de bosjes naar het hotel. Daar aangekomen, geef ik Tom de cijfers van het kenteken door, waarna hij naar me knipoogt en de receptie in loopt. Ik leun tegen een boom en wacht. Binnen een paar minuten is hij weer terug en meldt dat de dame aan de telefoon zei dat de patrouille over een halfuur ter plekke zal zijn. We draaien ons om en hollen weer door de struiken naar het huis. Op zo'n dertig meter van de auto verstoppen we ons achter hoog riet en wachten af. Tom pakt zijn camera uit zijn broekzak en klikt hem aan.

'Beroepsdeformatie,' fluistert hij als ik hem vragend aankijk.

'Zolang je maar achter dat riet blijft.' Mijn ogen richten

zich weer op de twee mannen. Mijn hart bonkt in mijn oren. Als vanzelf gaat mijn hand naar mijn rugzak en pakt het pistool uit het zijvak. Ik ontgrendel het en richt op de auto. Dit voelt al stukken beter. Dit konijn sterft liever in de aanval dan in de verdediging.

Links in de verte klinkt het geluid van een auto die met hoge snelheid aan komt rijden. Ik herken de groen-witte kleuren van de politie en kijk op mijn horloge. De vrouw aan de telefoon had gelijk. Het heeft nog geen twintig minuten geduurd. De agenten zijn met z'n tweeën en parkeren zo'n tien meter voor de BMW. Een van de dienders stapt uit. Een man van Toms leeftijd. Hij loopt kordaat naar de BMW, maar wanneer hij ter hoogte van de motorkap is, klinkt er een zwak plofgeluidje waarna de agent achterovervalt. Als een strijkplank die omkiepert. Mijn hand schiet naar mijn mond. Die lui knallen zomaar iemand neer! De twee killers starten hun auto en draaien de weg op. Ze rijden daarbij zonder pardon over het lichaam van de doodgeschoten agent. Een paar seconden later zijn ze uit zicht verdwenen. De overgebleven politieagent start eveneens zijn wagen, en zet met luide sirenes de achtervolging in.

Ik blijf als verstijfd in het riet zitten. Dit is niet te geloven! Die man werd koelbloedig geliquideerd. Voor onze ogen. Voor de draaiende camera van Tom...

'We moeten onze spullen pakken en wegwezen, Josta. Hier breekt binnen een kwartier de hel los.'

'Ja.' Meer krijg ik er niet uit. Ik blijf maar die achterovervallende agent voor me zien.

Tom geeft me een duw. We staan op en rennen naar de straat. We passeren de dode agent. Ik stop en bekijk het bloederige gezicht dat amper nog als mens te definiëren is. Tom trekt aan me.

'Niet kijken, Josta! Kom!'

Op wankele benen hol ik achter Tom aan, naar het huis. We gaan naar binnen, zien dat de boel inderdaad overhoop is gehaald, pakken onze spullen, schieten naar de garage, starten de auto en rijden weg.

'Waar gaan we heen?' vraag ik als hij op de grote weg niet naar de snelweg afslaat maar een B-weg in rijdt.

'Ik ga via binnenwegen terug naar Berlijn. Kleine kans dat daar gecontroleerd wordt. Dan zijn er namelijk te veel straten die ze zouden moeten afzetten.'

'Oké. En dan, wat doen we als we in Berlijn zijn?' vraag ik.

'We hebben nog een uur om daarover na te denken, Josta.'

'Wat doe je met dat filmpje, Tom?' vraag ik, terwijl ik mijn hand op zijn bovenbeen leg en dat streel. Ik wil voelen dat hij nog leeft. 'Het is belangrijk bewijsmateriaal voor de politie. Plus goed voor de krant. Maar gevaarlijk voor jou en mij.'

Tom schudt zijn hoofd.

'Nee, Josta, volgens mij is deze opname ons ticket naar de vrijheid.'

34

De berg is naar Mohammed gekomen. Herr Minister Heinz Kramm zit met zijn advocaat tegenover ons in de exclusieve ontvangstruimte van de *Frankfurter Allgemeine*. Ik zou liever met dat eikeltje op die afluistervrije zolderkamer zitten, maar Tom zei dat hij dan gezeik zou krijgen met zijn hoofdredacteur. Bovendien: de publicatie van de reeks artikelen rond de DDR-kunstfraude start waarschijnlijk al binnen een paar dagen, dus dan ligt het dossier toch op straat.

Tom en ik hebben veel plussen en minnen tegen elkaar afgezet tijdens dat uur in de auto van de Grimnitzsee tot hier en zijn uiteindelijk tot de conclusie gekomen dat onze tegenstander groter is dan wij aankunnen. Wanneer je achtervolgd wordt door een partij die zelfs het goed beveiligde automatiseringssysteem van deze krant weet te hacken en die huurmoordenaars inzet die er niet voor terugdeinzen om zomaar een politieagent neer te knallen, dan zijn je uren geteld. Tenzij je er een gelijkwaardige macht tegenover zet. De Duitse politie is dat en zal massaal in actie komen. Zeker nu het door Tom gemaakte filmpje van de moord in de media gaat rouleren. De hoofdredacteur onderhandelt op dit moment met de nationale recherche over het hoe en wat van de publicatie. Met mij hebben ze straks ook nog een gesprek.

Mijn positie is een lastige, want mij hangt vervolging boven het hoofd vanwege die laatste Klee-vervalsing. Ik heb een gesprek gehad met de advocaat van de *Frankfurter Allgemeine* en die zei dat mijn vervalsingswerk uit de DDR-tijd verjaard is. Bovendien deed ik dat in opdracht van het regime, wat mij ook vrijwaart. Het enige stuk waar mogelijk vervolging op kan plaatsvinden is de Paul Klee die ik na het overlijden van David geschilderd heb om het huis te kunnen behouden. Een deel van het daarvoor ontvangen bedrag staat nog onaangeraakt op een bankrekening en kan dus zo teruggestort worden naar de koper. Hij adviseerde om tot een schikking te komen met het Veilinghuis Linnemann in Keulen en de Fondation Beyeler in Basel. Hij schatte in dat ze allebei achter gesloten deuren zaken zouden willen regelen, want geen van de partijen zou zin hebben in imago-schade. Er was immers ook sprake van laakbaar handelen. Ze hadden aantoonbaar onvoldoende onderzoek gedaan alvorens ze het werk aankochten. Mijn geluk is dat mijn Paul Klee na de expositie in Berlijn tijdelijk in depot is gegaan. Hij hoeft dus niet uit een openbare tentoonstelling gehaald te worden. En áls een van beide partijen al tot aangifte zou beslissen, en áls het dan al tot een veroordeling met gevangenisstraf zou komen, zo dacht de advocaat, dan zou ik die waarschijnlijk in '*offenen Vollzug*' mogen uitzitten. Dus via een soort huisarrest. Hij veronderstelde dat de psychische schade van een verblijf in Hohenschönhausen als verzachtende omstandigheid zou kunnen gelden. Wat ook positief zou doorwerken, was het feit dat ik zelf naar het Veilinghuis en de Fondation Beyeler was gestapt. Ook daarom zou mijn strafmaat bij een veroordeling laag zijn. Tot slot speelde het verlies van mijn privacy nog mee. Immers, door uit mezelf dit kunstschandaal bekend te maken, zou ik als enige overlevende van de Königstein Gruppe wereldwijd media-aandacht krijgen en zodoende met mijn bekentenis een zware wissel op mijn privéleven trekken. Vooral dat laatste vooruitzicht is moeilijk voor me. Ik heb het daar ook met Tom over gehad. Ik kan niet functioneren tussen de mensen en ik wil dat ze bij me uit de buurt blijven. Maar goed. Ik moet de komende tijd leven met de onzekerheid over een eventuele opsluiting en met het vooruitzicht van een ongewenste bekendheid. Ondanks dit alles is opluchting de emotie die nu het meest bij mij overheerst. Ik hunker naar rust en ik wil mijn dochter gaan zoeken.

Heinz Kramm is in die vijfentwintig jaar weinig veranderd. Zeker, zijn gezicht is nog pafferiger geworden en de restanten blond haar op zijn kale kop kleuren grijs, maar verder is hij nog steeds wie hij was: een arrogante en ijdele vetzak. Toen ik destijds in Schloß Schönwald stiekem gesprekken tussen hem en Werner afluisterde, verbaasde ik mij erover dat zo'n domme man zo hoog in de SED-hiërarchie terecht had kunnen komen. Misschien omdat zijn ego al even opgeblazen is als zijn lijf? Of omdat de andere figuren bij de SED net zo achterlijk waren? Werner zei een keer tijdens een wandeling dat machtige, maar kleingeestige mensen zoals Heinz Kramm niet meer openstaan voor een weerwoord of nieuwe ideeën en uiteindelijk verdommen en ten val worden gebracht door hun eigen ijdelheid. Met zijn SED-collega's is dit inderdaad gebeurd. Die vielen met de val van de Muur. Maar hij was toch nog slim genoeg om begin februari 1989 in West-Duitsland te blijven, waardoor hij politiek overleefde. Vervolgens werkte hij zich met populistische oneliners alweer op tot Kulturminister. Maar die functie zal hij niet lang meer bekleden... Ook zíjn val nadert.

'Zo, Herr Kramm,' begint Tom. 'Graag stel ik eerst de aanwezigen aan u voor. Links van mij zit de huisadvocaat van de *Frankfurter Allgemeine*, Herr Schmit. Rechts van mij zit Frau Bresse. Zij is mede-auteur van het artikel dat wij gaan publiceren.'

Heinz Kramm leunt naar achteren. Zijn immense buik duwt tegen de tafel. Hij bekijkt ons met een kille blik. Van zijn mediaglimlach is nu weinig over. Mijn analyse van destijds klopte. Deze man is het prototype van een hol vat. Klinkt goed als je er vanbuiten op klopt, maar als je naar binnen kijkt, zie je nul inhoud.

'Graag vraag ik uw toestemming om dit gesprek op te nemen,' vervolgt Tom. 'Wij hebben hier rechts in de hoek een camera hangen die alles registreert. Gaat u hiermee akkoord? Wij willen later namelijk geen welles-nietesdiscussie. Zo weet u zeker dat alles wat u zegt ook correct staat geregistreerd. Uiteraard krijgt u een kopie van de opname.'

Het hoofd van Heinz Kramm schiet naar zijn advocaat. Deze haalt zijn schouders op en knikt. *Je hebt weinig keus*, lijkt hij te zeggen.

'Dat is akkoord,' antwoordt Heinz Kramm bot.

'Welnu,' begint Tom, 'de *Frankfurter Allgemeine* gaat een reeks artikelen publiceren over een grootschalige kunstfraude in de DDR. Deze fraude vond plaats toen u Kulturminister was, van augustus 1987 tot februari 1989. Wat is hierop uw commentaar?'

De koude blik van de vetzak gaat naar rechts, naar zijn advocaat, die zich naar voren buigt om te antwoorden.

'Mag ik u erop attenderen dat alles wat vóór 1990 plaatsvond inmiddels is verjaard?'

'Jazeker, dat weten wij ook,' antwoordt zijn collega Norbert Schmit, 'maar wij zijn ons ervan bewust dat Herr Kramm een publieke functie vervult en wellicht prijs stelt op het feit dat hij reactie kan geven alvorens wij tot publicatie overgaan.'

Op het kale hoofd van Heinz Kramm verschijnt een vochtige glans. De advocaat van Heinz Kramm knikt.

Tom pakt de klapper met een kleurenkopie van het dossier en laat diverse foto's en krantenartikelen zien. Op de afbeeldingen is te zien hoe Heinz Kramm nieuw ontdekte naziroofkunst aanprijst.

'Herr Kramm, graag tonen wij u een van de vele plaatjes in ons dossier. Wij telden tot dusver 118 vervalsingen van expressionistische kunstenaars. Afgaande op de publicaties werden vele schilderijen zogenaamd ergens in een kelder of mijnschacht gevonden en als naziroofkunst gepresenteerd. Of er werd verteld dat de werken uit depots van musea werden verkocht, zoals het museum Galerie Neue Meister in Dresden. U ging met diverse schilderijen op de foto én u was verantwoordelijk voor alle mediacommunicatie over deze werken. Wat is hierop uw reactie?'

'Mijn cliënt heeft geen commentaar,' zegt de advocaat meteen. Zijn gezicht verstrakt. Een cultuurminister op de foto met vervalsingen staat nooit goed.

Tom pakt een nieuwe foto en schuift die naar Heinz Kramm. Het is de afbeelding die ik op internet vond. Genomen voor de ingang van het Bauhaus in Dessau, in de zomer van 1987. Kort voor de Königstein Gruppe in Schloß Schönwald aan de slag ging. Werner, Günter, Heinz Kramm, Diederich Schulz van de afdeling Kommerzielle Koordinierung, de Stasi-Oberst Peter Wulka en Ralf Engel staan er allen op.

'Volgens onze informatie was u samen met de heren Werner Lobitz, Günter Schonhöfer en Diederich Schulz initiatiefnemer van de zogenaamde Königstein Gruppe. Dit was een team van vijf personen dat van augustus 1987 tot februari 1989 in Schloß Schönwald bij Königstein expressionisten vervalste. De werken van deze mensen werden vervolgens in het Westen verkocht via de Kunst und Antiquitäten GmbH waar de heer Diederich Schulz, hier met u op de foto, via de Kommerzielle Koordinierung eindverantwoordelijk voor was. U tekende als Kulturminister voor elke overdracht van de schilderijen naar de Kunst und Antiquitäten GmbH. Galerie Am Lietzensee van de heer Ralf Engel, destijds gelegen in West-Berlijn, kreeg vervolgens van de Kunst und Antiquitäten GmbH opdracht voor de verkoop. De heer Ralf Engel staat hier eveneens met u op de foto. Wat is daarop uw reactie?'

De advocaat van Heinz Kramm buigt zich naar hem toe en fluistert hem iets in het oor. Heinz Kramm knikt.

'Jullie roepen maar wat, jullie kunnen niks hardmaken. Alleen papier. Wat foto's en krantenknipsels. Jullie moeten met een levende getuige komen om te bewijzen dat er zoiets was als een Königstein Gruppe.'

Ik kijk hem strak aan. Angst groeit in mijn onderbuik. Heinz Kramm denkt dus dat ik dood ben. Dat betekent dat hij níét degene is die op mij jaagt, anders had hij beslist geweten dat de enige overlevende van de Königstein Gruppe nu tegenover hem zit. Aan de grote ogen van Tom zie ik dat hij hetzelfde denkt. Dit varken heeft mij bovendien niet herkend, wat betekent dat hij nooit foto's van me heeft bekeken. Waarom zou hij ook? Ik was niet meer dan een levend penseel voor hem. Een object. Goddank dat Werner me voor hem verborgen hield. Maar ik heb hém wel gezien in Schloß Schönwald, toen we hem die nacht de trap op droegen. En er is nog iets. Het feit dat hij zeker meent te weten dat alle leden van de Königstein Gruppe dood zijn, betekent dat hij op de hoogte is van mijn overlijdensverklaring. Anders deed hij die uitspraak niet. Ik ga verzitten en probeer een opkomende misselijkheid te negeren.

'Welnu, Herr Adler, als jullie geen levende getuige hebben die kan bevestigen dat er überhaupt zoiets als een Königstein Gruppe was, dan eindigt dit gesprek nu,' bijt Heinz Kramm ons toe. Het minieme laagje beschaving is al van hem af gegleden.

'Voordat ik het over onze getuige ga hebben, Herr Kramm, wil ik nog enkele stukken met u delen.' Tom schuift de bankafschriften over tafel, met een verklaring van de Deutsche Bank in Düsseldorf dat dit een rekeningnummer is van een BV waar Heinz Kramm enig aandeelhouder van is.

'Deze bankafschriften tonen aan dat vijf procent van elk in het Westen verkochte vervalsing door het veilinghuis Am Lietzensee van de heer Ralf Engel via de Deutsche Bank in West-Berlijn naar een bankrekening van een BV in Zwitserland ging. Uit onderzoek konden wij opmaken dat deze Zwitserse bv maar één aandeelhouder heeft en dat bent u. Hiermee kunnen wij dus bewijzen dat u als Kulturminister geld ontvreemd hebt van het land dat u diende. Wat is hierop uw commentaar?'

Heinz Kramm schiet omhoog en trapt tegen de tafel. 'Gore klootzakken zijn jullie,' schreeuwt hij.

Het holle vat begint open te breken. Zijn advocaat trekt hem geschrokken aan zijn jas, wijst op de camera en sommeert hem om te gaan zitten. Met ruwe bewegingen neemt hij weer plaats op zijn stoel. Zijn borstkas gaat op en neer. Hij kan zijn woede amper bedwingen.

'Mijn cliënt heeft geen commentaar, totdat hij de door u aangereikte documenten nader heeft kunnen bestuderen,' antwoordt de advocaat op zakelijke toon.

'Tot slot hebben wij nog een vraag over de Königstein Gruppe. U zei dat u van het bestaan hiervan niet op de hoogte was. Klopt dat?' vraagt Tom.

'Ja, dat klopt,' meldt Heinz Kramm, terwijl hij weer arrogant achterover gaat hangen.

'De Königstein Gruppe had haar werkplaats in Schloß Schönwald vlak bij Königstein. De inrichting en alle kosten kwamen voor rekening van uw departement. Bent u zelf in de periode tussen augustus 1987 en februari 1989 ooit in Schloß Schönwald geweest?' vraagt Tom weer.

Heinz Kramm slaat zijn ogen op en bekijkt Tom met een koude blik.

'Nee, daar ben ik in die periode niet geweest,' liegt hij, terwijl hij zijn handen in zijn broekzakken stopt.

Tom stoot met zijn voet tegen de mijne en gaat met zijn hand onder de tafel om die van mij vast te pakken. Hij knijpt er bemoedigend in. Zo lief!

'Nu jij, Josta!'

Ik buig me naar voren. Heinz Kramm staart me in de ogen en zijn mond verstrakt.

'Kijk, Herr Kramm. De Königstein Gruppe telde vijf leden.' Mijn wijsvinger gaat naar de foto uit 1987 van het Bauhaus in Dessau. Met mijn nagel tik ik op de afbeelding. 'Naast de u bekende Werner Lobitz en Günter Schonhöfer, waren er ook nog Manfred Wimmer, Klaus Hajek en Josta Wolf. Nou, deze Josta Wolf zit nu voor u.'

'Dat kan niet! *Du dumme Sau!*' schreeuwt Kramm, terwijl hij zijn handen weer uit zijn broek trekt en met zijn vuist op tafel slaat. 'U kletst maar wat. Josta Wolf is in de nacht van de Wende in het Charité overleden.'

Ik schud mijn hoofd. Onvoorstelbaar. Hij heeft dus inderdaad alles over ons uitgezocht.

'Nein, Herr Kramm. Ik leef nog. Ik ben in de nacht van 9 op 10 november uit het Charité gevlucht. De dienstdoende Stasiagent wilde geen gedoe met zijn bazen en heeft vervolgens een arts gedwongen om mij dood te verklaren. De verklaring van de desbetreffende medicus over de gang van zaken is eveneens in ons bezit. Kortom, Herr Kramm, voor u zit een nog levend lid van de Königstein Gruppe. Ik ben dus de getuige die kan bevestigen dat de Königstein Gruppe bestond, en dat ú daar persoonlijk leiding aan gaf. Ik heb u ook in Schloß Schönwald gezien, toen u daar uw driemaandelijkse bacchanaal organiseerde. Ik heb zelfs een keer meegeholpen om u naar bed te dragen, nadat u zich had misdragen.'

'Nou, ik heb u daar nooit gezien,' tiert hij. De blik van zijn advocaat schiet geschrokken zijn kant op.

'Nee, dat klopt,' zeg ik. 'Het was bekend dat u elke vrouw verkrachtte die u maar kon grijpen. Vandaar dat ik altijd zogenaamd ziek was en in mijn kamer bleef als u arriveerde voor uw inspectie. Echter, ik heb ú wel gezien. Elke drie maanden kwam u de voortgang bekijken en ons opjagen. Ik zag u uit de auto stappen en ik zag u door ons atelier lopen en onze schilderijen bekijken. Dus, Herr Kramm, mijn getuigenis en alle feiten die Herr Adler u zojuist al heeft getoond, bewijzen dat u mede-initiatiefnemer was van het grootste kunstvervalsingsschandaal van de afgelopen eeuw. U hebt zich bovendien met deze kunstwerken op een schandelijke wijze verrijkt. Het feit dat uw collega's binnen de SED achter uw fraude zijn gekomen, was waarschijnlijk de reden dat u op 3 februari 1989 niet meer naar de DDR terugging. En niet uw zogenaamde weerzin tegen de graaicultuur in de DDR, die u graag als verkiezingsretoriek bezigt. U bent zelf het prototype van een graaipoliticus en wij kunnen dat keihard bewijzen.'

Ik leun achterover en bekijk zijn handen. Hij heeft opvallend dikke vingers. Ze hebben hetzelfde formaat als de *Bratwurst* die ik eens per week eet. Ik haal de worsten altijd bij een ambachtelijke slager in Aken, omdat hij de kruiden erin doet die ik me uit mijn jeugd herinner. Het was thuis immers altijd feest als mama weer eens met worst thuiskwam. Vaak was er maar eens per week vlees te krijgen voor mijn ouders. Toen ik in Amsterdam ineens elke dag vlees kon eten, deed ik dat ook en merkte dat het mijn stoelgang aantastte. Ik moest terugschakelen naar het parttime vegetarische menu waar ik in de DDR mee opgroeide. Maar dat soort beperkingen heeft de man tegenover mij niet gehad. Heinz Kramm kon net als de rest van de Partij eten wat hij wilde en wanneer hij wilde en kreeg dus deze worstenvingers.

'Ik maak jullie kapot als jullie deze informatie publiceren,' hoor ik hem roepen. Zijn tierende stem trekt me terug naar de vergaderkamer van de *Frankfurter Allgemeine*.

Ik ga weer recht zitten en ik knik naar Heinz Kramm. Deze man behoorde tot die kleine groep in de DDR die zich alles kon permitteren. Ook moord?

'Aha. Maakt u ons kapot zoals u Ralf Engel kapot hebt gemaakt? Of beter gezegd, door twee huurmoordenaars heeft laten martelen en laten vermoorden? Omdat die arme bejaarde man wist dat u achter dit alles zat?'

Heinz Kramm schudt driftig zijn hoofd. Zijn handen grijpen zijn stoelleuningen.

'Waar hébt u het over,' brult hij. 'Ik was helemaal niet degene die met Ralf Engel dealde. Dat waren Diederich Schulz en Werner Lobitz.'

'Maar u staat wel met hem op de foto. Bij het Bauhaus in Dessau. In de zomer van 1987.' Ik wijs naar de foto.

'Jazeker. Maar ik kende hem tot die dag helemaal niet.'

'O, nee? Hoe kwam hij daar dan terecht, Herr Kramm? Dat was niet eenvoudig in die jaren. En hoe kan het dat Ralf Engel de vervalsingen voor de Kunst und Antiqitäten GmbH verkocht? Die man was een autoriteit inzake Duits expressionisme. Het is zeer onwaarschijnlijk dat hij geen argwaan heeft gehad over de vele nieuwe werken die in één jaar tijd in de DDR werden gevonden.'

Heinz Kramm buigt zich naar mij toe. Ik neig naar achteren. Zijn adem ruikt weerzinwekkend. Zou hij nog steeds naar de hoeren gaan? Arme vrouwen.

'Diederich Schulz heeft dat geregeld,' roept hij. 'Ralf Engel werd door Schulz gechanteerd met zijn oorlogsverleden. Ralf Engel heeft tijdens het naziregime een Joodse kunsthandelaar verraden en vervolgens zijn zaak overgenomen. Wij hadden daar in de naziarchieven bewijsstukken van gevonden. Dus hij kon ofwel met ons meewerken, ofwel zijn zaak sluiten, want niemand zou ooit nog een kunstwerk verkopen via een man die een Joods gezin naar de gaskamers heeft gestuurd.'

Ik staar Heinz Kramm aan. Zo ging dat dus. Ik draai mijn hoofd naar het popkunstwerk aan de rechtermuur. Een reproductie van *Green Coca-Cola bottles* van Andy Warhol. Met die stroming had het DDR-regime weinig. Mijn mentor vond het een typische kapitalistische kunstuiting. Daar zat een kern van waarheid in. Een tekening van een alledaags voorwerp tot kunst verheffen, was natuurlijk moeilijk te vatten vanaf onze kant van de Muur. Bij ons kon je bovendien geen Coca-Cola of Pepsi kopen. Wij moesten het doen met het niet te zuipen Vita Cola of dat andere gore spul, god, hoe heette dat ook alweer? O, ja! Club Cola. Werner bracht altijd echte Pepsi mee wanneer hij in West-Berlijn was geweest, en dat gebeurde regelmatig. Ik deed er vaak uren over om zo'n fles leeg te drinken, want ik wilde er zo lang mogelijk van genieten. Maar wacht! Als alle contacten en geldstromen via die Kunst und Antiquitäten GmbH liepen, waarom zou Ralf Engel dan vijf procent overboeken naar een rekening van Heinz Kramm in Zwitserland? Ralf Engel nam daarmee een enorm risico.

'Eén vraag nog, Herr Kramm, waarom boekte Ralf Engel vijf procent van de verkoopprijs van elk schilderij over naar uw rekening in Zwitserland?'

Heinz Kramm gaat verzitten op zijn stoel en slaat zijn armen over elkaar. Het holle vat zwelt verder op.

'Dat gaat u niets aan,' snauwt hij.

'Klopt. Mij gaat dat niets aan, maar de Duitse politie wel, want Ralf Engel is recentelijk op gruwelijke wijze vermoord en was met zijn kennis over die bankrekening een bedreiging voor u. Dat gegeven maakt u tot een moordverdachte, lijkt me.'

Heinz Kramm schudt zijn hoofd en maakt een snelle wegwuifbeweging met zijn hand.

'Zo ging het niet. Ralf Engel leidde een dubbelleven. Hij had een vrouw en dochter in West-Berlijn, maar ontmoette in 1980 tijdens een bezoek aan Oost-Berlijn Gabriela Müller, een bekende zangeres. Deze vrouw was zijn grote liefde en hij ging regelmatig naar Oost-Berlijn om haar te bezoeken. Toen Gabriela medio jaren tachtig kritische uitlatingen over de SED deed, besloot de Stasi haar af te luisteren en ontdekte zo de relatie met de West-Berlijnse Ralf Engel. Daar de beroemde Gabriela Müller onder mijn verantwoordelijkheid viel, werd deze affaire ook aan mij gemeld. Ik liet de tortelduifjes begaan. In de zomer van 1987 moest ik alsnog in actie komen, omdat Gabriela tijdens een tournee protestliederen had gezongen en zich nu dus openlijk begon af te zetten tegen de SED. Ze bleek deze liedjes via Ralf Engel ook naar het Westen door te sluizen. Na overleg met de Stasi werd in juli 1987 besloten haar in Hohenschönhausen te ondervragen. Een maand later ontmoette ik Ralf Engel in het Bauhaus in Dessau.' Heinz Kramm wijst met zijn vinger op de foto. 'Hij smeekte me na het diner om de vrijlating van Gabriela en om een permanente reispas voor zichzelf. Hij wilde mij ook voor mijn diensten betalen. Ik ging akkoord onder de voorwaarde dat hij vijf procent van elk verkocht schilderij van de Königstein Gruppe zou overboeken naar mijn Zwitserse GmbH. Ik voorzag in die periode immers al het einde van de DDR en wilde een appeltje voor de dorst hebben. Mijn relatie met Ralf Engel heeft dus helemaal niets te maken met de Königstein Gruppe.'

Heinz Kramm leunt achterover en slaat zijn armen over elkaar.

'Maar waarom besloot u op 3 februari 1989 om in Düsseldorf te blijven en niet meer terug te gaan naar de DDR?' vraag ik.

'Omdat ik Werner Lobitz tijdens een werkbezoek aan West-Berlijn per ongeluk een foute envelop mee had gegeven, kort voor kerst 1988. In plaats van een overzicht met uit te nodigen personen voor de aanstaande expositie in museum Galerie Neue Meister, had ik hem met mijn zatte kop de envelop met de bankafschriften van mijn Zwitserse GmbH meegegeven. Die envelop wilde ik nog in mijn kluis van de Deutsche Bank in West-Berlijn leggen voor ik de grens over zou gaan. Dat ik Werner de foute envelop had gegeven, ontdekte ik pas een dikke maand later, toen ik op weg was naar een werkbezoek aan Düsseldorf, op 3 februari 1989, en weer langs mijn kluis was gegaan. Ik schrok me kapot toen ik geen bankafschriften, maar een lijst met namen in die bruine envelop aantrof en besloot tijdens de rit van Berlijn naar Düsseldorf dat ik niet meer terug zou gaan. Het risico was me te groot.'

Ontzet staar ik hem aan en wijs vervolgens naar de bankafschriften die in het dossier zaten.

'Dus Werner is er per toeval achter gekomen dat u de boel bedroog?'

'Ja. Maar het was geen bedrog. Het was ondernemerschap,' zegt hij op een arrogante toon.

'Nee, Herr Kramm,' roep ik, 'het was moord, want u moet geweten hebben dat de SED de Königstein Gruppe na uw definitieve vertrek uit de DDR zou laten liquideren.'

Heinz Kramm haalt zijn schouders op. Het is duidelijk dat ons lot hem niet boeide.

'Waarom heeft de SED Ralf Engel eigenlijk laten leven?' vraag ik. 'Je zou toch verwachten dat ook hij het een of andere ongeluk had gekregen.'

'Ja, tenzij Ralf Engel zich verzekerd had,' meldt Heinz Kramm. 'Bijvoorbeeld door bewijsstukken aan een notaris te geven met als opdracht "publicatie na overlijden". Zoiets zal het wel geweest zijn. Daarnaast woonde Ralf Engel in West-Berlijn en zou zo'n ongeluk niet door de DDR-politie, maar door de BRD-politie onderzocht worden, wat een groot risico was voor de Stasi. Zeker in 1989 toen de steun van de Sovjets al afbrokkelde. Hem volgen maar verder met rust laten, was veiliger.'

Ik knik. Waarschijnlijk. Maar waarom werd hij vijfentwintig jaar later alsnog vermoord? Na een gruwelijke marteling? Iemand zocht bepaalde documenten, anders was zijn kantoor nooit zo overhoopgehaald. Waren dat diezelfde papieren? En wie had daar nog belang bij? Alle leden van de Königstein Gruppe waren immers overleden, zo werd verondersteld. Behalve ik. Maar ook ik moest dood. Waarom? Wie kan ik nog schade toebrengen? De enige mensen die honderd procent zeker nog leven en alles wisten van de Königstein Gruppe zijn Heinz Kramm, Thomas Balden en mijn ondervrager. Verder niemand. Want de SED-top was maar zijdelings betrokken en kan niet direct met ons in verband worden gebracht. De Königstein Gruppe was de politieke verantwoordelijkheid van Heinz Kramm. En ook hij dacht dat ik dood was, tenzij hij fantastisch toneel speelt, wat ik betwijfel. Daarvoor is die vetzak te primitief. Nee, hij heeft geen huurmoordenaars achter me aan gestuurd. Resteren dus Thomas Balden en zijn zoon. Maar mijn ondervrager had mij toch al kunnen vermoorden tijdens die nieroperatie. Of was dat dan toch een droom? Ik begrijp hier niets van. Wie is die grote onbekende die ik over het hoofd zie? Was er nóg iemand bij Kunst und Antiquitäten GmbH die in deze pap roerde? Of iemand in de top van de Stasi? Misschien dat we duidelijkheid krijgen wanneer we weten wie de eigenaar is van het Russische PK Invest. Maar wat moet zo'n vreemd figuur met mij? Heeft hij misschien fors geïnvesteerd in Kandinsky's en ziet hij zijn beleggingen verdampen? Nee, dat is niet geloofwaardig voor de eigenaar van een miljardenconcern. Bovendien: wie heeft hem dan verteld over mijn JW-teken? Alleen Werner wist daarvan.

'Enne, zijn we klaar?'

De arrogante stem van Heinz Kramm klikt door de kamer en haalt me uit mijn overpeinzingen. Ik bekijk de man die tegenover me zit. Hij heeft veel meer verteld dan goed voor hem is, uit ijdelheid. Werner had gelijk. Domme mensen op hoge posities gaan uiteindelijk ten onder aan eigenwaan.

'Ik heb geen vragen meer aan u,' reageer ik en draai me naar Tom.

'Ik ook niet,' zegt Tom en wendt zich tot Norbert Schmitz die zijn hoofd schudt.

'Wij zullen u een bericht sturen wanneer we gaan publiceren, Herr Kramm. Dan kunt u zich voorbereiden op vragen van onze concurrent-collega's,' zegt Tom zakelijk. 'Verder zijn alle stukken evenals de getuigenverklaring van

Frau Bresse overgedragen aan de Duitse recherche. Ik zou er maar van uitgaan dat zij ook nog verhaal bij u komen halen.'

'Ik ga die klote-*Frankfurter Allgemeine* juridisch kapot procederen,' brult Heinz Kramm, terwijl hij woest omhoogschiet. Door de abrupte beweging knalt zijn stoel tegen het scheenbeen van zijn advocaat, die hem vervolgens kwaad aankijkt.

'Weet u, Herr Kramm. Ik denk eerder dat u zich kapot moet gaan procederen tegen de miljoenenclaims van al die musea en particuliere verzamelaars aan wie u destijds als Kulturminister van de DDR met voorbedachten rade vervalste kunst hebt verkocht.'

Zijn advocaat, die achter hem staat, blikt mijn kant op en knikt.

XVIII

'Katja weet niet dat jij mijn biologische dochter bent, Emma. Mama denkt dat jij het kind bent van Josta Wolf en Werner Lobitz. Ik heb haar zelfs een kopie gegeven van Josta's dossier, inclusief haar overlijdensakte. Mama weet dus ook alles over het leven van je biologische moeder, plus wie haar echte ouders waren. Het feit dat ik jouw biologische vader ben, was altijd mijn grote geheim. Behalve Josta zelf weet niemand dit. Natuurlijk zijn er ook beroepsmatige feiten die ik mama niet vertel, maar dat doe ik niet met opzet. Dat doe ik, omdat ze die dingen niet wíl weten. Net zoals ze nooit wilde weten wat opa Lowiski allemaal bekokstoofde. Katja heeft al jong geleerd dat het in ons milieu belangrijk is om geen vragen te stellen en weg te kijken. Mama is een wijze vrouw. Ze houdt haar wereld weloverwogen klein en negeert zaken die ze niet kan beïnvloeden. Ze weet immers dat ze mij toch niet kan veranderen, net zoals ze wist dat ze haar corrupte vader niet kon veranderen. Ze oordeelt alleen over mijn gedrag binnen ons gezin en dat is, zoals je weet, voorbeeldig. Ik ben al vijfentwintig jaar een liefhebbende echtgenoot en een betrokken vader. Bovendien heb ik er altijd voor gezorgd dat het jullie aan niets ontbrak.

Ach Emma, je had mama's gezicht moeten zien, toen ik haar over jou vertelde, in de nacht van 9 op 10 november 1989. Ze was een dag eerder weer thuisgekomen uit de kliniek en hield zich goed. Je moet weten dat mama onvruchtbaar is. We kwamen hier al in het begin van ons huwelijk achter. Mama wilde namelijk meteen na ons trouwfeest een baby, maar het lukte haar maar niet om zwanger te raken. Na een aantal jaren aanmodderen gingen we uiteindelijk naar een gespecialiseerde kliniek in het West-Duitse Frankfurt am Main waar mama werd ingepland voor een speciale operatie. Ze had vleesbomen rond de eierstokken. De behandeling had helaas niet het gewenste effect. We werden naar huis gestuurd met de mededeling dat we haar onvruchtbaarheid als een voldongen feit moesten accepteren, maar mama kón het niet accepteren en begon te drinken. Eerst een beetje, maar daarna steeds meer. Nadat ze ons tijdens een barbecue met tal van SED-officials te schande had gemaakt, besloot opa Lowiski dat zijn kleine Katja moest afkicken. Hij regelde meteen een plaats in het beste instituut van het land. Toen ik Josta in Hohenschönhausen ontmoette, was mama net twee weken eerder opgenomen in deze exclusieve verslavingskliniek in Magdeburg.

Maar goed, ik vertelde mama bijna de hele waarheid over jou, namelijk dat ik met een geheim project bezig was, dat ik mensen moest ondervragen, en dat een van de gevangenen zwanger bleek en de afgelopen nacht in het Charité was bevallen van een dochter. Jammer genoeg was de moeder tijdens de geboorte overleden. Toen ik bij de wieg van dat weesje stond, had ik vervolgens twee keuzes, zo vertelde ik haar. Ik kon de baby naar een tehuis brengen of ik kon de baby stelen, waarna wij konden voorwenden dat dit ons kindje was, dat op 10 november was geboren. Ik had gekozen voor het laatste.

Mama schoot uit bed, vroeg waar de baby was, rende naar beneden en stopte bij het houten kistje waarin je, gewikkeld in een dekentje, lag te slapen. Ze boog zich lachend voorover en tilde je op. Haar peignoir viel open en ze drukte jou tegen haar blote borsten en begon je liefkozend te wiegen, terwijl ze zoete woorden fluisterde. De tranen van blijdschap rolden over haar wangen. Ze draaide zich naar me om en zei dat deze babyroof mijn beste besluit ooit was, en dat die administratieve fraude haar niet interesseerde.

Dit was nu háár dochter, een geschenk uit de hemel, en ze zou ervoor zorgen dat het dit kleine meisje aan niets zou ontbreken. De overleden moeder kon met een gerust hart afreizen naar de hemel, waar die ook zou zijn.

Inderdaad, Emma, het was liefde op het eerste gezicht tussen jullie beiden. Mama was zo gelukkig. Oma had via haar contacten alles geregeld wat nodig was voor de verzorging van een pasgeboren baby. De volgende dag gingen we naar de gemeente en schreven jou in als onze dochter. We gaven je de naam Emma, naar mama's jonggestorven moeder. De registratie bleek geen enkel probleem. De mensen uit onze omgeving reageerden verheugd en stelden geen vragen. Het lange verblijf in de kliniek van mama bleek ineens een voordeel. We konden namelijk vertellen dat mama in Magdeburg van je was bevallen. Het werd geloofd. De mensen hadden bovendien wel wat anders aan hun hoofd dan de identiteit van een baby. De DDR-elite was na de val van de Muur vooral bezig met haar eigen toekomst.'

35

Hannelore Ziegler heeft wallen onder haar ogen van slaaptekort, maar straalt toch een krachtige energie uit. Bovendien is ze recent naar de kapper geweest en heeft haar lange bruine haren in een vlotte korte coupe laten knippen. Typisch, zou het bij verdriet horen? Ook ik knipte mijn haren af nadat mijn nier was gestolen. Ook ik koos spontaan voor een andere look. In de psychiatrische kliniek Mondriaan hebben ze beslist een wetenschappelijke verklaring voor dit soort knipacties van verdrietige vrouwen. Wie dem auch sei. Het staat haar goed. Het maakt haar jaren jonger. Ik weet dat ze halverwege de zestig is, maar ze oogt eerder als een vlotte vijftiger in haar strakke jeans met witte blouse.

'Jouw ondervrager heet Helmut Balden,' zegt ze, terwijl ze haar hoofd schuin houdt.

Ik knipper met mijn ogen en laat de informatie even op mij inwerken. Helmut is dus zijn voornaam. Misselijkheid roert zich in mijn maagstreek en ik denk terug aan mijn jeugd. Waren er ooit andere Helmuts? Op de lagere school bijvoorbeeld? Of daarna? Nee, voor zover ik me kan herinneren is hij de enige man die ik ken met de naam Helmut.

'Hoeveel mannen zijn er op internet met de naam Helmut Balden?' vraag ik. Iets in mij wil eigenlijk onmiddellijk andere gezichten bij die naam zoeken, al was het maar om de herinnering aan die gruwelkop weg te drukken.

'Geen,' zegt Hannelore. 'Hij is toevallig de enige. Veel kon ik binnen dit korte tijdsbestek nog niet over hem achterhalen. Behalve dat hij enig aandeelhouder is van PK Invest.

Een puissant rijke investeringsmaatschappij die haar fortuin kort na de val van het IJzeren Gordijn in de voormalige Sovjet-Unie heeft vergaard. In het voorjaar van 1991 kocht hij namelijk al een fors aandelenpakket in een staalbedrijf dat pijpleidingen maakt. Om daar binnen te komen moest je én goede contacten hebben én miljoenen meebrengen. En wat ik zo snel zag, onderhoudt PK Invest ook nu nog uitstekende relaties met hoge functionarissen binnen de Poetin-regering. Onder de holding hangen trouwens nog diverse andere bedrijven. Een oud-collega van me maakt op dit moment een overzicht voor me.'

'PK Invest? Die naam stond op de USB-stick die jouw man me heeft gegeven. Met talloze links.'

'Klopt. Dus mijn Jörg wist waarschijnlijk al dat jouw ondervrager Helmut Balden heet.'

'Ja, ik had hem zijn achternaam en een foto gegeven. Hoe gaat het trouwens met je, Hannelore?'

Ze slaat haar reebruine ogen naar me op en maakt een optrekkende beweging met haar schouders.

'Beroerd,' antwoordt ze. 'Vooral 's avonds als ik alleen thuis ben. Overdag gaat het allemaal nog wel. Er is zoveel wat je ineens moet regelen, zoals de begrafenis, het pensioen, de belastingen, zijn klanten informeren en natuurlijk nog je werk doen. Maar dat hoef ik jou natuurlijk niet te vertellen. Jij hebt je man toch ook plotseling verloren en moest alles regelen?'

'Klopt.' Ik zie me weer zitten aan zijn bureau, niet wetende waar ik moest beginnen. Zonder inlogcodes voor zijn computer en zonder sleutel van zijn ladekast. Als Eva mij toen niet had geholpen, had ik nu nog steeds gezwommen in zijn administratieve chaos, want dat was het. David had zijn privézaken niet goed geregeld. Dat zijn talent niet bij de boekhouding lag was mij op de zaak in Amsterdam nooit opgevallen, waarschijnlijk omdat hij een sterke financiële man had.

'Ik heb gelukkig hulp gehad van een vriendin. Heb jij ook steun, Hannelore?'

Ze schudt haar hoofd.

'Nee, ik werk liever alleen.'

We kijken elkaar aan en ineens weet ik waarom wij elkaar zo goed liggen. Zij is ook niet graag onder de mensen en geeft ook weinig van zichzelf prijs. Allebei zijn we zo gemaakt door de Stasi. Zij vrijwillig en ik gedwongen.

Ik knik en Hannelore pakt haar A5-schrift, en bladert naar een pagina.

'Er zijn trouwens geen recente foto's van deze man te vinden, Josta. Evenmin over zijn achtergrond. Dit is net zo'n situatie als bij de Aldi-familie. Ze leiden een miljardenconcern maar van henzelf is nagenoeg niks bekend. Ik moet dus andere methoden gebruiken om zijn privéleven te doorgronden.'

Ik beweeg mijn trouwring over mijn vinger. Hier klopt iets niet. 'Weet je wat ik raar vind? Hoe kwam een Stasifunctionaris begin jaren negentig aan de contacten en het geld om aandelen te kopen in een Russische firma?'

'Dat heb ik me ook afgevraagd, Josta. Zijn laatste functie was namelijk directeur van de Kunst und Antiquitäten GmbH. Dat was een organisatie die kunst ontvreemdde van particulieren en de depots van musea leegroofde met als doel de spullen aan het Westen te verkopen, zodat het regime de broodnodige deviezen kreeg. Als je daar in de top zat, had je privileges, kon je reizen en verdiende je een leuke zakcent. Maar beslist niet genoeg om in 1991 een groot belang in een staalbedrijf te kopen. Zijn geld kwam ook niet van zijn familie. Zijn pa heeft in 1991 in voorlopige hechtenis gezeten. Zowel hijzelf als zijn vrouw zijn toen helemaal nagetrokken. Ze hadden wel wat geld naar het Westen gesluisd, maar geen miljoenen.' Hannelore leunt iets naar achteren. 'Maar goed, zoals ik al zei: een oud-collega van me is op dit moment bezig om alles wat onder de holding

PK Invest valt nader te onderzoeken. Hij weet dat er haast geboden is. Dus ik verwacht elk moment bericht van hem.'

Ik kijk op mijn blaadje in een poging de druk op mijn maag wat te verlichten met andere gedachten. Ik heb een overzicht gemaakt met namen van personen die in 1989 met de Königstein Gruppe te maken hadden, om zo via wegstrepen uiteindelijk de naam van mijn achtervolger te vinden. Immers, er móét een connectie met de Königstein Gruppe zijn. De lijst is kort, maar de vraagtekens zijn groot.

We hebben Günter, Manfred, Werner en Klaus die alle vier tijdens hun verblijf in Hohenschönhausen zijn verdwenen. Dan waren daar nog die vijf Stasimannen die ons in Schloß Schönwald bewaakten. Eén is honderd procent zeker dood, want die kreeg eind april een kogel door zijn terminale kop. Resteren nog de andere vier. Wat is er met hen gebeurd? Vervolgens zijn daar Peter Wulka, de Oberst van de Stasi-Abteilung VII/13 en Diederich Schulz, de baas van de beruchte Kommerzielle Koordinierung waar de Kunst und Antiquitäten GmbH onder viel. Verder Heinz Kramm, maar die valt voor mij af. En tot slot mijn ondervrager, van wie ik nu dus ook de voornaam weet: Helmut.

'Heb jij nog iets kunnen ontdekken over de andere leden van de Königstein Gruppe en de vier Stasimensen die ons bewaakten?'

Ze schudt haar hoofd.

'Van jouw collega's wordt in de Stasiarchieven beweerd dat ze verdwenen zijn tijdens een vluchtpoging begin 1989. Over jullie bewakers in Schloß Schönwald is niets te vinden. Er staat nergens iets geregistreerd over personen die daar zouden hebben gewerkt. Het hele project is überhaupt onbekend in de stukken. Ook over het gebruik van Schloß Schönwald is weinig informatie. Het pand was weliswaar staatseigendom, maar stond geregistreerd als onbewoond. Er zijn begin jaren tachtig overigens wel investeringen gedaan, toen ze het tot een luxe accommodatie voor belangrijke SED-relaties wilde ombouwen. Uiteindelijk is die hotelfunctie er niet van gekomen. Kortom, Josta, er heeft een heel grondige opruimactie plaatsgevonden. Zowel administratief als operationeel. Dat moet binnen een paar dagen na de val van de Muur zijn gebeurd. Diederich Schulz heeft hier beslist van geweten, want hij was de leider van de Kommerzielle Koordinierung waar de Kunst und Antiquitäten GmbH onder viel, maar deze Diederich Schulz is in 1992 verongelukt. En tachtig procent van de mannen die boven hem stonden zijn dood. De rest is hoogbejaard. Dus ik zie niet wat deze enkeling nog te winnen heeft door zo verkrampt de informatie over de Königstein Gruppe geheim te houden. Hun naam is immers toch al door het slijk gehaald. Bovendien zijn criminele acties uit 1989 verjaard. Dus wat mij vooral bezighoudt, is de afwezigheid van een serieus motief. Immers, om een meervoudige moord te plegen, is meer aanmoediging nodig dan het afdekken van een corrupt verleden. Betrokkene moet iets te verliezen hebben dat héél diep gaat, zoals het verlies van een naaste of verlies van het eigen leven.'

Ik laat de informatie even op mij inwerken, terwijl mijn vingers door de kopietjes dwalen. Mijn blik valt weer op die bewuste foto die in de zomer van 1987 genomen is bij het Bauhaus in Dessau, met daarop Werner, Günter, Ralf Engel en de mij niet bekende mannen van de Kunst und Antiquitäten GmbH en de Stasi.

'En Peter Wulka?' vraag ik, terwijl ik met een pen zijn hoofd op de kopie van die groepsfoto bij het Bauhaus omcirkel.

'Die is ook verongelukt. Net als Diederich Schulz. Ze stierven kort achter elkaar, in 1992.' Er klinkt cynisme door in haar stem.

'En hoe zijn ze verongelukt?' vraag ik.

'Diederich Schulz heeft zijn nek gebroken tijdens een wandeling door de bergen bij Pirna en Peter Wulka werd slachtoffer van een aanrijding. Hij werd door een auto geschept toen hij bij zijn huis de straat overstak. De dader is nooit gevonden. Nou, dan weet je het wel.'

'Hoe bedoel je, Hannelore?'

'Heel simpel, dit waren onze oude Stasimethoden, Josta. Mensen aanrijden, mensen van rotsen gooien. Zo deden mijn collega's dat. Ik herken hier de hand van een ex-Stasimedewerker.'

Aha. Zo deden haar collega's dat. Ik observeer Hannelore Ziegler. Die bikkelharde Stasiwereld was ook háár biotoop. Hoe ziet zij haar verleden nu?

'En jij, Hannelore, wat deed jij?' vraag ik impulsief.

Ze kijkt op. Rond haar mond vormt zich iets wat je een glimlach kunt noemen.

'Ik deed dingen waar ik me nu over verbaas, maar die ik destijds gewoon vond.'

We kijken elkaar in de ogen. Een vreemde intimiteit ontstaat.

'Mijn vader was diplomaat,' vertelt ze, terwijl ze haar hoofd optilt en naar een plek op de witte muur staart. 'Eerst in de vs en daarna in het Verenigd Koninkrijk. Ik groeide dus op in Washington en Londen en heb daar ook een bachelor economie gedaan. Ik was ambitieus en wilde net als mijn vader *Botschafter* worden, diplomaat. Wat betekende dat ik eerst onderaan de ladder ervaring op moest doen. Al na drie jaar werd ik ingelijfd door de Stasi. Zij leidden mij op tot ondervrager, Josta. Niet van mensen die verdacht werden van Republikflucht of van figuren die negatieve sentimenten tegen de SED koesterden. Ik ondervroeg de strategisch écht belangrijke figuren, zoals spionnen. Dat deden we op geheime locaties in de DDR. Vaak in ondergrondse bunkers die nog uit de nazitijd dateerden. Maar ik werkte ook in het buitenland. Ik exceleerde in mijn vak en werd vaak ingevlogen bij moeilijke gevallen. Na mijn carrière als ondervrager werd ik spion. Ik stopte daar echter mee toen ik Jörg leerde kennen. Dat was twee jaar voor de Muur viel.'

Hannelore leunt achterover en bestudeert mijn gezicht. Alsof ze mijn mate van geschoktheid wil peilen, maar ik ben helemaal niet verrast over haar oude beroep. Toen ik haar een paar dagen geleden bij haar dode man zag staan, voelde ik meteen dat deze Hannelore Ziegler gevaarlijk is. Vreemd genoeg ben ik niet bang voor haar. Integendeel: ik voel me juist veilig als zij in de buurt is. Zoals een zwak kindje zich op een speelplaats veilig voelt achter de brede rug van een brute vechtersbaas. Deze vrouw is mijn tegenpool. Ik betwijfel of zij ooit als een bang konijn op een snelweg heeft gezeten, verlamd door koplampen.

'Ik ben blij dat ik je ontmoet heb, Hannelore. Ik heb ook een verleden waarin ik dingen gedaan heb waarover ik me nu verbaas en die ik destijds gewoon vond. En ik ben blij dat je me helpt.'

'We zoeken dezelfde dader, Josta.'

'Ja, en dat is al lastig genoeg, want ik tel acht namen van mensen die verdwenen zijn en van wie we niet zeker weten of ze nog leven of dood zijn.'

'Ik kan me niet voorstellen dat ze nog leven. Over jouw vier kameraden is immers gelogen. Zij zaten honderd procent zeker in Hohenschönhausen, terwijl in hun administratieve dossiers staat dat ze gevlucht zijn en dat daarna niets meer van ze is vernomen. De Stasi knoeide alleen met bestanden als ze zeker wisten dat er achteraf geen verrassingen zouden komen. Dus jouw vier collega's leven niet meer. Daar steek ik mijn hand voor in het vuur. Bij die vier bewakers van Schloß Schönwald ligt dat anders. Er staat nergens ook maar iets geregistreerd van mensen die daar gewerkt hebben, maar we weten zeker dát ze er gewerkt hebben. Jij hebt ze daar immers gezien en een van hen, die terminale man die in het ziekenhuis vermoord is, sprak ook over kunstvervalsing in een kasteel bij Königstein. Dus we hebben te maken met een doofpotconstructie. En wanneer er in de DDR zaken in de doofpot gingen, werd dat grondig gedaan, Josta. Vergeet niet dat we te maken hadden met een gesloten totalitair regime. Er was niemand die hen controleerde. Het enige wat ik nu nog kan doen, is nagaan of er tussen jullie arrestatie op 10 februari 1989 en zeg maar begin 1991 mensen door hun familie als verdwenen werden gemeld, waarna jij op basis van de foto's kunt beoordelen of daar een van de bewakers tussen zat.'

Ik knik.

'Is goed. En wat als alle vier de bewakers ook dood blijken?'

'Dan wenden we ons tot de levenden. En de enige personen die nog leven en van wie we zeker weten dat ze betrokken waren bij de Königstein Gruppe zijn jij, Heinz Kramm, Thomas Balden en Helmut Balden. Maar alweer is daar het dilemma van het motief. Heinz Kramm valt volgens jou af, Thomas Balden is hoogbejaard en was alleen zijdelings betrokken, en jouw ondervrager heeft jou na de operatie weer in je bed gelegd. Wat leidt tot de vraag waarom hij daarna weer op jou zou gaan jagen. Hij had je immers een paar maanden eerder zonder problemen te veel morfine kunnen geven. Sowieso vind ik die orgaanroof bizar. Wat moest hij nou met jouw nier? Immers, iemand die zo extreem rijk is, koopt gewoon de nier van een gezond iemand. Er zijn bijvoorbeeld in Wit-Rusland, Oekraïne of Moldavië genoeg jonge mensen die in ruil voor een smak geld een nier willen afgeven.'

Ik buig me voorover en krab aan mijn rechterenkel, terwijl mijn gedachten naar mijn laatste gesprek met mijn ondervrager gaan. Helmut Balden was erg onrustig toen ik door mijn vaste bewaker de ondervragingskamer binnen werd geleid. Hij leunde tegen de muur naast het raam en had zijn armen over elkaar geslagen. Hij deed geen enkele poging tot toenadering en ineens wist ik dat ik de controle over hem verloor. Dat hij me niet meer wilde. Paniek greep me. In een poging om hem weer aan me te binden, stapte ik naar hem toe, tilde mijn vest op, greep zijn rechterhand en legde die op mijn blote buik, waar hij de schopjes van de baby voelde. Ik zag de huid onder zijn hand op en neer gaan. Hij ademde zwaar en was een en al concentratie. Er verscheen een glimlach op zijn gezicht. Een zachtheid die ik nog nooit bij hem had gezien. Ik greep het tedere moment aan om hem te vertellen dat ik me raar voelde, dat mijn benen opgezwollen waren, dat ik hoofdpijn had, wazig zag, misselijk was en tintelingen in mijn vingers voelde. Ik zei hem dat het me niet zou verbazen als het kindje eerder zou komen. Hij sloeg zijn ogen naar me op. In zijn blik zag ik iets wat me verschrikkelijk bang maakte. Zijn tedere blik van daarnet was niet voor mij bedoeld, maar voor het kind. Deze man was bezig om zich van mij los te weken en het enige wat hem nog aan mij bond was de baby. Hij keek nog even naar mijn golvende buik, liep naar de deur, opende die, riep de bewaker en commandeerde: '*Du kannst gehen.*' Ik kon weer naar mijn cel. De herinnering aan zijn warme glimlach toen hij de schopjes van de baby voelde, vermengt zich met de beschrijving van Maria Tauber van die chaotische nacht van 9 op 10 november in het Charité Ziekenhuis. En ineens vallen de puzzelstukjes in elkaar. Ik zie dokter Wiemer weer voor me in het Maastricht Universitair Medisch Centrum, terwijl hij me vertelt dat ik een zeldzame bloedgroep heb. 'Een familielid met dezelfde doelgroep en weefselkenmerken zou erg blij zijn met uw nier,' zei hij. Ja! Dat is het! Hannelore heeft gelijk. Hij had in dat soort landen inderdaad zonder problemen een nier kunnen kopen met zijn miljoenen, maar hij wilde mijn nier. Vanwege mijn zeldzame bloedgroep en mijn weefselkenmerken. Omdat het afstotingsgevaar bij een niertransplantatie dan exponentieel afneemt. Verdomd! Hij was het. Híj heeft mijn dochter gestolen! Hij dacht immers dat het zíjn kind was.

En mijn dochter heeft dus een niertransplantatie gehad. En de enige reden dat ik terug in mijn bed ben gelegd, is dat ik nóg een nier heb, voor het geval deze nier niet goed zou werken. Ik schiet omhoog uit mijn stoel, ren naar het raam en maak dat open. Ik leun met uitgestrekte armen tegen de kozijnen en adem de frisse lucht in. Mijn lichaam gaat schokkend op en neer. Dit is te erg! Dat monster heeft mijn dochter gejat! Maar hoe ging dat dan? Hij was immers getrouwd! Hij droeg een trouwring. Dan kun je toch niet als man met een pasgeboren baby thuiskomen en tegen je vrouw zeggen: 'Schat, hier, een kindje!' Dus wat heeft hij met haar gedaan? Werd ze ook door hem mishandeld? Of misschien zelfs verkracht? Hij was immers gestoord! O, mein Gott. Ik moet haar snel vinden, om haar te redden. Ik draai me met een ruk om. Hannelore kijkt me met verbaasde ogen aan.

'Hannelore, wil jij voor mij nagaan of deze Helmut Balden kinderen heeft,' roep ik hijgend. 'Meer specifiek een dochter die rond 9 november 1989 is geboren, en of zij recent een niertransplantatie heeft gehad.'

Hannelore Ziegler steekt haar duim naar me op en haar ogen beginnen te twinkelen.

36

Ik sluip voetje voor voetje de slaapkamer uit en zoek in het donker mijn weg naar het terras. Gelukkig heeft Tom de gordijnen niet dichtgedaan, waardoor het licht van de straatlantaarns de contouren van zijn woonkamer toont. Ik schuifel naar de keuken, open de terrasdeur, stap de buitenlucht in en adem diep in en uit. De paniekaanval ebt al een beetje weg. Ik hef mijn armen op, zover ik kan, om mijn lichaam uit de angst te trekken. Ik blijf een tijdje zo staan, waarna ik mijn armen laat zakken en de geluiden van de nachtelijke stad op me laat inwerken. Ik loop naar de stenen reling en buig me voorover. Kan ik de agenten zien die voor de deur van het appartementencomplex posten? Ja! Dus ik zou me veilig moeten voelen. En toch ervaar ik dat niet zo. Ik zucht. Heb ik me eigenlijk ooit veilig gevoeld? Als kind had ik immers constant het idee dat iemand mij van achteren vast zou grijpen, en eenmaal volwassen zag ik overal schimmen die me volgden. Zelfs in mijn dromen waren er nog handen die aan me rukten, waardoor ik regelmatig gillend wakker werd. Dus eigenlijk leed ik vóór Hohenschönhausen al aan angsten en slapeloosheid, alleen sliep ik toen meteen weer in als ik wakker werd.

Maar goed, voorlopig woon ik hier, omringd door agenten. Gelukkig heeft Tom een gezellige woning. Het is een driekamerappartement op de bovenste verdieping van een oud industrieel pand aan de rand van het Fritz-Schloß-Park in Berlijn-Moabit. Hij heeft het warm ingericht, met eikenhouten vloeren, lichte grenen kasten en lichtbruine bekleding op de banken. Aan de wanden hangen schilderijen en aquarellen van verschillende kunststromingen. De werken zijn allemaal van goede kwaliteit. Je herkent het penseel van iedere kunstenaar. Dit is de woning van een mens met een ziel. Het voelde meteen als thuis toen hij me vanavond rondleidde. Dat vertelde ik hem ook.

Het leukste vind ik zijn enorme dakterras. Je komt er via de moderne open keuken. De plek is zeker vijf bij tien meter en is in het dak verzonken waardoor het een optimale privacy heeft. Ik blik over de donkere boomtoppen. Ze hebben een zilveren glans door het licht van de maan. Ik zucht. Bei Gott. Hoe graag zou ik nou wel niet door de Vijlener bossen wandelen en langs de Geul slenteren. Ik sluit mijn ogen en probeer de varens te ruiken die in juni het kreupelhout overwoekeren en zo'n heerlijk aroma uitwasemen. Maar het meeste mis ik nog mijn atelier. Het aquarelpapier met het doosje verf dat die attente Tom voor me heeft geregeld geeft mijn schilderdrang de komende dagen wel wat verlichting, maar is het niet helemaal. De geur is anders. Olieverflucht werkt op je wezen en maakt iets los in je hoofd waardoor een creatieve energie vrijkomt die je amper ervaart met waterverf. Ik niet tenminste. Maar goed, ik moet geduld hebben. Er komt een moment dat ik weer naar huis mag.

Ik ga naar binnen, klik de lamp in de woonkamer aan, loop naar het dressoir en bekijk de ingelijste foto's die het leven van Tom vertellen, van jongetje tot man. Hij lacht op elk kiekje. Of hij nu als baby bij zijn vader op schoot zit, als peuter een vishengel omhooghoudt of als tiener de handtekening onder zijn *Abitur* zet. Altijd zijn daar die twinkeloogjes. Zijn jeugd was vol liefde en vreugde. Hij kon zich amper nare incidenten herinneren, behalve liefdesverdriet. Maar ook daarvan herstelde hij meestal snel, vertelde hij me. Zijn positieve energie zocht altijd weer een weg naar buiten. Tom slaagt er goed in om dingen te negeren die hij niet kan veranderen. Mij lukt dat minder. Gaf zijn gelukkige jeugd hem die vrolijke aard? Of is hij van nature zo? Ik denk het laatste. Ik merk dat zijn levenslust mij ook infecteert, want ondanks de dreiging van een volgende aanslag kan ik weer lachen en van mijn lichaam genieten. Daar ligt ook de reden van mijn paniekaanval van zojuist; in de groeiende angst dat zijn positieve energie zich te diep in mij vertakt en ik ervan afhankelijk word. Zeker nu het moment nadert dat ik terugga naar mijn heuvel, waar ik weer alleen ben. Mijn alleen-zijn gaat straks anders voelen. Immers, daar waar ik tot mijn vlucht naar Berlijn geen behoefte had aan andere mensen, verlang ik nu naar Tom. Aanvankelijk dacht ik nog dat mijn vriendschap met hem hetzelfde was als die met Ganbaatar, maar inmiddels weet ik dat dit niet zo is. Vanwege de seks. Mijn relatie met Ganbaatar was puur platonisch, die met Tom is ook fysiek. Ik hunker zelfs naar zijn lichaam. Het is alsof mijn huid met elk contact een nieuw geheugen opbouwt en de aanrakingen van mijn ondervrager dieper wegduwt.

Als we samen zijn, probeer ik mijn emotionele antenne te openen en zijn gevoelens te vangen, maar dat lukt me niet. Net als destijds met Werner zijn mijn eigen emoties te sterk om zijn trillingen te grijpen. Ik weet wel dat Tom geïnteresseerd is in wat ik doe en denk, maar ik weet niet of die belangstelling is gekoppeld aan de meestervervalser Josta Wolf of aan de weduwe Josta Bresse. Ik vermoed aan de eerste, want via mijn DDR-verleden wordt hij waarschijnlijk beroemd, waarna hij zijn droom kan waarmaken en fulltime schrijver kan worden.

Ik pak een van de foto's van het dressoir en bekijk die van dichtbij. Hij staat bij een zwembad en draagt beige shorts met daarop een wit shirt. Hij wordt omringd door zeker tien jonge meiden in bikini. Hij is een stuk slanker dan tegenwoordig en heeft nog geen welstandsbuikje. De setting heeft wel iets weg van een Bacardi-commercial. Zijn droge kleren staan in contrast tot de natte haren van de meisjes. Ik vermoed dat hij even later ook in het water is beland, want de vrouwen kijken ondeugend. Eentje duwt al tegen zijn schouder en een ander grijpt zijn arm. De foto vertelt dat Tom al jong populair was bij de dames. Dat verbaast me niks. Wat me wel verbaast, is dat hij nog steeds vrijgezel is. Mannen zoals hij worden normaliter toch al jong ingelijfd? Toen ik vanavond tijdens het eten vroeg naar het waarom achter het mislukken van zijn relaties, vertelde hij dat de vrouwen in kwestie hem telkens weer naar hun eigen denkbeelden wilden modelleren. Bovendien konden ze hem niet inspireren. Er was na de eerste verliefdheid geen gesprekstof meer. Daarom vindt hij mij ook zo geweldig, zei hij, terwijl hij zijn vork neerlegde, zich over de tafel boog en mijn wang streelde. Ik deed geen pogingen om hem te veranderen en ik deelde zijn passie voor kunst. Toen hij even later spaghettislierten in zijn lepel draaide, voelde ik een enorme drang om hem die ene vraag te stellen die al dagen op mijn lippen ligt: 'Vertel me, Tom, wat ben ik voor jou?' Maar ik zweeg.

'Und Josta, *meine Süße*, kon je weer niet slapen?' klinkt het achter me.

Ik draai me om. Tom staat in de opening van de woonkamerdeur. Hij draagt vanwege de hitte alleen een onderbroek. Zijn blik lijkt ontzettend op die van papa. Die keek precies zo wanneer hij me op zijn schoot tilde na mijn zoveelste nachtmerrie. Zijn stem klonk ook hetzelfde. '*Und meine kleine Maus?*' fluisterde papa, terwijl hij met zijn zakdoek de tranen van mijn gezicht depte. 'Waren er weer spoken in je droompjes?' Waarna hij me verhaaltjes vertelde totdat ik weer in slaap viel.

Ik knik, zet het lijstje op het dressoir en maak aanstalten om naar de slaapkamer te lopen.

Tom komt naar me toe, neemt me in zijn armen en wiegt me heen en weer. De blote huid van zijn benen raakt de mijne en zijn sterke handen strelen mijn rug. Zijn warmte doet me goed.

'Niet meer bang zijn, Josta,' fluistert hij in mijn oor. Hij knijpt me bijna fijn. Na een paar minuten laat hij me los en kijkt me strak in de ogen.

'Ik ben nu bij je, Josta. Dat weet je toch? Dus je bent veilig!' Waarna hij mijn hoofd vastpakt en de tranen van mijn wangen kust.

XIX

'Ik heb mijn rijkdom in wezen te danken aan Josta, of beter aan het schilderij van Paul Klee dat nog op de ezel stond in het atelier van Schloß Schönwald, nadat Josta was gearresteerd en afgevoerd naar Hohenschönhausen. Ik zag het werk de dag na haar internering, toen ik Schloß Schönwald met een speciaal opsporingsteam bezocht. Ik wilde een gevoel krijgen bij de werkomgeving van de leden van de Königstein Gruppe. Bovendien was er natuurlijk een kleine kans dat het dossier ergens in het Schloß was verstopt. Toen mijn collega's hun zoektocht in de gewelfde kelders begonnen, liep ik door de benedenverdieping en ontdekte al vrij snel de enorme serre die als atelier dienst had gedaan. Ik weet nog goed dat ik mijn adem inhield toen ik die fenomenale Paul Klee midden in het atelier zag staan. Het was alsof het schilderij daar voor míj was neergezet, alsof ik een oordeel moest vellen over de kleurenexplosie die zich voor me ontvouwde. Het werk was een variatie op het in 1928 door Paul Klee geschilderde Burg und Sonne. En net als in "Kasteel en zon" was ook dit doek voor negentig procent opgebouwd uit kleurrijke vlakken met op drie plekken een turquoise bol. De kracht van de kleuren en vormen ontroerde me. Hoe was het mogelijk dat een mens zo'n geniale vervalsing kon maken? Ik liep naar het schilderij en zag dat er op de achterkant een papiertje was geplakt. Daarop stond: Das Land hinter der Mauer. Geschrokken deed ik een stap naar achteren en keek opnieuw naar het schilderij waarna ik een totale beklemming ervoer en ineens wist wat Josta had geschilderd: de DDR. Inderdaad. Het land achter de Muur. Aan de rechterkant van het schilderij, binnen de muren die precies de landsgrenzen van de DDR volgden, waren de kleuren namelijk mat en de vlakken saai. Zonder variatie. Links op het schilderij, buiten de muren, waren de kleuren fel en de vlakken speels. Het contrast tussen het troosteloze Oosten en het frivole Westen greep me naar de keel. Ineens drong het tot me door dat Josta een grotere kunstenaar was dan de man die ik al vanaf mijn achtste bewonderde. Het was toen dat ik besloot het schilderij te stelen. Snel keek ik om me heen en zag in een hoek een wit laken dat over enkele doeken was gehangen. Ik greep de lap stof, gooide die over het schilderij, pakte het van de ezel en rende ermee naar mijn auto. Daar aangekomen, opende ik mijn kofferbak en verstopte "Het land achter de Muur" onder een deken en nam het mee naar huis.

Ik sprak met niemand over het schilderij en deed alsof het nooit had bestaan. Tot 5 november 1989, toen ik Werner voor de derde keer op de Stoel had gezet. Een paar dagen eerder had Günter me namelijk na een Stoel-sessie verteld dat Josta op 24 december 1988 een Kandinsky-vervalsing had afgerond. Dit werk was echter nooit bij de Kunst und Antiquitäten GmbH ingeleverd, wat betekende dat ofwel een van de leden van de Königstein Gruppe ofwel een van de bewakers het doek had ontvreemd. Om het geheugen van de gevangenen wat op te frissen gingen ze allemaal op de Stoel. Werner was de laatste die ik sprak. Hij was er slecht aan toe. Verschillende lichaamsfuncties waren uitgevallen. Hij werd in een rolstoel naar mijn kamer gereden. Ik kan me die ochtend nog goed herinneren. Ik had niet geslapen en had een slecht humeur. De dag ervoor had een miljoen mensen op de Alexanderplatz tegen het regime gedemonstreerd. De Wende hing al in de lucht.

Toen ik Werner vroeg waar de Kandinsky gebleven was, vertelde hij lispelend dat hij het schilderij verborgen had. Als appeltje voor de dorst en dat hij me de verstopplek zou

wijzen onder de plechtige belofte dat ik hem na overdracht
van het schilderij vrij zou laten. Ik vroeg in welk deel van de
DDR *het schilderij zich bevond. Dat bleek in Berlijn te zijn.*
Dus dichtbij. Ik dacht na over zijn aanbod, terwijl ik hem
een kop koffie in zijn trillende handen duwde. Ik had de
mogelijkheid om hem mee te nemen naar de plek waar hij
het schilderij verstopt had. Ik werd immers niet gecontro-
leerd door de reguliere bewakers van Hohenschönhausen,
en gezien zijn zwakke fysieke staat zou het voor mij niet zo
heel moeilijk zijn hem meteen daarna weer terug te brengen
naar Hohenschönhausen. Hij kon immers niet meer lopen
en was totaal uitgeput. Ik ging akkoord en beloofde dat ik
hem vrij zou laten in ruil voor die Kandinsky. Die belofte
heb ik niet gehouden. Werner was immers een dief.
Werner nam echter wraak voor het feit dat ik hem niet
had vrijgelaten. Op 9 november in de late middag vertelde
hij me dat de schilderijen van Josta geen waarde hadden.
Josta had ze allemaal van een geheim JW-teken voorzien,
waarna hij me tot in detail uitlegde hoe ik dat geheime
JW-teken kon herkennen. Het zou alleen maar een kwestie
van tijd zijn voordat de een of andere kunstkenner dit te-
ken zou ontdekken, fluisterde hij met een hatelijke lach op
zijn gezicht, waarna de verkopers van haar werken enorme
schadeclaims tegemoet konden zien. Ik werd zo woedend
dat ik direct naar de cel van Josta beende om haar ter ver-
antwoording te roepen. Toen de bewaker haar deur open-
maakte, lag ze echter bewusteloos op de vloer. Even later
werd ze naar het Charité Ziekenhuis gebracht.'

37

Nerveus speur ik vanuit het raam de straat af. Er staan nog steeds twee agenten beneden voor de ingang van het appartementencomplex van Tom. En ofschoon ik ze niet kan zien, weet ik dat de straat aan beide kanten eveneens wordt bewaakt door agenten in uniform. Alle personen die de straat in willen rijden, moeten zich eerst legitimeren. Ik probeer mezelf te kalmeren, maar dat lukt maar moeilijk. Ik draai me om en loop via de keuken naar het dakterras. Hier check ik de blauwe hemel op drones. Er is niks te zien. Dat zou dan kloppen met wat de agent vertelde: dat drones een vluchtverbod hebben boven dit deel van Berlijn.

De brute moord op die arme politieagent is inmiddels nationaal nieuws en het filmpje van Tom rouleert op sociale media. Het was zojuist al een paar honderdduizend keer bekeken. De verontwaardiging is groot en zelfs de *Justizminister* bemoeit zich met de kwestie. Alle registers worden opengetrokken om de moordenaars te vinden. De Duitse politie vertelt me niets over de voortgang van haar onderzoek, wat ik begrijp. Ze waren blij met mijn gedetailleerde tekeningen van beide mannen. Mijn schetsen deden niet onder voor een pasfoto. De rechercheur die de leiding heeft heet Paul Schilazki en is een sympathieke zestiger met een grijze bos krullen en een stevig postuur. Nadat hij de video-opnamen van mijn gesprekken met Uwe Schröder en Maria Tauber had bekeken, zei hij dat hij verwachtte dat mijn identiteitskwestie snel zou worden '*geklärt*'. De man staat kort voor zijn pensioen. Paul Schilazki maakt op mij de indruk van een *Macher*, een organisator die niet lult, maar handelt. Hij had al binnen een paar uur geregeld dat Uwe Schröder en Maria Tauber een document ondertekenden waarin ze stelden dat beiden onder dwang van de Stasi hadden verklaard dat Josta Wolf in de nacht van 9 op 10 november 1989 in het Charité Ziekenhuis was overleden. Daarmee is nog niet bewezen dat ik Josta Wolf ben, zei hij met een bemoedigende glimlach, maar het leek hem wel bewezen dat er door het DDR-regime fraude was gepleegd, waardoor mijn positie nu een heel sterke was. De bewijslast wordt nu in wezen omgedraaid. Zeker ook gezien alle details die ik kon verstrekken over de Königstein Gruppe.

Het inventarisatiegesprek met Paul Schilazki en zijn collega duurde ruim twee uur. We bespraken het uitgebreide overzicht dat Hannelore en ik gemaakt hadden van alle personen die ook maar enigszins betrokken waren bij ons vervalsingswerk. Ik vertelde hem kort voor het einde ook over mijn orgaanroof en het feit dat ik mijn ondervrager uit Hohenschönhausen aan mijn operatiebed had zien staan en dat ik vermoed dat hij degene is die mijn baby heeft gestolen.

'Weet u hoe uw ondervrager heet?' vroeg Paul Schilazki.

'Ja, inmiddels wel. Hij heet Helmut Balden en is de zoon van een ex-Stasiman met de naam Thomas Balden. Helmut Balden is enig aandeelhouder van de miljardenfirma PK Invest.'

'Helmut Balden van PK Invest?' vroeg hij verbaasd. 'Weet u dat héél zeker?' Zijn blik stond alert.

'Ja, hoezo?' vroeg ik. Mijn handen streken over mijn dijen.

'Nou, deze Helmut Balden is een van de rijkste mannen in Duitsland en bovendien persoonlijk bevriend met diverse topfunctionarissen in de Russische Federatie. Wanneer u hém beschuldigt van de diefstal van uw nier moet u zeker weten dat u die beschuldiging keihard kunt bewijzen. Alleen uw getuigenis dat hij aan uw operatiebed stond zal niet voldoende zijn. Deze man is meedogenloos en schakelt meteen de beste advocaten van Duitsland in om u te vermorzelen,' zei hij. 'Ik bedoel natuurlijk "bij wijze van spreken",' meldde hij erachteraan. Waarschijnlijk om zijn spontane reactie iets te nuanceren.

Ik slikte. *Een van de rijkste mannen in Duitsland*, zei Schilazki. En alweer is daar de vraag hoe hij dat voor elkaar heeft gekregen. Toen ik die aan Paul Schilazki stelde, had hij geen antwoord. Hij wist niets van het verleden van Helmut Balden. Er was sowieso iets veranderd in zijn houding nadat de naam Helmut Balden was gevallen. Het ongedwongene was weg. Bovendien maakte hij meteen na het onderwerp aanstalten om het gesprek te beëindigen. Toen mijn ogen tijdens de afronding die van Paul Schilazki ontmoetten, wist ik wat die druk veroorzaakte: bezorgdheid. Ineens moest ik weer denken aan de opmerking van Hannelore, bij het lijk van haar man. 'Er zijn mensen die machtiger zijn dan de macht.' Hannelore heeft gelijk. Helmut Balden is machtiger dan de macht en zal dus nooit gearresteerd worden, laat staan veroordeeld. En zolang hij leeft, zal hij op me jagen. Dit konijn kan wel in de struiken duiken en proberen weg te rennen voor de koplampen, maar Helmut Balden zal me vinden en me neerknallen. Letterlijk waarschijnlijk. Er is dus weinig veranderd sinds mijn opsluiting in Hohenschönhausen in 1989. Hij heeft nog steeds de macht over me. Het enige verschil met toen is dat ik nu een medestander heb: Hannelore Ziegler.

Ik zucht, loop weer naar het raam van Toms woonkamer en verken opnieuw de straat. De agenten staan er gelukkig nog steeds. Mijn telefoon gaat over en ik stap naar de salontafel en klik op het groene hoorntje.

'Ja, bitte.'

'Dag Josta, met Tom.'

Mijn hart maakt een sprongetje.

'Ha Tom, wanneer kom je naar huis?' vraag ik. Ik lijk wel

een aanhankelijk huisvrouwtje.

'Voorlopig nog niet, Jossie, want luister, er is een halfuur geleden een belangrijk bericht bij onze redactie binnengekomen. Bij Füssen in Beiern is de BMW gevonden die gebruikt is voor de aanslag op die agent en op Jörg Ziegler. In de auto zaten twee mannen. Ze zijn allebei dood. Ze zijn met hun auto in een afgrond gereden. De toedracht wordt op dit moment onderzocht, maar het zou me niet verbazen wanneer dit als een auto-ongeluk wordt afgedaan. Voor zover bekend waren er geen andere weggebruikers bij het incident betrokken. Ik vermoed dat het opzet was, maar ik betwijfel of de officiële instanties dit zo zullen zien. Kortom: onze getuigenissen zijn niet meer relevant, Josta. Ik weet niet wat de politie nu gaat doen, maar ik vermoed dat onze bescherming op korte termijn zal worden opgeheven.'

Mijn hart bonkt in mijn oren. Er is dus een aanslag gepleegd op de aanslagplegers, wat betekent dat de opdrachtgever zeker wil zijn dat zijn huurlingen niet gaan praten.

'Jezus, Tom. Wat gebeurt er met ons als de politie de beveiliging stopzet?'

'Geen idee, ik ga nu met mijn directeur overleggen over maatregelen, ook gezien onze voorgenomen publicaties over de Königstein Gruppe. Ik bel je terug wanneer ik nieuws heb.'

38

Ik was zojuist behoorlijk verrast toen Hannelore onaangekondigd voor mijn deur stond met de dochter van de vermoorde Ralf Engel.

'Dit is Claudia Engel, Josta, zij gaat ons helpen,' zei ze, terwijl ze de deur openduwde en naar binnen liep.

Inmiddels zitten we midden op het grote terras van Tom. Het is bewolkt, maar toch drukkend warm. Onweer hangt in de lucht. Een zacht windje brengt gelukkig wat koelte. Hannelore heeft het terras als vergaderlocatie gekozen. Volgens haar is de plek waar we nu overleggen afluistervrij. Ze heeft duidelijk geen vertrouwen in de integriteit van de Duitse politie.

'Beroepsdeformatie,' zei ze toen ik haar vroeg waarom ze dacht dat het huis van Tom werd afgeluisterd.

'Ik heb geleerd dat alles te koop is, Josta. Een man die miljarden bezit, maakt een goede kans om een agent met een modaal salaris als mol te rekruteren.'

In die redenering zat natuurlijk een kern van waarheid.

Claudia Engel is ongeveer even oud als Hannelore en is sinds de gruwelijke moord op haar vader de nieuwe eigenaar van Galerie Am Lietzensee. Informeel geeft ze echter al sinds 1995 leiding aan het beroemde veilinghuis van Ralf Engel, vertelde ze. In dat jaar kreeg haar vader een eredoctoraat aan de Humboldt-Universität Berlin, waarna hij zich meer en meer ging toeleggen op wetenschappelijk onderzoek naar Duits expressionisme. Hij fungeerde alleen nog maar naar buiten toe als boegbeeld. Claudia Engel is ernstig ziek. Ze heeft alvleesklierkanker en heeft niet lang meer te leven. Dat is ook te zien. De kleine vrouw is broodmager en haar huid heeft een geelgroene tint. Vanwege haar ziekte zit ze momenteel vol in de overdracht van het veilinghuis aan haar bijna veertigjarige zoon, die net als zijn opa een passie heeft voor de expressionisten. Claudia Engel is er alles aan gelegen om het leven van haar zoon te beschermen.

'Weten jullie zeker dat niemand jullie is gevolgd?' vraag ik.

Hannelore kijkt me verontwaardigd aan.

'Josta, bitte,' zegt ze verwijtend. 'Ik ben een professional. Het was ooit mijn beroep om onzichtbaar te zijn, en je denkt toch niet dat ik Helmut Balden op het spoor van Claudia zet?'

'*Geht klar.*' Ik zet een kan met koud water op de terrastafel en observeer beide vrouwen. Ze hebben iets essentieels gemeen: hun geliefden werden op dezelfde ochtend door dezelfde huurlingen vermoord. Ze zoeken dezelfde opdrachtgever. En ze doen dat beiden liever zonder bemoeienis van de politie. Hannelore omdat ze op haar manier met de opdrachtgever wil afrekenen en Claudia omdat ze vreest voor het leven van haar zoon, die de grote vertrouweling van haar dode vader was. Toen Hannelore eergisteren contact opnam met Claudia Engel, hadden beide vrouwen dan ook direct een klik, zo vertelden ze me.

'Laten we even samenvatten wat we nu allemaal weten,' zegt Hannelore, terwijl ze met haar pen op haar schrift tikt.

'Helmut Balden heeft in januari 1991 Ralf Engel bezocht en hem gedwongen om een Wassily Kandinsky en een Paul Klee te verkopen. Ralf wíst dat beide werken vervalsingen waren, want hij had al eerder ontdekt dat een van de vervalsers van de Königstein Gruppe met een geheim JW-teken signeerde. Echter, Helmut Balden chanteerde Ralf Engel met het feit dat hij voor de Kunst und Antiquitäten GmbH diverse vervalsingen had geveild. Dus verkocht de vader van Claudia ook deze twee werken, hopende dat het de laatste schilderijen waren. Immers, de Muur was gevallen, wat betekende dat de Kunst und Antiquitäten GmbH was opgeheven. De Paul Klee werd onderhands verkocht aan de Russische oligarch Sergey Lasanov, een oude bekende van de familie Balden, want de vader van Sergey Lasanov was een KGB-topman die in de jaren zeventig met zijn gezin in Berlijn was gestationeerd. Hij werkte in die periode nauw samen met Thomas Balden. Helmut Balden en deze Sergey werden toen zoiets als vrienden. Tegenwoordig is Sergey een van de machtigste telecommannen van de Russische Federatie. Er wordt vermoed dat hij nauwe contacten onderhoudt met de Russische maffia. PK Invest is een belangrijke zakenrelatie en kon via interventie van Sergey Lasanov infiltreren in de Russische markt.' Hannelore kijkt even op, pakt haar glas water en neemt een slok.

'Wat ik nu vermoed,' zegt ze, 'is dat Helmut Balden in 1991 zelf contact heeft opgenomen met deze Sergey Lasanov en het deed voorkomen alsof hij zo kort voor de Wende nog een schilderij ergens in een depot had "gevonden". Aangezien op dat moment zowel de Kunst und Antiquitäten GmbH als de DDR al waren opgeheven, had het weinig zin om de inkomsten van dat schilderij in de kas van de Bondsrepubliek Duitsland te laten vloeien. Waarschijnlijk heeft Helmut Balden een deal voorgesteld: Sergey zou de Paul Klee tegen een fors gereduceerde prijs kunnen kopen onder de voorwaarde dat hij de naam van de verkoper geheimhield. Wellicht heeft Sergey Lasanov al eerder laten doorschemeren dat hij wel kunst wilde kopen, want beleggen in kunst kwam toen al op onder de nieuwe Russische elite. De taxatie en verkoop werden vervolgens gedaan door dé autoriteit op het gebied van Duits expressionisme: Ralf Engel van Galerie Am Lietzensee. Wat Claudia en ik nu vermoeden, is dat Ralf Engel werd vermoord, omdat Helmut Balden na de onthullingen in de *Frankfurter*

Allgemeine door die terminale ex-Stasibewaker van Schloß Schönwald geen enkel risico meer wilde nemen en alle bewijsmateriaal over de verkoop van de vervalsing wilde vernietigen. Immers, wat ik ook heb ontdekt, is dat PK Invest op het punt staat om een van de grootste telecombedrijven van Rusland over te nemen en daarvoor heeft hij de steun van Sergey Lasanov nodig. En stel je voor wat er gebeurt als deze Sergey Lasanov ontdekt dat zijn jeugdvriend hem vele miljoenen heeft laten betalen voor een vervalsing? Dan is het niet alleen einde deal, maar dan wordt er ook ogenblikkelijk een telefoontje gepleegd naar een bevriende maffioso die dan opdracht krijgt om met Helmut Balden en zijn gezin af te rekenen. De angst dat Sergey Lasanov achter dit bedrog komt, is waarschijnlijk ook de reden dat Josta moet sterven. Zij is immers nog het enige levende lid van de Königstein Gruppe. Bovendien is Josta na de dood van Ralf Engel nog de enige persoon die twee essentiële dingen weet: dat die Kandinsky en Klee vals zijn en dat al haar vervalsingen met een geheim JW-teken werden gesigneerd.' Hannelore leunt naar achteren en drinkt opnieuw uit haar glas water.

'*Na so was*,' fluister ik en laat de informatie even op me inwerken.

'Maar, wacht eens even,' zeg ik, 'hebben we eigenlijk wel bewijs dat die twee huurlingen voor Helmut Balden werkten?'

Hannelore schudt haar hoofd.

'Nee, Josta, dat bewijs hebben we niet en die link gaan wij ook niet vinden. Helmut Balden heeft beslist een tussenpersoon ingeschakeld. Kijk, dit is net als een puzzel. Als je alle stukjes hebt gelegd en je hebt nog maar één gaatje over, kun je vaak het ontbrekende stukje uittekenen. Dat is hier ook zo. Die huurlingen zochten iets.'

'Wat dan?' vraag ik.

Hannelore kijkt even naar Claudia. Deze glimlacht bemoedigend. 'Iets wat kan bewijzen dat Ralf Engel door Helmut Balden werd gedwongen om die Paul Klee aan Sergey Lasanov te verkopen.'

'En wat zou dat dan moeten zijn?' vraag ik. Ik tast nog steeds in het duister.

Hannelore buigt zich voorover, tilt haar tas op, ritst 'm open, haalt er een cd uit en zwaait ermee.

'Dit, Josta. Een opname van een treffen tussen Helmut Balden en Ralf Engel. Het oorspronkelijke gesprek staat overigens op een cassettebandje dat de notaris aan Claudia heeft overhandigd, tijdens de toelichting op het testament. Wat blijkt: Ralf heeft stiekem een opname gemaakt van een gesprek met Helmut Balden. De opname vond buiten plaats, tijdens een wandeling. Uit hun discussie valt heel duidelijk af te leiden dat Balden wíst dat hij een vervalsing aan Sergey Lasanov aanbood en je hoort hoe Ralf door Balden wordt gedwongen om de verkoop door te zetten. Er is onmiskenbaar sprake van chantage. Wat Claudia en ik vermoeden, is dat Ralf een kopie van die opname na de verkoop aan Helmut Balden heeft gegeven en hem gezegd heeft dat hij de inhoud openbaar zou maken als Balden hem ooit nog eens zou dwingen om een vervalsing te verkopen. We komen tot die conclusie omdat Ralf, naast jou, nog de enige was die twee dingen wist en daarover ook zou kunnen getuigen: dat die laatste Kandinsky en Klee een vervalsing waren en dat alle werken met een JW-teken waren gesigneerd. Ralf was ook de enige met die kennis die niet is verdwenen en ook geen ongeluk heeft gekregen. Immers, Werner Lobitz, Günter Schonhöfer, Klaus Hajek, Manfred Wimmer, Diederich Schulz, Peter Wulka en de vijf Stasibewakers in Schloß Schönwald zijn allemaal verdwenen, verongelukt of koelbloedig geliquideerd, zoals het geval was bij die terminale ex-Stasiman. De enige die nog leeft en die wat van de Königstein Gruppe afweet is Heinz Kramm, maar hij weet niks van jouw JW-teken en hij weet

362

niet dat jij kort voor jouw arrestatie nog een Kandinsky en een Klee hebt gemaakt. Claudia en ik denken dat Helmut Balden het risico van de dode Ralf Engel groter vond dan van een levende, totdat die terminale ex-Stasiman begon te praten. Toen moest hij in actie komen en stuurde die twee huurlingen op hem af. Waarschijnlijk om via martelen alsnog aan die opname te komen. Ralf Engel stierf echter aan een hartaanval nog voordat beide heren met hun martelwerk konden beginnen.'

Claudia Engel knikt en slaat haar ogen neer. Tranen rollen over haar wangen.

'Zijn oren zijn dus na zijn overlijden afgesneden?' fluister ik.

'Ja,' zegt ze. 'Toen ik die opname met dat gesprek hoorde, begreep ik ineens waarom mijn vader vaak zo stil was. Zijn goede naam betekende alles voor hem. Hij heeft al die jaren geleefd met de angst dat zijn bedrog uit zou komen.'

'Soms dwingen de omstandigheden je om dingen te doen die je liever niet zou doen, Claudia,' zeg ik en denk aan mijn eigen vervalsingswerk.

'Trouwens,' zegt Claudia, 'ik vermoed dat mijn vader in het begin helemaal niet wist dat hij vervalsingen verkocht. Hij is daar pas begin 1988 achter gekomen, toen hij twijfels had over de echtheid van een Ernst Ludwig Kirchner. Ik vond een plastic mapje in zijn klapper met meerdere foto's van schilderijen van hem en een doekanalyse. Op de achterzijde van het doek scheen een sticker te zitten van een kunsthuis uit Berlijn dat al failliet was toen Ernst Ludwig Kirchner in die broze stijl begon te schilderen. Die hadden dus nooit een doek van hem kunnen verkopen.'

'Aha, dan hebben Klaus Hajek en Günter Schonhöfer hun werk dus niet goed gedaan,' zeg ik met woede in mijn stem. Hoe moeilijk was het immers om dat soort eenvoudige informatie te controleren?

Hannelore bladert door haar schrift.

'O ja, Claudia en ik hebben nog iets belangrijks ontdekt, Josta,' zegt ze, terwijl ze me aankijkt. 'Helmut Balden is een Paul Klee-fanaat en koopt al enkele jaren elke Paul Klee op die wordt geveild. De aankoop gaat via een tussenpersoon, maar Helmut Balden komt altijd zelf even kijken om het schilderij te beoordelen. Dit is ook bekend in de veilingwereld. Vreemd genoeg heeft hij echter jouw Paul Klee met als titel *De fee op de heuvel*, die het Veilinghuis Linnemann in Keulen begin dit jaar te koop aanbood, níet gekocht. Claudia heeft vanochtend met haar collega daar gebeld. Ze kent de eigenaar van Veilinghuis Linnemann al vele jaren via het circuit. Hij vertelde haar dat Helmut Balden het werk wel heeft bekeken, maar vreemd reageerde toen hij het schilderij een paar minuten had bestudeerd. Vervolgens vroeg hij heel dwingend de gegevens van de persoon die het werk te koop had aangeboden. De directeur van Linnemann weigerde, maar een administratief medewerker heeft jouw naam en adres uiteindelijk wel verstrekt, nadat hij steekpenningen had ontvangen.'

Mijn ademhaling valt stil. Hij wist het dus, van mijn JW-teken. Hoe is hij dáár achter gekomen? Ik leg mijn hoofd in mijn nek en staar naar de grijze wolken die voorbijdrijven. Er waren maar twee personen op de hoogte van mijn JW-teken: Werner en Ralf Engel. Eén van beiden heeft het hem dus verteld. Ik vermoed Werner. Onder dwang, in Hohenschönhausen. Hoe dan ook: mijn ondervrager wist het dus én hij heeft via die medewerker van het Veilinghuis Linnemann mijn adres gekregen. Hij kon me dus van mijn bed lichten en een nier van me stelen.

'Zeg, Hannelore, heb je ook ontdekt hoe het zit met zijn gezinssituatie? Of hij een dochter heeft die rond 9 november 1989 is geboren?'

Op het gezicht van Hannelore verschijnt een glimlach.

'Jazeker, dat is het toetje dat ik voor het laatste wilde bewaren. Helmut en Katja Balden hebben maar één kind, een dochter. Het meisje is op 10 november 1989 geboren in Magdeburg. Ze heet Emma en is een getalenteerd pianiste. Ze is toen ze twintig was het huis uit gegaan en maakt tegenwoordig deel uit van een groep van vier experimentele muzikanten die nieuwe muziek componeren door Aziatische en westerse klanken te mengen. Heel apart, maar niet geschikt voor een groot publiek. Maar om geld hoeft deze Emma zich niet druk te maken. Ze heeft een toelage en haar vader schonk haar een prachtig penthouse in Berlijn, aan de Potsdamer Platz. Trouwens, sinds de herfst van 2013 heeft Emma Balden niet meer opgetreden. Het schijnt dat ze in Polen de een of andere infectieziekte heeft opgelopen. Ze woont op dit moment op het landgoed van haar ouders. In een bos bij de Tsjechische grens. Ze schijnt overigens wel weer een concert te hebben aangekondigd. Op zaterdag 6 september geeft ze met haar groep een uitvoering, in het kleine Theater O-TonArt hier in Berlijn. Zorg ervoor dat je stevig zit, als je haar straks gaat googelen, Josta. Ze lijkt namelijk als twee druppels water op jou.'

Ik schiet omhoog en begin te ijsberen over het terras. Ik moet bewegen anders gaat het weer mis in mijn hoofd. Ik stap van de ene kant naar de andere. Mijn borstkas gaat op en neer en tranen vormen zich. Ik wist het! Dat varken heeft haar gestolen. Ze hebben haar dus Emma genoemd. Die naam was niet mijn keus. Mijn dochtertje heette in mijn gedachten altijd Gabriela. Mijn Duitse variant op Ganbaatar. Mijn ondervrager wíst dat ik haar Gabriela wilde noemen en toch heeft hij haar de naam Emma gegeven. Wat gemeen! Ik draai me om en loop weer naar de terrastafel.

'Heb jij een tablet bij je, Hannelore?'

'Uiteraard,' zegt ze en pakt het toestel uit haar tas en tikt wat zaken in. 'Hier, kijk maar.'

Ze draait het scherm mijn kant op. Ik pak de tablet aan en loop ermee naar binnen. Buiten is te veel licht. Ik leg de tablet op het aanrecht, buig me voorover en bekijk de foto's. Ik voel me duizelig worden en begin te hijgen. Dit is niet te geloven. Zij lijkt inderdaad veel op me. Ik schud mijn hoofd. In mijn denken moet ik nu alles bijstellen. Mijn dochter was voor mij immers altijd die mollige Gabriela die ik kort na haar geboorte even zag, maar ze is geen baby meer. Ze is een volwassen vrouw en ze heet Emma.

'Hoe gaat het met je?'

Hannelore is de keuken in gelopen en staat naast me.

'Dit is niet te vatten.' Verdwaasd leun ik tegen het kookeiland. 'Ze hebben maar één kind, zei je. Dat betekent waarschijnlijk dat ze geen kinderen konden krijgen. Weet je, ik snap nu ook waarom hij me niet tot abortus dwong. Ik was zijn draagmoeder. Dat monster heeft de diefstal van mijn baby tot in detail gepland. Ik zag het aan zijn blik, toen hij zijn hand op mijn buik legde om haar schopjes te voelen. Ik was maar een object voor hem. Hij wilde me vermoorden, Hannelore, na de bevalling. De puzzelstukjes vallen in elkaar. Zijn opmerkingen. Zijn gedrag. En vijfentwintig jaar later ben ik nog steeds een object voor hem, namelijk de drager van een nier.'

Ik leg de tablet neer en adem een paar keer diep in en uit.

'Weet je, Hannelore, deze man zal alles doen wat hij kán doen om mij uit de weg te ruimen. En waarschijnlijk heeft hij Tom ook al in het vizier, omdat hij zal denken dat ik hem dingen verteld heb. Tom publiceert immers over het dossier. Wij zullen nooit meer rust hebben.'

Hannelore schudt haar hoofd en trekt me mee naar het terras.

'Nee, Josta, hij zal jou niet liquideren,' fluistert ze als we weer bij de terrastafel staan. 'Claudia en ik hebben een plan bedacht. We weten hoe we Helmut Balden in de val kunnen lokken, maar daarvoor hebben we jouw hulp nodig.'

'Mijn hulp? Voor wat?' vraag ik.

'Claudia gaat een nieuwe en nog onbekende Paul Klee in de verkoop doen, maar jij moet die Paul Klee wel eerst schilderen. En deze keer mag je het werk niet met JW signeren.'

XX

'Poststreptokokken-glomerulonefritis. De eerste keer dat de nefroloog ons deze diagnose vertelde, vroeg ik haar of ze dit onmogelijke woord voor me wilde opschrijven. Inmiddels kan ik het dromen. Ik gaf Katja de schuld dat jij in Polen die klote-infectie hebt opgelopen. Vanwege de slechte hygi-enische omstandigheden in dat tehuis. Mama was immers degene die zo nodig aan liefdadigheidswerk moest doen. Ze kon toch ook gewoon geld overboeken? Ze hoefde toch niet per se naar al die ellendige plekken toe? En je neemt dan toch je dochter niet mee op humanitaire transporten? Je mag rustig weten dat jouw ziekte heeft geleid tot een huwelijkscrisis, ofschoon we dat voor jou goed verborgen hielden. Wat ik Katja ook verwijt, is dat ze mij niets ver-teld heeft over jouw affaire met die Poolse maatschappelijk werker. En dat je daarom in Polen bleef en de koorts en keelpijn negeerde die maar aanhielden. Mama riep dat wij als ouders niets meer te eisen hadden. Je was immers een volwassen vrouw met een eigen leven. Je had ons zelfs niet verteld dat je bloed plaste, en dat je urine schuimde. Je kwam verdomme pas in actie toen je voeten dik werden, je benauwd werd en merkte dat je nog maar amper naar het toilet ging. Toen het dus al te laat was en we je per helikop-ter in Polen konden gaan ophalen om je vervolgens hier bij een topkliniek af te leveren. Wat volgde was een gruwelijke medische molen.

Mama en ik waren helemaal overstuur toen we je in dat ziekenhuisbed zagen liggen. Met dat grote infuus in je hals, gekoppeld aan een dialysemachine om je bloed te zuiveren. Nog ellendiger werden we toen de nefroloog ons meldde dat de penicilline niet aansloeg. De boodschap dat je nierfunctie niet meer zou herstellen en dat je dus zou moeten blijven dialyseren, maakte ons ziek. Mijn prachtige, getalenteerde dochter zou een shunt krijgen en moest drie keer per week vier uur dialyseren, moest dieet houden en gore medicijnen slikken. Bovendien was de kans dat je als dialysepatiënt nog kinderen kon krijgen gering. Je toekomst lag aan diggelen, want je wilde zo graag een baby. Ook al zo'n punt van discussie binnen ons gezin. Jouw drang om een kind te willen, zonder een vaste partner te hebben.

Maar goed, een paar weken later opperde ik tijdens een gesprek met de nefroloog een niertransplantatie. De keelinfectie was genezen en de tests wezen uit dat je er nog gezond genoeg voor was, maar de arts zei dat de wachtlijst zes jaar was. Wat ik belachelijk vond. Met mijn miljoenen kon ik overal wel een nier kopen. Maar de nefroloog vertelde dat je een zeldzame bloedgroep hebt. Daarom informeerde hij of een familielid een nier kon doneren. Een nier met overeenkomst in weefselkenmerken zou beter zijn. Ik viel af, omdat ik suikerziekte heb. Bovendien heb ik bloedgroep o-negatief. Dus kwam de vraag of de moeder niet kon doneren. Zij zou ideaal zijn, omdat dan de helft van het erfelijk materiaal overeenkwam en het risico op afstoting kleiner zou zijn. Daarnaast zou de nier van een levende donor ook gauw vijf tot zeven jaar langer meegaan dan die van een overleden donor. Een nier van je moeder zou jou de kans geven om kinderen te krijgen en ze zelf op te voeden. Je liefste wens zou alsnog vervuld kunnen worden. Katja en ik keken elkaar onthutst aan. Opeens was daar het moment dat wij alsnog verantwoording moesten gaan afleggen voor de ergste rechter die maar denkbaar is: je eigen kind.

Na afloop van het gesprek ging jij naar de dialyseafdeling. Ook mama en ik liepen de kamer van de nefroloog uit en installeerden ons in de wachtkamer. We waren alleen.

Mama begon te huilen en zei dat dit onze straf was, dat we nu moesten boeten voor het feit dat wij jou gestolen hadden en dat we jou nooit hadden verteld dat we niet jouw echte ouders zijn. En dat er geen ongunstiger situatie was dan deze om die boodschap over te brengen. Nu je zo ernstig ziek was en naast je fysieke leed ook nog moest verwerken dat je ouders je over de essentie van je bestaan hadden voorgelogen. Katja jammerde dat dit bericht je misschien zou breken. In mij leefde dezelfde angst. Ik was minstens even bang dat ik je zou verliezen, maar was helder genoeg om je fysieke gesteldheid voorrang te geven.

Dus daar, op dat bankje in die onaangename wachtkamer, vertelde ik Katja dat de biologische moeder nog leefde, dat ze dus niet gestorven was tijdens de bevalling, maar een paar uur daarna uit het Charité was gevlucht. Ik biechtte ook op dat ik wist waar de biologische moeder woonde. Ik vertelde Katja dat ik daar per toeval achter was gekomen, toen er in januari een nieuwe Paul Klee via een veilinghuis in Keulen te koop werd aangeboden. Ik ging meteen kijken en ontdekte het geheime JW-teken en wist dus meteen dat dit een schilderij van Josta Wolf was. Na een overboeking van een enorm bedrag aan steekpenningen vertelde de boekhouder mij de naam en het adres van de verkoper. Het bleek inderdaad Josta te zijn, die inmiddels Josta Bresse heette. Ze woonde in Nederland, net over de grens bij Aken. Nog diezelfde dag regelde ik een detectivebureau dat haar 24/7 ging bewaken. Uit de verslagen kon ik opmaken dat Josta in december 2013 weduwe was geworden en helemaal alleen op die heuvel woonde, als een kluizenaar, zonder noemenswaardige contacten met de buitenwereld. Ze wisselde haar werk in haar atelier af met wandelingen door de bossen. Weer of geen weer. En elke woensdag en zondag ging ze naar het kerkhof en zat dan een tijdje op de grafsteen van haar overleden man en praatte aan één stuk door. Tegen niemand. Of tegen hem, want soms hief ze haar hoofd op en zwaaide naar de wolken. Wat me verder opviel, was dat alles wat ze deed een vast ritme had. Met vaste tijdstippen. Het is kenmerkend gedrag van mensen die lange tijd in eenzame opsluiting hebben gezeten.

Toen ik mama het verhaal van Josta had verteld, greep ze mijn arm, hief haar betraande gezicht naar me op en zei: "Helmut, het interesseert me niet hóé je het doet, maar zorg dat die vrouw een nier aan Emma geeft, en zorg dat Emma hier niets over te weten komt. Je hebt het geld en de contacten om dit te regelen." Ja, mijn lieve en zorgzame Katja zou altijd de dochter van een lid van het Politburo blijven, zij zou altijd losstaan van de regels die voor normale mensen gelden.

Mijn volgende stap was het organiseren van de operatie. Ik wist uiteraard dat ik niet in de reguliere ziekenhuizen terechtkon met een ontvoerde donor. Dus ik moest iets regelen met een privékliniek. In Rusland had ik al mogelijkheden ontdekt, maar ik maakte me zorgen over de grenscontroles. Bovendien was de reputatie van de artsen daar twijfelachtig. Dus zocht ik naar een gelegenheid in Duitsland. Al googelend vond ik een artikel uit 2013 over een groot transplantatieschandaal in het ziekenhuis van Leipzig. Een aantal artsen daar had gerommeld met de toekenning van punten voor lever- en niertransplantaties en was vervolgens ontslagen. Ik zocht de heren op internet op en wat bleek: de betreffende internist-nefroloog, chirurg en anesthesist waren een privékliniek begonnen in het kuuroord Bad Berka bij Weimar. Hun patiënten kwamen voornamelijk uit Arabische landen. Ik ging naar hen toe en deed een financieel aanbod dat ze niet konden weigeren, met dichtgetimmerde contracten over zwijgplicht.

Ik huurde vervolgens een professioneel team dat de ontvoering van Josta regelde. Terwijl ze in haar atelier werkte, wisten ze zonder veel problemen via het terras haar huis binnen te komen en installeerden aansluitend camera's in de woonkamer, keuken en slaapkamer. Zo konden we haar gewoonten volgen. We zagen dat ze elke avond na het eten aan de wodka ging, dus na die observatieweek werd een slaapmiddel in de betreffende fles gedaan. Diezelfde avond na het eten dronk ze er al van en viel in een comateuze slaap. Vervolgens werd ze midden in de nacht van haar bed getild, in een tot ambulance omgebouwde bestelbus gedragen en in ruim vier uur naar Bad Berka gereden. Daar aangekomen, kreeg ze flunitrazepam. Hierdoor kwam ze in een halfslaperige toestand, totdat ze onder narcose ging. Na de operatie bleef ze nog tien dagen in de kliniek en werd in halfslaap gehouden. Toen de artsen zeker wisten dat alles goed was gegaan, zowel met haar als met jou, werd Josta weer naar Nederland gebracht en teruggelegd in haar bed. De camera's werden verwijderd. Ik gaf opdracht om haar nog twee dagen te bewaken, om zeker te weten dat ze uit haar slaap zou ontwaken. Wat zo bleek te zijn.

Ik moet toegeven dat ik nog heb overwogen of ik haar op de weg terug naar Nederland zou laten verdwijnen. Uiteindelijk heb ik besloten om haar in leven te laten. Voor het geval jouw nieuwe nier alsnog zou worden afgestoten. Dan had ik ten minste nog een reservenier.'

39

Ik zit achter het bureau van de afwezige beveiliger en kijk geconcentreerd naar de verschillende tv-schermen. Er hangen camera's in alle vertrekken van Galerie Am Lietzensee. Mijn blik gaat naar de private expositieruimte. Daar moet het zo meteen gaan gebeuren. Het is een kleine kamer met een groot kogelvrij raam dat uitkijkt op een ommuurde binnenplaats. Voor het raam staat een zwartleren designbank. Niet met uitzicht op de hof, maar op het schilderij. Het slaapgas heeft Hannelore in de airco gemonteerd. Met een afstandsbediening die ze aanklikt als Claudia het signaal geeft dat Helmut Balden in de kamer is. Het ding blaast vanwege de hitte toch al, dus hij hoort het niet als het gas vrijkomt. Ik was perplex toen ik zag hoe handig ze dat deed. Zij lachte en zei dat mensen veel kunnen als ze het goed geleerd krijgen. Ik moest maar eens naar mezelf kijken. Een echte Paul Klee schilderen, hoeveel jaar training ging daar wel niet aan vooraf? Een heel leven, dacht ik.

Het veilinghuis is normaliter gesloten op woensdag. Op die dag is het alleen op afspraak mogelijk om een *Vorbesichtigung* te doen. Deze een-op-eenbezichtigingen van dure kunstwerken vinden plaats in deze zwaarbeveiligde privé-expositieruimte. Zo meteen verwachten we Helmut Balden. Hij is laat. De afspraak stond om 11.00 uur en inmiddels is het 11.22. Hannelore staat al drie kwartier gereed in het poetshok naast de expositieruimte. Is ze zenuwachtig, of is die emotie al vroeg uit haar systeem gefilterd? Ik vermoed het laatste. Hannelore is inderdaad in alles mijn tegenpool. Ze dicteert, ze organiseert en ze coördineert, waarbij ze haar emoties verbluffend goed in bedwang kan houden. Claudia is een volger. Ze doet wat Hannelore haar zegt en doet dat goed. Hannelore vond mij niet geschikt voor stressacties. Mijn taak is het om de beveiliging in de gaten te houden en eventueel onverwachte bezoekers af te wimpelen als Claudia en Hannelore in de expositieruimte met Helmut Balden bezig zijn. Straks mag ik meehelpen om hem in de transportbus te tillen die Hannelore onder een valse naam heeft gehuurd en daarna voorzien heeft van een vals kenteken.

We weten alle drie dat we een misdaad voorbereiden, maar doen het toch. Omdat we geen keus hebben. Hannelore wil de moordenaar van haar man straffen, Claudia wil haar zoon beschermen en ik wil overleven. Eén ding is immers zeker: zolang Helmut Balden leeft, moet ik blijven vluchten. Hij zal niet rusten totdat de laatste getuige dood is. Het is dus hij of ik. Tom weet niks van deze actie. Hij zou het blokkeren. Hij wil de politie haar werk laten doen, maar door mijn DDR-verleden ervaar ik nog steeds een diep wantrouwen in alles wat met 'instanties' te maken heeft, de politie voorop. Bovendien manoeuvreren oligarchen zoals Helmut Balden zich altijd naar een plek buiten de wet. Dat soort figuren grijp je alleen met toepassing van hun eigen methoden, wat wij nu dus doen.

Mijn beveiliging werd, zoals Tom al had verwacht, opgeheven toen de twee mannen in de auto inderdaad geïdentificeerd werden als de personen op het filmpje. Het waren Ieren met een indrukwekkend strafblad. Sinds gisteren staan er geen agenten meer voor de deur. Er rijdt alleen nog regelmatig een patrouille langs. Tom is wel in onderhandeling met de *Frankfurter Allgemeine* over particuliere beveiliging. Omdat Tom de komende twee dagen redactieoverleg in Frankfurt heeft en de bescherming nog niet is geregeld, heeft Tom me gisteren bij Hannelore afgezet. Haar flat lijkt ons nu het veiligste adres.

Ik zucht en kijk weer naar de verschillende beeldschermen. De man die deze toestellen normaal bedient, heeft vrij gekregen. Claudia heeft de opnameapparatuur uitgezet, zodat er achteraf geen beelden beschikbaar zijn van datgene wat zo meteen gaat gebeuren. Het is nu 11.27 uur. Helmut Balden is veel te laat. Komt hij nog wel? En zo ja, komt hij alleen of heeft hij bewakers bij zich? Volgens Claudia had hij tijdens zijn bezoek aan het veilinghuis in Keulen geen begeleiding en ook geen chauffeur. Waarom zou hij ook? Niemand kent hem. Hij is geen publiek figuur en zijn bedrijf doet geen illegale dingen, in ieder geval niet in Duitsland. En er is ook niets bekend van contacten met criminele organisaties. Dus we hopen en we bidden dat hij alleen is.

Mijn blik gaat weer naar de expositieruimte. Mijn nieuwe Paul Klee hangt aan de muur en wordt beschenen door enkele spots die aan het plafond zijn bevestigd. Ik had het schilderij al in de eerste week van juli klaar. Vervolgens moest daar het versnelde droogproces overheen. Een nieuw werk ruikt namelijk naar verf. Dus vorige week werd het schilderij gepubliceerd via het netwerk van Claudia. Afgelopen maandag was de conservator van het Zentrum Paul Klee in Bern al hier, in opdracht van Helmut Balden. Het verhaal achter de herkomst en de eigendomspapieren had hij vooraf al geverifieerd en goedgekeurd. De Klee-kenner heeft mijn Paul Klee vervolgens uitvoerig bestudeerd en er een dag lang diverse forensische experimenten mee gedaan, waarna hij bevestigde dat dit nieuw ontdekte doek honderd procent zeker een echte Paul Klee is. Dezelfde dikte van verflagen, dezelfde penseelstreken, dezelfde vormen, dezelfde kleurcombinaties en natuurlijk eenzelfde thema. Ja, dit was Paul Klee ten voeten uit. Claudia heeft hem bijna uit de kamer moeten trekken, zo lyrisch was de man over het bonte schilderij dat een gezicht met romp toont dat uit talloze blokken en bollen is opgebouwd en daarmee een variatie is op de beroemde *Senecio* uit 1922. Alleen heb ik geen seniele man uitgebeeld, maar een treurende weduwe. '*Donnerwetter*,' zei hij herhaaldelijk. 'Dit is misschien wel zijn beste werk ooit uit de Bauhaus-periode. Wat een schitterende explosie van kleuren!'

Hannelore vertelde me dat Claudia onmiddellijk aan de champagne ging toen de conservator deze verlossende woorden had gesproken. Zij vond zijn bezoek het spannendste aspect van ons plan. Ik niet, omdat ik echt wel weet hoe al die moderne wetenschappelijke technieken voor authenticatie werken. Ik heb na de dood van David nog apart onderzoek gedaan naar de methoden die in 1988 nog niet in gebruik waren. Mijn vorige Paul Klee is in Keulen niet voor niets door alle testen gekomen. Bovendien had Claudia zelf het doek geregeld. Zij heeft er een kostbaar landschap uit de jaren twintig voor opgeofferd. Op de houten lijst staat nog een stempel van een destijds bekende winkel in Weimar die verf en doeken verkocht aan Bauhaus-studenten. De firma ging in 1926 failliet, binnen een jaar nadat het Bauhaus van Weimar naar Dessau was verhuisd. De zaak had immers geen bestaansrecht meer zonder de studenten. Het doek was daarmee een van de vele 'bewijzen' dat het schilderij authentiek was. Ik maakte me eerder zorgen over het herkomstverhaal dat Claudia had verzonnen. In het huidige digitale tijdperk kun je immers relatief gemakkelijk achterhalen of een provenance klopt of niet. Maar ook voor die test slaagden we met lof. Wat ertoe leidde dat Helmut Balden contact opnam met Claudia en vroeg om een persoonlijke bezichtiging. Claudia vertelde dat ze van enthousiasme zat te wippen op haar stoel. Fase één van ons plan hadden we succesvol afgerond. Op naar fase twee: het gijzelen van Helmut Balden.

Op het linker tv-scherm zie ik een zwarte Maserati het terrein op rijden en pal voor de ingang parkeren. Echt asogedrag, dus dat moet hem zijn. Ik ga wat rechter zitten. Een man in pak stapt links uit en loopt naar de entree terwijl hij zijn sleutel op de auto richt en deze klaarblijkelijk afsluit. Mijn handen grijpen de stoelleuningen vast. Is dát Helmut Balden? Die was toch veel slanker en wendbaarder? Deze man is dik en loopt traag. Zijn gezicht is van deze afstand moeilijk te herkennen. Zo meteen kan ik dat beter zien, als hij in die expositieruimte is. Mijn blik gaat naar de auto. Het lijkt erop dat hij alleen is. Het ding staat immers pal voor de ingang geparkeerd. Die plek is overduidelijk geen parkeerplaats. Een chauffeur zou de auto nu verzetten. Maar zeker weten doe ik het niet. Door die geblindeerde ramen kun je immers niets zien. Ook niet of hij een passagier bij zich heeft. Als hij straks plat gaat, moet ik even met Hannelore overleggen hoe we dat gaan checken.

Helmut Balden loopt de ontvangstruimte binnen. Claudia verschijnt en heet hem welkom. Ze komt heel natuurlijk over. Balden is weinig communicatief, zegt dat hij onder tijdsdruk staat en vraagt of hij meteen de Paul Klee kan zien. En nee, hij heeft geen behoefte aan koffie of thee. Claudia knikt en gaat hem voor naar de expositiekamer. Daar aangekomen vraagt ze of hij graag even alleen is met het werk of liever uitleg heeft. Hij meldt dat hij liever alleen is. Claudia knikt en verzoekt hem op de rode knop bij de deur te drukken als hij weer opgehaald wil worden. 'Geht klar,' zegt hij. Claudia draait zich om, loopt naar de deur en verlaat de ruimte.

Ik slik en verkramp. In mij groeit een neiging tot overgeven nu ik op het scherm daadwerkelijk de man herken die mijn leven heeft verwoest. Hij is op een lelijke manier oud geworden. Zijn donkerblonde haren zijn dun en grijs en zijn gezicht is gegroefd en grauw. Zijn lichaam is pafferig. Is dit de genetica van zijn moeder of het resultaat van vijfentwintig jaar roofbouw? Zijn vader ziet er als tachtigplusser patenter uit.

Mijn ondervrager loopt naar de Paul Klee toe. Zijn handen vallen slap langs zijn lichaam. Hij zoekt nu vast naar een JW-signatuur, maar dat gaat hij niet vinden. Voor het eerst in mijn leven heb ik een werk niet gesigneerd. Vanwege hem. Ik wil hem testen. Ik wil mezelf testen. De zenuwen gieren door mijn keel. Wat ziet hij nu? Een Josta Wolf of een Paul Klee? Opeens realiseer ik me dat dit moment mijn grote toets is. Deze man kent vrijwel al mijn vervalsingen, maar hij kent ook alle werken van Paul Klee, de kunstenaar die hij zo bewondert. De komende minuten zijn mijn grote testcase. Binnen afzienbare tijd weet ik hoe goed ik werkelijk ben. Helmut Balden raakt het schilderij aan. Zijn vingers glijden over de verf. Het lijkt wel alsof mijn Paul Klee een vrouw is die gestreeld wordt door een minnaar. Hij tilt het werk voorzichtig op en bekijkt de achterkant. Op zijn gezicht verschijnt een glimlach. Hij oogt als een kind dat een sinterklaascadeau uitpakt. Hij lacht en zet het schilderij weer op de ezel, stapt iets terug en kijkt er opnieuw naar. Hij pakt zijn mobiele telefoon en belt iemand.

'Katja, Liebling. Ja, ik ben er.'

De persoon aan de andere kant spreekt. Wie is Katja? Dat was toch de voornaam van zijn vrouw?

'Ja, het is een prachtige Paul Klee.'

De persoon aan de andere kant praat weer.

'Gut so,' zegt hij, waarna hij weer luistert.

'Nee. Ik blijf in Berlijn. Ik moet nog diverse zaken op kantoor regelen. Ik ben morgen tegen de avond pas weer thuis. Rond zeven uur.'

Het gesprek wordt beëindigd.

Mijn vingers omklemmen het bureau waar ik aan zit. Onvoorstelbaar. Het is me dus gelukt. Ik heb zowel de grootste fan als de grootste expert om de tuin geleid. Wauw!

Helmut Balden wrijft over zijn voorhoofd, waggelt naar de bank en gaat zitten. Is dit het slaapgas dat al begint te werken? Zo snel? Zijn hoofd zakt naar voren en zijn telefoon glijdt uit zijn hand en valt op de vloertegels. Zijn lichaam zakt weg op de bank. Hij raakt zo te zien buiten westen. Ik pak het toestel van de beveiliging en bel Hannelore.

'Het begint te werken,' zeg ik. 'Hij ligt op de bank.'

'Na also,' antwoordt ze grinnikend. 'We wachten nog vijf minuten en dan halen we hem op.'

40

Het vrijstaande huis van de demente moeder van Hannelore ligt aan een doodlopend straatje, verscholen tussen dennen en struiken. De tuin is enorm en eindigt pal aan het water. Je kunt via een steiger zo de Krossinsee op varen, een merengebied oostelijk van Berlijn. De woning is al vele decennia in het bezit van de ouders van Hannelore, maar kwam leeg te staan toen haar moeder vorig jaar in een verpleegtehuis opgenomen moest worden. Het pand ligt ideaal voor fase drie van ons plan: het afrekenen met Helmut Balden. Door de afgelegen ligging konden we het terrein zojuist ongezien op rijden.

Ik verbaas me telkens opnieuw over de professionaliteit van Hannelore. Ze denkt in alles meerdere stappen vooruit. Toen ik er een opmerking over maakte, vertelde ze dat zij geschoold is binnen een van de meest gevreesde geheime diensten uit de recente geschiedenis. De reputatie van de Stasi leidde er zelfs toe dat collega's van haar na de Wende zo aan de slag konden bij vergelijkbare organisaties van diverse landen. Eentje werkte zelfs als niet-Joodse Duitser voor de Israëlische Mossad! Daarom ook was ze zo verbaasd toen ze hoorde dat ik Hohenschönhausen had overleefd. Het moest betekenen dat ik een gevoelige snaar had geraakt bij mijn ondervrager. Ik keek haar aan en schudde mijn hoofd. Nee, Hannelore, dacht ik. Het ging niet om mij, maar om mijn baby. Hij wilde mijn kind.

Helmut Balden zit vastgebonden op een stevige stoel.

Die staat eenzaam in het midden van de vochtige kelder. Ik zit in de ruimte erboven met een koptelefoon op mijn oren en een scherm voor mijn neus. Hannelore heeft een opnameapparaat voor mijn ondervrager geplaatst. Aan de videocamera is een laptop gekoppeld die het beeld naar mijn computer doorstuurt, waardoor ik mee kan kijken. Ik mag er nu namelijk nog niet bij zijn. Ik kom straks pas in actie. Tegen het einde van het verhoor. Aan mij de eer om hem de mokerslag te geven, vertelde Hannelore met een sardonische klank in haar stem. Ik zucht en trek nerveus aan het snoertje van de headset. Dit alles geeft me een raar gevoel. Het kan toch niet zo zijn dat de dreiging morgen over is? Waar is hier de adder onder het gras? Iemand zoals Helmut Balden, die zoveel mensen heeft misleid, laat zich toch niet door een Hannelore Ziegler omleggen? Ik durf te wedden dat hij ergens mee gaat komen. Hij zit weliswaar al vastgebonden en kan zijn lichaam amper bewegen, maar zijn mond doet het nog. Hij kan praten. Of schat ik hem te hoog in? Hannelore denkt dat laatste en stelt dat ik nog in mijn onderdanige positie van 1989 hang.

Mijn ogen staren weer naar het scherm. Daar zit hij dus. In zijn hemd met stropdas. Zijn broek en colbert hebben we hem in de expositieruimte uitgetrokken, terwijl we alle drie groene forensische pakken droegen, zodat er geen vezels van ons of deze kelder op zouden komen. En Hannelore wilde niet dat hij het in zijn dure broek zou doen als zijn pis straks onder hem wegloopt. Dat kan altijd gebeuren als gevangenen bang zijn, vertelde ze. Rond zijn nek heeft Hannelore een slabber gedrapeerd. Voor het geval hij gaat kwijlen. Ik werd onpasselijk toen ik dat gore lijf zag dat zich zoveel keren over mij heen had gebogen en elke dag zijn zure zweet op mijn huid had achtergelaten. Hij rook vreemd genoeg nog hetzelfde en ook die grote bruine pigmentvlek zat nog op precies dezelfde plek bij zijn navel. Iets in mij had verwacht dat zijn geur en moedervlek veranderd waren, zoals zijn uiterlijk door de jaren was veranderd, maar dat is niet zo. Deze man is honderd procent zeker mijn ondervrager. Hij bestaat nog steeds, want daar zit hij. Wij wachten nu op het moment dat hij wakker wordt. Claudia wil de ondervraging niet zien en houdt boven het huis en de tuin in de gaten. Voor haar is het voldoende dat Helmut Balden sterft. Over de manier waarop geeft ze liever geen details. Ik moet meekijken, omdat ik straks de 'genadeklap' moet toedienen, zoals Hannelore dat noemde. Ik ga die cruciale mededeling doen die de gevangene gaat breken. 'Als de geest is gebroken, Josta, volgt het lichaam korte tijd later,' zei Hannelore over mijn moment suprême.

De man op de stoel begint te kreunen en opent zijn ogen. Hij kijkt om zich heen en schreeuwt: 'Nein!' Hij rukt aan de banden.

Hannelore komt naast me staan en kijkt met me mee.

'We laten hem nog een halfuur in het ongewisse. Dan kan de paniek al wat groeien,' zegt ze.

De minuten verstrijken en mijn ondervrager kijkt zo ver hij kan om zich heen, ziet de deur, en roept, vloekt en schreeuwt. Hij rukt daarbij ruw aan zijn tuig. Vervolgens onderzoekt hij hoe hij zich los kan maken, maar schijnt na een tijdje te onderkennen dat dit niet gaat lukken. Hannelore kijkt op haar horloge. Er zijn inmiddels 45 minuten verstreken en Helmut Balden wordt al wat stiller.

'Zo, we gaan beginnen,' zegt ze, waarna ze opstaat en richting de kelder loopt.

Ik kijk naar het scherm. De deur gaat open en Hannelore gaat de ruimte binnen. Ik kan het niet zien, maar wel horen.

'Guten Tag, Herr Balden,' zegt ze op een zakelijke toon. Alsof ze een gesprek met een klant gaat voeren. 'Mag ik me even kort aan u voorstellen? Ik ben Hannelore Ziegler.'

Hannelore staat nu naast hem. Zichtbaar voor de camera. Ze heeft haar armen over elkaar geslagen. Hij slaat zijn ogen naar haar op en kijkt haar niet-begrijpend aan.

'Ik heb waanzinnig veel geld,' zegt hij, 'dus noem me het bedrag dat u wilt hebben en ik maak het over.'

Hannelore schudt haar hoofd en lacht.

'Aha, zegt ze. 'U doet precies wat ik had verwacht, Herr Balden. Maar ik moet u helaas teleurstellen. Ik ben niet gevoelig voor financiële prikkels.'

'Waarom zit ik hier dan?' vraagt hij.

'Omdat ik u wil straffen,' antwoordt ze vriendelijk.

'Hoezo? Wie bent u?' vraagt hij, terwijl hij haar scherper taxeert.

'Ik heet Hannelore Ziegler. Ik ben de vrouw van Jörg Ziegler, die door twee van uw medewerkers werd gedood,' zegt ze, terwijl ze demonstratief de banden rond zijn dijen vaster aantrekt.

'Ik weet niet waar u het over hebt,' stoot hij uit, terwijl hij zich probeert los te wurmen. Het klinkt weinig overtuigend.

'Ach, Herr Balden, u zou toch beter moeten weten. U, die zoveel mensen hebt ondervraagd. Als er íéts is wat onze beroepsgroep irriteert, dan zijn het gevangenen die met de leugens beginnen over feiten die we allang hebben geverifieerd.'

'U was ondervrager?' Zijn stem klinkt alert, terwijl hij de woorden uitspreekt.

Hannelore laat een stilte vallen, pakt een klapstoeltje en gaat tegenover hem zitten, op de manier zoals ze zich vroeger waarschijnlijk tegenover haar gevangenen installeerde.

'Uiteraard was ik ondervrager,' zegt ze met een charmante glimlach. 'Ik zat bij de Hauptverwaltung Aufklärung. Contraspionage. Ik deed de moeilijke gevallen. Ik werkte wereldwijd. Ik ben zelfs een tijdje op Cuba gestationeerd geweest. Wat een geweldige tijd heb ik daar gehad!' vertelt ze kirrend. Ik volg haar met toenemende verbazing. Het is alsof ze wat over een strandvakantie keuvelt.

'Ik ondervroeg de gevangen zelfs in mijn bikini,' zegt ze lachend, 'terwijl ik af en toe nipte aan mijn bloody mary.

Tjongejonge. De gevangenen daar waren ook leuk. Veel Amerikanen. Daar kon ik me echt op uitleven. Ik combineerde de marteltechnieken van mijn Cubaanse collega's met die van ons. Geweldig!'

Ik luister met open mond naar haar verhaal. Als ik niet beter wist, zou ik zeggen dat ze compleet gestoord is. Hoe voelt dat voor Helmut Balden? Die denkt vast dat hij overgeleverd is aan een psychopaat. Misschien is ze dat wel? Wie weet. Ik bekijk het scherm. Inderdaad. Helmut Balden staart haar met bange ogen aan. Zijn mond verkrampt. Het begint hem te dagen dat hij het met een gevaarlijk persoon van doen heeft.

'Contraspionage?' fluistert hij.

'Precies. We zijn dus oud-collega's, Herr Balden, dus u weet hoe we te werk gaan.'

Helmut Balden knippert met zijn ogen en zijn mond begint te trillen. Aha, hij kent haar afdeling dus.

Hannelore leunt iets achterover, slaat haar benen gracieus over elkaar en peutert wat aan de lange nagel van haar pink. Je zou bijna de indruk krijgen dat ze op een koffiekransje zit.

'Weet u trouwens waarom ik dat Cubaanse paradijs heb verlaten en weer teruggekomen ben naar die saaie DDR?' vraagt ze.

Helmut Balden zwijgt.

'Omdat ik voor het eerst in mijn leven echt verliefd werd,' zegt ze na een korte stilte. 'Op mijn Jörg. Jazeker. Wij waren zo gelukkig samen. Stel je voor, we stonden zelfs kort voor ons pensioen, toen u opdracht gaf hem te vermoorden,' bijt ze hem ineens toe. Haar zoete stem is weg. Als een spinnende poes die ineens haar nagels in je arm zet.

'*Sehen Sie*, Herr Balden, u vertrapte mijn geluk. Ik ga nu hetzelfde met u doen. U gaat hetzelfde meemaken als ik. Het mag u duidelijk zijn dat u gaat sterven, maar dat wordt niet uw ware straf,' zegt ze met een kokette glimlach.

'Hoezo, wat is er dan erger dan gemarteld worden tot je

sterft,' vraagt hij scherp. Zijn arrogantie wringt zich naar buiten. O, dit is zo stom.

Hannelore grinnikt, komt naar voren en strijkt kort met haar wijsvinger over de bovenkant van zijn rechterhand. Ze brengt haar gezicht dicht bij het zijne en kijkt hem in de ogen.

'*Wissen Sie*, Herr Balden, ik zou me kunnen voorstellen dat het erger is om te kijken hoe je geliefde dochter Emma door mij wordt gemarteld. Gillend van de pijn, zichzelf onderplassend, onderschijtend, kots inslikkend, en dan nét voordat ze sterft zal ik haar als een lichamelijk en psychisch wrak ergens dumpen, waarna ze de rest van haar leven als een geknakt mens verder moet. Zonder te weten waarom. O ja, en voor ik het vergeet, Herr Balden. Ik begin met een stalen knuppel van dertig centimeter lang en tien centimeter doorsnee in haar kut te rammen. Vervolgens zet ik die paal onder stroom. Dan is ze goed wakker. Kinderen krijgen kan ze daarna wel vergeten, want haar baarmoeder is dan van binnen verbrand. En als ze na die sessie niet doodbloedt, herhaal ik diezelfde actie in haar kont. Waarna ze die staaf die onder haar eigen bloed en stront zit moet aflikken, waarna ik haar mond onder stroom zet. Ik heb deze techniek in Cuba een paar keer uitgetest op de dames, en ik kan u zeggen dat het werkt. Die begonnen meteen te praten. Maar ja, uw Emma hoeft niet te praten, dus zij zal het beste uit mijn hele repertoire ondergaan. En u kijkt toe. Is dat niet gezellig?'

Helmut Balden recht zijn rug en begint te rukken aan zijn tuig. 'Nein, nein!' schreeuwt hij, volledig in paniek. '*Nicht meine Emma*. Bitte, heb genade. Mijn dochter is onschuldig. Zij weet niets en is een zeldzaam goed mens.'

Hannelore laat een stilte vallen, staat op en wandelt rond de stoel.

'Ik geef u alles wat ik heb,' hijgt hij. 'Als u Emma maar met rust laat.'

Hannelore gaat voor hem staan en slaat haar armen over elkaar. Ze torent boven hem uit.

'Ik moet u helaas teleurstellen, Herr Balden. U hebt mij beroofd van mijn grote liefde, en met het oog op mijn verwerkingsproces moet ik u optimaal straffen,' zegt ze en loopt de ruimte uit.

Op mijn scherm begint mijn ondervrager als een kind te snikken. Ik weet niet wat ik zie. Hoe kan dat nou? Een man zonder emoties die zich zó laat gaan. Mijn dochter moet alles voor hem zijn.

Hannelore komt mijn kamer binnen, kijkt naar het scherm en schudt haar hoofd.

'Hij is er sneller klaar voor dan ik dacht,' fluistert ze. Haar normale stem is weer terug.

'Ja, ik zag het,' zeg ik. 'Ik begrijp dit niet. Hoe bestaat het dat zo'n beest zoveel van een mens kan houden?'

'Dat is niet zo verwonderlijk, Josta, dat zie je veel. Binnen hun cocon zijn ze in staat om grote emoties te ervaren, maar alles wat zich daarbuiten bevindt, raakt hen niet.'

Helmut Balden kreunt.

'Zo,' zegt Hannelore. 'Dan ga ik maar eens beginnen.'

'Zeg, Hannelore,' vraag ik. 'Heb je die dingen werkelijk gedaan die je zojuist beschreef. Met die knuppel en zo?'

Ze draait zich naar me toe en kijkt me een beetje meewarig aan.

'Wat denk je?' zegt ze, terwijl ze de kamer uit loopt.

Wat ik denk? Ik staar even naar het scherm en slik.

Ik hoor hoe de deur in de geïmproviseerde ondervragingsruimte opengaat. Hannelore gaat weer op haar plastic stoeltje zitten, slaat haar benen over elkaar en leunt iets naar achteren.

'So, Herr Balden, u hebt geluk,' zegt ze met een charmante glimlach. 'Ik ben vandaag in een vergevingsgezinde bui. Ik ga u daarom een aanbod doen. Maar dat wat ik u voorstel is niet onderhandelbaar.'

Hannelore laat een moment van stilte vallen.

Helmut Balden staart haar aan. Hij wacht af wat gaat komen.

'Welnu,' zegt ze. 'U krijgt van mij de keuze uit twee mogelijkheden. De ene is dat uzelf sterft met een gruwelijke herinnering, namelijk hoe uw dochter werd gefolterd. De andere mogelijkheid is dat ik uw dochter niet folter, maar dat zij door moet leven met een gruwelijke herinnering aan ú.'

Helmut Balden kijkt haar niet-begrijpend aan.

Hannelore gaat bij de camera staan en tikt erop.

'Kijk, Herr Balden,' zegt ze. 'De tweede optie houdt namelijk in dat u uw dochter hier voor deze camera ongecensureerd alles vertelt over haar herkomst, over uw werk voor de Kunst und Antiquitäten GmbH, over het feit dat uw Katja niet haar moeder is, maar de door u verkrachte gevangene Josta Wolf. En natuurlijk ook over de recente moorden waar u opdracht voor gaf. Ze zal alleen uw gezicht zien. Geen achtergrond. Het zal eruitzien alsof u voor uw dood nog schoon schip met uw verleden wilt maken. Die dvd laat ik dan bij uw dochter afgeven. Zij zal vervolgens voor de rest van haar leven een nare herinnering aan u hebben, maar ze zal leven en ze wordt niet gemarteld in uw aanwezigheid. Welnu, Herr Balden, wat kiest u?'

De ogen van mijn ondervrager schieten naar Hannelore.

'Hoe weet u dat van Josta Wolf?'

'Heel simpel, Herr Balden, mijn door u vermoorde man was door Josta Wolf ingehuurd om u en haar dochter op te sporen. Voordat hij werd vermoord, gaf hij mij een USB-stick met haar hele dossier.'

Mijn ondervrager knikt en staart een tijdje naar de vloer waar witte schimmelhaartjes uit het beton groeien. Zijn mond is een harde lijn. 'Ik kies voor optie twee,' zegt hij wanneer hij zijn ogen opslaat en Hannelore vol haat aankijkt.

'Gut so,' zegt Hannelore. 'Ik denk dat het goed is dat u zich één ding realiseert, Herr Balden: mocht ik op enig moment de indruk krijgen dat u zaken fraaier voorstelt dan ze waren, dan geef ik alsnog opdracht om de gedrogeerde Emma de andere kamer binnen te brengen waarna u mag meekijken hoe ik me op haar uitleef.'

'U hebt Emma ontvoerd?' vraagt hij geschokt.

'Uiteraard,' zegt Hannelore. 'Dacht u dat u de enige bent die mensen van hun bed kan lichten en lange tijd drogeren?'

Zijn gezicht verkrampt.

'Ik wil haar zien!' commandeert hij.

'U hebt niks meer te willen,' schreeuwt Hannelore, terwijl ze hem met haar vlakke hand een klap in zijn gezicht geeft. Waanzin lijkt door te klinken in haar stem. 'Wat kiest u. Ik wil het nú weten. NU.'

Helmut Balden deinst terug en verstijft. Hij schijnt zich te realiseren dat hij met een volstrekt wispelturig persoon van doen heeft.

'Is goed. Is goed. Ik doe wat u zegt.'

'Dat dacht ik toch!' bijt ze hem toe.

'Maar weet dit: als ik ook maar één seconde de indruk heb dat u dingen verbloemt of verzwijgt, dan is het over. Is dat duidelijk?'

Helmut Balden knikt met heftige bewegingen.

Hannelore loopt naar de camera en zoomt in op zijn gezicht. Je ziet nu niets meer van de ruimte waarin hij zit. Alleen nog zijn hoofd en hals. Ze draait zich naar Helmut Balden.

'Bent u er klaar voor?'

'Ja,' zegt hij, terwijl zijn gezicht totaal verkrampt. Zijn ogen volgen haar op de voet. Ze puilen wat uit. 'Maar waar moet ik beginnen?'

'Nou,' zegt Hannelore met sarcasme in haar stem, 'wat dacht u van het moment waarop de moeder van uw Emma, Josta Wolf, in Hohenschönhausen werd afgeleverd?'

Helmut Balden knippert met zijn ogen. Zijn borstkas gaat op en neer. Het blijft even stil, waarna hij zijn hoofd optilt, in de camera kijkt en begint te vertellen.

'*Meine Schnucki*, mijn schatje,' hakkelt hij. 'Ik ben op een moment in mijn leven gekomen dat ik je de waarheid over je achtergrond wil vertellen. Mijn verhaal zal je schokken en pijn doen, maar je bent sterk. Onthou dat.'

'*Mal... sehen...*' stamelt hij, terwijl de tranen over zijn wangen rollen. Hij ademt een paar keer in en uit.

'Ik wil beginnen met je te vertellen dat je lieve mama in ieder denkbaar opzicht je mama is.' Hij zucht en snuift. 'Op één punt na,' vervolgt hij. 'Mijn liefste Katja is niet je biologische moeder, Emma.' Alweer zwijgt hij even, waarna hij zich herpakt.

'De naam van je biologische moeder is Josta Wolf. Zij was destijds een gedetineerde, in de Stasigevangenis Berlin-Hohenschönhausen.'

Helmut Balden laat opnieuw een moment van stilte vallen en slaat zijn ogen neer. Hij denkt waarschijnlijk na. Na iets wat een eeuwigheid lijkt, blikt hij weer in de camera, haalt diep adem en vervolgt zijn verhaal.

'Weet je Emma, toen Josta werd binnengebracht, wist ik al dat ze bijzonder was. We stonden op haar te wachten. Met extra beveiligingsmaatregelen. De belangen waren immers groot. Er mocht niets misgaan.

Dat was op vrijdag 10 februari 1989. Ik herinner me nog ieder detail. Alsof mijn onderbewuste toen al zag dat die avond een streep door mijn oude leven werd gezet, waardoor je geest vertraagde opnamen maakt van je laatste momenten in je huidige staat. Ken je dat...?'

41

Na een halfuur luisteren naar mijn ondervrager rollen de tranen over mijn wangen. O, nein! Ze hebben mijn mama van me afgepakt. *Meine Mutti.* Zíj was dus de fee op de heuvel die ik telkens weer door het hoge gras zag lopen. De fee was geen droom, maar een herinnering. Mutti was die vrouw met de lange blonde vlecht en de gebloemde jurk. Zij was het die mijn hand stevig vasthield en me streelde. Met háár lag ik op het zachte mos, omringd door beuken en tjirpende vogels. Zíj was het die ik herkende op de Alexanderplatz, in oktober 1974, tijdens de Ehrenparade. En zíj schilderde met haar bebloede haren een rode streep op het plein toen ze werd afgevoerd, vanwege mij, omdat ze haar dochtertje herkende toen ik op haar af rende. Het is allemaal mijn schuld. Zij werd vermoord, omdat ik zo goed kan schilderen.

Ik begin het nu te begrijpen. Waarom ik al een leven lang zoveel weerstand voel om contact te maken met mensen. Omdat ik onbewust altijd geweten heb dat ze allemaal liegen. Mijn ouders waren leugenaars. De dood van mijn dochter was een leugen. Het paspoort dat David had geregeld was een leugen. Mijn schilderijen waren vervalsingen. Werner verraadde me zelfs. Hij heeft onze ondervrager immers over mijn JW-teken verteld. Wat is er nog meer dat ik niet weet?

Alle mensen die wat voor mij hebben betekend waren leugenaars. Behalve Mutti en Ganbaatar. O, mijn arme

Mutti. Julia heette ze, en ik lijk veel op haar, zei mijn on-dervrager net, zoals mijn dochter veel op mij lijkt. Hoeveel verdriet moet mijn moeder wel niet hebben gehad? Aan mijn dochter heb ik me nooit kunnen hechten. Ik heb haar nooit vastgehouden en slechts een paar seconden gezien. Bovendien dacht ik tot voor kort dat ze dood was. Maar zij? Wij waren jarenlang een eenheid. Wij waren immers altijd samen. Ik compenseerde het verlies van de man waar ze zoveel van hield. En ik was al vier toen ze mij van haar wegrukten. *Dwangadoptie*. Mijn Mutti heeft daarna niet al-leen het verdriet van het verlies gevoeld, opgesloten in haar cel in Hoheneck, maar ook de angst om wat er van mij zou worden. Is er een ergere pijn denkbaar? Ik zucht en schud mijn hoofd. En mijn ouders heulden dus met de SED. Zij wisten dat ik van mijn moeder was gescheiden. Ook papa heeft gelogen, met al die onzin over een fee uit een sprook-jesboek die ik met mijn rijke fantasie zou visualiseren. Het waren de beelden van mijn hippieachtige moeder die ik mij herinnerde. Zelfs toen ik negentien was, bleef papa zwijgen. Hij had het toen zeker moeten vertellen. Maar hij bleef liegen. Allemaal hebben ze gelogen. Ergens diep in mij heb ik dit altijd wel geweten. Daarom ook was ik liever alleen dan onder de mensen. Ze zijn immers niet te vertrouwen. En Tom? Gaat hij me ook voorliegen? Ik hoop zo van niet. Emma. Ook zij is slachtoffer van een leugen. Maar ze leeft nog, en draagt mijn nier...

Mijn ogen gaan naar het beeldscherm en volgen het ver-haal van mijn ondervrager. Hij vertelt nu dat hij uiteindelijk toch heeft moeten beslissen om mij te liquideren. Omdat onze ex-tuinman van Schloß Schönwald totaal onverwachts was opgedoken en met een journalist van de *Frankfurter Allgemeine* over de Königstein Gruppe had gepraat. Ralf Engel en ik moesten vervolgens dood, omdat wij na deze onthulling een te groot risico bleken. Ralf Engel en ik waren immers de enigen die nog leefden die op de hoogte waren van mijn JW-teken. Hij vertelt vervolgens over zijn Russische jeugdvriend, Sergey Lasanov, die via malafide acties een machtige man in de toen nog jonge Russische Federatie was geworden en die in 1990 zijn nieuwe maatschappelijke status wilde etaleren met beroemde kunst, en dus dolgraag een Paul Klee kocht. Mijn ondervrager kon het niet riskeren dat deze machtige Sergey Lasanov erachter kwam dat hij bedrogen was en een vervalsing aan zijn muur had hangen. De grillige Sergey Lasanov zou op een gruwelijke manier wraak nemen als hij te schande werd gezet door die aankoop. Dus stuurde Helmut Balden twee huurlingen op Ralf Engel af met de opdracht hem of zijn familie net zolang te martelen totdat hij de locatie van de cd met de opname van hun gesprek zou noemen. Helaas stierf Ralf Engel al bij de start van de ondervraging. Wat de twee huurlingen wel ontdekten, was dat ene Jörg Ziegler veel informatie van Ralf Engel had gekregen, dus gaf mijn ondervrager meteen opdracht om hem ook te liquideren. Vervolgens bleef ik over. Aangezien de nier van Emma het goed deed, was ik ook niet meer nodig. Maar het bleek nog een hele opgave om mij te liquideren, vertelde hij. Want eerst hadden de huurlingen per ongeluk de buurvrouw opgeblazen en vervolgens schoten ze elkaar neer in de bossen van Königstein, waarna hij zelfs de lijken moest laten opruimen om te voorkomen dat de politie onderzoek ging doen op de terreinen rond Schloß Schönwald. Ook de twee heren die daarna werden gerekruteerd faalden. Josta is als een kat, zei hij. Ze heeft vele levens en komt altijd weer op haar poten terecht.

'Ik hoop zo dat je de enorme kracht van je moeder hebt geërfd, Emma. Vergeef me, Liebling. En vergeet nooit: jij bent mijn alles.'

Op het tv-scherm is het stil geworden. Het lijkt erop alsof mijn ondervrager zijn verklaring heeft afgerond. Hij heeft zijn ogen neergeslagen en ademt zwaar. De analyse van

Hannelore klopte dus van a tot z. Ik staar naar de man die mijn leven verwoestte en die mijn dochter van mij heeft gestolen. Ik snuif als een dolle stier. Er leeft ineens zoveel woede in me. Ongekend. Ik schiet omhoog en kijk om me heen. De kamer is de vroegere tv-ruimte van de ouders van Hannelore. Zoals veel huizen uit de DDR ademt het interieur nog de sfeer van de jaren dertig van de vorige eeuw. Met geknoopte kleedjes, bloemetjesbehang en robuuste eikenhouten meubels op een geel gevlekte linoleum vloer. Het ruikt hier ook naar verleden, een weeïge lucht waarin de rook van die gore *Ost-Zigaretten* en de schimmel van steen en hout zich mengen. Mijn oog valt op een koperen kaarsenhouder. Het object heeft het model van een knuppel. Dát ding kan ik gebruiken. Ja, ik ga hem in elkaar slaan, terwijl hij daar vastgebonden op die stoel zit. Ik trek zijn broek naar beneden en ram deze staaf in zijn kont, zoals hij vele malen zijn geile pik in mijn kont ramde, waardoor ik al een leven lang problemen heb met poepen. Beng, beng, beng. Dat ga ik doen. Dan krijg ik vast weer vrede in mijn hoofd. Ik draai me om en hoor hoe Hannelore beneden opstaat en het opnameapparaat uitzet. Mijn scherm wordt zwart. Hij is dus klaar. Nu ben ik aan de beurt! Ik zwaai met de kaarsenhouder, marcheer naar de deur en open die. In de gang klinken voetstappen. Daar is Hannelore.

'Nou, dat was 'm. Ik ben perplex,' zegt ze, terwijl ze mij observeert. Ze lijkt weer de Hannelore die ik ken. Met haar normale stem. Speelde ze net toneel?

'Hier had ik dus echt geen weet van, Josta. Hoe gaat het? Dat van je moeder moet wel héél hard aankomen.'

Ik knik.

De blik van Hannelore gaat van mijn ogen naar mijn rechterhand.

'Wat ben jij van plan?' vraagt ze. Haar stem klinkt ineens hard.

'Wat denk je?' sneer ik.

'Dat gaat dus niet gebeuren, Josta,' zegt ze, terwijl ze in een snelle reflex mijn arm grijpt, me de kaarsenhouder afhandig maakt en me tegen de muur smijt. Ik zie sterretjes. 'Jij idioot,' schreeuwt ze, terwijl ze me klemzet. 'Hij gaat straks zogenaamd zelfmoord plegen met zijn eigen insulinespuit. Hoe zwaar denk je dat zoiets voor hem is? Hij wordt vervolgens gevonden en de conclusie zal zijn, dat hij een natuurlijke dood is gestorven. Door een overdosis insuline. Kan voorkomen bij een diabetespatiënt. Dat is pas een overwinning, Josta. Dat hij die dodelijke spuit in zijn eigen lijf moet zetten!'

Haar handen voelen als klemmen en haar ogen staan bikkelhard.

'Kijk, Josta,' zegt ze. 'Helmut Balden wordt morgen langs de snelweg gevonden, waarna de politie zal vaststellen dat hij is overleden aan een overdosis insuline. Het is dan gissen of hij dat met opzet of per ongeluk heeft gedaan, maar aangezien er geen sporen van geweld worden aangetroffen, geen vingerafdrukken van derden, geen forensische resten, volgt er geen onderzoek. Echter, als jij die man nu met deze kandelaar gaat slaan, wordt er geconcludeerd dat er geweld tegen hem is gebruikt en zal er een grootschalig politieonderzoek volgen. Jij raakt dan van de regen in de drup, want je moet dan weer een leven lang vrezen voor arrestatie. Wil je dat?'

De knal tegen de muur dempt mijn woede en brengt mijn verstand terug. Ja, Hannelore heeft gelijk. Dat hij verplicht wordt om zelfmoord te plegen is het ergste, en ik wil eindelijk vrij zijn. Ik wil rust.

'Nee, ik wil alleen nog maar terug naar mijn heuvel,' zeg ik hijgend. 'Sorry, ik weet ook niet wat me bezielde.'

'Nou, ik anders wel! Geloof me Josta, met woorden kun je hem veel meer pijn doen dan met die kaarsenhouder. Ga nou maar naar beneden, en vertel hem de waarheid over Emma. Hij heeft er recht op,' zegt ze.

Ik knik en loop met haar mee de trappen af, naar de kelder. Beneden aangekomen doet Hannelore een stap terug, zodat ik zelf de deur open kan doen en als eerste naar binnen kan gaan. Ze klopt me bemoedigend op de rug, terwijl ik de klink vastpak. Ik stap langzaam naar binnen en ben voor het eerst in vijfentwintig jaar weer in dezelfde ruimte met de man die alles in mij kapot heeft gemaakt. Ik verken mijn omgeving. De vloer is van beton en aan de wanden staan rekken waar nog lege weckflessen in staan. De tijd heeft er een dof vernis overheen gelegd. De verlichting komt van een peertje aan het plafond. De kelder ruikt muf en is vochtig. Heel anders dan zijn kamer in Hohenschönhausen. In die nette kantoorruimte was er daglicht en domineerde de geur van zijn zware, medicinale Pitralon-aftershave, die Werner ook gebruikte, maar die bij hem meer naar hars rook. De afwezigheid van Pitralon in de lucht maakt dat ik me ineens heel erg in het heden voel. In het huis van Hannelore. *Niet bij hem.* Ik doe twee stappen naar voren, ga voor mijn ondervrager staan en observeer de man die daar op de stoel zit. Zijn benen en handen zijn vastgegespt. Ik schud mijn hoofd. Dit is toch wel heel raar. Dat ik híér sta en hij dáár zit. Dat ik mij vrij kan bewegen en hij is vastgebonden. Ineens moet ik weer denken aan de woorden van Tom, dat mensen kunnen veranderen in vijfentwintig jaar. Hij doelde op denkbeelden en karakters, maar ook in het uiterlijk kunnen zich metamorfosen voltrekken. De man die hier voor me zit heeft nog maar weinig overeenkomsten met de Stasiagent die mij destijds systematisch verkrachtte. Ik zie wel dat hij het is. Zijn botstructuur en gezichtsvorm zijn dezelfde, maar zijn kleuren zijn anders geworden. Zijn haren en huid zijn nu grauw, waar destijds goudtinten domineerden.

Mijn ondervrager slaat zijn ogen op en kijkt me aan. Zijn gezicht verkrampt.

'Aha, jij bent het,' snauwt hij. 'Een mens maakt fouten in

zijn leven, mijn grote fout was dat ik jou na die niertransplantatie van Emma in leven liet.'

Nee maar, zijn stem is ook aangetast. Waarschijnlijk door het vele roken, maar de kleur van zijn ogen is dezelfde gebleven. Ze zijn nog steeds donkergroen met spikkeltjes kastanje. Door de slappe oogleden en het pafferige gezicht lijken ze wel kleiner en minder indringend dan ik me herinner. Ja, *tatsächlich*, alles is nu anders dan destijds, hij is anders, ik ben anders, de plek is anders, de verhoudingen zijn anders. Immers, *ik stel nu de vragen*. Maar hij is in niets aftastend of onderdanig, terwijl hij dat wel zou moeten zijn. Ik ben zijn sleutel tot de vrijheid. Hij moet mij bewerken, maar dat doet hij niet. Hij kiest voor de confrontatie. Waarom doet hij dat? Ergens in mijn hoofd gebeurt er iets, terwijl ik me vooroverbuig en met hem op ooghoogte kom. Tom heeft gelijk. Het was mijn keus om mij voor deze man te prostitueren in ruil voor mijn leven. Ook ík had voor de confrontatie kunnen kiezen. De vraag is of ik dan nog geleefd had, en of mijn dochter dan wel geboren was. Waarschijnlijk niet. Maar dat doet er niet toe. Ik koos er zélf voor om de hoer te spelen. Ik heb gehandeld en initiatief genomen. Ik was in Hohenschönhausen helemaal geen bang konijn. Integendeel. Ik zag de koplampen, verkende mijn situatie en dook op zijn pik. Ik neukte me naar de vrijheid. Eigenlijk was ik heel dapper. Hij is dat niet. Je moet immers veerkracht hebben om te buigen. Genau! Ik kom weer omhoog en knik.

'Dat was inderdaad een fout,' zeg ik, waarna ik om de stoel heen loop en deze van alle kanten bekijk. Mijn ademhaling gaat snel en mijn weerzin om met deze man in een ruimte te zijn, groeit. Ik wil het snel achter de rug hebben.

'Kijk,' zeg ik, 'Emma krijgt straks niet alleen deze dvd met jouw verklaring,' ik wijs naar de camera, 'maar ze krijgt ook het advies om een DNA-test te doen. Uit die test zal onomstotelijk blijken dat jij helemaal niet haar vader bent. Ik zal haar ook vertellen wie haar echte vader is. Ik was al zwanger toen ik in Hohenschönhausen werd binnengebracht,' fluister ik, terwijl ik me weer naar hem toe buig en hem in de ogen kijk. 'Vervolgens heb ik jou verleid zodat ik mijn baby kon redden. Waarna jij dacht dat het jouw dochter was. Jij hebt al jouw liefde gegeven aan het kind van een man die je verachtte. En na jouw dood erft mijn dochter alles wat jij bij elkaar hebt geroofd. En jouw geliefde Emma zal alleen nog met weerzin aan je denken. Je zult het graf in gaan zonder nageslacht.'

Helmut Balden schudt zijn hoofd.

'Dat is niet waar!' schreeuwt hij. 'Emma is wél mijn dochter. Ze lijkt zoveel op me.' Zijn ogen schieten vol en zijn mond begint te trillen.

'Mensen geloven wat ze willen geloven,' zeg ik. 'Jij hebt vanochtend mijn Paul Klee gezien en je was ervan overtuigd dat het een echte Paul Klee is. Hetzelfde gold voor de conservator van het Zentrum Paul Klee in Bern. Jullie zagen wat jullie wílden zien. Maar ik kan je garanderen: de Paul Klee die daar hing heb ik begin juli zelf gemaakt. Hetzelfde verhaal geldt voor mijn dochter. Ik besloot jou te verleiden toen ik ontdekte dat ik zwanger was. Ik wist namelijk dat je me weer op de Stoel zou zetten. Je zou er bij ons mee doorgaan totdat wij zouden praten. Er zou dus een moment komen dat ik jou ging vertellen dat ik het dossier had gestolen, waarna je mij en mijn baby zou liquideren.' En terwijl ik deze woorden uitspreek, realiseer ik mij voor het eerst dat ik destijds zelfs héél dapper ben geweest. *Ik was überhaupt geen bang konijn.* Ik heb hem bevochten met mijn grootste kracht: mijn uiterlijk en mijn artistiek genie. Volgens de normen van de buitenwereld ben ik misschien een hoer en een vervalser, maar dat klopt niet. En ik ben ook geen moordenaar. Ik vecht slechts op mijn manier voor mijn leven, in een maatschappij die mij niet kan beschermen tegen het geld en de macht van deze man. Deze Helmut

Balden maakt immers zijn eigen wetten, zoals hij destijds in Hohenschönhausen ook zijn eigen regels creëerde. En een van zijn wetten is dat hij mensen laat vermoorden die hem in de weg staan, tenzij die mensen hem vóór zijn, zoals Hannelore, Claudia en ik. Ja, zo zit het en niet anders. Ik zet een stap naar achteren en werp nog een laatste blik op de man die voor me zit.

Zijn kaken spannen zich en hij begint wild te rukken aan zijn tuig. 'Jij vuile hoer,' fulmineert hij. 'Ik maak je kapot.'

Ik schud mijn hoofd. 'Ik denk het niet.' Ik draai me om naar Hannelore. 'Hij is nu van jou!' fluister ik.

Hannelore knikt en loopt naar de camera, waarna ze de dvd eruit haalt en die aan mij geeft. Ik pak het ding van haar aan en ga naar de deur. Terwijl ik deze achter me sluit, hoor ik nog dat hij Hannelore een miljard euro biedt voor zijn vrijheid, waarna zij in lachen uitbarst.

42

Tom en ik zitten op de eerste rij in het intieme Theater O-TonArt. Ik draag mijn bruine pruik, wijde kleren en een hoornen bril. Ik wil niet dat mensen gelijkenis zien met de jonge vrouw die zo meteen op het podium piano gaat spelen. Katja Balden liep zojuist langs ons en installeerde zich twee stoelen verderop. Ik schrok ervan, want Tom en ik hadden verwacht dat ze naar de première zou gaan en niet naar een van de daaropvolgende voorstellingen. Nieuwsgierig draai ik mijn hoofd haar kant op en observeer zo onopvallend mogelijk de vrouw die mijn kind heeft opgevoed. Ze ziet er oud uit. Het verdriet om de plotselinge dood van haar man heeft zich in haar gezicht gegroefd.

Ja, inderdaad... Alles ging precies zoals Hannelore het had voorspeld. Helmut Balden stierf aan een overdosis insuline, waarna hij in zijn dure Maserati op een afgelegen parkeerplaats langs de snelweg naar Dresden werd gevonden. De doodsoorzaak was volgens de media een hartaanval. Mogelijk gerelateerd aan zijn diabetes. Er werden geen tekenen van geweld gesignaleerd en er volgde geen onderzoek. De crematie vond een week na zijn overlijden in familiekring plaats. Daarna werd het stil rond Helmut Balden.

Ik ervaar nul wroeging over mijn medewerking aan deze liquidatie. Eerder bespeur ik een nieuw en onbekend gevoel van 'vrij zijn'. Alsof in mij talloze blokkades beginnen te ontdooien. Al die jaren leefde ergens diep in mij nog de angst dat hij me weer gevangen zou nemen en me weer zou verkrachten. Nu niet meer. Mijn kwelgeest is dood en morgen ga ik eindelijk weer terug naar mijn huis op de heuvel.

De particuliere beveiliging van de *Frankfurter Allgemeine* is eergisteren stopgezet. Er was geen legitimatie meer om zo'n zware bescherming te continueren. De twee mannen die de politieagent aan de Grimnitzsee hadden neerschoten waren immers dood en er waren geen aanwijzingen gevonden dat er een opdrachtgever was. Zelf wist ik natuurlijk al vanaf 1 augustus dat ik veilig was, toen Helmut Balden dood in zijn auto werd gevonden, maar ik zweeg daar wijselijk over.

Toch heb ik die Waalse aannemer drie weken geleden gebeld en gevraagd om dat twee meter hoge hekwerk rond mijn tuin te bouwen. Deze keer niet om huurlingen buiten te houden, maar om pottenkijkers te weren. Vanaf maandag start de *Frankfurter Allgemeine* met de publicatie van een reeks artikelen over de kunstvervalsing in de DDR. Tom verwacht dat dit zal leiden tot een hype rond mijn persoon en binnen de huidige digitale wereld zal het vrij snel bekend zijn dat ik in Mechelen woon. Ook al worden er in zijn verhaal geen mededelingen gedaan over mijn verblijfplaats. De verspreiding van mijn adres zal gaan via mensen in Epen of Mechelen, waarna het als een lopend vuurtje via sociale media wordt verspreid. De artikelenreeks start later dan gepland, omdat de krant het onderzoek van de politie niet wilde verstoren. Ik heb in de tussentijd onderhandeld met het Veilinghuis Linnemann in Keulen en het Museum Fondation Beyeler bij Basel. Uiteindelijk kwamen we overeen dat ik het ontvangen bedrag terugstort waarbij ik een verklaring teken dat ik nergens uitspraken doe over deze Paul Klee. Ze hopen hiermee onder de radar van de mediastorm te blijven die vanaf volgende week over kunstland gaat razen. Tom leent me voorlopig de maandelijkse bedragen die nodig zijn om mijn hypotheek te betalen. Het was voor mij best een stap om geld van hem aan te nemen, maar ik heb besloten om het te doen. Het idee dat ik mijn huis op de heuvel kan verliezen, benauwt me. De plek betekent echt veel voor me. Ik heb zelfs heimwee en droom 's nachts van lange wandelingen langs de Geul. Tom schat in dat ik binnen een paar maanden zelf genoeg verdien met het geven van lezingen en het verzorgen van gastcolleges. Daarnaast verwacht hij dat mijn toekomstige schilderijen als zoete broodjes zullen worden verkocht. Ik denk dat hij gelijk heeft. In de kunstwereld draait immers alles om illusies en naamsbekendheid. Ik verheug me vooral op mijn atelier. Er leven ineens zoveel ideeën in me. Binnen in mij lijkt een creatieve energie vrij te komen die ik voor het laatst op de academie voelde, toen ik nog vrij was in mijn ontwerpen.

Tom geeft me een kus in mijn nek, pakt mijn hand en knijpt er bemoedigend in. Ik draai mijn hoofd naar links en kijk langs het gangpad omhoog. De uitgang is niet ver. Ik heb een stoel aan het einde van de eerste rij, zodat ik kan wegvluchten als het me allemaal te veel wordt. Ik kijk op mijn horloge. Nog een paar minuten en dan gaat het beginnen. Ik ga iets verzitten. Zo meteen ga ik mijn kleine meisje zien. Ze zal het podium op lopen, de bezoekers toespreken, iets vertellen over het programma, dan gaat ze zitten en vervolgens speelt ze samen met de leden van haar groep diverse nummers. Ja, deze ene avond zal ik naar haar kijken en naar haar luisteren, waarna ik dit theater verlaat en mijn leven vervolg. Zonder haar.

Vele uren heb ik op het terras van Tom gesproken over mijn dochter die ik uiteindelijk in mijn gedachten ook maar Emma ben gaan noemen. Uiteindelijk kwam ik tot de conclusie dat haar geluk belangrijker is dan het mijne. Emma de waarheid vertellen over haar afkomst en over haar ouders, die niet haar ouders zijn, zou haar geen geluk brengen. Het zou haar leven omvergooien en haar toch al fragiele gezondheid kunnen schaden. En dat wil ik niet. Emma heeft al genoeg geleden. Ik ga haar niet over mijn bestaan informeren. De dvd met de bekentenis van Helmut Balden blijft in beheer van het notariskantoor van Herbert Schritheim, met als opdracht om hem te vernietigen als ik kom te overlijden. Emma krijgt hem niet te zien. Wat ik niet kon wegduwen was de drang om haar één keer in het echt mee te maken. Tom kwam vervolgens met het idee om deze uitvoering bij te wonen. Het Theater O-TonArt is zo klein dat je de artiesten bijna kunt aanraken. Zeker vanaf de eerste rij waar wij nu zitten. Zo meteen ga ik dus mijn dochter live ervaren, als musicus en als mens. Daarna zal ik me terugtrekken op mijn heuvel.

De bordeauxrode gordijnen gaan open en het podium baadt in het licht. De achterwand is helblauw, zoals de luchten van Zuid-Limburg op een zonnige dag in de winter. Bloempotten met daarin diverse soorten varens geven een felgroen contrast. Vooraan staat een piano die wordt omringd door zes stoelen. Ik knipper met mijn ogen en houd mijn adem in. Ze gaat zo komen! Er klinken schuifelgeluiden en een slanke vrouw in een rode mouwloze jurk met een goudblonde vlecht stapt het podium op. Ze begint te praten, terwijl ze gracieus over de planken heen en weer loopt. Mijn hart begint te bonken en ik moet op mijn hand bijten om een gil te dempen. Herinneringen komen, en ineens zie ik daar op dat podium die andere vrouw, die net zo gracieus liep, die net zo sierlijk met haar armen bewoog en die net zo bevallig in het gras stond. Maar dit kan toch niet! Na so was! Ik kijk in verwarring om me heen. Wat gebeurt hier? Mijn dochter lijkt sprekend op mijn Mutti. Ik knijp in de hand van Tom die zich naar me toe buigt en zijn arm stevig om me heen slaat. Ik schud mijn hoofd. Nein, nein, nein. Dit bestaat niet. De vrouw lacht en zingt een kort liedje. Ik hoor niet wat ze zingt, ik hoor alleen haar stem. De intonatie. Het timbre. O, mein Gott! Die stem! Het is háár stem, van Mutti. Maar hoe kan dat nou? Wat is dit? Wat doen ze met me? Waar ben ik? Want Mutti is toch dood? Ik trek met een ruk mijn hand uit die van Tom en wrijf hem droog over mijn linnen broek. Op en neer. Op en neer. Jazeker. *Meine Mutti ist tot.* Ze werd neergeschoten op de Alexanderplatz, tijdens de Ehrenparade, en tekende met haar bebloede haren een rode streep op het plein toen ze haar wegdroegen. Dat heb ik zelf gezien, en mijn ondervrager zei dat toch ook? Mutti kan daar niet staan, op dat podium. Maar Mutti staat daar wel. Kijk maar! Dat is ze. *Bestimmt!* Ik hijg en wrijf nog harder over mijn broek. Nóg meer herinneringen komen...

Ik wil ze niet zien. Nein, nein. *Ich will das nicht.* Maar ze komen toch. Ze grijpen me. Mijn adem gaat hortend. We zijn op onze zonnige heuvel en in de verte, beneden in het dal, meandert de rivier. Mutti draagt me op haar arm en houdt me stevig tegen haar borsten aan gedrukt. Haar hart bonkt razendsnel tegen mijn huid. Ze huilt en hijgt en probeert met me weg te rennen. Twee mannen en een vrouw stormen op ons af en omsingelen ons. Hun ogen staan koud. Ze sjorren van achteren aan me. Ze trekken aan mijn schouders. Mijn jurkje scheurt. Eén man grijpt Mutti's gouden vlecht en trekt haar hoofd ruw naar achteren. Een andere man geeft haar een stomp in haar rug, waarna Mutti in elkaar klapt. Maar Mutti blijft me omklemmen. Met alle kracht die ze in haar heeft. '*Nein, bitte, nimmt mir nicht meine Josta!*' gilt ze. Haar paniek wordt mijn paniek. Ik grijp haar nek vast. Nein! Nein! Mutti mag me niet loslaten. Ik krijs en ben zo ontzettend bang. Mijn lichaam verkrampt. De vrouw draait zich naar ons toe en stampt Mutti vol tegen haar scheenbeen met de puntige hak van haar zwartgelakte pump, waarna Mutti brult van de pijn en valt. Ik val mee en knal met mijn hoofd tegen iets hards. Mijn wereld wordt zwart...

KATJA BALDEN

RUIM TWEE JAAR LATER

Anton, mijn chauffeur, mindert vaart en rijdt de Bentley tot aan de zwarte poort.

'*Hier ist es*, Frau Balden.'

Ik kijk uit het raam en bekijk het huis achter het ijzeren hekwerk. Op het terrein staan twee gebouwen. Een schattig vakwerkhuis met daaronder een moderne gerenoveerde stal met veel ramen. Dat zal wel haar atelier zijn. Ik kijk om me heen. Tom had gelijk. Het is hier best eenzaam, maar erg mooi. Vooral vandaag, met die felle winterse zon. Een dun laagje sneeuw bedekt de lieflijk glooiende heuvels. Hier en daar komt het groen van de weilanden al tevoorschijn. Beneden meandert een riviertje door de vallei. Dit landschap lijkt een beetje op dat van de Elbe-vallei, zuidelijk van Dresden. Daar hebben Helmut en ik als twintigers veel gefietst. Hij was sneller bergop, ik durfde sneller bergaf.

Ik zucht. Er is geen weg terug.

'U kunt Herr Adler informeren dat we er zijn,' zeg ik.

Anton knikt, pakt zijn telefoon en belt Tom. Mijn vingers haperen al, net als mijn stem. Het gaat inderdaad heel snel. Precies zoals de arts had voorspeld. Gelukkig heb ik personeel. Hoe doen arme mensen dat?

'Ja, Guten Tag Herr Adler. We zijn er.' Anton luistert even. Tom Adler geeft waarschijnlijk instructies. 'Prima,' antwoordt Anton. 'Dan rij ik door tot aan de voordeur. U hebt gelijk. Het is glad en we mogen geen risico met haar nemen.'

Anton beëindigt het gesprek en start de auto. De zwarte poort gaat open en de oprit verschijnt. Anton rijdt over de kiezels naar de ingang van het vakwerkhuis. Hij parkeert voor de witgeverfde voordeur, stapt uit, pakt mijn rolstoel uit de kofferbak, klapt die uit en tilt me uit de auto. Tom komt naar buiten en loopt mijn kant op, terwijl hij een shawl tegen de kou om zijn nek slaat. Hij lacht me vriendelijk toe. Ja, Josta heeft geluk met hem. Hij is een fijne man. We hadden al een klik vanaf dat incident met Josta in het Theater O-TonArt in september 2014.

Ik herinner me nog precies het moment dat Josta onwel werd en Tom haar vastgreep en voorkwam dat ze op de grond gleed. Toen ze zich herpakte, stonden ze samen op en liepen naar de uitgang. Emma had door de felle podiumlampen niets van het voorval gemerkt en begon te spelen. Haar prachtige muziek vulde de ruimte. Ik probeerde te ontspannen en van Emma te genieten, maar dat lukte me niet. De zieke vrouw bleef door mijn hoofd spelen. Een stem in mij schreeuwde dat ik ook naar de uitgang moest. Ik had namelijk het vage gevoel dat ik haar kende, maar ik kon niet precies duiden waarvan. Ik kwam omhoog en sloop de zaal uit. Toen ik de hal in liep, stond de man voor de deur van het damestoilet. De vrouw zat dus op de wc. Mijn blik ging naar zijn linkerhand. Die hield een pruik met bruine haren vast. Mijn ogen ontmoetten die van de man en ineens wist ik wat mij dat vage gevoel van herkenning had gegeven. De vrouw op de wc had hetzelfde profiel als Emma. Ik verstijfde en mijn ademhaling versnelde.

'Is dat Josta Wolf?' vroeg ik hijgend. Wijzend op de wc-deur.

De man knikte en gebaarde dat ik met hem mee moest lopen. Weg van het toilet, zodat de vrouw niks kon horen. Iets verderop, in een nis, vertelde hij me gehaast dat Josta haar dochter slechts één keer live wilde zien en dus niet het voornemen had om zich aan Emma bekend te maken. Hij gaf me vervolgens zijn visitekaartje en zei dat ik hem de volgende dag na 10.00 uur kon bellen. Wat ik deed. Tom en ik hebben daarna altijd contact gehouden. Ik hield hem met foto's en verhalen op de hoogte van alle ontwikkelingen in het leven van Emma, die hij weer doorvertelde aan Josta.

Ik zucht. Ja, vooral ook vanwege onze goede verstandhouding was hij de eerste die ik belde na het overlijden van Emma. Ik had mijn plan sowieso niet kunnen uitvoeren zonder zijn toestemming.

'Waar is Josta?' vraag ik, terwijl Anton de spullen uit de achterbak pakt.

'In het atelier, ze is erg zenuwachtig voor dit moment. Als ze schildert, kan ze haar emoties beter controleren.'

Ik probeer te knikken, maar dat gaat niet meer goed.

'Ja, dat snap ik. Dit is ook niet niks. Wanneer is trouwens haar volgende expositie?' vraag ik, om maar wat te zeggen. Ik begin het verlies nu al te voelen, ofschoon ik nog een halfuurtje heb.

'In februari, en nu maar hopen dat die net zo'n succes wordt als de eerste. Ze heeft met de "Tom"-serie eindelijk haar eigen stijl ontdekt.'

Ik glimlach en zie de vele uitsneden van zijn lichaam weer voor me. Josta gebruikte alleen maar grijstinten, maar dat zag je vreemd genoeg niet als je naar de werken keek. De schilderijen deden me denken aan onze eerste zwart-wit-televisie. We hadden helemaal niet in de gaten dat we naar zwart-witfilms keken, want onze hersenen transformeerden de verhalen naar kleur. Josta deed iets vergelijkbaars. De schilderijen waren zwart-wit, maar als je iemand bij vertrek vroeg naar de kleur ogen van Tom, dan zei tachtig procent groen. Wat ook zo is. Alleen een groot kunstenaar krijgt het voor elkaar dat mensen kleuren herkennen in zwart-wit schilderijen.

'Hoe was het eigenlijk voor jou dat ze in elk schilderij een facet van jouw lichaam toonde?'

Tom lacht.

'Ach, wel apart, de volgende serie gaat gelukkig niet over

mij, maar over wolken. Ze schildert op dit moment alleen nog maar luchten. Zo mooi,' zegt hij, terwijl hij me observeert. 'Maar vertel eens, Katja, hoe gaat het met jou?' vraagt hij.

Ik zucht en haal mijn schouders op.

'De aftakeling gaat nu heel snel, Tom. Elke dag valt er wel een functie uit. Vorige week kon ik nog lopen, en kijk nu. Het gaat al niet meer. Maar het is niet erg. Ik heb nu rust.'

Tom streelt me kort over de schouder.

Het is waar. Sinds ik weet dat alles goed geregeld is, wil ik ook niet meer leven. Dat was anders toen die hersentumor drie maanden geleden werd ontdekt en ik naar huis werd gestuurd met de boodschap dat hij niet operabel is en snel groeit. Ik moest meteen 'maatregelen nemen' en alles om me heen 'organiseren', zoals de oncoloog dat zo mooi formuleerde. Emma vertelde ik niets. Ik wilde geen paniek zaaien zo kort voor haar bevalling.

Tom buigt zich naar de auto en opent het rechterportier. Zijn gezicht staat nieuwsgierig. Voor hem gaat er nu ook veel veranderen, maar hij is er klaar voor, zei hij. Hij heeft zijn baan bij de *Frankfurter Allgemeine* opgezegd en is freelancer geworden. Hij kan zich deze nieuwe fase in zijn leven gelukkig veroorloven. Zijn boek *Het dossier* werd een internationale bestseller. Hij werkt nu aan een tweede deel, over hypes in de kunstwereld. Bovendien werden hij en Josta beroemdheden na de publicatie van de reeks artikelen over de grootschalige kunstfraude in de DDR. Tom gaf het afgelopen jaar lezingen over de hele wereld. Josta reisde regelmatig met hem mee. Ze bleef dan op de achtergrond en liet het praten over aan haar man. Zelf ging ze op ontdekkingstocht door de steden waar ze verbleven en bezocht galeries en musea. Nieuwe dingen zien gaf haar inspiratie, vertelde Tom. Haar angst voor drukte was het afgelopen jaar gelukkig wat weggeëbd. Ze zou zich nooit echt prettig voelen tussen veel mensen, maar ze kon wel gewoon door straten wandelen. Ja, als Josta niet met Tom getrouwd was geweest, weet ik niet of ik deze keuze had gemaakt. Hij gaf de doorslag.

We gaan naar binnen. Tom loopt ons voor naar de gezellige woonkamer. Al direct bij de deur zie ik het kleine altaar met daarop een foto van Emma. Rechts en links ervan branden kaarsjes. Het is dezelfde opname als die vorige week op haar kist stond tijdens de crematie. Tranen schieten in mijn ogen. Ik was erbij toen ze die artiestenfoto in Berlijn liet maken. Ze was toen al zwanger. Emma zweeg eerst over de naam van de vader. In de zesde maand vertelde ze me pas dat hij Clemens Ritter heet, vijfendertig jaar oud is, getrouwd en vader van drie kleine kinderen. Hij woont in Hamburg en is industrieel ontwerper. Emma ontmoette hem tijdens een concert. Ze hadden een korte, maar heftige affaire. Toen Emma aandrong op meer vastigheid, brak hij met haar en koos voor zijn gezin. Pas toen de relatie al een maand uit was, ontdekte Emma dat ze in verwachting was. Ze verzweeg haar zwangerschap voor Clemens Ritter en besloot haar kindje als alleenstaande moeder op te voeden. Ik begrijp nog steeds niet waarom ze dat risico nam. Jazeker, haar nieuwe nier deed het uitstekend en de nefroloog had haar verteld dat het kon, maar er zou altijd een risico zijn. Uiteindelijk werd de bevalling haar toch fataal. Haar dochtertje kwam gezond ter wereld, maar zijzelf stierf door complicaties.

'Wil je wat drinken, Katja?' vraagt Tom.

'Nee, dank je. Ik heb al gehad. Water, in de auto. Iets anders verdraag ik niet meer. Ga Josta maar halen. Ik word namelijk al moe.'

'Vlieg je straks naar huis?' vraagt hij.

'Ja, ik heb een privéjet gehuurd vanaf Maastricht Aachen Airport.' Tom knikt en loopt de kamer uit.

'Heb je alles uit de auto gehaald?' vraag ik Anton. '*Ja sicher*, Frau Balden,' antwoordt hij vriendelijk.

Ik zucht. Ja, als ik vanavond weer thuis ben, bel ik mijn arts. Ik heb het volbracht. Ik heb alles voor haar geregeld. Ze zal hier gelukkig zijn en alle liefde van de wereld krijgen.

De deur van de woonkamer zwaait open en Josta komt binnen. Ze oogt bleek en is duidelijk gespannen. Niet verwonderlijk, dit is immers ook een groot moment voor haar en een totale verandering van haar leven. Josta loopt meteen naar de reiswieg die Anton op de salontafel heeft gezet. Ze buigt zich voorover, strekt haar armen uit, tilt de kleine uit haar bedje en drukt haar liefdevol tegen haar borst.

'Hallo, meine kleine Maus,' fluistert ze, terwijl ze haar teder wiegt. 'Kom maar bij je oma. Wat ben jij lief na zo'n lange reis? Je huilt helemaal niet, mijn knappe meid,' fluistert ze.

Tom gaat bij haar staan, steekt zijn pink in haar graaiende handje en geeft kusjes op haar pluishaar.

'Is ze niet prachtig, Tommie?' vraagt Josta lachend. 'Ze lijkt precies op Emma. Toch Katja? Ze lijkt op Emma?'

Ik knik en merk dat de tranen over mijn wangen rollen.

'Wanneer heeft ze voor het laatst gedronken?' vraagt Josta, terwijl ze haar ogen naar me opslaat.

'Een halfuur geleden,' zeg ik. 'Voor Aken heeft Anton een stop gemaakt en haar verschoond en de fles gegeven.'

'Aha, daarom ben jij zo lief, hè, kleine Schatzi! Je hebt je buikje vol.' Josta gaat tegenover me op de bank zitten. Ze lijkt al helemaal vergroeid met haar kleindochter.

'We hebben trouwens vanochtend bericht gekregen dat haar adoptie wordt goedgekeurd,' zegt Josta, terwijl ze met haar wijsvinger over de wang van de kleine streelt. 'We hebben morgen een afspraak bij de gemeente.'

Ik knik. Gelukkig.

'Hoe ga je haar trouwens noemen?' vraag ik.

Josta slaat haar ogen naar me op. Er verschijnt een tedere glimlach op haar gezicht.

'Tom en ik noemen haar Julia. Naar mijn moeder.'

Dankwoord

Dr. Elly van Duijnhoven, internist-nefroloog bij het Maastricht Universitair Medisch Centrum: Elly hielp mij niet alleen met al mijn medische vragen, maar had ook fantastische suggesties voor de plot.

Reinhard Fuhrmann, ex-gevangene van de Stasi in Berlin-Hohenschönhausen: Reinhard gaf mij een schokkende inkijk in zijn leven als gevangene in Hohenschönhausen. Ik ben hem vooral dankbaar voor de openhartige beschrijving van zijn emoties tijdens de ondervragingen. Ook de vele details die hij me gaf over de gang van zaken in Hohenschönhausen waren van onschatbare waarde bij de totstandkoming van dit boek.

José de Goede, ex-veilingmeester en taxateur in kunst en antiek: José nam mij mee naar de wereld van de kunst en de kunstvervalsers en controleerde de plot voor wat betreft de onderdelen rond het veilen van kunst en het vervalsen van kunst.

Levin de Koster, operationeel expert Internationaal Rechtshulpcentrum Politie Limburg: Levin gaf mij uitleg over de werkwijze van de politie zowel nationaal als binnen zijn internationale context. Bovendien controleerde hij of datgene wat ik over de politie in de plot had bedacht en opgeschreven ook wel echt overeenkwam met de feiten.

Angeles Nieto, kunstenaar: Angeles leerde mij hoe een kunstenaar kijkt en voelt.

Lili de Ridder van De Lettervrouw: Lili was qua plot, spanningsopbouw en 'stem' mijn toegewijde begeleider en hield mij ook regelmatig een spiegel voor.

Ook ben ik de vele Oost-Duitsers dankbaar die mij tijdens korte ontmoetingen talloze anekdotes hebben verteld over hun leven achter de Muur. Soms met humor, soms met weerzin. Hun vele sfeerbeschrijvingen hebben een plek gekregen in dit boek.

Grote dank ook aan mijn proeflezers. Zij gaven mij kritiek, tips en vooral vertrouwen:

Brigitte Hessels-Debougnoux
Merel Godelieve
Jessica Niewierra
Dorthe Schipperheijn
Aggie Schrijvers
Winnie Weelen.